Clare Empson
EINES TAGES FÜR IMMER

Clare Empson

Eines Tages für immer

Roman

Aus dem Englischen
von Karin Diemerling

blanvalet

Die Originalausgabe erschien 2019 unter dem Titel »Mine« bei Orion Books, einem Imprint von The Orion Publishing Group Ltd, Carmelite House, 50 Victoria Embankment, London EC4Y 0DZ.

Sollte diese Publikation Links auf Webseiten Dritter enthalten, so übernehmen wir für deren Inhalte keine Haftung, da wir uns diese nicht zu eigen machen, sondern lediglich auf deren Stand zum Zeitpunkt der Erstveröffentlichung verweisen.

Penguin Random House Verlagsgruppe FSC® N001967

2. Auflage
Copyright der Originalausgabe
© Light Oaks Media Ltd, 2019
Copyright der deutschsprachigen Ausgabe
© 2021 by Blanvalet in der
Penguin Random House Verlagsgruppe GmbH,
Neumarkter Str. 28, 81673 München
Redaktion: Lisa Caroline Wolf
Umschlaggestaltung: Favoritbuero, München
Umschlagmotiv: Blumen: © Plawarn/shutterstock
(Bildnummer: 757974853)
DN · Herstellung: sam
Satz: KompetenzCenter, Mönchengladbach
Druck und Bindung: GGP Media GmbH, Pößneck
Printed in Germany
ISBN 978-3-7341-0803-7

www.blanvalet.de

Cindy und John in Liebe gewidmet.

*Adoptiert zu werden kann das Identitätsgefühl
eines Kindes nachhaltig beeinträchtigen.
Es wirft eine Reihe von existenziellen Fragen auf,
die unbeantwortet bleiben:
Wer bin ich?
Warum bin ich hier?
Warum wollte meine Mutter mich nicht?*

Joel Harris, *Wer bin ich? Das verborgene Trauma
adoptierter Kinder*

HEUTE

Luke

London, 2000

Die Frau, die da schüchtern und abwartend vor mir steht, ein Spiegelbild meiner eigenen Verlegenheit, ist so überraschend schön, dass mir im ersten Moment die Worte fehlen.

»Hallo, Alice«, stoße ich hervor.

»Luke.«

Sie sagt meinen Namen, als würde sie eine Fremdsprache ausprobieren. Ich will ihr die Hand geben, doch sie zieht mich in eine rasche, feste Umarmung. Dann setzen wir uns an einen Tisch, der schon mit Besteck, Gläsern und einem Krug Wasser gedeckt ist.

»Wasser?«, frage ich und merke beim Anheben des Krugs, dass meine Hand zittert.

»Wein«, sagt Alice, und dieses erste Lächeln, bei dem mir ihre weißen Zähne auffallen und die Fältchen um ihre Augen, die ihr tatsächliches Alter verraten, berührt irgendwie mein Herz.

Nachdem der Wein bestellt und die Speisekarte verlangt worden ist, gibt es nichts weiter zu tun, als sich anzuschauen. Alice hatte ihrem Brief aktuelle Fotos von sich beigelegt, weshalb ihre Schönheit mich nicht derart verblüffen sollte. Offenbar muss sie mein Aussehen aber auch erst einmal verarbeiten.

»Du siehst deinem Vater so ähnlich, ich bin total ... überwältigt.«

»Richard Fields? Er ist der Lieblingsmaler meiner Freundin. Wir konnten es kaum fassen.«

Etwas zuckt über Alice' Gesicht, Schmerz oder Kummer, aber sie fängt sich schnell wieder.

»Was hat dich dazu gebracht, mich zu suchen?«

Ich denke daran, wie oft ich kurz davor stand. All die Jahre, in denen ich als kleiner Schüler auf dem Rugbyfeld zur Seitenlinie hinübergeblickt und mich gefragt habe, ob meine echte Mutter unter den dort versammelten Frauen ist: die Blonde in dem Pelzmantel, die Dunkle mit dem Pferdeschwanz. Später als Teenager, wenn ich mich nach einem weiteren Streit mit meinen Eltern in mein Zimmer eingeschlossen und wütend aufs Bett geworfen hatte, mit dem Gedanken tröstend, dass meine echte Mutter, der Mensch, zu dem ich eigentlich gehörte, ganz anders ist. Und dann, nachdem ich Hannah begegnet war, die ewigen Fragen: »Willst du sie nicht mal kennenlernen? Willst du denn nicht wissen, wie sie ist?«

Hannahs Neugier, die das Rätsel meiner Herkunft fasziniert, war tatsächlich eine treibende Kraft hinter dieser unverhofften Wiedervereinigung. Doch der wahre Grund, mein kleiner Sohn mit den braunen Augen und den langen Wimpern, liegt gerade ein paar Kilometer von hier in den Armen seiner Mutter.

»Ich glaube, es war Samuels Geburt.«

»Ja, das kann ich mir vorstellen«, sagt Alice.

Ich sehe sie Tränen hinunterschlucken und habe kein schlechtes Gewissen. Sie hatte einen Sohn und hat ihn weggegeben. Nun, da ich selbst Vater bin, kann ich das noch weniger verstehen.

»Wie alt ist er?«

»Drei Monate.«

Alice legt die Hand auf ihre Herzgegend, als müsste sie eine Wunde zusammendrücken.

»Oh«, macht sie, und es klingt wie ein Keuchen. »Ich glaube, das hier wird schwerer als gedacht.«

Wir sehen uns an, diese Frau und ich, und wollen beide am liebsten davonlaufen, werden jedoch von dem einladend gedeckten Buchentisch daran gehindert, von dem Gebot der Höflichkeit, dieses vorschnell verabredete (nachhaltig bereute?) Mittagessen irgendwie durchstehen zu müssen.

»Ist schon gut«, sagt sie mit einem knappen, bemühten Lächeln und scheint bewusst in die Rolle einer Erwachsenen, eines Elternteils, zu schlüpfen. »Wenn wir es langsam angehen lassen, schaffen wir das. Fangen wir mit etwas Einfachem an. Erzähl mir von deiner Freundin.«

Ich habe Hannah auf einer Vernissage unseres gemeinsamen Freunds Ben kennengelernt, der tatsächlich den mutigen Entschluss gefasst hat, sein Leben voll und ganz der Malerei zu widmen. Er hält sich mit staatlichen Almosen über Wasser, schläft auf irgendwelchen Sofas und arbeitet die Nächte durch, um ungewöhnliche, höchst originelle Porträts hervorzubringen, die eigenartigerweise schon mit den Bildern von Richard Fields verglichen wurden. Hannah sollte etwas über Ben für ihre Zeitung schreiben, und ich beobachtete sie, wie sie mit ihrem Notizblock durch die Galerie ging und vor jedem Bild einen Moment stehen blieb, bevor sie ihre Gedanken notierte. Ich fragte mich, was sie wohl schrieb. Wer sie war. Ob sie Single war. Mir gefiel es, wie ihre dichten dunklen Locken ihr ins Gesicht fielen und ihre Augen verdeckten. Sie strich sich ständig eine Strähne hinters Ohr, die sich aber gleich darauf wieder löste.

Als ich sie dann mit Ben sprechen sah, er in einem ungewohnten Anzug zu seinen schmutzigen weißen Turnschuhen, beschloss ich, hinzugehen und Hallo zu sagen. Ein kurzer Moment der Verlegenheit, während ich wartete, bis Ben ausgeredet hatte.

»Für mich hat sich nie die Frage gestellt, ob ich etwas anderes machen soll als malen. Klar, es wäre schon schön, einen Beruf zu haben, bei dem man gut verdient, aber das war einfach keine Option. Ich würde mich nie von irgendwas am Malen hindern lassen.«

Er sah mich grinsend an.

»Gott, steh nicht da rum und lass mich labern wie ein Vollidiot.«

Wir sind schon seit der Vorschule miteinander befreundet, zwei Außenseiter in einer Masse aus dumpfem Anspruchsdenken.

»Das ist Hannah«, stellte er vor. »Sie arbeitet für die *Sunday Times*. Hat also einen anständigen Beruf.«

»Und du?«, fragte Hannah mich. »Künstler oder anständiger Beruf?«

»Ach, ich lebe sozusagen vom Talent anderer Leute.«

»Luke ist ein A&R-Mann«, erklärte Ben mit dem üblichen stolzen Unterton, wenn er Leuten von meinem Job erzählt. »Er sucht und promotet neue Bands und hatte schon mit fünfundzwanzig sein eigenes Plattenlabel.«

»Toll, jetzt hast du mich als Vollidiot hingestellt«, sagte ich, worauf Hannah lachte.

Dann kamen Bens Eltern dazu, und wir wurden in ihre Pläne miteinbezogen, hinterher essen zu gehen.

»Es gibt einen netten kleinen Italiener um die Ecke, wir haben zwei Tische reserviert«, sagte Bens Vater, worauf Ben uns zuzischte: »Keine Sorge, sie bezahlen.«

Ich mag Bens Eltern, gute, freundliche Leute, die mich jeden Sommer zu ihrem Frankreichurlaub eingeladen haben, aber Hannah und ich ließen uns stillschweigend zurückfallen und verloren Ben und seinen Anhang bald aus den Augen.

»Gleich sind wir in Chinatown«, bemerkte Hannah, und ich zögerte nicht. Wenige Minuten später saßen wir in einer Nische meines Lieblingsrestaurants.

Es gefiel mir, wie geschickt sie ihre Pfannkuchen rollte: zwei Streifen Frühlingszwiebeln, Kante auf Spitze um eine Lage Hoisin-Soße gelegt, bescheidene Stückchen Ente, die sie in aller Ruhe auswählte, kein Fett, keine Haut. Beim Essen erzählte sie mir von ihrer Kindheit im nördlichen Cornwall, wo sie in einem Haus am Meer aufgewachsen war.

»Es liegt direkt am Weg zum Strand runter. Wenn Flut ist, kann man in drei Minuten im Wasser sein. Wir haben als Kinder die Zeit gestoppt. Mit acht konnte ich surfen, und als ich älter war, habe ich jeden Sommer als Badeaufsicht gearbeitet.«

Sie schilderte, wie sie in warmen Nächten unter freiem Himmel in den Dünen geschlafen hatte, anfangs mit ihren Eltern, später mit Freunden. Es wurden Miesmuscheln gesammelt und über dem Lagerfeuer gekocht, heißer Kakao aus Thermosflaschen getrunken.

»Am Mittsommerabend geht immer das ganze Dorf an den Strand und macht ein großes Feuer. Die Leute bringen Essen mit und erzählen Geschichten, und alle sind da, die Jungen und die Alten. Manchmal vermisse ich das. Wenn ich morgens spät dran bin und mich rücksichtslos in die U-Bahn drängele, frage ich mich, was bloß aus mir geworden ist.«

Sie lachte, und ich konnte nur denken: Du bist wunderbar, das ist aus dir geworden. Mich hat es schon immer interessiert, wenn andere von ihrem Familienleben berichtet haben, aber so gebannt hatte ich noch nie zugehört, ich hing buchstäblich an ihren Lippen.

»Du bist sehr gut darin, nicht über dich selbst zu sprechen«, bemerkte Hannah irgendwann. »Du stellst eine Menge Fragen.«

»Das liegt daran, dass es nicht viel zu erzählen gibt. Ich hatte eine schöne, behütete Kindheit in Yorkshire, meine Eltern waren schon nicht mehr die Jüngsten. Ich bin ein Einzelkind und wurde im Alter von wenigen Wochen adoptiert.«

»Du bist adoptiert?«, fragte sie mit plötzlich aufflammendem Interesse, eine meiner Erfahrung nach typisch weibliche Reaktion. Männer scheren sich im Allgemeinen einen feuchten Dreck darum, wer einen aufgezogen hat. »Ich liebe ungewöhnliche Biografien«, sagte sie.

Und da fragte sie mich zum ersten Mal nach meiner leiblichen Mutter.

»Das ist also Hannah?«

Alice hat meine mitgebrachten Fotos wie eine Patience ausgelegt und betrachtet sie nacheinander. Gerade sieht sie sich meine Lieblingsaufnahme von Hannah an. Sie steht darauf am Steuer eines kleinen Ausflugsboots, das wir eines Nachmittags spontan in Falmouth gemietet hatten. Es fuhr maximal fünfzehn Stundenkilometer, und Hannah, die einen Powerboot-Führerschein besitzt, surft und segelt und wahrscheinlich ohne Weiteres eine Dreißig-Meter-Jacht steuern könnte, fand das urkomisch. Sie lacht so ausgelassen auf diesem Foto, dass man alle Zähne sieht, ihre Augen sind nur schmale Schlitze, ihr Kopf ist zurückgeworfen. Es zieht mir ein bisschen das Herz zusammen, wenn ich sie so sehe und mich an diesen vollkommenen Nachmittag erinnere. Was soll ich sagen, ohne sie wäre ich verloren.

»Sie wirkt wie jemand, der mit einem durch dick und dünn geht.«

Alice' Scharfblick verblüfft mich. Als wäre diese Frau, diese Fremde, die mich einmal in ihrem Bauch getragen hat, immer noch so eng mit mir verbunden, dass sie meine privatesten Gedanken lesen kann.

»Da bin ich sieben geworden«, sage ich schnell und zeige auf ein Foto von mir zusammen mit drei Spielfreunden, auf dem wir Grillwürstchen an Stöcken hochhalten. Mein Geburtstag ist im Mai, und ich erinnere mich noch, wie warm es an diesem Tag war. Es gab selbst gemachte Limonade, die meine Freunde zu sauer fanden, und eine Torte in Form der Tardis aus *Doctor Who*.

»Und das bin ich beim Rugby im Internat.« Ich tippe auf das Foto daneben.

»Du warst im Internat? Ab welchem Alter?«

»Acht.«

»Das ist viel zu jung«, sagt sie, schwächt es dann aber mit »meiner Meinung nach« ab.

Ich überlege, ob ich ihr von den tränenreichen Abschieden, von der absoluten Trostlosigkeit der sonntagabendlichen Fahrten zurück in die Schule erzählen soll. Als meine Eltern mich das erste Mal dorthin brachten, war ich viel zu aufgeregt und durcheinander, um zu weinen. Beim zweiten Mal jedoch wusste ich, was auf mich zukam, klammerte mich an den Türgriff des Wagens und rannte ihm noch die halbe Auffahrt hinterher, bis mein Vater beschleunigte und davonfuhr.

Nur zögerlich habe ich das Foto von dem Weihnachtsessen dazugelegt, auf dem ich zwölf bin und mit meinen Eltern und Großeltern am Tisch sitze. Mein Vater tranchiert stehend den Truthahn, während meine Mutter mir einen vollgetürmten Teller mit Fleisch und Gemüse reicht. Wir haben Papierkronen auf, Fetzen von Knallbonbons liegen über den Tisch verstreut. Wenn ich dieses Foto ansehe, denke ich:

still, einsam, gelangweilt. Für mich springt es ins Auge, dass ich nicht dazu passe. Alice aber sieht etwas anderes. Sie sieht, wie meine Mutter mich anlächelt, als sie mir den Teller gibt. Sie sieht Zärtlichkeit, Vertrautheit. Zugehörigkeit.

»Das ist sie also«, sagt sie, ohne aufzublicken.

Da verstehe ich. Mein Adoptivvater interessiert sie nicht weiter, es geht ihr vor allem um die Frau, die ihre Stelle eingenommen hat.

»Was sagt sie dazu, dass du dich mit mir triffst? Deine ... Mutter.«

»Sie weiß nichts davon. Ich habe nicht mit ihr darüber gesprochen. Wahrscheinlich könnte ich es, aber ...«

Wie soll ich ihr die kühle Verschlossenheit meiner Mutter hinsichtlich der Umstände meiner Geburt erklären? Als ich acht Jahre alt war, kurz bevor ich ins Internat kam, eröffnete sie mir, dass ich adoptiert bin.

»Aber warum hat die andere Frau mich weggegeben?«, wollte ich wissen.

Die entscheidende Frage.

»Sie war ein junges Mädchen, das ungewollt schwanger geworden war und noch sein ganzes Leben vor sich hatte.«

»Meinst du, dass sie manchmal an mich denkt und sich fragt, wie es mir geht?«

»Das braucht sie nicht. Sie weiß, dass du glücklich bist, dass du ein schönes Leben hast, wie sie es dir nie hätte bieten können. Sie weiß, dass du es gut hast.«

Ich habe es gut, so gut, das Mantra meiner Kindheit.

Doch ich bringe es nicht über mich, Alice davon zu erzählen. Wie sie da so niedergeschlagen vor mir sitzt, umgeben von meinen Kindheitsfotos, wirkt sie ganz anders als das leichtfertige, unbekümmerte Mädchen in der Beschreibung meiner Mutter.

»Luke?«, sagt sie, und es klingt immer noch, als würde sie meinen Namen versuchsweise aussprechen, als sollte er eigentlich anders lauten. Charlie – den hatte sie mir gegeben.

»Ich werde bestimmt nicht versuchen, dir eine Mutter zu sein. Das wäre dumm. Wollen wir uns auf Freundschaft einigen?«

Sie nimmt ihr Weinglas und wartet, dass ich es ihr nachtue. Wir stoßen an, diese schöne, siebenundvierzigjährige Frau und ich, zwei Fremde in einem Restaurant, verbunden durch eine Vergangenheit, die ich erst noch verstehen lernen muss.

DAMALS

Alice

London, 1972

Eine vor mich hingeknallte Zeitschrift lässt mich aufblicken.

»*Das* nenn ich Sexappeal.«

Die Stimme, merkwürdig rau für einen neunzehnjährigen Nichtraucher, gehört Rick. Das Gesicht mit den ausgeprägten Wangenknochen neben meinem pseudokubistischen Stillleben dagegen Jacob Earl, dem dunkeläugigen Sänger der Disciples. Er ist auf der Titelseite von *Sounds*, mit aufgeknöpftem schwarzem Hemd und schimmernder Brust, zum Objekt der Begierde gemacht wie das Mädchen von Seite drei.

»Gig im Marquee heute Abend. Wir gehen hin«, sagt Rick und mustert meine Leinwand. »Meinst du nicht, der Apfel würde in Blau besser kommen?«

Er sagt es leichthin, hilfsbereit, aber bei jeder seiner tollen Eingebungen merke ich, wie ich wieder in Selbstzweifel verfalle. Bin ich wirklich so gut wie die anderen? Verdiene ich meinen Platz hier, eine von nur zwölf Studierenden des Jahrgangs, die für den Studiengang bildende Kunst an der Slade School of Fine Art angenommen wurden, bekanntermaßen die beste Kunsthochschule des Landes?

Rick gehört zu der Sorte Maler (Schrägstrich Bildhauer, Schrägstrich Keramiker, Schrägstrich Textilkünstler, er kann mit jedem Material glänzen), die eigentlich nicht studieren müssten. Er ist schon wer, der Liebling der Dozenten, das Maskottchen der Akademie, der Geheimtipp der Sammler. Vergangene Woche hat er ein Selbstporträt – sein Gesicht in vertikalen grünen Streifen – an einen Mann verkauft, der sich als der Inhaber des Nobelrestaurants San Lorenzo herausstellte. Ich stelle mir vor, wie Mick und Bianca dort ihre Minestrone schlürfen, während Rick mit seinen stechend blauen Augen auf sie herabfunkelt.

Das Seminar heute Nachmittag, Drucktechnik bei Gordon King, macht mir am meisten Angst. King ist ein ehemaliger Vertreter der Pop-Art (er hat sich vor ein paar Jahren von der Bewegung distanziert und spricht jetzt nur noch abfällig von ihr), seine Arbeiten verkaufen sich für Tausende von Pfund und hängen in der ständigen Sammlung der Whitechapel Art Gallery. Vor vier Jahren kam er in die Slade gerauscht und stellte das Institut für Drucktechnik auf den Kopf. Es heißt, dass er die Macht hat, über Erfolg oder Misserfolg einer Karriere zu entscheiden; jedenfalls verkaufen drei seiner Schützlinge ihre Sachen jetzt in den Kunstgalerien der Cork Street.

Rick ist sein Liebling. Er kann geschlagene fünf Minuten neben ihm stehen und seine Farbwahl preisen.

»Kommt mal her, Leute. Seht euch diese Rosa-, Grün- und Brauntöne an. Seht ihr, wie die Kirschblütenpracht hier mit Schlammgrün und Kackbraun abgesetzt wird? Das ist Farbkalibrierung auf höchstem Niveau.«

Heute arbeite ich an einer Lithografie von einem Baum, meinem Lieblingssujet, und bin voller Hoffnung, dass all die Nächte, die ich über Tonalität und Farbsättigung gebrütet habe, sich endlich auszahlen werden. Nachdem ich die Umrisse meines Baums (eine faszinierende alte Eiche, eigentümlich vermenschlicht) auf einen Kalksteinblock gezeichnet habe, werde ich diesen mit einer beschränkten Palette aus Gelb, Rot, Schwarz und Weiß bespritzen. Darauf habe ich die ganze Woche über hingearbeitet, habe in meinem Studentenzimmer Farben aus kleinen Tuben gemischt, bis ich drei ideale Hauttöne erhielt. Bald werden sich die Äste des Baums in fleischfarbene Gliedmaßen verwandeln und der dicke runde Stamm in einen Torso, die Rippen von Hand herausgearbeitet. Ich werde das Bild *Metamorphosis I* nennen, ein schön kafkaesker Titel für das erste einer Serie von Baummenschen.

Gordon aber will diese Verwandlung nicht abwarten.

»Nicht schon wieder ein Baum«, sagt er mit verschränkten Armen und verkniffenem Mund und baut sich neben mir auf. »Was ist das nur mit dir und den Bäumen?«

Ich schrumpfe innerlich zusammen. Statt ihm die Stirn zu bieten, wie ich es ständig in Gedanken tue, sage ich schwach: »Ich weiß nicht. Ich mag sie eben.«

»Tja, ich mag Eiscreme, aber ich male das nicht jeden

verdammten Tag. Mach mal was Neues. Wir müssen hier endlich eine Entwicklung sehen, das ist unter Abi-Niveau.«

Hinterher im Pub flößt Rick mir Gin Tonic ein und hält meine Hand, während ich heule.

»Ich bin fehl am Platz in diesem Studium, ich schmeiß es hin!«

Diese Szene spielt sich jede Woche ab, immer nach Gordon Kings Seminar.

»Was ist das nur mit dir und den Bäumen?«

Rick kann Gordon perfekt nachahmen, seinen weichen, anglisierten schottischen Tonfall, mit dem er gern die bissigsten Kommentare vom Stapel lässt.

»Der Typ ist ein Tyrann, und du bist sein Opfer. Dagegen müssen wir was unternehmen.«

Er deutet auf mein halb volles Gin-Tonic-Glas.

»Trink aus, Baummädchen. Auf uns wartet ein Konzert.«

Es wäre noch Zeit für einen weiteren Drink, bevor es losgeht, aber der Pub ist gerammelt voll, dreihundert Leute in einem winzigen Raum. Die meisten rauchen, die Luft ist grünlich grau. Rick nimmt meine Hand und zerrt mich durch die Menge.

»Tschuldigung, sorry«, sagt er, während wir auf Füße treten und uns zwischen Pärchen hindurchzwängen. Dann, zwei Meter vorm Tresen, bleibt er abrupt stehen, sodass ich gegen ihn knalle.

»Was ist?«, frage ich, doch Rick antwortet nicht.

Vielleicht sind es seine Pheromone, irgendeine Art von chemischer Energie jedenfalls, weshalb ich auf genau dieselbe Stelle blicke wie er. Jacob Earl steht vorn am Tresen, die Ellbogen aufgestützt, eine Pfundnote in der Hand. Er bestellt Drinks und scheint von einem unsichtbaren Kraftfeld umgeben zu sein – ein ganzer Raum voller Fans, die ihn ansehen, aber nicht berühren können.

Selbst von hinten wirkt er faszinierend, seine dunklen, fast schwarzen Haare, die sich über den Hemdkragen ringeln, seine schmalen Hüften in den engen schwarzen Jeans, die Schlangenlederstiefel.

»Warte, bis er sich umdreht«, sagt Rick, und in dem Moment tut Jacob es.

Er hat ein außergewöhnliches Gesicht, sehr androgyn, aber nicht auf die Art wie Bowie, denn er ist noch hübscher mit seinen Locken und den großen braunen Augen, den vollen Lippen. Um den Hals trägt er ein geblümtes Samtband und mehrere Goldketten, und sein Hemd ist wie auf dem Foto fast bis zur Taille offen. Unmöglich, ihn nicht anzustarren.

»Hey, Jacob!«, ruft Rick, worauf der Sänger zu uns hersieht. »Bring uns zwei Ales mit, wenn du gerade dabei bist, ja?«

So etwas traut er sich, verlangt das Unmögliche mit einem optimistischen Grinsen, und oft genug erliegen die Leute seinem Charme.

»Okay«, sagt Jacob gedehnt und lächelt dann ebenfalls. »Pints oder halbe?«

»Pints. Bitte.« Rick reicht einen Pfundschein durch.

»Für deine Freundin auch?«

»Sie ist nicht meine Freundin«, antwortet Rick ein bisschen zu schnell, und Jacob lacht.

»Bist du sicher?«

»Vollkommen sicher. Das ist Alice. Ich bin Rick. Wir gehen zusammen auf die Kunsthochschule.«

»Kunsthochschule? Welche?«

»Die Slade.«

»Hey, Eddie. Eddie!«

Ein anderer ganz in Schwarz gekleideter Typ dreht sich vom Tresen um und sieht uns gelangweilt an.

»Die zwei studieren Kunst«, sagt Jacob. »An der Slade. Kennst du doch, oder? Beste Kunstschule im Land. Du erinnerst dich, worüber wir vorhin gesprochen haben?«

»Ja, logo.«

Was es auch war, Eddie könnte es offenbar nicht egaler sein.

»Vielleicht sollten wir mal mit ihnen darüber reden? Über unsere Idee?«

Eddie zuckt die Achseln, sieht auf seine Armbanduhr.

»Keine Zeit. Wir sind in zehn Minuten dran.«

Jacob nickt, wenn auch widerstrebend, scheint mir.

»Du hast recht, wir sollten uns fertig machen.«

Er schickt ein letztes umwerfendes Lächeln in meine Richtung, und ich merke, wie ich rot werde.

»Also, viel Spaß dann«, sagt er. »Sehen wir uns hinterher noch?«

Während wir auf den Auftritt der Band warten und sich immer mehr Leute in dem dunklen, schachtelartigen Raum drängen, der vor gespannter Erwartung vibriert, kreisen meine Gedanken nur noch um den schönen Sänger. Diese wenigen Sekunden Augenkontakt haben sich geradezu physisch auf mich ausgewirkt: Magenkrämpfe, Herzklopfen, mein ganzer Körper erfasst von einer ahnungsvollen Vorfreude.

Ich nehme an, dass ich die Gruppe mögen werde, alle um mich herum scheinen sie toll zu finden, aber als sie dann endlich die Bühne betreten, lässt die Intensität ihres Eröffnungsakkords – Schlagzeug, Gitarre und ein lang gezogener Vokalton – keinen Raum mehr für Überlegungen. Ich tauche in die Musik ein wie noch nie zuvor. Mein Blick streift die anderen Musiker – den Schlagzeuger, den Bassisten, die Backgroundsänger, zwei Mädchen, ein Typ –, um dann wie magnetisch angezogen immer wieder zu Jacob zurückzukehren. Noch nie habe ich jemanden mit einem derart ungezwungenen Selbstvertrauen erlebt. Er singt so dicht am Mikrofon, dass seine Lippen es fast berühren, und tanzt zwischen den Gesangsstücken über die Bühne, obwohl tanzen nicht der richtige Ausdruck ist für seine hüftschwingenden, schlurfenden Schritte. Bei jedem anderen würde das wahrscheinlich komisch aussehen, nur nicht bei ihm mit seiner schmalen Gestalt und den coolen, zuckenden Bewegungen.

Doch es sind die Songtexte, die mich über eine unsichtbare Schwelle hinweg in einen Zustand versetzen, in dem ich mich kaum noch erinnern kann, dass Jacob Earl irgendwann einmal nicht meine Gedanken beherrscht hat.

Der erste Song, »Sarah«, über die Trennung von einem Mädchen, ist der Inbegriff von Traurigkeit. Ich möchte Sarah sein, möchte in Sarahs Schmerz versinken.

»Schreibt er seine Texte selbst?«, frage ich Rick, ohne von der Bühne wegzusehen.

Rick lacht, ebenfalls ohne den Blick abzuwenden.

»Natürlich. Er ist ein Gott.«

Was gibt es über die nächste Stunde zu sagen, in der wir beide völlig in Klang und Visuellem und unseren privaten Fantasien aufgehen? Als Ganzes – der dreiköpfige männliche Act plus Backgroundtrio für heute Abend – scheint sich die Band in permanenter Ekstase zu befinden mit ihren explosiven Riffs, eins länger als das andere, und den ausgedehnten Schlagzeugsolos, die anstrengend sind, weil sie die ganze Aufmerksamkeit beanspruchen. Es sind jedoch die ruhigeren Momente, die mir am besten gefallen, die langsamen, schlafwandlerischen Übergänge in Balladen, deren Texte mit ihrer poetischen Melancholie berühren. Bei dem letzten sehnsüchtigen Lovesong setzt Jacob sich an den Bühnenrand und singt mit amerikanisierter Bluesstimme ins Mikrofon – Honig über ein Reibeisen geträufelt.

Er geht als Erster von der Bühne, eine Hand lässig zum Gruß gehoben, die Gitarre umgeschlungen, wonach der Bassist und der Schlagzeuger beide ein letztes Solo geben, ehe sie ihm hinausfolgen.

Keine Zugabe, nur die Begeisterungsstürme des Publikums.

»Gott, die sind der Wahnsinn.«

»Seine Stimme«, sagt Rick, »David Bowie, nur besser.«

»Sein Gesicht. Mick Jagger, nur hübscher.«

Rick zieht die Augenbrauen hoch und mustert mich schief.

»Und endlich«, sagt er, »beginnt die Eiskönigin zu tauen.«

HEUTE

Luke

Wir wohnen in einem viktorianischen Reihenhaus mit vier Schlafzimmern in Clapham, gekauft mit dem Geld, das ich von meinem Vater geerbt habe. Niemand aus unserem Freundeskreis wohnt so, aber sie haben auch alle noch beide Eltern, während mein Vater vor zwei Jahren an einem Milztumor gestorben ist, ein schwerer, schrecklicher Tod, der mich mit meiner Mutter allein zurückgelassen hat. Unser Verhältnis war von jeher das schwierigere, und jetzt fehlen die kindischen Witze meines Vaters und seine Vorliebe für teuren Wein zur Auflockerung. Als meine Mutter erfuhr, dass Hannah nach nur drei Monaten Beziehung von mir schwanger war, bat sie uns eindringlich, »nicht diesen Fehler zu begehen«.

»Setzt eure Beziehung nicht jetzt schon so unter Druck, ihr kennt euch doch noch kaum. Ich bezahle den Eingriff in einer Privatklinik, das ist heutzutage völlig problemlos.«

Einem Adoptivkind zu einer Abtreibung zu raten – das entbehrt nicht einer gewissen Ironie. Mach nicht denselben Fehler wie deine Mutter, soll heißen, ganz konkret und brutal: Tötet diesen Embryo, lasst diesen Zellklumpen ausschaben, bevor er euer Leben ruiniert. Um keine Missverständnisse entstehen zu lassen: Die Entscheidung, das Kind mit Hannah zu bekommen, fiel nicht aus Dankbarkeit für mein geschenktes Leben (ich bin 1973 geboren, und Abtreibungen waren damals schon legal und ohne Weiteres möglich). Nein, die Aussicht, ein Kind mit diesem wuschelköpfigen Mädchen aus Cornwall mit den rosigen Wangen und dem strahlenden Optimismus in die Welt zu setzen, löste nichts Geringeres als einen Glücksschub in mir aus. Ich wünschte mir ein Kind, dieses Kind, wie ich mir noch nie zuvor etwas gewünscht hatte.

Als ich nun nach diesem denkwürdigen Mittagessen nach Hause komme, wird die Tür aufgerissen, bevor ich sie aufschließen kann, so als hätte Hannah schon dahinter gewartet.

»Ach Gott«, sagt sie, nimmt meine Hand und zieht mich ins Haus. »Wie geht es dir?«

Hannahs Anteilnahme, ihre Besorgnis, ihr Interesse an mir – manchmal kann ich nicht genug davon bekommen. Ich versuche, mich ungerührt zu geben, ihr nicht zu zeigen, wie sehr ich nach dem Scheinwerferlicht ihrer Aufmerksamkeit lechze, aber innerlich bin ich wie ein Kind. Sieh mich an, Hannah, sieh mich an.

»Ganz gut, glaube ich«, sage ich und gebe ihr einen Kuss. »Wo ist der Kleine?«

»Er schläft. Komm, er wird so schnell nicht aufwachen, und ich will *alles* hören.«

Wir setzen uns an den Esstisch und halten uns an den Händen, wobei ich einen ersten kleinen Schub von Euphorie verspüre. Ich habe meine leibliche Mutter gefunden. Ich mag sie. Ich mag es, dass sie nun Teil meines Leben ist.

»Also, von Anfang an. Wie sieht sie aus?«

Wie beschreibt man seiner Partnerin eine andere schöne Frau? Möglichst ehrlich, beschließe ich.

»Sie ist groß und dunkelhaarig, ein echter Hingucker. Die Leute haben sich nach ihr umgedreht. Es war, wie mit Helena Christensen zu Mittag zu essen. Und ehe du fragst, nein, ich stehe nicht auf meine eigene Mutter.«

Hannah lacht.

»Wundert mich nicht, dass sie schön ist«, sagt sie, steht auf und kommt um den Tisch herum. Sie küsst mich und kneift mich in die Innenseite des Oberschenkels, was sofort eine heftige Reaktion in meinem Schritt auslöst.

»Sollten wir es nicht ausnutzen, dass er gerade so schön schläft?«

Ich schiebe meine Hände unter ihr T-Shirt und bewege sie langsam von ihrem Bauch zu ihren Brüsten hinauf.

»O Gott«, seufzt sie.

Was ich an Hannah liebe, ist, dass sie mich genauso leidenschaftlich will wie ich sie. Eine gezielte Berührung, und sie lässt alles stehen und liegen, unser Begehren ist gegenseitig und unmittelbar. Alles ein bisschen schwieriger mit einem Baby natürlich, besonders wenn dieses Baby nachts zwischen einem schläft.

Doch sie zieht meine Hände weg.

»Später«, sagt sie. »Erst muss ich alles über Alice erfahren.«

Ich berichte ihr das wenige, das meine leibliche Mutter über sich erzählt hat. Sie wohnt in Chiswick, ist Single und hat keine anderen Kinder. Sie lebt von der Malerei, fertigt Tierporträts für reiche alte Damen an.

»Und was ist mit Richard?«

Hannah ist ein eingefleischter Fields-Fan. Wir haben einen Druck von einem seiner berühmtesten Gemälde – *Die Exhibitionistin* – hier bei uns an der Wand hängen. Es ist das Porträt einer kleinen Angeberin, die für ihre hingerissenen Eltern tanzt. Sie ist übergewichtig und trägt ein lila Paillettentrikot und einen Zylinder. Ihre linkische Haltung verrät, dass sie nicht besonders gut ist.

»Sie sind immer noch eng miteinander befreundet. Sie telefonieren jeden Tag miteinander, sehen sich fast jede Woche. Über ihre Beziehung damals hat sie nicht viel gesagt, ich hatte den Eindruck, dass es nur eine kurze Affäre war. Er ist schließlich schwul.«

»Meinst du, er wäre zu einem Interview bereit?«, fragt Hannah und besitzt immerhin den Anstand, dabei verlegen zu lachen.

In der Kulturredaktion der *Sunday Times*, für die sie arbeitet, gibt es eine ungeschriebene Hitliste der meistbegehrten, aber am schwersten zu bekommenden Interviewpartner. Richard Fields steht ganz oben auf dieser Liste, und Hannah versucht seit Jahren, ein Exklusivgespräch mit ihm zu ergattern.

»Du bist eine harte, skrupellose Frau. Bedeuten dir meine jahrelangen Seelenqualen denn gar nichts?«

»Deine Seelenqualen sind der perfekte Türöffner. Er möchte doch bestimmt seinen Sohn kennenlernen? Ihr habt viel nachzuholen.«

»Ich denke, dass es erst einmal bei Alice und mir bleiben wird. Sie hat Rick nicht oft erwähnt – so nennt sie ihn, nicht Richard.«

»Darf ich sie kennenlernen?« Hannah nimmt meine Hände, küsst erst die eine, dann die andere. Ihr Enthusiasmus ist ganz anders als meiner, so direkt und unkompliziert. Sie betrachtet Alice als eine überraschende Wendung in meiner persönlichen Geschichte, als eine Möglichkeit, Licht ins Dunkel zu bringen. »Wir könnten sie zum Essen einladen. Dann kann sie Samuel kennenlernen. Ihren Enkel.«

»Das ist vielleicht noch ein bisschen zu früh für sie«, sage ich und denke, dass es auf jeden Fall zu früh für mich ist.

»Hat sie dir erzählt, was passiert ist? Warum sie dich nicht behalten konnte?«

»Nicht so richtig. Ich hatte den Eindruck, dass es zu schmerzlich für sie ist, darüber zu sprechen. Vermutlich hat er, Richard, das Kind nicht gewollt. Sie waren ja nicht ineinander verliebt oder so.«

Hannah streichelt lächelnd meine Hand. Es gibt gewisse Parallelen zwischen den beiden damals und uns jetzt, siebenundzwanzig Jahre später. Nur dass wir das Baby bekommen wollten, es behalten, es lieben wollten. Auf einmal werde ich ganz traurig, um Alice' willen, um meiner selbst willen, um des gemeinsamen Lebens willen, das wir nie haben durften.

Wie gut erinnere ich mich noch an den Tag, als Hannah unangekündigt bei mir auftauchte, mit rotem, verheultem Gesicht. Sofort befürchtete ich das Schlimmste. Das war es, das Ende, das ich immer wieder heraufbeschworen hatte. Abgelehnt zu werden ist eine Angst, die mir in den Knochen sitzt, sosehr ich auch dagegen anzukämpfen versuche.

Doch es war das genaue Gegenteil.

»Ich bin schwanger«, sagte sie, und ich musste mich beherrschen, um nicht laut zu lachen vor Glück, denn das klang wie Musik in meinen Ohren. Ich verstand nicht, warum sie weinte.

»Ist das denn so schlimm?«, fragte ich, woraufhin sie mich einen Moment lang verwirrt ansah, ehe sich ein strahlendes Lächeln auf ihrem Gesicht ausbreitete und wir uns in eine Zukunft stürzten, die wir beide nicht vorausgeahnt hatten.

DAMALS

Alice

Ich liebe das Aktzeichnen, der Kurs ist für mich der Höhepunkt der Woche. Ich liebe Josef, das spanische Aktmodell, der in seinen blauen Bademantel gehüllt darauf wartet, dass der Vortrag endet und das Zeichnen beginnt. Ich liebe Rita Miller, die Dozentin, die am Anfang jeder Sitzung so leidenschaftlich spricht und mir jedes Mal neues Selbstvertrauen einflößt. Gordon King putzt mich herunter, und Rita Miller baut mich wieder auf, Woche für Woche. Und ich liebe es, dass ich schon nach einer halben Minute vor dem splitternackten Josef dazu in der Lage bin, seine Genitalien zu mustern und zu vermessen, als würde ich ein Obstarrangement skizzieren.

Wie immer bemüht sich Rita, uns die Kunst der genauen Beobachtung zu lehren.

»Anfänger glauben, dass Freiheit in der Darstellung das Größte ist«, sagt sie, während sie durch unsere Reihen hindurchgeht. »Doch die meisten Anfänger haben überhaupt keine Freiheit, weil sie in ihrer eigenen Beschränktheit gefangen sind. Ehe man spontan sein kann, muss man zuerst lernen, richtig zu sehen, und die Sprache beherrschen, die es einem ermöglicht, das auszudrücken, was man sieht.«

Sie wedelt in Richtung des kleinen Podests an der Stirnseite des Raums.

»Josef, ich denke, wir sind jetzt bereit für dich.«

Unser Modell zieht den Bademantel aus und legt ihn sorgsam auf dem Stuhl zusammen, ehe er das Podium besteigt. Er drapiert sich vor einem mit grünem Sackleinen bespannten Wandschirm, Anlehnungen an den Gekreuzigten, eine Haltung, die sich garantiert Rita ausgedacht hat. Kopf seitlich nach unten geneigt, über die Oberkante des Schirms ausgebreitete Arme, lose herabhängende Hände. Er gibt einen ziemlich guten Jesus ab mit seinen schönen, ausgeprägten Gesichtszügen und dem schlanken, sehnigen Körper. Flacher Bauch, muskulöse Oberschenkel, lange, schmale Finger, jetzt klauenartig gekrümmt.

»Überlegt euch, was ihr seht«, sagt Rita. »Denkt nach, glotzt nicht nur. Und ich spreche hier nicht von Hautfalten oder dem Knochengerüst.« Sie zeigt mit schwungvoller Geste auf Josef, der unbewegt zurückblickt. »Wonach wir suchen, sind Verknüpfungen und zugrunde liegende Muster, Einsichten und Empfindlichkeiten, die auf den ersten Blick verborgen scheinen. Ohne Beobachtung bekommt ihr keinen Inhalt.«

Während ich Josef betrachte, stelle ich Vermutungen über seine Vorgeschichte an. Ein junger Mann, weggelockt aus einem traditionsbestimmten Leben in der spanischen Provinz in das wilde, vergnügungssüchtige London, wo sich Sexshops, Pornokinos, Striplokale und Prostituierte in den zugemüllten Straßen aneinanderreihen und man Marihuana raucht wie Zigaretten (auch in diesem Moment reichen bestimmt vier oder fünf Studenten auf dem Dach der Slade einen Joint herum). Vielleicht ist er schwul. Oder ein feuriger Heterosexueller, hier wegen der Verheißungen der sexuellen Revolution, in einer Stadt, in der Frauen – betrunkene, bekiffte Frauen – oben ohne auf Partys tanzen und sich durch rebellische Promiskuität austoben. Vielleicht ist er auch nichts davon. Vielleicht habe ich einfach nur Sex im Kopf.

Tatsache ist, dass ich mit Gedanken an Jacob, den schönen Sänger mit seinen fein gemeißelten Wangenknochen und lyrischen Songs, eingeschlafen und aufgewacht bin. Noch nie hat Musik eine derartige Wirkung auf mich gehabt. Klar, ich sammele die aktuellen Platten – T.Rex, The Doors, The Rolling Stones (*Sticky Fingers*, das vergangenes Jahr herauskam, habe ich so oft gespielt, dass die Rillen sich geweitet haben und weißlich grau geworden sind). Doch als ich in diesem überfüllten, verräucherten Club stand und Jacob von Trennungen und vorzeitigen Abschieden singen hörte, ist etwas mit mir passiert. Ich glaube, ich habe, eher körperlich als mit dem Verstand, die Einheit von Klang und Stimme begriffen, die Tonfolgen der einzelnen Instrumente, als würde ich sie mit jeder Faser meines Seins in mich aufsaugen. Und es war noch mehr als das. Jacobs Texte, das, was er sang – er glaubte daran, und er wusste, dass er gut war. Selbstbewusstsein war die Droge, die mich zu ihm hinzog.

Wenn ich Josef jetzt so ansehe, will ich diese neuen Empfindungen von gestern Abend wieder aufleben lassen, diese Mischung aus Sehnsucht, Begierde, Neid, Bewunderung. Während ich seine Augen zeichne, die mir heute tiefgründig, hypnotisch erscheinen, höre ich Jacob sein Klagelied an ein Mädchen namens Sarah singen.

Die Skizze erweist sich am Ende als das Beste, was ich bisher gemacht habe. Als wir uns diesmal um eine Staffelei versammeln sollen, ist es meine Zeichnung, wegen der alle herbeikommen.

»Beobachtung wird von der Fantasie genährt«, sagt Rita. »Alice hat sehr schön einen Eindruck vom Charakter des Modells herausgearbeitet, den sie nur vermutet haben kann. Erkennt ihr das Traurige in Josefs Augen hier? Eine Art sehnsüchtiges Verlangen, meint ihr nicht?«

Als wir den Zeichensaal verlassen, hören wir Tumult unten im Erdgeschoss. Die schrille Stimme von Muriel Ashcroft, der Empfangssekretärin der Slade, schallt uns entgegen, als Rick und ich die Wendeltreppe hinunterhüpfen.

»Tut mir leid, aber wenn Sie keinen Termin haben, muss ich Sie jetzt bitten zu gehen.«

»Aber ich bin gekommen, um mit zwei von Ihren Studenten über einen möglichen Auftrag zu sprechen.«

»Mit wem?«

»Einem Mädchen und einem Typ. Das Mädchen heißt Alice.«

»Welche Alice? Wir haben zwei.«

»Oh, na ja, diese Alice ist sehr ... wie soll ich sagen? Sie sticht heraus.«

Rick und ich kommen unten an, wo Jacob Earl steht

und übers ganze Gesicht strahlt, sobald er mich sieht. Die Begegnung trifft mich unvorbereitet und löst eine neue heftige Reaktion aus: Knochen, Zellen, Blut, Herz, alles vibriert vor Verlangen unter meiner Haut. Ich merke, dass ich ihn ebenfalls angrinse, etwas dümmlich vermutlich. Trotzdem, wenn ich einen Moment meines Lebens für immer festhalten könnte, dann wäre es wahrscheinlich dieser.

»Da seid ihr ja. Das ist meine Alice«, sagt Jacob zu Muriel, die ziemlich aufgelöst wirkt in Gegenwart dieses gut aussehenden jungen Mannes. Vielleicht ist sie ja doch aus Fleisch und Blut.

»Meine Alice«, wie das aus seinem Mund klingt...

»Na schön«, sagt Muriel. »Aber vielleicht könnten Sie Ihre ›geschäftliche Besprechung‹ jetzt irgendwo draußen abhalten?«

Jacob ist größer, als ich dachte, und auch heute schwarz gekleidet, ein Hemd mit weiten, fließenden Ärmeln, ein langer cremeweißer Schal mit einem Muster aus braunen Federn, ausgestellte schwarze Jeans und die Schlangenlederstiefel von gestern Abend.

Zu dritt gehen wir zum Ausgang und die Treppe hinunter auf den Vorplatz.

»Ich dachte, ihr beide wolltet noch auf einen Drink bleiben gestern?«, sagt Jacob.

»An der Bar war's gerammelt voll«, erwidert Rick. »Sie hatten schon für die letzte Bestellung geläutet, wir wären nicht mehr bedient worden. Hat nicht viel Sinn, weiter rumzuhängen, wenn man nichts mehr zu trinken bekommt.« Rick lacht, und Jacob stimmt mit ein.

»Also, ich wollte über ein geplantes Projekt mit euch

reden. Ein Kunstprojekt.« Er deutet mit dem Kinn auf unsere Skizzenblöcke. »Ich schätze, ihr seid echt gut im Zeichnen?«

»Alice ist unser Star«, sagt Rick. »Du solltest mal sehen, was sie eben im Kurs gemacht hat. Was ist das für ein Projekt?«

»Eventuell unser neues Albumcover. Eddie und ich hatten so eine Idee mit einer Zeichnung von der Band, wir drei auf der Bühne, aber mehr so gestellt, ein bisschen wie ein Stillleben.«

»Dann ist Rick der Richtige für euch«, sage ich und hoffe, dass Jacob das Zittern meiner Stimme nicht bemerkt. »Er ist der Talentierteste von uns. Kann seine Sachen schon verkaufen.«

»Süß, ihr zwei. Wie Frischverheiratete. Was meint ihr, ich lade euch auf einen Kaffee ein, und wir reden darüber?«

Aus der Nähe und bei hellem Tageslicht betrachtet, sieht er älter aus als auf der Bühne, aber trotzdem faszinierend. Augen, Wangen, Mund. Schlanker Hals, hervortretendes Schlüsselbein, die Vertiefung in der Mitte etwa so groß wie mein Daumen.

»Geh du mit, Alice«, sagt Rick abrupt. »Du bist die Beste im Zeichnen, und es wäre gut für dich.«

»Moment. Nein. Warte.« Ich will ihn aufhalten, aber Rick schlendert schon grinsend davon.

»Ich hab noch eine Verabredung«, ruft er über seine Schulter hinweg, was klar gelogen ist.

»Keine Sorge, Alice«, sagt Jacob mit ernstem Blick und unernst verzogenem Mund. »Alles rein geschäftlich. Magst du Kaffee?«

»Ja, klar. Kaffee, Tee, Cola, alles.«

Jacob beugt sich vertraulich zu mir vor, sodass unsere Gesichter sich fast berühren.

»Ich meine richtigen Kaffee, italienischen. Kaffee, der eher wie ein religiöses Erlebnis ist. Kaffee, der dich umhaut.«

»Ich glaube nicht, dass ich schon mal so einen getrunken habe.«

»Dann gehen wir zur Bar Italia.« Er deutet auf das Skizzenbuch unter meinem Arm. »Nimm deine Bildersammlung mit.«

HEUTE

Luke

Die seelischen Verletzungen eines Adoptivkinds haben ihren Ursprung bereits in den frühen Jahren der Kindheit. Es wird beherrscht von dem Gefühl, dass »etwas mit mir nicht stimmt, ich eine Enttäuschung bin, es nicht wert bin, behalten zu werden«. Mit der Zeit kann diese latente Unsicherheit eine gefährliche Macht entwickeln.

Joel Harris, Wer bin ich? Das verborgene Trauma adoptierter Kinder

Hannah hat einen neuen Namen für mich.

»Der Mann mit den zwei Müttern«, sagte sie vergangene Nacht im Dunkeln und legte mir über das Baby hinweg eine Hand aufs Bein.

Heute, da meine Mutter Christina sich übers Wochenende angekündigt hat, erscheint er mir besonders passend.

Beim Nachhausekommen sehe ich ihren dunkelblauen Golf mit gemischten Gefühlen vorm Haus stehen. Wir tragen beide, denke ich oft, einen unterschwelligen Groll mit uns herum: ich, weil ich dankbar für meine Rettung sein muss, sie, weil ich nicht ihr Wunschkind bin. Ihr einziges leibliches Kind war im letzten Schwangerschaftsmonat tot geboren worden, und ich glaube, das hat sie nie verwunden.

Ich treffe sie in der Küche an, wo sie mit Samuel über der Schulter im Kreis herumgeht. Wie eine Säuglingskrankenschwester will sie ihn dazu bringen, Bäuerchen zu machen, so vermute ich zumindest, denn ich bin noch nie einem dieser Fabelwesen begegnet (die ich mir massig und humorlos vorstelle, mit gestärkter weißer Haube.)

»Hallo, Liebling«, sagt sie, und wir deuten mit dem Kleinen zwischen uns einen Luftkuss an.

Hannah, die am Küchentisch sitzt, strahlt nur ein Viertel ihrer üblichen Präsenz aus. Das fällt mir immer als Erstes auf, wenn die beiden wichtigsten Frauen in meinem Leben zusammenkommen – wie meine Mutter meine Freundin auslaugt, bis ich sie kaum wiedererkenne. Sie begrüßt mich mit einem schwachen »Hi«, woraus ich sofort schließe, dass etwas nicht stimmt.

»Wann bist du angekommen?«, frage ich Christina, um Zeit zu gewinnen und mir die mögliche Katastrophe zusammenzureimen.

»Ach, so um die Mittagszeit. Hannah war auf dem Stuhl da eingeschlafen, und Samuel ist ihr praktisch vom Schoß gerutscht. Also habe ich sie überredet, sich ins Bett zu legen, während ich auf das Baby aufpasse.«

Ein kurzes Schweigen folgt, das meine Mutter mit der Bemerkung beendet: »Ich kann es nicht glauben, dass Samuel bisher noch nie in seinem Kinderbett geschlafen hat. Ihr zwei seid zu komisch. Er hat das Haus zusammengeschrien.«

Ich sehe Hannah nicht an, ihr tragischer Blick wird mich fertigmachen, das weiß ich. Eins der vielen Dinge, in denen wir übereinstimmen, ist unsere Einstellung zur Kindererziehung. Dieses Baby – unser Sohn, unserer allein – soll niemals weinen müssen, nicht, solange wir es verhindern können. Er soll sich geborgen und sicher fühlen, in einem Nest aus Vertrauen, gewiegt von unserem Herzschlag. Keine Psychoanalyse nötig – ich wurde aus den Armen meiner leiblichen Mutter gerissen und in eine fremde Umgebung versetzt, wo ich, wie Christina mit einem bemerkenswerten Mangel an Feingefühl gern erzählt, »die ersten Wochen nur geschrien und geschrien« habe. Sagen wir einfach, ich wurde physiologisch darauf programmiert, das Geräusch eines schreienden Babys zu verabscheuen.

»Mum, ich habe dir doch gesagt, dass Samuel nicht in dem Gitterbett schlafen mag.«

Ich unterdrücke den Impuls, meinen Sohn an mich zu reißen, und nehme mir stattdessen ein Bier aus dem Kühlschrank.

»Okay, Aperitif«, sage ich. »Was möchtest du, Mum? Ich glaube, es ist noch Gin von deinem letzten Besuch übrig.«

Meine Mutter wird achtundvierzig Stunden hier sein, und ich weiß jetzt schon nicht, was ich mit ihr reden soll. Die Unterhaltung verläuft nie so ungezwungen, wie wenn Hannahs Eltern aus Cornwall zu Besuch kommen – all die schönen, beschwipsten Abende, an denen viel gelacht wird und alle gleichzeitig drauflosreden. Anfangs, als ich ihre Familie kennenlernte, war ich regelrecht schockiert, weil ich das unhöflich und respektlos fand. Hören die einander nie zu?, dachte ich, während sie und ihre Schwestern einander ins Wort fielen und von einem Thema zum nächsten sprangen, keinen Satz beendeten und jeden Ernst, wo es nur ging, auch bei den traurigsten Geschichten, mit fröhlichem Gelächter vertrieben. Und dann dieses Angefasse, du lieber Gott, so etwas hatte ich noch nicht erlebt. Ständig wurde sich bei anderen auf den Schoß gesetzt, über Köpfe gestreichelt und Händchen gehalten. Diese Leute waren so verdammt berührungsfreudig, und das bekam ich auch zu spüren. Maggie, Hannahs Mutter, umarmte mich gleich, als ich ihr vorgestellt wurde, was die anderen dazu ermutigte, mich in die Wange zu kneifen oder mir durch die Haare zu wuscheln. Peter, der Vater, schlug mir regelmäßig spielerisch vor die Brust, und Eliza, Hannahs jüngere Schwester, setzte sich, was ich leicht irritierend fand, gern bei mir auf die Knie. Wenn man zwei vollkommen gegensätzliche Familien miteinander vergleichen wollte, würden unsere beiden sich dafür hervorragend eignen.

Während ich einen Gin Tonic mixe und die Zutaten dafür aus dem Kühlschrank hole und auf den Küchentisch werfe, merke ich, dass ich automatisch auf höchste Alarmstufe geschaltet habe, eine Reaktion, die auf meine Kindheit zurückgeht. Sich immer schön beschäftigen, um keine Probleme zu bekommen, lautete meine Maxime. Die Probleme wurden dadurch hervorgerufen, dass ich ständig im Zentrum der Aufmerksamkeit meiner Mutter stand und jederzeit Gefahr lief, zu irgendwelchen als sinnvoll erachteten Aktivitäten gezwungen zu werden. »Willst du nicht mal rüber zu Andrew radeln und ihn fragen, ob er mit dir Brombeeren sammeln geht? Wir könnten dann zusammen einen Kuchen backen.« (Ich war vierzehn zu der Zeit.) »Rufen wir doch die Mädchen vom Gutshof an und laden sie zu einer Partie Karten ein.« (Zwei Schwestern, die so schön und cool waren, dass ich mich lieber eigenhändig kastriert hätte, als sie anzurufen.)

Meine Mutter ist eine gute Frau, und ich liebe sie, auch wenn es eine Liebe wie aus dem psychologischen Lehrbuch ist, nämlich überlagert von Schuldgefühlen, Dankbarkeit und Frustration. Kompliziert, wie gesagt.

Beim Abendessen kommt es zu einem weiteren Schreckmoment, als sich herausstellt, dass sie in unserem Namen bei einer Nanny-Agentur angerufen und für morgen zwei Tagesmütter zum Gespräch eingeladen hat. Von Einmischung zu reden wäre noch untertrieben.

»Seid mir nicht böse«, sagt sie, unser fassungsloses Schweigen richtig deutend. »Aber du willst ja bald wieder arbeiten, Hannah, und es kann einige Zeit dauern, bis man die richtige Person gefunden hat. Ich dachte, ihr wärt vielleicht froh über eine zweite Meinung.«

»Ach, Christina«, sagt Hannah und hat plötzlich Tränen in ihren schönen Augen, »ich kann den Gedanken gar nicht ertragen, Samuel allein zu lassen, jetzt jedenfalls noch nicht.«

Meine Mutter tätschelt ihr die Hand.

»Falls du es dir anders überlegst, was das Arbeiten angeht, sorge ich dafür, dass ihr finanziell nicht darunter zu leiden habt.«

Aus wohlmeinenden Gründen findet Christina, dass Hannah zu Hause bleiben und Vollzeitmutter sein sollte. Sie versteht die Höllenqualen nicht, die furchtbare Zerrissenheit, die es für eine Frau wie Hannah bedeutet, sich zwischen ihrem geliebten Beruf und unserem wunderbaren Jungen entscheiden zu müssen.

Am nächsten Morgen also die Bewerberinnen, die erste um Viertel nach zehn. Meine Mutter hat vorher geputzt, und das Haus sieht aus, als gehörte es anderen Leuten. Sie hat jedes bisschen Unordnung beseitigt, jeden herumliegenden Gegenstand irgendwo untergebracht – die Windeln in den neuen Schrank, die Turnschuhe säuberlich aufgereiht unter der Treppe – und sogar Blumen gekauft (Lilien, die Hannah wegen ihres starken Geruchs nicht mag).

Es ist schon beinahe komisch, wie wir beide auf Anhieb eine Abneigung gegen Nicole, die erste Betreuerin, verspüren, noch bevor sie ihren Mantel ausgezogen hat. Als würde sie jedes Kreuz in ein falsches Kästchen setzen.

Gleich als Erstes zeigt sie sich verwundert darüber, dass Samuel auf seinem Schaffell mitten auf dem Boden schläft, und wirft einen Blick auf ihre Armbanduhr.

»Das ist jetzt sein Vormittagsschläfchen, oder? Meinen Sie nicht, er würde in seinem Kinderbett länger schlafen?«

»Sie legen den kleinen Wurm nie in sein Bettchen«, sagt meine Mutter lachend. »Sie schleppen ihn überall mit sich herum und wundern sich dann, dass sie völlig erschöpft sind.«

Es folgt eine knappe Diskussion über Gina Ford, die im vergangenen Jahr ein Buch über die Erziehung von Babys veröffentlicht hat. Das erste Geschenk meiner Mutter zur Geburt war *Das zufriedene Baby*, in dem frühes Wecken, strikt geregelte Schlaf- und Fütterungszeiten und kontrolliertes Weinenlassen befürwortet werden. Nicole schwört auf Gina Ford, weshalb es wenig Sinn hat, dass sie sich überhaupt hinsetzt.

Meine Mutter stellt die Fragen, die Bewerberin gibt die korrekten Antworten – bescheinigte Ersthelferin, kürzlich aufgefrischt, tadellose Referenzen, Erfahrung mit Neugeborenen –, während Hannah und ich uns mit Blicken verständigen. Als ich meine Freundin so sehe, wie sie in ihrem Sessel lümmelt und Nicole mit gespielter Gleichgültigkeit strafft, wird mir klar, dass uns das alles völlig egal sein kann. Hannah, ich und Samuel, unser kleiner Dreierclan gegen die Welt.

Die nächste Kandidatin, Carla, mögen wir sogar. Sie ist in Buenos Aires aufgewachsen, wo sie sich um ihre sechs Geschwister gekümmert hat, während ihre Eltern arbeiteten. Sie stürzt sich sofort auf Samuel, der inzwischen wach ist und zögerlich lächelt, und fragt, ob sie ihn hochheben darf.

Diesmal stellen wir die Fragen, Fangfragen eigentlich, und Carla besteht den Test mit Bravour.

»Finden Sie es richtig, ein Baby manchmal weinen zu lassen?«

»Meine Babys weinen fast nie. Ich wickele sie in ein Tragetuch, damit sie mich spüren. Sie sind glücklich.«

Sie lacht viel und küsst Samuel auf die Wange, ohne uns zu fragen, ob das okay ist. (Ist es.)

Nachdem sie gegangen ist, sagt meine Mutter: »Ihr mochtet sie, das habe ich gemerkt«, doch Hannah schüttelt den Kopf.

»Ja, aber nicht genug. Ich kann mir nicht vorstellen, Samuel bei ihr zu lassen. Ich kann mir nicht vorstellen, Samuel bei irgendwem zu lassen, Punkt.«

Als sie ihr verschlossenes Gesicht sieht, ist meine Mutter klug genug, nicht weiter zu insistieren.

»Ihr werdet schon jemanden finden, wenn ihr so weit seid«, meint sie. »Und wenn ich euch anfangs mal aushelfen soll, braucht ihr es nur zu sagen.«

Ein Nachmittag im Park, ein knoblauchlastiges Brathähnchen zum Abendessen, und dann ein angespannter Abend vor dem Fernseher mit unserer neuesten DVD, *American Beauty*. Bei der Masturbationsszene unter der Dusche am Anfang lacht niemand.

Gegen Ende des Films vermeldet mein Handy den Eingang einer SMS, und ich nehme es gleichgültig zur Hand, bis ich sehe, von wem sie ist. ALICE. Ihr Name in flammend roter Warnschrift. Mein Herz in der Hose. Meine Mutter ahnungslos. Meine Adoptivmutter. Meine wahre Mutter, ungeachtet der verwirrenden Begrifflichkeit. An Schuldgefühle bin ich gewöhnt, aber das ist noch etwas anderes. Als würde ich sie hintergehen.

Luke, lautet die Nachricht, *wollen wir bald mal wieder zusammen essen? Ich würde mich freuen, dich zu sehen!*

Später im Schlafzimmer zeige ich sie Hannah, die impulsiv ruft: »Prima, laden wir sie doch zu uns ein!«, bevor sie sich die Hand vor den Mund schlägt. Christina, die Frau, die mich großgezogen hat und seit siebenundzwanzig Jahren meine Mutter ist, liegt im Zimmer nebenan.

Als ich noch ein Kind war, wurden die Umstände meiner Geburt und Adoption kaum je erwähnt. Ich erinnere mich allerdings daran, wie meine Mutter einmal zu einer ihrer Freundinnen sagte: »Ach, Luke hat überhaupt kein Interesse daran, seine leibliche Mutter zu finden. Er ist kein bisschen neugierig, was das angeht.«

Mein Leben war bereits für mich vorgezeichnet, sorgfältig ausgearbeitet und abgesteckt wie auf einem Reißbrett. Bitte sehr, Luke, hier ist der Plan, nicht nötig, davon abzuweichen. Fragen? Warum um alles in der Welt solltest du welche haben? An meinem ersten Tag in der Privatschule bemerkte meine Mutter ganz beiläufig: »Übrigens, ich würde nicht erwähnen, dass du adoptiert bist. Die Leute machen gern unnötig viel Aufhebens darum.«

Ich hörte die Botschaft heraus: Verschweig deine Herkunft lieber, und das tat ich auch größtenteils. Ich war ein gehorsames Kind damals und wollte in der Schule unbedingt dazugehören.

»O Gott«, sagt Hannah, »das ist ja alles so kompliziert.« Ich spüre ihre Hand auf meinem Bein. »Dir ist klar, dass du es ihr irgendwann sagen musst, oder?«

Was? Meiner Mutter von meiner Mutter erzählen? Schon der Gedanke daran ist absurd.

Christina, fürchte ich, würde sich von Alice komplett an die Wand gedrängt fühlen. Denn an ihr nagt im Grunde derselbe Zweifel wie an mir, dieselbe unbeantwortete Frage: Ist die genetische Bindung, die aus Fleisch und Blut, eine andere? Ist sie stärker, enger, natürlicher? Insgeheim vermuten wir beide, dass es so ist.

Hannahs scherzhafter Titel kommt mir passender vor denn je. Der Mann mit den zwei Müttern, ja, das bin ich.

DAMALS

Alice

Unterwegs mit Jacob durch Soho, meine Gedanken ein Wirbelsturm. Ich bin froh, dass er keine Konversation zu machen versucht, als wir uns einen Weg durch den Müll in der Berwick Street suchen. Styroporpackungen mit herausgequollenen Essensresten – lasche Schalen von Ofenkartoffeln, Brocken von Hamburgern –, Standbesitzer, die sich gegenseitig etwas zubrüllen, während sie ihre Obststeigen wegschaffen. Jacob geht schnell, ein kleines Stück vor mir, sein Federschal flattert hinterdrein, und ich bemerke die Blicke, als wir die Brewer Street überqueren und in die Wardour einbiegen. Ist es sein Aussehen, weshalb die Leute sich nach ihm umdrehen, oder erkennen sie ihn, diesen Jungen, diesen Mann, dem ich gerade erst begegnet bin?

Er zeigt auf die Bar Italia. Kleine Tische stehen davor, dicht besetzt mit Männern in Anzügen, die Kaffee aus kleinen weißen Tassen trinken. Ringsherum hört man melodiöses, schnelles Italienisch.

»Ich kenne diesen Laden«, sage ich, als wir das Café mit seinen Terrakottafliesen und der chromblitzenden

Kaffeemaschine an der Theke betreten. Am anderen Ende des schlauchartigen Raums hängt ein Fernseher, vor dem eine Traube lärmender Gäste auf Barhockern sitzt. »Die Leute kommen zum Fußballgucken her.«

»Zum Fußballgucken, Kaffeetrinken, Unterhalten. Es ist eine Art Religion.«

Ein Mann in einem weißen Kellnerhemd mit Fliege begrüßt Jacob.

»Hallo, Luigi. Das ist Alice.«

Luigi gibt mir über den Tresen hinweg die Hand.

»Zwei Espresso?«

»Alice möchte einen Cappuccino«, sagt Jacob, worauf Luigi die Augen verdreht.

»Cappuccino trinkt man zum Frühstück. Jetzt Espresso.«

»Sie hat aber noch nie einen getrunken. Sie muss ihn unbedingt probieren.«

»Okay, Alice. Ist aber nicht gut für die Verdauung.« Luigi droht spaßhaft mit dem Zeigefinger. »Milch am Nachmittag bekommt einem nicht.«

Als ich neben Jacob an einem der rot-weißen Resopaltischchen sitze, muss ich gegen eine plötzliche Befangenheit ankämpfen. Er sieht mich mit halbem Lächeln an, und ich frage mich, ob er meine Gedanken lesen kann.

»Also los. Zeig uns deine gesammelten Werke.«

Ich öffne das Skizzenbuch in der Mitte, weil ich ihn nicht mit meinen frühen Stillleben langweilen will: der Birne auf einem dekorativ in Falten geschobenen Tischtuch, der Vase mit Blumen, dem Korb voller Äpfel. Zufällig ist die Seite, die ich ihm zeige, ein Porträt von Rick, angefertigt in meiner zweiten Woche im College. Rick sitzt an seinem Schreibtisch, das Kinn in die Hand gestützt, und sieht mich direkt an. Ich muss lächeln bei seinem Anblick.

»Dein Freund hat recht. Du bist echt gut. Hast ihn genau getroffen.«

»Das ist meine erste Zeichnung von ihm, ich mag sie immer noch am liebsten.«

»Er ist wirklich nicht dein Boyfriend?«

»Nein. Alle denken, dass wir zusammen sind, aber sind wir nicht. Manchmal frage ich mich, ob Rick schwul ist.«

Das rutscht mir heraus, ehe ich mich auf die Zunge beißen kann.

»Das hätte ich nicht sagen sollen.«

»Wieso? Mir ist so was egal.«

»Ich kann mich irren. Wahrscheinlich irre ich mich.«

Er lächelt. »Alice, ist schon gut«, sagt er, und ich komme mir dumm vor wegen meiner Beteuerungen. Es verwirrt mich im Grunde genau wie alle anderen, dass sich zwischen Rick und mir nicht mehr entwickelt. Er sieht gut aus, keine Frage, ist der witzigste, freundlichste Mensch, den ich kenne, und wir waren vom ersten Tag an unzertrennlich. Unser Verhältnis ist so eng wie das eines Liebespaars, nur ohne den kleinsten Funken von Erotik.

Jacob blättert weiter, bis er zu meiner Eiche kommt.

»Ein Baum, der eigentlich ein Mensch ist. Oder ein Mensch, der zum Baum wird?«

Auf einmal erzähle ich ihm von meiner Begeisterung für Bäume, insbesondere Eichen. Während meiner Kindheit in Essex habe ich jede freie Minute auf den Wiesen und Feldern hinterm Haus verbracht. Die Bäume dort schienen, vor allem in der Abenddämmerung, einen je eigenen Charakter anzunehmen. Ich schäme mich nicht einmal zu sagen, dass sie wie Freunde für mich waren. Oder dass auch jetzt noch der Charakter eines Baums – der Eichen im Battersea Park, der Kirsch- und Lindenbäume entlang der Straßen von Notting Hill – für mich erkennbar ist, als würde ich diese Lebewesen in besonderer Weise wahrnehmen.

Luigi bringt unseren Kaffee.

»Cappuccino für die junge Dame, Espresso für dich.«

Ich habe schon öfter richtigen Kaffee getrunken. Meine Eltern waren Fans von Rombouts und gönnten sich jeden Sonntag nach dem Mittagessen eine Tasse aus diesen kleinen Plastikfiltern. Mir wurde nicht immer einer angeboten, das hing ganz von der Laune meines Vaters ab. Das hier aber ist etwas völlig anderes.

Jacob sieht zu, wie ich meinen ersten Schluck trinke.

»Gott, ist der köstlich.«

Noch einen Schluck.

»Schmeckt wie ... also, Nektar habe ich noch nicht probiert, aber ...« Was wäre die beste Beschreibung für dieses cremige Aroma, das sämtliche Geschmacksknospen explodieren lässt? »Wie heißes Mokkaeis.«

Jacob lacht.

»Stimmt genau.«

Ich erzähle ihm von dem Rombouts-Kaffee und dass mein Vater je nach meinem Betragen entschied, ob ich einen verdient hatte. Hausaufgaben noch am selben Tag erledigt, anständig angezogen für den Kirchgang, pünktlich gewesen. Eine gedankliche Prüfliste, die er jeden Sonntag durchging.

»Klingt, als wäre er ein bisschen ein Idiot.«

»Er ist Kanoniker in unserer Kirche zu Hause.«

»Kein Wunder.«

»Ich mag ihn nicht besonders. Er ist nicht nett zu meiner Mutter. Predigt ständig Nächstenliebe in der Kirche und behandelt sie zu Hause wie eine Sklavin. Außerdem ist er cholerisch, und man weiß nie, wann er das nächste Mal ausflippt.«

»War offenbar höchste Zeit, da wegzukommen.«

»Ich möchte möglichst nie wieder dorthin zurück.«

»Musst du ja auch nicht. Du bist jetzt eine unabhängige Frau. Wie alt bist du?«

»Fast neunzehn«, antworte ich, und Jacob lacht.

»Wie alt bist *du* denn?«

»Was schätzt du?«

Inzwischen bin ich selbstsicher genug, um ihn mir genauer anzusehen, seine Gesichtszüge mit Künstlerblick zu studieren. Die Fältchen um seine Augen sind recht tief, besonders wenn er lächelt. Seine Schneidezähne sind leicht schief und ein bisschen gelblich vom Nikotin. Das alles tut seinem guten Aussehen keinen Abbruch, ich registriere die kleinen Schönheitsfehler lediglich als Hinweise auf sein Alter. So als würde man einem Pferd ins Maul schauen. Oder die Jahresringe eines Eichenstamms zählen.

»Ich würde sagen, dreißig.«

»Frechheit. Sechsundzwanzig.«

Sieben Jahre älter, denke ich unwillkürlich. Ist das ein akzeptabler Unterschied? Ihm geht offenbar dasselbe durch den Kopf, denn er bemerkt: »Ein ganzes Stück älter als du.«

»Das spielt keine Rolle«, entgegne ich, worauf er grinst.

»Nein, nicht wahr?«

Er blickt auf seine Uhr. »Wenn wir langsam gehen, hat das French House schon auf, bis wir da sind. Hast du Lust?«

Mehr, als ich jemals auf irgendetwas Lust gehabt habe. Ich wünschte nur, ich könnte mich telepathisch mit Rick verständigen. Dann würde ich ihm sagen, dass ich gerade jetzt, in diesem Augenblick, einfach unvorstellbar glücklich bin.

HEUTE

Luke

*Das Aufeinandertreffen eines erwachsenen Adoptivkinds mit einem biologischen Elternteil wird meist von einer intensiven, erwartungsvollen Hoch-Phase begleitet, ähnlich wie bei einer Liebesaffäre.
Der normale Bindungsprozess, wie er in den ersten sechs Lebensjahren eines Kindes stattfindet, hat geruht und wird reaktiviert, sobald beide sich als Erwachsene wiederbegegnen.*

Joel Harris, *Wer bin ich? Das verborgene Trauma adoptierter Kinder*

Samuel liegt auf seinem kleinen Schaffell in einer Ecke der Küche. Hannah arrangiert ständig die Blumen neu, die sie vorhin im Blumenladen gekauft hat, während ich das Apfelmus rühre, nach dem im Ofen schmorenden Schweinebraten sehe und die Kartoffeln salze, alles mit leicht hektischer Nervosität. Alice kommt heute zum Mittagessen.

Am Morgen habe ich den Farbtopf aus dem Schrank unter der Treppe hervorgeholt und jeden schwarzen

Fingerabdruck und jeden Schmutzstreifen, den ich an den Wänden finden konnte, übermalt. Hannah hat die dunkelbraunen Stilmöbel abgestaubt, ein Geschenk meiner Mutter, sperrige Stücke aus Mahagoni, die eigentlich zu altmodisch für unser Zuhause sind. Vor ein paar Minuten hat sie die Diptyque-Duftkerze angezündet, die sie zum Geburtstag bekommen hat, und nun riecht es in der Küche herrlich nach einer Mischung aus Braten, Feigen und Farnkraut. Der Tisch ist mit schnell noch im Geschenkeladen um die Ecke erstandenen weißen Leinenservietten gedeckt, und ich habe sogar die Weingläser poliert. Lächerlich übertriebene Vorbereitungen, aber sie helfen uns, Ruhe zu bewahren.

Als es um eins an der Haustür klopft – sie ist pünktlich auf die Minute –, bin ich für einen Moment wie gelähmt. Ich weiß, dass ich aufmachen muss, möchte aber am liebsten in die andere Richtung davonlaufen.

»Es wird alles gut«, sagt Hannah. Sie zieht mich hinaus in den Flur und gibt mir einen sanften Schubs, damit ich vorangehe.

Ich öffne die Tür und stehe Alice gegenüber. Ein Andrang von chemischen Stoffen rauscht durch meine Adern, es ist nicht anders zu beschreiben, eine Woge starker Emotionen, die nichts so sehr gleichkommt wie dem Gefühl des Verliebtseins.

Sie trägt ein blaues Denimhemd zu weißen Jeans und hält einen Strauß Wicken vor der Brust.

»Die sind für dich.« Beim Hereinkommen drückt sie ihn Hannah in die Hand, die daran schnuppert.

»Meine Lieblingsblumen! Oh, Alice«, sagt sie und

mustert meine biologische Mutter. »Luke sieht dir ja so ähnlich. Und Samuel auch.«

Ihre Stimme schwankt bedenklich, woraufhin Alice sie in eine kurze, herzliche Umarmung zieht.

»Glaub mir«, sagt sie, »ich habe in den vergangenen paar Tage kaum etwas anderes gemacht als zu weinen.«

Dann wendet sie sich mir zu. Ein kaum merkliches beiderseitiges Zögern, und wir umarmen uns ebenfalls. Schwer zu erklären, woher das kommt, diese Befangenheit, dieses »Sollen wir oder sollen wir nicht« zwischen Mutter und Sohn, wie bei einem ersten Rendezvous. Für Hannah ist es natürlich leichter.

In unserer hellen Küche entdeckt Alice sofort Samuel auf seinem Fell und stößt einen kurzen gepeinigten Schrei aus, der mir vertraut vorkommt, als hätte ich ihn vor einer Ewigkeit schon einmal gehört, als wäre er irgendwo in meinem Gedächtnis gespeichert. Wer weiß?

»Sieh dir nur deinen Sohn an«, sagt sie. »Er ist wirklich dein Ebenbild, oder? Diese Augen, mein Gott.«

Sie geht zum Fenster, um in unseren kleinen Garten hinauszusehen, dessen Miniblumenbeet in voller Blüte steht. Schwertlilien, Freesien, Rittersporn (das Werk meiner anderen Mutter, sie ist eine fanatische Gärtnerin).

»Was für ein schönes Zuhause ihr habt«, sagt sie. Ob auch Hannah merkt, wie ihre Stimme bebt, wie sie um Fassung ringt? Die Bewunderung des Gartens ist nur ein Ablenkungsmanöver, während sie versucht, sich wieder in den Griff zu bekommen.

Trotz allem verläuft dieses Mittagessen, hier in der entspannten Umgebung bei mir zu Hause und mit Hannah und Samuel dabei, vollkommen anders als unser erstes.

Die Mahlzeit ist ein voller Erfolg. Braten sind meine Spezialität, und bei diesem habe ich mich richtig ins Zeug gelegt. Das Schweinefleisch ist mit Fenchelsamen und Nelken gewürzt, die Kartoffeln sind heiße, knusprige Bissen von leichter Süße.

Innerhalb kürzester Zeit wirken Alice und Hannah wie alte Freundinnen. Sie haben die Kunst gemeinsam und eine besondere Vorliebe für Rodin. Alice erzählt, dass sie immer noch mindestens einmal pro Monat ins V&A geht, um einen Rodin-Akt zu zeichnen.

Sie unterhalten sich über die Young British Artists, Hirst, Emin, Jake und Dinos Chapman, und Charles Saatchis Ausstellung *Sensation* vor drei Jahren, die Hannah großartig fand und Alice furchtbar.

»Ich hasse diesen Trend zu kurzlebiger, effekthascherischer Kunst. Das Porträt von Myra Hindley hat schockiert, na und? Was hat man davon? Marc Quinn hat einen Abguss seines Kopfs mit eigenem Blut gefüllt. Billige, austauschbare Emotionen, nichts Bleibendes, nichts, was wirklich zum Nachdenken anregt, finde ich.«

Als sie von ihrer Zeit mit Richard an der Slade erzählt, höre ich gebannt zu.

»Es gab damals einen Nobelitaliener, zu dem alle gingen, also alle, die irgendwie berühmt waren, keine armen Studenten wie wir. San Lorenzo, ihr habt vielleicht davon gehört? Jedenfalls hatten die eins von

Ricks Selbstporträts gekauft und im Restaurant aufgehängt, und danach fingen Sammler und Galerien an, um ihn herumzuschnüffeln, schon in unserem ersten Studienjahr. Das kommt nicht oft vor. Rick war ein Star vom ersten Tag an.«

»Wir konnten es nicht glauben, als wir herausfanden, dass er Lukes Vater ist«, sagt Hannah. »Für mich ist er der Größte.«

»Ich muss euch mal mit ihm zusammenbringen. Er möchte Luke unbedingt kennenlernen, aber wir dachten, dass es besser ist, wenn wir uns erst einmal allein treffen.«

»Warum habt ihr euch getrennt, Rick und du? Macht es dir etwas aus, wenn ich frage?«, bohrt Hannah.

»Ihr wisst sicher, dass er schwul ist?«

»Ja, aber wie …?«

»Damals war es noch so viel schwieriger, schwul zu sein, wisst ihr. Homophobie war weit verbreitet. Und Rick hoffte immer noch darauf, hetero zu werden, das war das Ziel.«

Sie unterbricht sich seufzend.

»Armer Rick. Niemand kann aus seiner Haut heraus. Du sollst wissen, Luke, dass wir dich beide behalten wollten und alles dafür getan haben. Aber mein Vater bestand darauf, dass du adoptiert werden solltest.«

»Wieso das denn? Wenn ihr mich behalten wolltet, du und Rick, was hatte er sich dann einzumischen?«

»Du müsstest meinen Vater kennenlernen, um das zu verstehen, und dazu wird es nicht kommen. Ich habe ihn seit deiner Geburt nicht mehr gesehen.«

»Wie furchtbar«, sagt Hannah.

»Er hatte die Adoptionsagentur hinter meinem Rücken eingeschaltet. Das werde ich ihm nie verzeihen. Er weigerte sich, mich finanziell zu unterstützen, und wir hätten nur zurechtkommen können, wenn Rick sein Studium abgebrochen und sich einen Job gesucht hätte. Letzten Endes konnte ich das nicht zulassen. Er musste seinen Abschluss an der Slade machen, er musste zu Richard Fields werden. Und wir beide allein wären bettelarm gewesen, du und ich, wir hätten in einer Sozialwohnung und von Sozialhilfe leben müssen, von Almosen. Das wollte ich nicht für dich, Luke. Es tut mir leid.«

Alice wirkt erschöpft nach diesem Geständnis, erschöpft und ein wenig niedergeschmettert. Hannah, die Samuel auf ihrem Schoß gefüttert hat, reicht ihn ihr spontan. Ich bemerke Alice' Scheu, als sie den Kleinen in die Arme nimmt, es ist nur ein leichtes Zaudern, aber ich registriere es. Genauso wie den Kummer, der kurz in ihren Augen aufschimmert.

»Du lieber Himmel«, sagt sie, »wie schwer er schon ist. Wie er sich anfühlt.« Sie schnuppert an seinem Kopf. »Dieser wunderbare Babygeruch. Was ist das nur, Milch, Seife? Irgendetwas Süßes, nicht wahr? Hatte ich ganz vergessen.«

Sie trägt eine lange Kette aus schwarzen Perlen um den Hals, die Samuel mit seiner kleinen Faust packt, um daran zu ziehen.

»Hey, du kleiner Frechdachs«, sagt sie und schneidet Grimassen wie im Puppentheater, aufgerissene Augen, der Mund zu einem übertriebenen O geformt. Und Samuel lacht zum ersten Mal, ein tief aus dem

Bauch kommendes Glucksen, das wir bisher noch nicht gehört haben.

»Oh Alice«, ruft Hannah, »du hast ihn zum Lachen gebracht!«

Ohne eine Spur von Verlegenheit macht Alice weiter: Augen auf, Augen zu, eine vereinfachte Version von »Kuckuck, hier bin ich«, die neues Kichern hervorruft.

»Du bist ja so ein süßer Junge.« Sie drückt ihm einen Kuss auf den Kopf.

Mir krampft sich das Herz zusammen, ich kann es nicht leugnen. Damals hätte Alice auch für mich Grimassen geschnitten.

Vielleicht denken wir alle das Gleiche in dem Schweigen, das sich auf einmal breitmacht.

Hannah beugt sich über den Tisch und sagt leise: »Ach, Alice. Du Ärmste.«

Alice schließt kurz die Augen, nickt.

»Ich habe es versucht, Luke, wirklich. Aber am Ende konnte ich dich nicht behalten. Und nachdem du fort warst, also, zu sagen, dass ich es bereut habe …«

Hannah murmelt: »Es tut mir leid«, und ich höre ihr an, dass sie mit den Tränen kämpft. Höre das, was sie ungesagt lässt. Es tut mir leid, dass ich gefragt habe. Es tut mir leid, dass es so gekommen ist, dass du deinen Sohn verloren hast.

»Du hast das Richtige für mich getan«, sage ich, obwohl ich das Gegenteil glaube. Ein Kind von seiner leiblichen Mutter trennen? Wie sollte das je das Richtige sein? Doch ich ahne, dass diese Frau, meine echte Mutter, die Wahrheit nicht verkraften könnte. »Das war tapfer von dir. Du hast mir ein Leben in Sicherheit bei einem gefestigten Elternpaar ermöglicht, obwohl es dir furchtbar schwergefallen ist.«

Alice tätschelt meine Hand, und das ist der erste unverkrampfte körperliche Kontakt zwischen uns.

»Luke«, sagt sie, »du bist zu einem sehr freundlichen Menschen herangewachsen.«

DAMALS

Alice

Hier im French House (eigentlich heißt es The York Minster, aber niemand nennt es so) ist Jacob berühmt. Alle kennen ihn, der rotgesichtige, übellaunige Barmann, der Sympathiepunkte bei mir wettmacht, als er ruft: »Was trinkt deine Freundin, Jake? Gin oder Bier?«

Wir nehmen zwei Bier und zwängen uns in eine schon volle Ecke, nirgends Tische oder Stühle oder sonst etwas, auf dem ich mein Skizzenbuch ablegen könnte. Ich halte es unter den Arm geklemmt, bis Jacob mich davon befreit und es hinter dem Tresen deponiert.

Das Hintergrundgetöse von etwa hundert redenden und lachenden Leuten, Gestank nach Zigarettenqualm und verschüttetem Alkohol, unsere Körper beunruhigend nah beieinander. Wir machen ein paar Anläufe, uns zu unterhalten, aber es ist wie Pantomime oder als würde ich unter Wasser die Lippen bewegen. Er schüttelt den Kopf.

»Nee«, schreit er, »ich versteh immer noch nix.«

Dann sieht er mich an, und ich merke, wie mein Herz klopft und ich den Atem anhalte. Er senkt den

Blick nicht und ich meinen auch nicht, und seine Augen, sein angedeutetes Lächeln sagen mir, dass er das Gleiche fühlt wie ich. Das kann nur auf eines hinauslaufen, so viel wird mir hier in dieser vollgestopften Bar bewusst, in der sich der Lärm wie ein Kokon um Jacob und mich legt.

Ich habe eine Entscheidung getroffen: Wenn es eine Chance gibt, heute Nacht mit Jacob zu schlafen, dann werde ich sie nutzen. Mein Wunsch, ihn zu berühren, mit meinen Händen, meinem Mund, meine Wange an seine zu schmiegen, ist genauso stark, die Sogwirkung genauso groß wie gestern, als ich ihn auf der Bühne im Marquee gesehen habe.

»Woran denkst du, Alice?«, ruft er mit komisch übertriebenem Stirnrunzeln.

Ich denke, dass ich ihn sehr, sehr gern küssen würde, aber das traue ich mich nicht zu sagen.

»Wollen wir nachher noch woanders hin, wo es ruhiger ist?«, schreie ich zurück, und er lächelt wieder.

»Komm mit.« Er nimmt meine Hand, und schon dieser erste körperliche Kontakt ist wie ein Stromstoß, der mir durch Mark und Bein geht.

Draußen tobt der Freitagabend in Soho. Überall Leute, die Straßen jetzt knallbunt von Leuchtreklamen für Striplokale, Peepshows und Animierbars. Als ich vor ein paar Monaten in London ankam, war ich schockiert von diesem unverhohlenen, hemmungslosen Sexbetrieb in Soho. Nicht auf die Art wie mein Vater, der das alles hier als eine Schlangengrube der Unmoral verdammt (er war noch nie besonders originell), sondern weil diese körperlichen Begierden, die ich immer als etwas Privates, ja Schambesetztes betrachtet hatte, hier so offen akzeptiert und ausgelebt wurden. Ich hatte in meinem letzten Schuljahr alles darangesetzt, meine Jungfräulichkeit zu verlieren, nichts Dramatisches, ein nettes Geplänkel mit einem Schulkameraden, den ich mochte, in den ich aber nicht verliebt war. Eins nämlich wusste ich, ich wollte auf keinen Fall, dass das Etikett »Jungfrau« noch an mir klebte, wenn ich nach London zog.

Vor jedem Pub, an dem wir vorbeikommen, stehen Trinkende zusammen, und meistens gehen wir auf der Straße, um ihnen auszuweichen, immer noch Hand in Hand, Jacob jetzt mit meinem Skizzenbuch unterm Arm.

»Hast du Hunger?«, fragt er, was ich bejahe, allein schon, um den Abend möglichst zu verlängern.

»Dann auf nach Chinatown.«

Unsere »geschäftliche Vereinbarung«, oder was sich so nennt, wird in einem in Rot und Gold gehaltenen Restaurant getroffen, bei Schalen mit Hühnchen in Schwarze-Bohnen-Soße und gebratenem Reis mit Ei.

»Wir stellen uns eine Kohlezeichnung von uns dreien auf der Bühne vor, so was sehr Stilisiertes, weißt du, fast wie ein klassisches Gemälde, aber eben als Zeichnung.«

Er blättert durch die letzten Seiten meines Skizzenbuchs und kommt schließlich zu der Zeichnung von Josef.

»Das ist unglaublich, Alice. Du hast echt Talent.«

Ich glühe vor Freude über sein Lob.

»Also, es gibt da so ein paar klassische Posen, die

Aktmodelle oft einnehmen. Vielleicht könnten wir die irgendwie einbauen?«

»Schlägst du etwa vor, dass wir nackt posieren?«

Ich fange an zu lachen, verstumme aber abrupt, weil ich ihn jetzt nackt vor mir sehe.

»Wir lassen dich natürlich von der Plattenfirma dafür bezahlen. Wie viel willst du? Fünfzig Pfund? Hundert? Sagen wir hundert.«

»Hundert Pfund ist viel zu viel.«

»Die meisten Leute würden das sofort annehmen. Die meisten Leute würden mehr verlangen. Bring's auf die Bank oder so, du brauchst es vielleicht eines Tages.«

In meinem Kopf sammele ich all diese unglaublichen Momente, um Rick später davon zu erzählen, aber sie folgen zu schnell aufeinander. Hundert Pfund Honorar während eines kurzen Gesprächs vereinbart? Ich? Rick hat sein Bild für dreißig an das San Lorenzo verkauft, und das erschien uns zu dem Zeitpunkt schon unvorstellbar viel.

»Was machen wir jetzt? Wir könnten in einen Club gehen, aber es hat noch nichts auf, erst in einer Stunde oder so. Aber vielleicht willst du ja lieber nach Hause?«

»Ich will nicht nach Hause.«

»Also ...« Ein kurzes Zögern. »Ich wohne in Soho. Du könntest auf einen Sprung mit zu mir kommen, wenn du möchtest. Aber möchtest du das?«

Ich nicke, weil ich kein Wort herausbringe.

Als wir uns angrinsen, ein breites Lächeln, das fast in Lachen umschlägt, ist die Abmachung besiegelt.

In den jetzt dunklen Straßen kommen wir an Eingängen mit roten Lampen vorbei und an anderen, vor denen Mädchen mit nackten Beinen und Pelzmänteln stehen, die übliche Uniform. Manche grüßt Jacob.

»Hi, Darling«, ruft er, und sie kennen ihn alle.

»Hi, Jake.«

»Soll ich dich auch Jake nennen?«, frage ich, worauf er lacht.

»Ich bitte darum. Meine Großeltern waren die Einzigen, die mich Jacob nannten, und mit denen möchtest du nichts gemein haben.«

Seine Wohnung liegt am Ende der Dean Street, im dritten Stock, wie er sagt, doch kaum hat er die Tür des schmalen Handtuchs von einem Haus aufgeschlossen, zieht er mich hinein und küsst mich, beide Hände um mein Gesicht gelegt, sodass das Skizzenbuch herunterfällt.

»Das nächste Mal«, sagt er, als er es aufhebt, »lassen wir die Bildersammlung lieber zu Hause.«

Von seiner Tür tritt man direkt in ein großes Wohnzimmer, das weinrot gestrichen ist. Violette und goldfarbene Stoffbahnen hängen von der Decke wie lauter Hängematten. Überall sind dunkelrote Kerzen in leere, bauchige Weinflaschen gesteckt. Unter dem Fenster steht ein niedriges braunes Cordsofa, das fast unter einem Berg Kissen verschwindet, zwanzig oder dreißig davon in Orange, Rot und Violett, mit Goldfäden und winzigen Spiegeln bestickt.

Jake nimmt eine Streichholzschachtel und fängt an, die Kerzen anzuzünden.

Überall gibt es Schallplatten – in Kisten auf dem Boden, in Stapeln an der Wand –, und ich sehe zu, wie er den ersten Stapel durchgeht, sich Zeit lässt beim Aussuchen. *Exile on Main St*. Die habe ich so oft auf dem Plattenspieler in meinem Teenagerzimmer zu Hause gespielt, dass sie zum Soundtrack meiner Erinnerungen an diese Jahre geworden ist.

»Sie haben das Album in Südfrankreich geschrieben. Und wir wollen das Gleiche in Italien machen. Wir haben für den Sommer ein Haus in Fiesole bei Florenz gemietet.«

Er zündet die letzte Kerze an und setzt sich zu mir aufs Sofa.

»Bei diesem zweiten Album ist der Druck enorm«, sagt er. »Das erste hat es auf Platz sechs der Charts geschafft, und vom nächsten wird noch mehr erwartet. Das ist nicht so einfach, weil – na ja, du hast uns ja gesehen, unsere Musik ist ziemlich vielfältig, nicht klar einzuordnen, und das lässt sich nicht so leicht verkaufen.«

Er beugt sich vor und küsst mich.

»Möchtest du ein Glas Wein? Ich habe eine Flasche im Kühlschrank.«

»Wein wäre prima«, sage ich, denn ich kann jetzt einen Schluck gebrauchen. Ich bin zwar keine große Trinkerin – Rick würde bestätigen, dass ich nichts vertrage –, aber ich muss meine Nervosität in den Griff kriegen. Ich bin am ganzen Körper angespannt vor … Verlangen? Angst vor dem, was als Nächstes kommt?

Jake kehrt mit einer geöffneten Flasche Frascati und zwei Gläsern zurück, die er auf einem Couchtisch aus Holz zwischen diversen Musikmagazinen abstellt, darunter auch *Sounds* mit dem sexy Foto von ihm. Was mir, mehr als alles andere, das Verrückte dieser Situation vor Augen führt. Ich werde mit einem Rockstar schlafen, da auf dem Tisch liegt der Beweis.

Er setzt sich und küsst mich wieder, drängender diesmal, und ich schließe die Augen, warte auf mehr, doch er zieht sich zurück.

»Ich glaube, wir wollen beide das Gleiche. Aber wenn du irgendwann aufhören willst, brauchst du es nur zu sagen, okay? Ich bin ein ganzes Stück älter als du, und du musst nichts machen, was du nicht machen willst.«

»Ich will alles machen«, sage ich, und er lacht.

»Oh, ich auch. Alles. Soll ich dir verraten, was ich gedacht habe, als ich dich im Marquee zum ersten Mal gesehen habe? Ich dachte, dass du das schönste Mädchen bist, das mir je begegnet ist, und dass ich unbedingt mit dir ins Gespräch kommen muss. Und dann warst du verschwunden. Ich will nicht sagen, dass das mit dem Albumcover ein Trick war, aber ich musste dich wiederfinden.«

Er zeichnet meine Gesichtszüge mit dem Finger nach, streicht über meine Augenlider, Nase, Mund und Kinn.

»Du bist wunderbar«, sagt er und rutscht herum, bis wir beide lang auf dem Sofa liegen, er auf mir, sodass seine Hüftknochen auf meine drücken, was ein bisschen wehtut. Doch seine Berührung ist zart, kaum spürbar, als er eine Linie von meinem Hals zu meiner Brust beschreibt, dann seitlich abschwenkt und gezielt, virtuos über meine Brüste unter dem T-Shirt streift. Das T-Shirt muss weg, keine Frage. Ich setze mich auf und will es ausziehen, aber er hält mich zurück, nimmt meine Hand.

»Gehen wir's langsam an.«

Sanft presst er seinen Mund erst auf die eine, dann die andere Brust, schiebt die Hand unter mein Shirt, sucht nacheinander die Brustwarzen.

»Ich weiß nicht, ob ich es langsam angehen will«, sage ich, und obwohl ich sein Gesicht nicht sehe, merke ich, dass er lächelt.

»Doch, willst du, Alice Garland, willst du.«

Es gefällt mir, wie er dauernd meinen Namen sagt, fast in jedem Satz. Aus seinem Mund klingt er anders, wie zu etwas Poetischem, ja Majestätischem überhöht. Er hebt den Kopf und sieht mich an, ohne mich zu berühren, ohne mich zu küssen, aber sein Blick, der Ernst seiner dunklen Augen ist noch viel erotischer als alles, was vorher war.

»Das Warten ist das Entscheidende. Das Wollen ist das Entscheidende. Vertrau mir.«

HEUTE

Luke

*Adoptiveltern sind oft ratlos, als würde ein Kapitel
in ihrem Anleitungsbuch fehlen. Es fällt ihnen schwer,
die Ängste und Schamgefühle des Kindes nachzuvollziehen,
die tiefgreifende Verunsicherung in ihm zu erkennen,
das Gefühl zu verstehen, mit einem Makel behaftet zu sein.*

Joel Harris, *Wer bin ich? Das verborgene Trauma
adoptierter Kinder*

Wir sind auf dem Weg zum Mittagessen mit meinem Vater. Meinem echten, leiblichen Vater, der zufällig der bekannte Künstler Richard Fields ist. Fields, der Maler, ist sozusagen öffentliches Eigentum. Seine Bilder verkaufen sich für Millionen und hängen in den berühmtesten Museen der Welt – dem MOMA, der Tate Modern, dem Pompidou. Wir mussten wochenlang auf Tickets für seine Ausstellung in der National Portrait Gallery vergangenes Jahr warten. Über den Menschen selbst allerdings ist wenig bekannt, weshalb Hannah so sehr auf ein Interview mit ihm hofft. Er ist schwul, wie alle sagen, wird aber nie mit einem

Partner oder Liebhaber gesehen. Alice meint, er sei mit seiner Kunst verheiratet. Und mit ihr natürlich, denn die beiden sind in all den Jahren offenbar stets ein Paar gewesen. Nur ohne Sex. Und ohne Kinder.

Für mich stand immer die Sehnsucht im Vordergrund, mehr über die Frau zu erfahren, die mich in sich getragen hat und die, wie ich mir sagte, für ihr ungeborenes Kind etwas empfunden haben muss. Doch nun, da ich in Kürze meinem biologischen Vater gegenüberstehen werde, weiß ich nicht so recht, was ich erwarte. Will ich eine Beziehung zu ihm, diesem Mann, der während meiner ersten Lebenswochen vermutlich für mich gesorgt hat? Hätte man mir die Frage gestellt, bevor ich wusste, dass mein Vater Richard Fields ist, wäre mir das wahrscheinlich ziemlich egal gewesen. Jetzt aber kann ich nur schwer über die Tatsache hinwegsehen, dass mein Erzeuger einen zweiseitigen Eintrag im *Who's Who* hat.

Richard wohnt in einem umgebauten Lagerhaus am Rand von Smithfield Market, das außen blauschwarz gestrichen ist wie die alten Fabrikgebäude in Downtown Manhattan. Ich drücke auf die Klingel. Während wir warten, sagt Hannah: »Ich bin aufgeregt«, worauf ich nur nicke.

Es ist Alice, die uns aufmacht, in einem weißen Hemd zu dunklen Jeans, barfuß, die Fußnägel kobaltblau lackiert. Wieder dieses seltsame, kippende Gefühl, wenn ich sie nur ansehe.

»Hallo, kleine Familie«, sagt sie und nimmt uns damit augenblicklich die Befangenheit.

Wir folgen ihr durch einen dunklen Flur, an dessen

marineblauen Wänden einige von Richards unverwechselbaren Porträts hängen. Wenn ich sie beschreiben sollte, würde ich sagen, dass sie die blickintensive psychologische Eindringlichkeit eines Lucian Freud mit der Kantigkeit Francis Bacons und der Rohheit Beryl Cooks verbinden.

Der Flur führt in einen offenen Wohnbereich, der vollständig weiß gestrichen ist – Wände, Fußboden, Decke –, und vom anderen Ende kommt uns Richard mit einer Flasche Champagner in der Hand entgegen. Er ist größer als ich dachte und wirkt beinahe jungenhaft mit seinen blonden Haaren und dem gebräunten, attraktiven Gesicht. Auf einmal überfällt mich eine schreckliche Schüchternheit, und ich muss mich zwingen, ihm ins Gesicht zu sehen, während mein Magen Kapriolen schlägt. Richard stellt die Flasche ab und breitet die Arme aus.

»Das ist doch bestimmt ein Anlass, bei dem man sich umarmt, oder?«, sagt er mit einem so warmherzigen, freundlichen Lächeln, dass ich mich langsam entspanne.

»Meine Güte«, sagt er, nachdem er mich losgelassen hat. »Lass dich anschauen. Weißt du, es ist mir peinlich, dir das zu gestehen, aber ich habe einmal versucht, dich als Erwachsenen zu zeichnen oder vielmehr, wie ich mir dich als Erwachsenen vorgestellt habe. Ein bisschen wie ein Polizei-Phantombild. Es wurde grässlich, und jetzt sehe ich, wie sehr ich danebenlag. Du bist viel hübscher. Du siehst aus ... na ja, du siehst aus wie ... deine Mutter.«

Auch er stolpert offenbar über das Wort.

»Warte mal, bis Samuel aufwacht«, sagt Alice. »Er ist Luke wie aus dem Gesicht geschnitten.«

Samuel hängt in seinem Tragetuch, das Gesicht an Hannahs Brust verborgen, sodass nur sein dunkler Haarflaum zu sehen ist.

»Dann wollen wir uns doch mal über diesen Champagner hermachen«, sagt Rick und geht uns zu einer Sofagruppe auf der anderen Seite des Raums voraus.

Ich bemerke ein leichtes Zittern seiner Hände, als er behutsam den Korken herauszieht, und bin froh darüber, offenbar ist auch er nervös. Es ist total überwältigend, ihm zu begegnen. Erstens und unbestreitbar weil er tatsächlich mein echter Vater ist. Zweitens wegen seines Ruhms. Ich habe noch nie eine Berühmtheit wie Richard Fields getroffen und finde es quasi erschreckend, ihn direkt hier vor mir zu sehen.

Obendrein ist die Wohnung, das Haus, die coolste, schickste Umgebung, in der ich je gewesen bin. Was man halt von einem berühmten Künstler erwartet, nur noch besser. Die Gemälde an den Wänden beschränken sich nicht auf die Porträts, für die er bekannt ist, es sind auch abstrakte Landschaften darunter, die seine gut dokumentierte Fetischisierung von Farbe zeigen: Hügel in sattem Orange, Bäume, die irgendwo zwischen Violett und Silber changieren. Über uns hängt eine Art Kronleuchter, ein Wasserfall aus Glaskugeln an dünnen Drähten. Sogar die niedrigen, über Eck stehenden Ledersofas machen den Eindruck, als gehörten sie in ein Designmuseum.

Rick geht zu einem Plattenspieler und legt *Blood on the Tracks* auf, mein Lieblingsalbum von Bob Dylan.

Wir reden über Musik, und alle staunen, dass wir dieselben Bands mögen.

Dann kann ich mich erst einmal ein Weilchen zurücklehnen. Hannah ist an Gespräche mit Künstlern gewöhnt und geht mit den beiden anderen abrissartig die größten Namen durch, Malerstars, von denen Richard manche – Freud und Hockney – persönlich kennt. Sie sind ganz in ihre Welt vertieft, sodass ich mich in Ruhe meinen Beobachtungen hingeben kann. Verstohlen mustere ich Richard. Registriere seinen Körperbau, schlank und feingliedrig wie meiner, nur dass er ein paar Zentimeter kleiner ist. Seine blonden Haare, die helle Haut, die blauen Augen hat er nicht an mich weitergegeben; zweifellos schlage ich nach Alice. Was seine Persönlichkeit angeht, ist er witzig, warmherzig und verdammt genial. Von alledem hätte ich gern etwas geerbt.

Samuel wacht schreiend auf. Es verblüfft mich jedes Mal, wie er von null auf hundert, von Tiefschlaf auf Wutgebrüll hochfahren kann, die wenigen Emotionen, die er auszudrücken in der Lage ist, rein und extrem.

»Ich mache mal seine Milch warm«, sagt Hannah, übergibt ihn an mich und folgt Rick in die Küche. Es ist nicht möglich, sich zu unterhalten oder auch nur einen klaren Gedanken zu fassen, wenn Samuel sein Kreuz durchdrückt und mir ins Ohr brüllt. Ich versuche, ihn zu trösten, indem ich herumgehe, ihn auf dem Arm wippen lasse und beruhigend auf ihn einrede, aber sein Wüten, sein Hunger toben gegen meinen Verstand an.

Da ist etwas an seinem Weinen, das eine Art Urinstinkt anspricht, eine sofortige Abwehrreaktion in mir auslöst. Am ersten Tag zu Hause nach dem Krankenhaus wachte er mitten in der Nacht brüllend vor Hunger auf. Und während wir frischgebackenen Eltern das Licht anmachten und das Stillkissen suchten und dieses winzige rotgesichtige Paket zwischen uns hin und her reichten wie eine scharfe Bombe, strömten mir unaufhörlich die Tränen übers Gesicht.

Nachdem wir Hannah schließlich an ihre Kissen gelehnt, das Baby an ihre Brust gelegt und das Licht gelöscht hatten, griff sie im Dunkeln nach meiner Hand.

»Ich hatte schon so eine Ahnung, dass das schwierig für dich werden würde«, sagte sie mit ihrem typischen Scharfblick.

Jetzt, während Samuel sich in höchste Rage hineinsteigert, kommt Alice herbeigeeilt. »Soll ich ihn dir mal abnehmen? Ich erinnere mich noch, wie anstrengend es ist, wenn ein Baby so schreit. Die Tonlage soll die Eltern zum Reagieren bringen, biologische Programmierung oder so was Ähnliches. Ich habe es gehasst.«

Sie nimmt mir Samuel ab und setzt ihn sich auf den Schoß, und obwohl er weiter weint, merke ich, dass sie recht hat. Mit etwas Abstand ist das Geschrei erträglicher.

Er dreht den Kopf von links nach rechts, öffnet und schließt den Mund.

»Kommt ja gleich, mein Vögelchen«, sagt Alice, und als Hannah mit seinem Fläschchen auftaucht, bietet sie an, ihn zu füttern.

»Du kannst solange deinen Champagner trinken und dir Ricks Bilder ansehen. Wahrscheinlich hast du kaum je eine Atempause.«

Das ist eine rührende Geste, und Alice dort mit unserem Kind auf dem Schoß zu sehen – meine Mutter mit ihrem Enkelsohn –, erfüllt mich mit unverhoffter Freude.

Ricks Homosexualität tritt hier in seiner privaten Sammlung offener zu Tage. Viele der Bilder zeigen junge Männer, ein Akt liegt hingegossen auf einem mit Samt drapierten Sofa und erinnert mich an Manet, eine männliche Olympia vielleicht, aber Hannah sagt: »Eine Verneigung vor Modigliani«, und sie muss es wissen. Wir sind ganz von der Kunst vereinnahmt, dem Privileg, diese Gemälde sehen zu dürfen, die Rick für sich behalten hat. Amüsiert beobachte ich Hannah, bemerke ihren leuchtenden Blick. Mir ist klar, dass sie im Kopf bereits ein Porträt von Richard Fields entwirft und sämtliche Einzelheiten speichert, der Künstler, wie ihn niemand kennt.

Umso mehr schrecken wir zusammen, als Rick, der aus der Küche zurückkommt, »Oh, Alice!« ruft und einen Korb mit Brot fallen lässt. »Er sieht genauso aus«, sagt er bestürzt.

»Ich weiß, Rick. Aber ist es nicht wunderbar?«

Als ich mich bücke, um die heruntergefallenen Brotstücke aufzusammeln, kommt es mir vor, als wären Hannah und ich in ein intimes Gespräch hineingeplatzt. Rick dreht sich mit Tränen in den Augen zu uns um, wischt sie schnell mit dem Zeigefinger weg.

»Entschuldigt meine Rührseligkeit. Ihr könnt das

unmöglich verstehen, aber für mich ist es wie ein Déjà-vu. Das bist du, Luke. Er sieht genauso aus. Es ist, als wären wir in der Zeit zurückversetzt worden, um unser Baby wiederzusehen.«

»Unser Baby.« Wie selbstverständlich er mich als sein Kind beansprucht. Ich weiß nicht, ob ich glücklich oder am Boden zerstört sein soll.

»So ging es mir auch«, sagt Alice. »Es ist geradezu erschütternd beim ersten Mal.«

Rick wirkt ein oder zwei Minuten lang sprachlos. Er starrt Samuel an, schüttelt den Kopf. Und überlässt es Alice, die heikle Situation zu entschärfen.

»Seht euch das an.« Sie hält das leere Fläschchen hoch. »Er ist so ein braver Junge. Nicht wahr, mein kleiner Vogel, du bist ein ganz braver Junge? Ist das Essen fertig? Brauchst du Hilfe, Rick?«

Das Mittagessen ist ein Kunstwerk für sich. Wie viele Gerichte stehen da auf dem Tisch? Mindestens sechs oder sieben. Salat gespickt mit Granatapfelkernen und Feta, Bulgur gesprenkelt mit Petersilie und Tomaten, ein Tontopf mit Hähnchen-Tagine, kleine Schalen mit Hummus und Baba Ganoush, Streifen von Fladenbrot, ein Teller voll karamellisiertem Kürbis. Beinahe zu schön, um gegessen zu werden.

Wir sitzen uns gegenüber, Hannah und ich auf der einen Seite, Rick und Alice auf der anderen, und so aus der Nähe merke ich, dass sie wirklich wie ein altes Ehepaar sind. Sie reichen einander ungefragt die Schüsseln und erörtern die Zutaten. »Hast du diesmal mehr Kreuzkümmel drangemacht?«, »Mir schmeckt es mit Feta besser, dir nicht auch?«.

Rick nennt sie sogar »Liebste«. »Noch etwas Champagner, Liebste?«

Bald darauf, dank Hannahs unaufdringlich geschickter Fragetechnik, sprechen sie darüber, wie sie sich an der Slade kennengelernt haben.

»Wir waren nur zwölf Studenten damals«, erzählt Alice. »Und alle waren brillant, Rick natürlich besonders. Es war beängstigend. Am ersten Tag kam Gordon King mit lauter Schnurknäueln ins Studio und sagte: ›Macht etwas mit diesen Schnüren, lasst euch was einfallen.‹ Wir spannten sie schließlich wie ein überdimensionales kompliziertes Fadenspiel quer durch den Raum. Und am nächsten Tag forderte ein anderer Künstler namens Mick Moon uns auf, zwischen den Schnüren zu tanzen, wir mussten uns also aus dem Stand eine Performance ausdenken. Es war die Hölle.«

»Erinnerst du dich noch an Josef, das Aktmodell, Alice?«

»Wie könnte ich ihn vergessen? Er war so schön«, antwortet Alice. »Ich glaube, wir waren beide ein bisschen verknallt in ihn.«

»Alice war ungeheuer talentiert. Die Beste unseres Jahrgangs.«

»Aber du warst es, der schon Bilder an berühmte Restaurants verkauft hat.«

»Und du hast ein Plattencover entworfen. Wir haben dich alle darum beneidet.«

»Tatsächlich?«, frage ich. »Für welche Band?«

»Kennt ihr nicht«, sagt Alice. »Sie haben sich nach diesem Album getrennt, Ende des Starruhms.«

»Genug jetzt von uns«, sagt Rick. »Ich möchte etwas

über deine Kindheit erfahren, Luke. Ich kann dir gar nicht sagen, wie oft ich an dich gedacht und mich gefragt habe, ob es dir gut geht. Ich hoffte es, betete darum, aber wir haben keinerlei Informationen bekommen. So war das damals. Ihr könnt euch nicht vorstellen, wie sich dieses Schweigen auswirkt. Man entscheidet sich, sein Kind wegzugeben, und dann hört man nie wieder etwas von ihm.«

»Da gibt es nicht viel zu erzählen. Meine Eltern waren schon ein bisschen älter, und mein Vater ist vor zwei Jahren gestorben. Ich bin in Yorkshire aufgewachsen, in einem Dorf bei Harrogate, und in Suffolk aufs Internat gegangen. Meine Mutter« – immer stocke ich jetzt bei dem Wort – »ist ganz anders als ich. Sie ist ein freundlicher, großzügiger Mensch und liebt mich sehr, aber um die Wahrheit zu sagen...« Ich kippe einen großen Schluck Champagner, Mut antrinken für dieses plötzliche Bedürfnis nach Offenheit. »...wir haben nicht viel gemeinsam. Ich habe mich nie so richtig von ihr verstanden gefühlt, und das sage ich nicht, um mich zu beklagen. Vielmehr denke ich, dass ich immer ein Rätsel für sie gewesen bin, und ich fühle mich schuldig deswegen. Ich war durchaus glücklich als Kind, auch wenn ich nirgends richtig dazugehört habe. In der Schule war ich ein Außenseiter, ich hatte einfach nichts übrig für Rugby oder Cricket oder die Theatergruppe und solche Sachen. Zu Hause war es das Gleiche. Man kann nicht sagen, dass es nicht funktioniert hat mit uns, ich glaube nur, wir haben uns alle gewünscht, es würde besser funktionieren.«

Ich fange Hannahs Blick auf, und sie drückt meinen Arm. Sie versteht, was in mir vorgeht. Einerseits die Erleichterung, meinem Herzen Luft machen zu können, und andererseits das schlechte Gewissen wegen dem, was mir als Verrat an meiner Mutter erscheint.

»Eigentlich wundert mich das nicht«, sagt Rick. »Kann man ein Kind aus seiner familiären Umgebung herausreißen und erwarten, dass es sich problemlos in eine andere, fremde einfügt? Für die es nicht genetisch ausgestattet ist?«

Sein Verständnis ist für mich schwer zu ertragen. Jetzt sieht er es also ein. Aber warum, warum nur haben sie es damals nicht verstanden? Alice hat sich abfällig über das Leben geäußert, das sie und ich geführt hätten, in einer Sozialwohnung, auf Almosen angewiesen. Doch was für mich im Vordergrund steht, wonach ich mich sehne, ist diese starke, echte Bindung zwischen Mutter und Sohn, die mir versagt geblieben ist.

»Alice und ich wollten all die Jahre immer nur eins wissen«, sagt Rick, »nämlich ob wir die richtige Entscheidung für dich getroffen hatten.«

Sie sehen mich beide an, ein Doppelblick von einer Eindringlichkeit, die ans Flehentliche grenzt. Ich sage ihnen, was sie hören wollen.

»Es war eine gute Kindheit. Mir hat es an nichts gefehlt.«

Zum Nachtisch gibt es Orangen-Polenta-Kuchen mit Crème fraîche und persischen Kaffee in winzigen bunten Tässchen – königsblau, dunkelrosé, jadegrün und lila –, die innen golden sind. Alles, was Richard Fields besitzt, zeugt von exquisitem Geschmack.

»Bevor ihr geht, möchte ich euch etwas zeigen«, sagt Rick, und ich bekomme ein kaum merkliches Nicken von Alice mit, die wortlose Kommunikation dieses ehemaligen Liebespaars, das schon seit einer Ewigkeit ein Freundespaar ist.

Er geht zu einem chinesischen Schrank hinüber, ein weiteres Besitztum, bei dem einem die Kinnlade herunterklappt, schwarz lackiert mit kleinen Vögeln in goldenen Käfigen darauf, und kommt mit einem Blatt Papier in der einen Hand und einem Füller in der anderen zurück.

Er legt das Blatt vor uns auf den Tisch.

Es ist eine Bleistiftskizze von Samuel, das denke ich jedenfalls zuerst. Eine Nahansicht im Schlaf: lange Wimpern, das feine dunkle Haar, der ausgeprägte, perfekt wiedergegebene Schwung seiner Lippen, der auf seiner kleinen Faust ruhende Kopf. Doch über der Zeichnung steht mein Geburtsjahr, 1973, und ein Name. Charlie.

»Das bist ja du«, flüstert Hannah, und ich bin froh, dass sie es sagt, denn ich bringe kein Wort heraus. Ich sehe Alice nicht an, sehe niemanden an.

Rick schraubt den Füller auf und signiert das Blatt schwungvoll am unteren Rand. *Richard Fields*, die gleiche berühmte, schnörkelige Signatur wie auf unserem Druck zu Hause. Er schiebt es mir hin.

»Das ist für dich, Luke.«

Ich nehme die Zeichnung in die Hand, diese kleine Zeitbombe aus meiner Vergangenheit, und drücke sie an meine Brust. Ich schüttele den Kopf, zu überwältigt, um etwas zu sagen. Rick versteht es, das merke ich. Er tätschelt mir kurz die Schulter.

»Es ist absolut wunderbar, dass du wieder zu unserem Leben gehörst«, sagt er.

DAMALS

Alice

Der Sex mit Jacob erweist sich als eine Lektion in Verlangen. In langsamer Steigerung. In Warten. Es war ihm ernst damit. Dieses Reizen und Erregen, das fast quälend langsame Entblättern, das Streicheln meines Körpers, wobei seine Berührungen so überwältigend wirkungsvoll sind, dass es mir nicht mehr peinlich ist, was für Geräusche ich mache. Und dann, immer wenn ich gerade denke, das war's, fängt er an einer anderen Stelle wieder von vorne an. Ich wusste nicht, dass Lippen auf meinem Fußgewölbe auf direkter Nervenbahn ein unerträgliches Sehnen zwischen meinen Beinen auslösen können. Oder dass Reden, unaufhörliches in Jacobs Fall, mich an den Rand des Wahnsinns treiben kann. Er sagt mir, was er mit mir machen wird, sagt mir, was er mag.

»Ich glaube, das hier gefällt mir am besten«, flüstert er, bevor er seinen Mund auf eine Stelle genau unter meinem Hüftknochen presst und eine zarte Linie von Küssen von einer Seite zur anderen zieht.

Ich richte mich auf und will ihn ebenfalls küssen.

Doch er drückt mich sanft wieder herunter.

»Ich möchte auch was mit dir machen.«

»Wirst du gleich. Ich freu mich schon drauf.«

Immer höre ich dieses Lächeln in seiner Stimme.

Er dreht mich auf den Bauch, und ich warte – immer länger, als mir lieb ist – darauf, seine Lippen zu spüren, und dann sind sie nie da, wo ich sie erwarte. Er streichelt mit der flachen Hand über die Wölbung meines Hinterns, tut anschließend das Gleiche mit flatternder Zungenspitze.

»Das hier mag ich auch sehr gern«, sagt er.

Er schiebt zwei Finger in mich hinein, erst einen, dann noch einen, und bewegt sie vor und zurück, bis ich glaube, es nicht mehr auszuhalten. Mein Kopf ist leer, mein Körper findet seinen eigenen Rhythmus, stößt und zieht begehrlich. Als ich kurz vorm Orgasmus bin, hört er auf und beginnt stattdessen, meinen Hals zu küssen. So geht das über eine Stunde lang.

Als wir endlich ineinandergleiten, brenne ich derart vor Lust, dass ich ihn hart an den Schultern packe und er lachend sagt: »Au, das tut weh.«

Dann lacht keiner von uns beiden mehr. Da ist nur noch dieses euphorische Gefühl, ihn endlich in mir zu haben, mich endlich hingeben zu können. Hinterher liegen wir still und mit klopfenden Herzen da, bis Jake seinen Kopf von meiner Brust hebt und sagt: »Toller Geschäftstermin«, und mein Kichern beinahe in Hysterie umschlägt. Mit ihm ist alles so viel stärker, intensiver, und ich bekomme nicht so richtig heraus, warum. Da ist natürlich meine Unerfahrenheit, aber ich glaube nicht, dass es nur daran liegt. Jake ist irgendwie mehr, er existiert im Großformat.

Wir setzen uns auf seinem Sofa auf, beide immer noch nackt, denn nach seiner ausgedehnten Erforschung meines Körpers bin ich kein bisschen befangen mehr. Jake reicht mir mein Weinglas, aus dem ich gierig zwei große Schlucke trinke.

»Ich bin total aufgedreht«, meint er. »Was hast du mit mir gemacht, Alice? Auf keinen Fall kann ich jetzt schlafen. Wollen wir was rauchen?«

Man muss wissen, ich bin die schlechteste Kifferin der Welt, auch wenn ich es immer wieder versuche. Ich sehe zu, wie er durchs Zimmer geht und mit einer Bonbondose, wie sie mein Vater im Handschuhfach seines Autos aufbewahrt, und einer blau gestreiften Decke zurückkommt.

Ich wickele mich in die Decke, während er Rizla-Blättchen, ein Feuerzeug und ein kleines Alupäckchen mit Gras aus der Dose nimmt. Ich habe schon zigmal dabei zugeguckt, wie jemand einen Joint baut, aber die Geschicklichkeit seiner langen, schlanken Finger bewirkt etwas in meinem Hirn, meinem Herz und meinem Unterleib. Schon wenige Minuten danach verlangt es mich wieder, mit ihm zu schlafen.

Er zündet den Joint an, eine lange, gut gefüllte Tüte, inhaliert tief und reicht ihn mir.

»Ich sollte dich warnen, dass ich ein Schwächling bin bei so was.«

»Es ist sehr mild, wird dir bekommen.«

Ich nehme mehrere lange, tiefe Züge und höre die Grasblüten knistern, die Spitze brennt hellorange mit gelben Einsprengseln. Nachdem ich den Rauch ein paar Sekunden in der Lunge behalten habe, atme ich ihn in einer hübschen, drachenartigen Wolke aus. Praktisch alle kiffen, und ich mache mit, weil ich dazugehören will. Meine Studentenjahre in London sollen die Erfüllung all meiner Teenagerträume in der Provinz werden, ich in dieser lebenssprühenden, freigeistigen, knallbunten Welt, in der alles möglich ist.

»Was denkst du?«

»Wie gern ich mit dir ins Bett will«, sage ich zu meiner eigenen Überraschung. Jacob grinst.

»Jetzt kannst du also schon meine Gedanken lesen?«

Er drückt den Joint im Aschenbecher aus, steht auf und hebt mich auf seine Arme, trägt mich durchs Wohnzimmer wie eine Braut über die Türschwelle.

HEUTE

Luke

Sollten Hannah und ich jemals heiraten, wäre Ben mein Trauzeuge. Das habe ich ihm schon unzählige Male gesagt, aber er zieht mich jedes Mal damit auf, dass ich eine Hochzeit plane, an der meine Freundin offensichtlich kein Interesse hat.

»Sei kein Bräutigammonster«, meinte er neulich, als ich wieder davon anfing. »Ihr braucht keinen Pfarrer oder irgendeinen Wisch. Hannah und du, das ist wahre Liebe.«

Heute Abend treffen wir uns mit Ben und seiner Freundin Elizabeth im Kensington Place. Lieblingsrestaurant, Lieblingsmenschen, ich könnte mich kaum mehr darauf freuen.

Hannah trägt ein schwarzes Kleid mit Spaghettiträgern und bunten Zickzackstreifen auf der Vorderseite aus der Zeit vor ihrer Schwangerschaft. Ihre Mähne hat sie mit einem Samtgummi zusammengebunden und hochgesteckt. Dazu trägt sie Goldcreolen und dunkelroten Lippenstift. Sie ist so schön, dass einem das Herz stillsteht. Ich sage es ihr, als wir durch die Drehtür des Restaurants gehen, und sie lacht.

»Ich weiß nicht, ob du gut für mein Ego bist oder ganz schlecht. Wenn du so weitermachst, werde ich noch richtig eingebildet.«

Ben und Elizabeth sitzen im hinteren Bereich nebeneinander auf einer roten Lederbank. Er erhebt sich halb, als er uns sieht, und reckt die Faust zum sozialistischen Gruß, ein alter Schuljoke, aus dem wir immer noch nicht herausgewachsen sind.

Ben, der wie Hannah aus einer Familie kommt, in der man sich viel anfasst, zieht uns in eine Dreierumarmung, die mir zu lange dauert. Er weidet sich an meinem Unbehagen, lacht darüber, wie ich mich winde.

Wir haben uns seit sechs Wochen nicht gesehen, und es gibt Wichtiges zu besprechen. Am dringlichsten: Wie ist es, meine wirklichen Eltern gefunden zu haben?

»Eigentlich ein Unding, dass ihr sie noch nicht kennengelernt habt«, sage ich lässig, in diesen Anzug der Normalität schlüpfend, um zu sehen, ob er passt. Ich, der Sohn von Richard Fields und Alice Garland. Ja, er ist mein Vater, wussten Sie das nicht?

Aber Ben kann ich nichts vormachen.

»Ach, und wie oft hast *du* sie schon getroffen? Zweimal?«

»Alice dreimal, Rick einmal.«

»Ich kann es echt nicht fassen«, sagt Elizabeth. »Ihr wisst ja, ich habe zwei Drucke von ihm zu Hause hängen. Es ist, als hätte man herausgefunden, dass man mit Van Gogh verwandt ist.«

Wir lachen, und als der Kellner die Speisekarten bringt, bestellt Ben eine Flasche Champagner.

»Du hast deine leiblichen Eltern gefunden. Das ist ein großes Ding. Ein Riesending. Das muss gefeiert werden.«

Ben weiß von allen am besten, wie oft ich im Laufe der Jahre von so einer Zusammenführung geträumt habe. Er war als Einziger in der Schule darin eingeweiht, dass ich adoptiert bin, ansonsten hielt ich mich an den Rat meiner Mutter und bewahrte strikte Geheimhaltung darüber. Als wir in einem Jahr ein Zimmer miteinander teilten, nahm die Unterhaltung abends nach dem Lichtausmachen unweigerlich eine bestimmte Richtung. Im Dunkeln konnte ich meinen Fantasien freien Lauf lassen. War sie eine Musikerin oder eine Schauspielerin, diese schöne, liebevolle junge Frau, die so sehr darum gekämpft hatte, mich behalten zu können? Lebte sie in London? In Paris oder Rom? Dachte sie jeden Tag an mich, so wie ich an sie? Wie sich herausstellen sollte, lag ich gar nicht mal so sehr daneben.

Als der Kellner zurückkommt, bestellen wir, ohne einen Blick in die Karte geworfen zu haben. Hähnchen und Ziegenkäsemousse als Vorspeise für vier, gefolgt von Jakobsmuscheln für die Frauen und Kalbsleber für mich und Ben. Wenn man sein Lieblingsrestaurant mit dem Lieblingsgericht gefunden hat, warum sollte man etwas ändern?

Ben will alles über unser Mittagessen bei Rick hören. Schon auf der Kunsthochschule wurde er wegen seiner kühnen, wild übertriebenen Porträtmalerei »der neue Richard Fields« genannt. Zu sagen, dass Rick sein Held ist, wäre noch eine Untertreibung. In seinem Kopf *ist* Ben Richard Fields.

»Alles bei ihm zu Hause haut einen um«, berichtet Hannah. »Selbst die Sofas sind ein Kunstwerk. Noch dazu ist er ein fantastischer Koch.«

»Und könnt ihr euch die beiden als Paar vorstellen?«, fragt Elizabeth. »Damals, meine ich?«

»Sie sind es immer noch auf eine Art, oder?« Hannah sieht mich an. »Es war, wie mit einem anderen Paar am Tisch zu sitzen. Wenn man es nicht wüsste, hätte man keinen Unterschied bemerkt.«

»Und warum haben sie sich dann getrennt?«

Elizabeth ist Kinderpsychologin und sanfte Beharrlichkeit ihr vorherrschender Charakterzug. Wie oft hat sie mich schon durch ein Gespräch geschubst, das ich lieber nicht führen wollte.

»Liegt auf der Hand, oder? Er ist schwul. Ich nehme an, er hat einfach eine Zeit lang gebraucht für sein Coming-out.«

»Aber sie hätten dich doch trotzdem behalten können, oder? Hätte Richard nicht für Alice und dich sorgen können? Hätte er nicht die Kunsthochschule schmeißen und so sein Glück versuchen können? Genug Talent hatte er ja.«

Ben schaltet sich ein. Er nimmt die Champagnerflasche und schenkt den Rest aus, achtet penibel darauf, ihn gerecht aufzuteilen.

»Elizabeth«, sagt er. »Mein Liebling, meine Süße. Du trampelst gerade mit zehn Zentimeter hohen Plateauabsätzen auf den Gefühlen unseres Freundes herum. Er braucht Zeit, um das alles zu verarbeiten. Setz ihm nicht so zu.«

»Tut mir leid, Luke.« Elizabeth wirft mir eine Kusshand zu. »Du kannst mir jederzeit sagen, dass ich die Klappe halten soll, das weißt du.«

Beim Essen erzählt Ben von seiner neuesten Auftragsarbeit: das Porträt eines Hedgefonds-Managers in den Vierzigern, von seiner Frau bestellt.

»Das Tolle daran ist, dass sie Kunst sammeln. Abgefahrene, unkonventionelle Sachen, die sie bei Examensausstellungen kaufen. Und sie haben mich ermutigt, es ruhig ordentlich zu übertreiben. Er hat, was ich eine…« Ben unterbricht sich lachend. »…eine übermäßig große Nase nennen möchte. Die habe ich noch überzeichnet, sodass sie im Zentrum steht. Außerdem ist er ein passionierter Angler, also haben wir ihn in Gummistiefel gesteckt, mit einer picassoartigen Forelle im Hintergrund.«

»Ach, das vermisse ich«, sagt Hannah. »Ich kann es kaum erwarten, wieder zu schreiben, Künstler zu interviewen, zu Ausstellungen zu gehen.«

»Habt ihr schon eine Tagesmutter gefunden?«, erkundigt sich Elizabeth.

»Noch nicht. Die, die wir mögen, sind alle zu teuer.«

Die bittere Realität ist, auch wenn wir ihr nicht gern ins Auge sehen, dass wir uns Hannahs Wiedereinstieg in den Beruf eigentlich nicht leisten können. Sie wird nicht voll arbeiten, sondern auf drei Tage die Woche reduzieren, was bedeutet, dass sie nur noch ungefähr halb so viel verdient. Und jede Kinderbetreuungsmöglichkeit, die wir uns bisher angesehen haben, einschließlich einer Krippe, in der die Babys aufgereiht in Gitterbettchen lagen wie in einem rumänischen Waisenhaus (Hannah hat geweint, als wir gingen), würde ihr gesamtes Gehalt auffressen. Wir haben dieses Problem endlos hin und her gewälzt, soll sie, soll sie nicht, und sind zu der Entscheidung gekommen, dass sie bald in ihren geliebten Job zurückkehren wird. Immerhin ist sie Kunstberichterstatterin bei einer überregionalen Zeitung, und das mit gerade mal siebenundzwanzig. Bleibt sie zu Hause, sitzt in null Komma nichts jemand anderes an ihrem Schreibtisch. Und obwohl sie sich Abend für Abend selbst zerfleischt mit ihren Bedenken, sagen wir uns, dass sie es wenigstens versuchen muss. Auch wenn sie unterm Strich nichts hinzuverdient, es werden vielleicht gerade mal hundert Pfund am Monatsende übrig bleiben.

»Wenn nur meine Mutter in der Nähe wohnen würde«, sagt Hannah. »Oder deine.«

Das löst ein vielsagendes Schweigen am Tisch aus, bei dem die unerwähnte Mutter – *die andere Mutter* – plötzlich im Raum steht.

»Wir kennen Alice noch kaum«, wehre ich ab, »und außerdem arbeitet sie. Sie ist selbst Künstlerin.«

»Trotzdem keine schlechte Idee«, sagt Hannah und küsst mich auf die Wange. »Wir haben zusammen drei Mütter, vielleicht könnten sie sich den Job ja teilen.«

Als wir kurz darauf bezahlen und Taxis für den Heimweg bestellen, signalisiert mein Handy den Eingang einer Textnachricht. Alice.

»Na also.« Zufrieden zeige ich meinen Freunden den Bildschirm, als müsste ich ihre Existenz beweisen. »Sie fragt, ob wir uns am Sonntag mit ihr und Rick treffen wollen«, sage ich zu Hannah.

»Super, lade sie zum Essen ein. Wir sind an der Reihe.«

Als sie Bens sehnsüchtige Miene sieht, fügt sie hinzu: »Kommt doch auch, ihr zwei. Du bist schließlich Lukes bester Freund, es wird Zeit, dass sie dich kennenlernen.«

DAMALS

Alice

Ich schlüpfe zehn Minuten zu spät in den Kursraum, in meinen Jeans von gestern und einem blau-weiß gestreiften Hemd, das Jake mir geliehen hat und das Rick sofort auffällt. Er reißt die Augen auf und zischt: »Alice Garland, hast du Skalps gesammelt?«

Es ist ausgerechnet Gordon Kings Kurs, so ein Pech, denn mein Verstand ist Mus, mein Gesicht wund von all dem Knutschen, und zwischen meinen Beinen zieht es, nicht unangenehm, nach dieser langen Liebesnacht.

Ich hole die Lithografie von der Eiche heraus, die ich in der letzten Sitzung angefertigt habe, und fange an, vier spezifische Farben zu mischen: Titanweiß, Ockergelb, Kadmiumrot und Elfenbeinschwarz. Mit dieser eingeschränkten Palette, berühmt geworden durch den schwedischen Maler Anders Zorn, erhalte ich das gesamte Spektrum, das ich für die mikroskopisch kleinen Übergänge von Rinde zu Haut brauche. Beziehungsweise solche Farbtöne, die als beides wahrgenommen werden können. Es ist eine Kunst für sich, die richtigen Schattierungen hinzubekommen, um die Verwandlung zu erzeugen, beinahe eine Art

Zauberei. Doch ich weiß genau, was nötig ist, und beginne damit, Schwarz und Ockergelb anzumischen. Die sich ergebenden Grün- und Brauntöne werde ich für den ersten Farbauftrag verwenden.

Schon diese Rindentöne zu sehen versetzt mich zurück zu der alten Eiche auf der Wiese hinter unserem Haus, die einen Hohlraum hatte, groß genug, damit ich mich darin verstecken konnte. Vielleicht mache ich noch eine Version mit nachträglich aufgemalter Höhlung als Symbol der Leere in meinem Baum. Kein großer Gedankensprung von da zu dem ersten Mal, dass ich mich in der Eiche verkrochen hatte, mit zwölf Jahren, an dem Tag, als mein erstes großes Zeugnis aus dem Internat zu Hause eintraf. Lauter Zwei minus und hier und da eine Drei (plus eine Vier in Handarbeit, auf die ich insgeheim stolz war).

Mein Vater rief mich in sein Arbeitszimmer.

»Hallo, Miss Mittelmaß«, sagte er, als ich eintrat.

Es lag etwas Scherzhaftes in dieser Begrüßung, das nicht zu seinem Ton passte. Während der nächsten Viertelstunde, in der er gegen Schwäche und Durchschnittlichkeit wetterte, wurde mir bewusst, dass ich es ihm nie würde recht machen können. Ich war eine andere, als ich sein Arbeitszimmer verließ und die langen, einsamen Sommerferien sich vor mir erstreckten. Ich wusste nun, dass mein Vater mich nicht liebte, mich nicht lieben konnte, nicht lieben wollte, und von diesem Augenblick an wurde mein Kindheit zu etwas, das es einfach nur durchzustehen galt.

Ich bin so in meine Vorbereitungen vertieft, dass ich aufschrecke, als Gordon plötzlich neben mir steht.

»Was wird das, Alice?«

Er klingt ruhig, und ich weiß aus langer Kindheitserfahrung, wie schnell ein gemäßigter Ton in Boshaftigkeit umschlagen kann.

»Ein Baum«, sage ich, nicht mal sarkastisch, sondern eher aus Trotz und um mich für meine Gegenwehr zu stählen. Ich bin eine Frau, die Bäume malt, vermenschlichte Bäume. Ich bekomme hundert Pfund dafür bezahlt, eine Band auf Papier zu bannen, die als die neuen Rolling Stones gehandelt werden.

»Wenn du pünktlich gekommen wärst, hättest du gehört, was ich zu Beginn der Stunde gesagt habe. Erweist sich eine Idee als nicht tragfähig, dann fängt man von vorne an, sucht einen neuen Ansatz. Verschwende nicht deine und meine Zeit mit der Wiederholung eines schwachen Konzepts.«

»Gordon, wenn Sie mich mal zu Wort kommen lassen, erkläre ich Ihnen, weshalb ich Bäume male und was ich damit vermitteln möchte.«

Er nickt auffordernd, obwohl seine scharf geschnittenen Züge höchste Gereiztheit ausdrücken.

Ich erläutere ihm meine Serie von Menschenbäumen, dargestellt im Moment der Verwandlung. Und warum ich die Zorn-Palette gewählt habe, nicht nur um Hauttöne zu erhalten, sondern auch die richtigen Schattierungen für Borke, Flechten, Moose. Ich erkläre ihm, dass ich beim Anblick bestimmter Bäume so etwas wie Charakter und Gefühle erkenne, bestimmte Eigenschaften und Mängel, die sich in den Knoten und Windungen der Äste zeigen. Ich sehe Geschlecht und Geschichte, Erfolge und Enttäuschungen.

»Na schön, Alice. Da du das so leidenschaftlich vertrittst, mach halt weiter.«

Er klingt neutral, schwer zu deuten. Trotzdem gibt mir seine Meinungsänderung Auftrieb. Immerhin hat er mir zum ersten Mal wirklich zugehört.

Ich vertiefe mich wieder in meine Arbeit, und die nächsten anderthalb Stunden vergehen wie im Flug, kein Platz in meinen Gedanken für etwas anderes als das Wesen meines Baums. Stark, kühn, selbstbewusst. So wie ich mich heute fühle, als hätte ich mit dem Hemd auch Jakes Selbstvertrauen übergezogen.

Am Ende der Stunde lehnt Gordon sich an sein Pult und wartet darauf, dass wir ihm zuhören.

»In der Kunst bedeutet Intellekt alles. Leidenschaft bedeutet alles. Neugier bedeutet alles. Wenn euch etwas fasziniert, eine Kernidee, an der ihr feilen und arbeiten könnt, bis ein echter Gedanke daraus wird, dann bleibt dabei, verfolgt das. Dieses Interesse, diese Leidenschaft sind der Grund, weshalb ihr hier seid.«

Von der anderen Saalseite her zwinkert Rick mir zu. Eins zu null für dich, Baummädchen.

Unser zweiter »Geschäftstermin« findet im The Coach and Horses statt. Bei der Gelegenheit soll ich auch die Band kennenlernen, meinte Jake, also habe ich Rick zur moralischen Unterstützung mitgebracht.

Im Pub ist viel los, aber sie sind leicht auszumachen in ihrer Ecke, eine kleine schwarze Insel. Jake steht mit dem Rücken zum Eingang, und es ist Eddie, der uns als Erster entdeckt.

»Da kommen die Kunststudis«, sagt er.

Jake wirbelt herum, wobei er sein Pint halb über seine Hand verschüttet, und zieht mich lachend in seine Arme. Er küsst mich, kurz nur, aber schon die leiseste Berührung seiner Lippen setzt sich auf einer elektrischen Leitbahn bis hinunter in meine Leistengegend fort.

»Kommt, ich stelle euch die Jungs vor«, sagt er und zeigt zuerst auf Eddie, ein Doppelgänger von James Taylor mit den gleichen dichten Augenbrauen und dunklen, schulterlangen Haaren, dann auf Tom, den Drummer, der aufspringt und uns die Hand gibt.

»Jake hat schon viel von euch erzählt. Zwei Genies, wie es sich anhört.«

»Er übertreibt. Maßlos.«

»Das gilt vielleicht für dich«, sagt Rick.

Mittlerweile hat Jake sich einen Tisch geschnappt und die leeren Zigarettenpackungen und zerknüllten Chipstüten darauf heruntergefegt. Tom trägt Drinks auf einem Tablett herbei, darunter zwei Bier für Rick und mich. Jake, bemerke ich, ist zu Whisky übergegangen, den er pur und ohne Eis trinkt.

»Wie ihr wisst«, beginnt er, »wird Alice an der künstlerischen Gestaltung unseres Albumcovers mitwirken, deshalb sollten wir ihr vielleicht ein bisschen was über die Songs erzählen.«

»Es ist ein Rockalbum«, sagt Eddie, »aber mit mehr Balladen als das letzte. Die Covergestaltung müsste das widerspiegeln.«

»Und die Liebeslieder sind ziemlich traurig und melancholisch«, fügt Tom hinzu. »Das ist die Stimmung, die wir vermitteln wollen.«

»Können wir mal die Zeichnung sehen, die du neulich gemacht hast?«, fragt Jake. »Der Gesichtsausdruck von dem Typ ist genau das, was wir meinen. Nacktheit bringt Alice übrigens nicht aus der Ruhe. Wir könnten uns alle splitternackt ausziehen, und sie würde mit ihrem Bleistift dastehen und den Abstand zwischen unseren Augen vermessen.«

Alle lachen, und ich merke, wie ich mich langsam entspanne. Unbefangen blättere ich durch mein Skizzenbuch, bis wir zu der Aktzeichnung von Josef kommen.

»Wow, ist der schön«, sagt Tom mit sehnsüchtigem Unterton. »Was für ein Gesicht.«

»Jake hat recht. Das sind tolle Arbeiten«, sagt Eddie, und dieses Lob von ihm nach seinem kühlen Verhalten, dessen Grund ich nicht kenne, freut mich besonders.

»Seid ihr sicher, dass es eine Kohlezeichnung sein soll? Wollt ihr es nicht vielleicht mit Ölfarben probieren?«

»Definitiv schwarz-weiß und eher skizzenhaft«, sagt Jake. »Mir hat deine Idee gefallen, dass wir wie Aktmodelle posieren.«

»Wir könnten es mit klassischen Posen versuchen, sodass ihr wie Statuen aussehen würdet, aber halt auf einer Bühne und mit euren Instrumenten. Etwa so, als wärt ihr versteinert worden.«

»Seht ihr? Ich hab euch doch gesagt, dass sie gut ist. Robin wird den Coverentwurf lieben.«

»Wer ist Robin? Euer Manager?«, fragt Rick.

»Er ist eigentlich Kunsthändler und so was wie unser Mäzen. Verbringt viel Zeit mit Musikern und

Schauspielern und Schriftstellern. Die ganze Szene schwirrt um ihn rum.«

»Sag nicht, dass du von Robin Armstrong redest?«

»Doch, das ist er. Er unterstützt gern neue Talente. Hat anfangs auch 'ne Menge für die Stones getan.«

Rick schlägt sich auf die Brust, mimt einen Herzstillstand.

»Der Mann ist ein Gott. Und du sitzt hier und lässt ganz nebenbei seinen Namen fallen.«

»Ich kann dich mit ihm bekannt machen, wenn du willst«, sagt Jake. »Wir stellen euch bei Gelegenheit mal vor.«

Ich sehe Rick an und weiß, dass er das Gleiche denkt wie ich, nämlich dass diese zufällige Begegnung mit Jacob Earl, dem Leadsänger der Disciples, jetzt schon wundersame Wogen in unserem Leben schlägt.

Wieder einmal staune ich über Jakes Selbstsicherheit, als er das Angebot, zusammen noch irgendwo ein Curry essen zu gehen, ausschlägt.

»Alice und ich haben, glaube ich, noch was anderes vor«, sagt er, steht vom Tisch auf und reicht mir die Hand. Und obwohl Rick pfeift und Eddie die Augen verdreht und Tom lacht, scheint niemand böse zu sein.

Sobald seine Wohnungstür sich hinter uns schließt, fallen wir übereinander her. Packen uns, küssen uns, reißen uns die Kleider vom Leib. Ich schwanke zwischen dem Wunsch, Jake auf mir zu spüren, seine Haut, die mit meiner verschmilzt, seine Rippen, die sich in meine bohren, und es hinauszuzögern so wie er, ihn warten zu lassen. Er legt die Arme um meine

Taille, als wollte er mich ins Bett tragen, aber ich sage: »Halt, noch nicht.« Ich beginne, einen Pfad aus Küssen seine Brust hinunter zu ziehen, und höre ihn nach Luft schnappen, als ich auf die Knie gehe und meinen Mund seinem Schritt nähere.

Und so wird es ein Spiel aus Kontrolle und Hingabe zwischen uns, als ich zu seiner Erektion gelange, die härter und größer ist, als ich vermutet hätte, und ihn versuchsweise in den Mund nehme.

»O Gott«, seufzt Jake, und sein genüsslich-gequälter Ton wirkt wie ein Aphrodisiakum. Nach ein paar Sekunden kehre ich zu der langsamen Erforschung seines Körpers zurück, zuerst mit meinen Lippen, dann mit der Zunge, und diesmal stößt er ein lang gezogenes, tiefes Stöhnen aus und gräbt seine Finger in meine Haare.

»Meine Fresse, Alice«, ächzt er.

Hinterher liegen wir eng umschlungen auf seinem Sofa, das Zimmer nur von den Straßenlampen draußen erhellt. Das Nachtleben in Soho ist in vollem Gange, Taxis rattern durch die Straße, betrunkenes Gelächter von Fremden.

Hier drin aber sind wir still, als wäre es nicht möglich, in Worte zu fassen, was da zwischen uns passiert.

Jake lässt seine Hand über meine Hüfte gleiten, rhythmisch, als würde er eine Katze streicheln. Es ist beruhigend, so liebkost zu werden, und es rührt an etwas in mir, das lange zurückreicht.

»Ich mag es, wie du mich berührst«, sage ich.

»Geht mir genauso.«

Ich nehme seine Hand und reibe kreisend mit dem

Daumen über die Handfläche. Intuitiv drücke ich mehrmals leicht zu, genau in der Mitte.

»Das fühlt sich gut an. Reflexzonenmassage?«

»Ich weiß nicht mal, was das ist.«

Ich mache weiter, arbeite mich zur Handwurzel und seinem Handgelenk voran. Bis mein Daumen auf eine Erhebung aus Narbengewebe trifft, die mich irritiert. Ich höre auf zu drücken und beginne, die Stelle zu streicheln, ihre Form zu erkunden. Jake sieht mir einfach zu.

»Was ist das?«

Er nimmt seine andere Hand von meinem Oberschenkel und hält beide Handgelenke nebeneinander.

»Die gibt es doppelt. Symmetrisch. Ein dummer Fehler, als ich sechzehn war.«

Ich bin so schockiert, dass mir die Worte fehlen. Nacheinander küsse ich seine Handgelenke.

»Aber warum?«, frage ich schließlich. Jake zuckt die Achseln.

»Psychologen würden wohl von einem Hilferuf sprechen.«

»Es macht mich traurig, dass du mal so verzweifelt warst«, sage ich mit erstickter Stimme.

»Mir scheint, deine Kindheit war auch nicht gerade ein Zuckerschlecken. Ist sie für viele nicht. Aber egal.«

Er rückt näher heran, um mich zu küssen, zuerst auf die Augen, dann die Nase und den Mund.

»Sieh mich nicht so an, Alice. Die Vergangenheit ist geschehen. Du und ich, hier und jetzt. Nur das zählt.«

HEUTE

Luke

Die Wiederbegegnungen zwischen Adoptivkindern und ihren leiblichen Eltern lösen zunächst meist ein trügerisches Hochgefühl aus. Es besteht Erleichterung auf beiden Seiten und der dringende Wunsch zueinanderzufinden. Wird die Entwicklung dieser neuen zerbrechlichen Bindung zu schnell vorangetrieben, kann das jedoch katastrophale Folgen haben.

Joel Harris, *Wer bin ich? Das verborgene Trauma adoptierter Kinder*

Wenn wir Gäste haben, bin ich immer fürs Essen zuständig, und heute habe ich beschlossen, alles möglichst einfach zu halten. Es wäre dumm, es mit Ricks Kochkünsten aufnehmen zu wollen, also habe ich einen schlichten Schmorbraten gemacht. Wadschinken von M. Moen & Sons in Clapham, drei Stunden lang in einer teuflischen Mischung aus Sherry und Rotwein gegart, zum Schluss frischen Thymian daran für einen Touch Haute Cuisine. Dazu werde ich Kartoffelpüree servieren, die cholesterinreiche Variante mit untergeschlagener Butter und Sahne, damit es so cremig und locker wird wie eine Mousse. Außerdem haben wir köstlichen Käse und jede Menge Rotwein, einen exzellenten Chianti Classico, für den ich gerade schwärme. Der Tisch ist mit unserem Lieblingsgeschirr, Blumen und sechs orangefarbenen Kerzen gedeckt, die Hannah im Design Museum erworben hat. Langsam komme ich in Partystimmung.

»So soll es sein, ein richtiges Fest«, sagt Hannah, die wie immer meine Gedanken liest. »Dass Ben und Elizabeth auch kommen, macht es zu etwas Besonderem. Wir stellen deinen besten Freund deinen neuen Eltern vor.«

Die Absurdität dieser Bemerkung bringt uns zum Lachen, und wir geben uns kurz der Ausgelassenheit hin.

»Oje«, sage ich dann, »ich muss die Kartoffeln abstellen, ehe sie zu Matsch verkochen.«

Alice kommt als Erste. Sobald sie Samuel sieht, schnappt sie ihn sich von seiner kleinen Matte, hebt sein Hemdchen an und prustet geräuschvoll gegen seinen Bauch. Wir machen das auch manchmal, aber bei Alice lacht er am lautesten. Man kann süchtig werden nach diesem Geräusch, diesem fröhlich-kehligen Glucksen. Als sie aufgehört hat, sitzt er zufrieden lächelnd auf ihrem Schoß und wartet geduldig auf den nächsten Spaß. Sie tut ihm den Gefallen und spielt »Kuckuck« hinter ihrer erhobenen Hand.

Heute hat sie ihm auch etwas zu spielen mitgebracht, einen Kraken, bei dem sich in jedem Bein ein anderes Geräusch verbirgt – ein Glöckchen, eine Rassel, das

Knistern von zusammengeknülltem Papier. Es ist ein ziemlich hässliches Ding, knallblau mit schwarzen und weißen Streifen und finsterem Blick, aber Samuel liebt es. Er schnappt sich sogleich eines der Beine und lässt es nicht mehr los.

Rick trifft zwanzig Minuten später mit einem Taxi ein. Er überreicht mir eine Flasche Champagner und sagt: »Ich hatte eigentlich vor, das Auto zu nehmen, habe es mir aber anders überlegt für den Fall, dass wir uns besaufen wollen.«

»Wäre direkt unhöflich, es nicht zu tun«, entgegne ich und zeige auf die Reihe der sechs Weinflaschen auf der Arbeitsplatte in der Küche.

»Oh, Rick, sieh nur, Chianti Classico«, sagt Alice. »Die Etiketten sehen immer noch genauso aus.«

»Den haben wir immer in Italien getrunken«, erklärt Rick. »Alice hat mal einen ganzen Sommer dort verbracht, und ich habe sie besucht. Ist schon lange her.«

Ich höre da etwas heraus, mehr als Nostalgie, eher eine Spur von Melancholie bei beiden. Doch es bleibt keine Zeit nachzuforschen, denn Ben und Elizabeth kommen gerade hereingewirbelt, wie immer lärmend und aufgeregt plappernd. Ben steckt in seinem gelbschwarz karierten Rupert-Bear-Anzug, den er vor zehn Jahren mal in einem Caritas-Laden gekauft hat und seitdem unerbittlich trägt, und Elizabeth hält einen riesigen Blumenstrauß und einen selbst gebackenen Schokoladenkuchen in den Händen.

Ben und Rick fangen sofort ein Gespräch miteinander an, und während ich herumflitze, Wein einschenke, nach dem Braten sehe und die Kartoffeln zerstampfe, spitze ich die Ohren.

»Ich habe mir heute Morgen deine Website angesehen«, sagt Rick. »Gefällt mir, was du machst. Bist du bei einer Galerie unter Vertrag?«

Mit leisem Stolz höre ich Ben erzählen, dass er bereits zwei Einzelausstellungen in London und eine in New York hatte.

»Setzt euch, wohin ihr wollt«, sage ich, als ich den Braten zum Tisch trage. Ben und Rick nehmen am einen Ende Platz, während Alice, Hannah und Elizabeth sich um das andere gruppieren. Ich hocke mich in die Mitte, die perfekte Position, um an beiden Unterhaltungen teilzunehmen.

Braten und Wein werden für gut befunden, und der Geräuschpegel steigt und steigt, wie immer, wenn alte Freunde zu Besuch sind. Schon jetzt gibt es da eine seltsame Vertrautheit im Umgang mit Rick und Alice, als hätten wir seit Jahren Kontakt miteinander.

Hannah bemerkt das offenbar auch, denn ich höre sie zu Alice sagen: »Verrückt, wie schnell du Teil unserer Familie geworden bist. Es ist, als würden wir uns schon ewig kennen.«

Diese kleine Illoyalität meiner Freundin gegenüber meiner Adoptivmutter schmerzt mich ein wenig. Hannah und ihre Familie, diese unkonventionellen Freigeister von der Küste, haben lange vergeblich versucht, mit Christina warm zu werden.

Als Hannah schwanger wurde, und wir beschlossen, das Baby zu behalten, luden ihre Eltern meine Mutter und mich zu sich nach Cornwall ein. Ich war vorher schon einmal dort gewesen, über ein wunderbares Wochenende, an dem ich surfen lernte und Hannahs Mutter Maggie uns zu einem Spaziergang über die Klippen mitnahm und mir die Namen der dort wachsenden Wildblumen erklärte. Abends machten wir ein Feuer am Strand und tranken heißen Cider aus einer Thermosflasche, und als die Flut einsetzte, watete Peter, ihr Vater, mit uns durch die Höhlen in der Nähe, ein gefährliches Unterfangen im Licht einer Taschenlampe, bei dem wir am Ende bis zum Hals in eiskaltem Wasser standen. Auf der Zugfahrt zurück nach London fühlte ich mich merkwürdig beraubt und sehnte mich nach einer Gegend und einer Familie zurück, die ich gerade erst kennengelernt hatte.

Als meine Mutter zu Besuch kam, traf sie nach der achtstündigen Fahrt von Yorkshire mit ihrem Jack Russell auf dem Beifahrersitz ihres Golfs ein. Sie allein irgendwo ankommen oder abfahren zu sehen macht mich immer ganz traurig, ich kann es nicht ändern. Und als sie Hannahs herrlich abgewohntes Elternhaus betrat und im Flur über Surfboards und hingeworfene Neoprenanzüge hinwegstieg, schien auch das Übersprudelnde der Familie nach und nach zu versiegen. Sie hatten mit einem selbst gebackenen Karottenkuchen und der gefüllten Teekanne auf sie gewartet, voller Vorfreude auf das bevorstehende Treffen, das Ausmalen unserer gemeinsamen Zukunft, das Reden über den Familienzuwachs. Doch die Förmlichkeit meiner Mutter (hinter der sie ihre Schüchternheit verbirgt, wie ich vermute) schlug allen auf die Stimmung, und auf einmal benahm sich niemand mehr wie sonst.

Peter, einer der besten Gesprächspartner, die ich kenne, brachte nur ein, zwei Fragen nach ihrer Fahrt heraus, während Maggie ein paar Themen anschnitt – Gartenarbeit, Tony Blair, das marode staatliche Gesundheitssystem – und eines nach dem anderen wieder fallen ließ, bis praktisch Schweigen herrschte. Ich war hin- und hergerissen. Wollte so gern zu dieser Familie gehören, fühlte mich aber wie durch einen Meeresarm von ihr getrennt, meine Mutter und ich auf der einen Seite, die rotwangigen, lockenköpfigen Robinsons auf der anderen. Ich möchte nicht auf der Insel meiner Mutter leben, will sie aber auch nicht allein dort zurücklassen. Schon kompliziert, ich zu sein.

Während dieses Essens nun, bei dem es mit jeder Flasche Wein lautstarker und lustiger zugeht, lehne ich mich zwischendurch einfach zurück und genieße es zuzuhören. Will es auf mich wirken lassen, wie meine alten, neuen Eltern sich mit meinem besten Freund unterhalten. Rick und Ben sprechen natürlich über Porträtmalerei und was nötig ist, damit ein Bild die Zeit überdauert.

»Ich denke immer, dass gute Kunst sich erst im Laufe der Zeit offenbart«, sagt Rick. »Das ist es auch, was Sammler wollen. Sie wollen ein Werk, das bei jedem Betrachten ein bisschen mehr von seinem Entstehungsprozess preisgibt. Für jede Stunde Arbeit an einem Bild versuche ich, eine nur mit Schauen zu verbringen. Das Entscheidende ist, was man bemerkt, wenn man dann weitermalt.«

»Rick, wenn ich dir so zuhöre – genau deshalb solltest du ab und zu mal ein Interview geben«, sagt

Hannah. »Die Leute finden es spannend, etwas über diesen Prozess zu erfahren.«

»Ach, ich hasse die Presse. Ich brauche sie nicht, meine Arbeiten verkaufen sich auch so. Warum sollte ich der Öffentlichkeit etwas über mein Privatleben erzählen?«

»Weil du in gewisser Weise sowieso zum Gemeingut zählst. Die Leute sind fasziniert von dir, deiner Kunst, deinen Einflüssen und Inspirationen. Ist es nicht ein bisschen hartherzig, solche Dinge nicht mit anderen zu teilen?«

»Ich teile sie durchaus. Es gibt immer eine Pressemitteilung vor jeder Ausstellung.«

»Ach, ich bitte dich. Richard Fields, der Mensch hinter den Porträts – den kennt niemand. Es ist praktisch nie etwas Wahres, Ehrliches über dich veröffentlicht worden, alles nur Spekulation.«

»Vielleicht könnte Hannah dich ja mal interviewen?«, mischt Alice sich ein. »Ihr kannst du vertrauen, sie würde nichts schreiben, mit dem du nicht einverstanden bist.«

»Oh, Rick, würdest du das tun? Ich wollte dich schon die ganze Zeit fragen, habe mich aber nicht getraut. Du würdest auch alles vorher absegnen, es geht nichts ohne deine Zustimmung raus.«

Hannahs Gesicht leuchtet so hoffnungsvoll, wie könnte er da widerstehen? Alle Blicke sind auf ihn gerichtet, während er überlegt, und es ist offensichtlich, wie sehr er mit sich hadert. Doch schließlich lächelt er.

»Okay, Hannah, gern. Für dich mache ich eine Ausnahme. Vielleicht habe ich ja sogar Spaß daran. Wann sollen wir loslegen?«

»Ich fange in zwei Wochen wieder an zu arbeiten, und es wäre fantastisch, wenn ich gleich etwas präsentieren könnte. Mein Chef wird Augen machen...«

»Habt ihr eigentlich inzwischen eine Tagesmutter gefunden?«, fragt Elizabeth.

»Nein, keine, die wir mögen und uns leisten können. Langsam bekomme ich Panik deswegen. Immerhin würde Lukes Mutter« – sie zögert kaum merklich bei dem Wort – »einspringen, wenn es hart auf hart kommt.«

Samuel sitzt wieder auf Alice' Schoß und spielt mit ihrer langen Jettkette, schmiegt seinen Kopf an ihre Brust. Wir denken bestimmt alle dasselbe, doch es ist Elizabeth, die es ausspricht.

»Sieh nur, wie wohl er sich bei dir fühlt, Alice. Schade eigentlich, dass du dich nicht um ihn kümmern kannst.«

Eine Art Beben geht um den Tisch, und Hannah und ich vermeiden es, uns anzusehen.

»Ach, du meine Güte, wäre das nicht toll? Er ist so ein entzückendes Kind. Ich überlege, ob es nicht vielleicht eine Möglichkeit gibt.«

»Meinst du wirklich, Alice?«, fragt Hannah. »Selbst so kurzfristig? Ich wäre überglücklich, ihn bei dir lassen zu können.«

»Ich würde euch gern helfen.«

»Wir würden dich natürlich bezahlen.«

»Aber was ist mit deiner Arbeit, Alice?«, fragt Rick dazwischen.

»Pah. Köter von reichen alten Damen malen? Das kann ich im Schlaf, wie du weißt.«

»Ich bin nicht sicher, ob das so eine gute Idee ist. Du hast selbst gesagt, dass du dir Zeit lassen willst.«

»Aber hat der Gedanke, dass Alice sich um den Sohn ihres Sohnes kümmert, nicht etwas Wunderbares?«, wirft Elizabeth ein. »Als würde sich ein Kreis schließen.«

Neues Schweigen am Tisch. Alice haucht einen Kuss auf Samuels Kopf.

»Es muss sehr schwer für dich gewesen sein, Luke wegzugeben«, sagt Elizabeth, und ich merke, wie Alice um Fassung ringt. Ein Kampf, den ich gerade selbst durchmache.

»Das könnt ihr euch nicht vorstellen.«

Der Schmerz in ihrem Gesicht ist kaum zu ertragen. Ich habe Elizabeth sehr gern, aber für eine Frau, deren Beruf eine hohe soziale Kompetenz voraussetzt, kann sie unglaublich taktlos sein.

Alice hat mit ihren Armen eine Wiege für Samuel geformt, seine Füße und der Kopf ruhen auf ihren Ellbogen. Als sie seine Wange streichelt, strahlt er sie an.

»Ist schon verlockend, mein Vögelchen, nicht?«, sagt sie, worauf Hannah nicht mehr zu halten ist und vom Tisch aufspringt.

»Luke, wäre das nicht die ideale Lösung? So, jetzt trinken wir Tee und essen was von Elizabeths köstlichem Kuchen«, sagt sie, und mir scheint, sie verkneift es sich gerade noch hinzuzufügen, »um das zu feiern«.

DAMALS

Alice

Jake kocht heute für Tom, Eddie, Rick und mich und hat sich wie immer voller Elan in die Aufgabe gestürzt. Der übliche Studentenfraß wie Spaghetti bolognese oder Makkaroniauflauf kommt bei ihm nicht auf den Tisch. Es gibt Bouillabaisse aus frisch am Morgen auf dem Billingsgate Market gekauften Fisch (er ist früh um sechs aus dem Haus gegangen, damit er es noch rechtzeitig dorthin schafft) und stundenlang im Ofen gegarte Tomaten, die zu einer süßlichen, knoblauchduftenden Masse zusammengefallen sind.

Er hat eine Rouille dazu gemacht und einen grünen Salat mit extra in der Drogerie gekauftem Olivenöl, dazu getoastete und mit Knoblauch eingeriebene Weißbrotscheiben aus von Luigi gespendeten Panini vom Vortag.

»Wo hast du so kochen gelernt?«, frage ich ihn, während ich den Tisch mit den zusätzlichen Messern und Gabeln decke, die wir schnell noch in einem Trödelladen nahe des Colleges erstanden haben.

»Aus Büchern«, sagt er. »Ich habe mal ein altes Kochbuch von Elizabeth David gefunden und nachts darin gelesen, wenn ich nicht schlafen konnte. Seitdem sammele ich gebrauchte Rezeptbücher.«

Ich möchte ihn fragen, warum er nicht schlafen konnte, aber wir sind noch so frisch zusammen, und er verschließt sich immer, wenn von seiner Kindheit die Rede ist, also gehe ich darüber hinweg.

Rick kommt zu meiner Erleichterung als Erster und bringt eine Flasche Wein in weißem Seidenpapier mit, auf das er mit Filzstift Sterne und Mondsicheln und dazwischen eingestreute Smileys gemalt hat. Er trägt eine violette, weit ausgestellte Cordhose und eine weiße Folklorebluse, die er, wie er mir gestanden hat, in einer Damenboutique in der Neal Street gekauft hat.

»Eins kann ich dir sagen, ich war nicht der einzige Mann, der die Kleiderständer durchforstet hat«, meinte er. »Und sie haben nicht für ihre Freundinnen geshoppt.«

»Wow«, ruft er jetzt, als er sich in Jakes weinrot-orange-violettem Wohnzimmer umsieht. »Fetzige Hütte! Ein bisschen wie in einem Striplokal, wenn du verstehst, was ich meine.«

Sobald auch Eddie und Tom da sind, quetschen wir uns mit unseren Wassergläsern voll Mateus Rosé um den winzigen Küchentisch. Jake und ich sind jetzt seit fast drei Wochen zusammen, und ich weiß, dass er dieses Essen veranstaltet hat, damit die Jungs von der Band und ich uns ein bisschen besser kennenlernen können.

»Wir sind wie eine Familie füreinander«, sagte er zu mir. »Vor allem Eddie und ich. Wir sind in derselben

Kleinstadt aufgewachsen. Es gibt nichts, das wir nicht voneinander wissen.«

Die Gelegenheit habe ich genutzt, um ihn nach Eddie zu fragen.

»Warum ist er so abweisend zu mir? Ich glaube, er mag mich nicht.«

»Wie könnte dich jemand nicht mögen?«, erwiderte Jake. »Er will mich nur beschützen. Er hat meine Familie gekannt, vor allem meinen fiesen Großvater ...« Er lachte, als er das sagte, aber ich sah, wie sich sein Blick verdüsterte. »Und seitdem passt er auf mich auf.«

Offenbar hat er Eddie irgendetwas gesteckt, denn der benimmt sich heute Abend auffallend anders zu mir, stellt mir sogar Fragen übers College und mein Zuhause.

»Alice' Vater ist offenbar ein ziemliches Arschloch«, bemerkt Jake.

»Ach ja, der Möchtegernpfarrer. Er ist Küster oder so was, stimmt's, Alice?«, fragt Rick.

»Kanoniker. Er darf sonntags die Kommunion austeilen. Darauf steht er. Und manchmal auch die Predigt halten – und wenn nicht, predigt er meiner Mutter und mir beim Mittagessen. Er hat mal eine ganze Tirade über Soho vom Stapel gelassen. Bei ihm heißt es nur Sohodom und Gomorrha ...«

Alle lachen.

»Habt ihr von dieser geplanten Schwulen- und Lesbenparade gehört?«, fragt Eddie. »Deinen Vater wird wohl der Schlag treffen, wenn er davon erfährt. Offenbar wollen sie alle zum Hyde Park ziehen und sich auf der Straße küssen und Händchen halten. Ich finde das super. Wir sollten mitmachen und unsere Solidarität zeigen.«

Bin ich die Einzige, die merkt, wie still Rick auf einmal geworden ist? Ich vermute schon längst, dass er schwul ist, doch er schweigt sich selbst mir gegenüber eisern über seine Sexualität aus.

»Bist du schwul, Rick?«, fragt Jake da ganz beiläufig, und ich halte die Luft an. Zwinge mich, Rick anzusehen, erkenne den Schock auf seinem Gesicht. Schock, Verwirrung und dann etwas anderes. Plötzlich lacht er.

»O Gott! Scheiße! Ja, ich bin schwul.« Letzteres sagt er langsam und deutlich, wie eine Bekanntmachung. »Ich habe es bisher nur noch niemandem erzählt.«

Er sieht mich an, und ich sehe ihn an. So ist es oft zwischen uns, als wäre niemand sonst dabei. Über den Tisch hinweg greife ich nach seiner Hand.

»Alice«, sagt er.

»Ich bin so stolz auf dich«, antworte ich.

Dann lachen wir alle, und Eddie klopft Rick auf die Schulter. »Gut gemacht, Mann. Verdammt, wen schert's? Schwul, hetero, bisexuell, piepegal.«

Rick schüttelt den Kopf.

»Das war viel leichter, als ich dachte.«

»Wann hast du herausgefunden, dass du schwul bist? Oder hast du das schon immer gewusst?«, fragt Tom.

»In der Schule, so mit sechzehn oder siebzehn. Bis dahin hatte ich Poster von Brigitte Bardot aufgehängt und gehofft, dass sich bei mir was tut. Ich habe jahrelang verleugnet, wer ich bin, und meine Hoffnungen auf Heirat und Kinder und den ganzen heterosexuellen Traum gesetzt. Als wäre das je drin gewesen.«

Der Abend entwickelt sich zu einem Fest. Noch mehr Flaschen Wein werden geöffnet, und die Bouillabaisse ist zweifellos das Köstlichste, was ich je gegessen habe. Niemand von uns bringt viel mehr als ein genussvolles Stöhnen heraus, als wir unser getoastetes italienisches Weißbrot in die Tomaten-Fisch-Soße tunken. Sogar der Salat mit seinem würzigen Knoblauchdressing ist ein Geschmackserlebnis.

Nach dem Essen baut Eddie einen Joint, zündet ihn an und reicht ihn mir. »Ladies first«, sagt er mit einer ironischen Verbeugung, und ich nehme ein paar kleine Züge, ehe ich ihn weiterreiche.

Wir hören uns das neue Album von Stone the Crows an, einer Bluesrockband, deren Stern gerade am Aufgehen ist. Sie sind in kleinen Clubs aufgetreten wie die Disciples – im Rainbow Room, dem Marquee –, aber über Nacht rasend populär geworden. Tom, Eddie und Jake nehmen die Musik auseinander, diskutieren, was ihnen gefällt und was nicht, und Rick sitzt still mit einem kleinen Lächeln dabei, das sein Gesicht nicht mehr verlässt. Ich muss immer wieder zu ihm hinsehen. Den anderen ist gar nicht klar, was dieser Abend für ihn bedeutet, welchen Wendepunkt er darstellt, der ihn unwiderruflich von einer Welt in eine andere katapultiert hat.

Nachdem alle gegangen sind, lümmeln Jake und ich auf dem Sofa. »Du bist unglaublich, wusstest du das?«, sage ich. »Hast du gesehen, wie glücklich Rick war? Er ist hier rausgegangen, als wollte er die Welt erobern.«

»Nächste Mission Tom«, meint Jake. »Aber ich glaube, da haben wir noch ein schönes Stück Arbeit vor uns.«

»Du meinst, er ist auch …«

»Ich bin sicher. Nur Tom nicht. Noch nicht.«

»Es muss schwer sein, das alles mit sich allein auszumachen, diese Zweifel, die Scham, auch wenn es keinen Grund dafür gibt. Aber wenn man nicht darüber spricht, kann einem auch niemand helfen.«

»Genau das, Alice Garland«, sagt Jake und küsst mich auf Stirn, Nase, Mund, »ist die Krux. Man kann seine Dämonen nicht besiegen, wenn man sie nicht ans Licht zerrt.«

Ich staune über seinen Mangel an Selbsterkenntnis. Ausgerechnet er sagt das, der seine Traurigkeit so fest in sich verschließt. Später, im Dunkeln, nehme ich seine Hand, streiche sacht über die wulstige, vernarbte Haut auf der Unterseite seines Handgelenks und schwöre mir, dass ich eines Tages, bald, seine Dämonen hervorzerren und ein für alle Mal vertreiben werde.

HEUTE

Luke

*Adoptierte versuchen häufig, die biologischen Eltern zu schnell in ihr Leben zu integrieren.
Es drängt sie, die fehlenden Jahre so rasch wie möglich aufzuholen und eine starke Eltern-Kind-Bindung aufzubauen. Ein Vorhaben, das zwangsläufig zum Scheitern verurteilt ist.*

Joel Harris, *Wer bin ich? Das verborgene Trauma adoptierter Kinder*

Alice wird unsere Tagesmutter. Sooft ich mir das auch vorsage, ich kann es immer noch nicht richtig begreifen. Mit anderen Worten, meine biologische Mutter Alice, die ich seit knapp zwei Monaten kenne, wird Woche für Woche hier sein, bei uns, eingebunden in unser Familienleben. Was Eltern-Kind-Zusammenführungen angeht, ist unsere ein ziemlicher Erfolg, würde ich sagen.

Wir, also Alice, Hannah und ich – plus Samuel natürlich, in den Schoß seiner Großmutter gekuschelt –, haben die Vereinbarung bei Tee und Eclairs im French

Café getroffen. Alice wird um 9.30 Uhr morgens kommen und bis 18 Uhr bleiben, dienstags bis donnerstags, hat sich aber bereit erklärt, falls nötig auch an anderen Tagen einzuspringen. Sie will nicht mehr als hundert Pfund pro Woche dafür nehmen, was erheblich weniger ist als sämtliche professionellen Tagesmütter verlangten. Wir haben darauf bestanden, mehr zu bezahlen, aber sie wollte nichts davon hören.

»Seht ihn euch nur an«, sagte sie und streichelte Samuels Hals mit dem Zeigefinger. »Er ist so bezaubernd, eigentlich müsste ich *euch* bezahlen.«

»Das sagst du nur, damit wir kein schlechtes Gewissen haben«, erwiderte ich, worauf sie lachte.

»Luke, wir gewinnen alle dabei. Ihr braucht jemanden, dem ihr vertrauen könnt, und ich brauche eine Veränderung in meinem Leben. Ist doch perfekt.«

An dem Abend, bevor Hannah wieder anfängt zu arbeiten, brate ich Filetsteaks und mache eine Flasche von unserem bevorzugten Rioja auf. Kerzenschein, Samuel hellwach und über den Tisch hin und her gereicht, während wir abwechselnd essen.

»Ich werde ihn vermissen.«

»Natürlich, aber es sind ja nur drei Tage. Und wenn du erst mal im Büro bist und an einem Artikel arbeitest, wirst du ihn schnell vergessen.«

»Nein, das werde ich nicht«, sagt Hannah, leicht aufbrausend. »Aber wenigstens brauche ich mir keine Sorgen um ihn zu machen. Ich könnte mir niemand Verlässlicheren vorstellen.«

»Verlangen wir nicht ein bisschen viel von Alice?«

»Nein, ich glaube, sie möchte das wirklich gern

machen. Sie hat jetzt schon eine so enge Beziehung zu Samuel, es ist fast unheimlich.«

»Ich hoffe nur, dass meine Beziehung zu ihr dadurch auch etwas enger wird.«

»Alice hat Samuel ja gerade deshalb so schnell lieb gewonnen, weil er sie an dich erinnert.«

»Ist halt einfacher, mit einem Baby umzugehen, als mit der komischen, verkorksten Erwachsenenversion.«

Hannah lacht. »Genau.«

Wir machen uns gerade einen Tee und bereiten uns langsam aufs Schlafengehen vor, als das Telefon klingelt. Es ist halb zehn, also wahrscheinlich meine Mutter, ebenfalls mit ihren Ritualen vor dem Zubettgehen beschäftigt, wozu auch ihr abendlicher Anruf gehört.

»Hallo, Liebling, ich rufe nur kurz an, um Hannah alles Gute für morgen zu wünschen.«

»Hallo, Mum. Möchtest du sie selbst sprechen?«

»Nein, nein, sie hat bestimmt noch zu tun. Sag ihr liebe Grüße. Eure Tagesmutter fängt also morgen an? Wie heißt sie denn?«

Verstellen ist schwierig. Es verschlägt einem die Sprache und lässt den Atem stocken.

»Alice.«

»Alice?«, sagt meine Mutter. In meinem Zustand erhöhter Wachsamkeit, um nicht zu sagen der Paranoia, frage ich mich, ob sie gerade in Gedanken all die Alice' durchgeht, die sie je gekannt hat. Alice, Alice, sollte mir der Name nicht etwas sagen?

»Alice und weiter?«

»Ach, äh, puh, der Nachname fällt mir gerade nicht ein.«

»Liebling, du bist wirklich ein hoffnungsloser Fall.« Meine Mutter lacht. »Wie alt ist sie?«

»Hm, so in den Vierzigern, glaube ich.«

»Aha, also schon etwas älter. Wie sind ihre Verhältnisse?«

Hätte ich doch nur darauf bestanden, das Telefon an Hannah weiterzureichen, sie wäre viel besser mit diesem Verhör zurechtgekommen als ich. Sie hockt auf der Sitzbank, den schlafenden Samuel in den Armen, und lässt mich nicht aus den Augen.

»Was meinst du damit, Mum? Sie malt nebenbei. Will ihr Einkommen aufbessern, schätze ich.«

»Aber hat sie denn Erfahrung mit Babys? Sie ist doch eine richtige Kinderfrau, oder?«

»Natürlich, Mum. Lass uns morgen weiterreden, ja? Hannah möchte heute früh ins Bett.«

Ich lege auf und setze mich zu Hannah auf die Bank, etwas gebeugt von der Dramatik des Ganzen.

»Oh, Babe«, sagt sie, »das ist alles so schwierig, was? Aber wenn deine Mutter erst mal Bescheid weiß, wird es leichter.«

»Ich kann es ihr nicht sagen.«

»Noch nicht. Aber bald. Alles wird sehr viel einfacher, sobald Christina erfährt, wer Alice wirklich ist.«

Was für vorausschauende Worte. Hätte ich nur auf sie gehört. Hätte ich meiner Mutter nur gleich die Wahrheit gesagt.

DAMALS

Alice

Jake zeigt mir eine neue Welt. Er sorgt sich um nichts und will alles ausprobieren. Zu sagen, dass er mir innerhalb von wenigen Tagen sexuell die Augen geöffnet hat, wäre eine gewaltige Untertreibung. Aber es ist noch mehr als das. Er kostet die kleinen, schönen Momente des Lebens voll und ganz aus, angefangen von dem täglichen italienischen Cappuccino bis hin zum Sternschnuppengucken im Hyde Park (eines Nachts sind wir über das verschlossene Tor geklettert und haben stundenlang in Decken eingehüllt auf einer Bank gesessen; ich glaube, das ist das Romantischste, was ich getan habe und je tun werde).

Es ist auch seine Idee, ein ganzes Wochenende im Bett zu verbringen, achtundvierzig Stunden dekadentes Herumlungern, bei dem wir uns nur ein Mal anziehen dürfen, um in dem kleinen Laden gegenüber Proviant einzukaufen.

Amir, der Inhaber, lacht, als er sieht, was wir auf der Theke aufgereiht haben.

Eine Flasche Cava, eine Flasche Weißwein, Milch, ein Glas Nescafé Blend 37, eine Packung Mother's-

Pride-Toastbrot, PG-Tips-Tee und ein Päckchen Ingwerkekse.

»Nur das Lebensnotwendigste, ja?«, sagt er.

»Ja, ich glaube, sonst haben wir alles«, sagt Jake und legt den Arm um mich.

In der Küche packen wir zusammen die Einkäufe aus wie ein altes Ehepaar: Milch in den Kühlschrank, Kaffee, Tee und Kekse in den Schrank, Sekt in den Kühlschrank. Ich setze gerade den Kessel für Tee auf, als Jake plötzlich von hinten seine Hände in meinen Ausschnitt schiebt – der Kälteschock zweier Eiswürfel an meinen Brustwarzen.

Ich schreie auf, spüre dann aber die Wärme seines Munds an meinem Hals, sodass ein lustvolles Japsen daraus wird.

Als ich mich umdrehen will, um ihn zu küssen, flüstert er »Nein«, und mittlerweile kenne ich dieses Spiel. Ich liebe es. Ich lebe dafür.

»Wir werden noch viel Zeit brauchen, viele Wochenenden«, sagt er später, als wir auf dem braunen Sofa liegen und eine Zukunft hingebungsvoller Erotik sich vor uns erstreckt, eine Unendlichkeit aus Liebesakten.

Jake trägt den Fernseher ins Schlafzimmer, und wir schauen uns eine Serie nach der anderen an: *Doctor Who*, *The Goodies*, *Parkinson*. Es gibt eine *Omnibus*-Folge über Andy Warhol, die wir gebannt verfolgen. Wie alle sind wir fasziniert von Warhol. Es ist schon so viel über ihn geschrieben worden, aber man sieht ihn nur selten im Fernsehen, diesen Mann, der nicht zuletzt für die erbitterte Verteidigung seiner Privatsphäre berühmt ist.

»Rick wird mal so groß rauskommen wie Warhol, mindestens«, bemerke ich. »Das habe ich Gordon neulich sagen hören.«

Jake nimmt meine Hand und küsst sie, ohne die Augen vom Bildschirm abzuwenden.

»Ich hoffe schwer, Alice Garland, dass du eines Tages auch an dich selbst glaubst. Du bist genauso begabt wie er.«

Den spanischen Sekt trinken wir um zwei Uhr morgens aus billigen, mit Rabattmarken gekauften Wassergläsern. Ich kenne sie, denn wir haben zu Hause die gleichen. Mein Vater mixt meiner Mutter gern einen Gin Tonic in diesen Gläsern, während er seinen Abendwhisky aus edlem Kristall, Familienerbstücken, trinkt. Kleine, alltägliche Gemeinheiten, um sie zu demütigen.

»Warum ertragt ihr ihn?«

»Weil wir Angst vor ihm haben. Seinem Jähzorn. Den Wutanfällen aus heiterem Himmel. Meistens kann man es mit ihm aushalten, aber wenn er getrunken hat, ist es ein Albtraum.«

»Alkoholiker?«

»Ich weiß nicht. Er muss gar nicht so viel getrunken haben, damit seine Stimmung kippt. Drei Gläser Wein, und er rastet völlig aus. Dann wartet er nur darauf, dass meine Mutter oder ich ein falsches Wort sagen, damit er losbrüllen kann. Nach einer Weile gewöhnt man sich daran. Meine Mutter driftet einfach in ihre Traumwelt ab, und ich habe mich jedes Mal ein bisschen mehr innerlich abgeschottet. Ich musste ja irgendwie die Zeit überstehen, bis ich ausziehen konnte.«

»Armer Schatz«, sagt Jake und küsst mich. »Ich hoffe, er hat dir nie wehgetan. Körperlich, meine ich.«

»Nein, Gott sei Dank. Manchmal dachte ich, er wäre kurz davor. Aber er hat sich immer in letzter Sekunde beherrscht.«

Jake schweigt einen Moment.

»Mein Großvater war gewalttätig. Die ganze Zeit über. Aber ich habe mich nie von ihm unterkriegen lassen.«

»Du hasst ihn ziemlich, oder?«

Er zuckt die Achseln. »Er ist tot, also ... Ich schätze, ich muss das alles einfach hinter mir lassen.«

Unwillkürlich will ich nach seinen armen, vernarbten Handgelenken greifen, aber ich halte mich zurück und versuche, diesem Umhang aus Unerschütterlichkeit zu vertrauen, den er jedes Mal überwirft, wenn ich ihn nach seiner Vergangenheit frage, so als könnte sie ihm dann nichts anhaben. Doch ich glaube, seine Narben sind der Beweis des Gegenteils: Die Vergangenheit hat ihn untergekriegt.

Am nächsten Morgen, als Jake sich vor dem Spiegel im Bad rasiert und ich gerade duschen will, mache ich auf der Suche nach Duschgel das Schränkchen auf. Zwei Medikamentenpackungen stehen darin, die mir sofort ins Auge fallen. Ich nehme sie heraus. Phenelzin und Largactil. Sie machen einen ganz anderen Eindruck als die Antibiotika, die ich während eines Großteils meiner Kindheit wegen häufiger Mandelentzündungen verschrieben bekam.

»Phen-el-zin«, buchstabiere ich. »Das sieht nach starkem Zeug aus. Was ist das?«

Jake legt seinen Rasierer ab und dreht sich zu mir um, sein halb rasiertes Kinn unterteilt von weißem Schaum.

»Antidepressiva und Antipsychotika. Ich habe sie jahrelang genommen, seit ich sechzehn war.«

»Antipsychotika?«

»Deshalb bin ich noch kein Psycho, falls du das denkst. Höchstens depressiv. Aber auch das ist vorbei. Ich nehme die schon seit einer Weile nicht mehr. Ich hasse es, wie sie meinen Verstand vernebeln. Wenn in meinem Kopf alles verschwimmt, kann ich keine Songs schreiben, das Zeug macht mich langsam und träge.«

Er nimmt mir die erste Packung ab und fängt an, die Tabletten eine nach der anderen herauszudrücken und ins Waschbecken fallen zu lassen.

»Was machst du da?«

»Einen Schnitt. Hätte ich schon vor langer Zeit tun sollen.«

Das geht mir alles zu schnell. Ich will ihn aufhalten, ihm die Tabletten entreißen und wieder in den Schrank legen. Für alle Fälle. Ich bin noch dabei zu verarbeiten, dass er die vergangenen zehn Jahre Psychopharmaka genommen hat, und jetzt wirft er die einfach so weg. Was ist, wenn es wiederkommt? Ich fühle mich total überfordert.

»Jake, hör auf! Solltest du nicht zuerst mit deinem Arzt darüber reden?«

»Komme ich dir depressiv vor? Oder übertrieben euphorisch?«

»Na ja, glücklich im Moment, aber …«

Hilflos sehe ich zu, wie er die andere Packung nimmt und den Inhalt ebenfalls wegwirft.

»Komm her«, sagt er.

Er klappt den Klodeckel zu und setzt sich, zieht mich auf seinen Schoß.

»Glaub mir, es gibt keinen Grund zur Sorge.«

»Wie fühlt sich das an?«

»Depressionen?«

Ich nicke, zu aufgewühlt, um zu sprechen, zu bange vor dem, was ich erfahren werde.

»Es ist, als wäre man unter Wasser, während die ganze Welt an einem vorbeizieht. Man möchte auftauchen und Luft holen, aber man hat nicht die Energie dafür, zu gar nichts mehr, als wäre man innerlich gelähmt. Also vegetiert man in einer Blase der Hoffnungslosigkeit vor sich hin.«

Ich schmiege mich an ihn, kneife die Augen zusammen. Meine Tränen sind lächerlich, wenn ich bedenke, wie viel er durchgemacht hat.

»Alice, sieh mich an.«

Ich öffne die Augen, und er küsst mich.

»Du musst nicht traurig sein. Bitte glaub mir, wenn ich dir sage, dass es vorbei ist. Es ging mir schon vorher gut, schon bevor du aufgetaucht bist und meine Welt auf den Kopf gestellt hast. Vertraust du mir?«

»Ja.«

»Gut. In dem Fall – zwei Regeln für den Rest des Wochenendes«, sagt er. »Keine Kleider, zu keinem Zeitpunkt. Und keine Fragen mehr.«

Ich war verliebt, muss man bedenken. Nichts wollte ich mehr, als ihm glauben.

HEUTE

Luke

Wenn Alice morgens kommt, warten Samuel und ich schon auf sie. Sie klopft immer an, benutzt nie ihren Schlüssel, und ich öffne ihr schwungvoll. Das gehört zu unserem Morgenritual. Alice zieht eine ihrer komischen Grimassen, Mund und Augen zu einem überraschten »Oh!« aufgerissen, und wird sogleich mit einem Kichern belohnt. Samuel streckt die Arme aus und reckt sich ihr mit dem ganzen Oberkörper entgegen. Jeden Tag geht das so.

»Verräter«, sage ich und übergebe ihn ihr mit einem Abschiedskuss, worauf Alice sagt, was sie immer sagt: »Mach dir keine Sorgen um uns, wir kommen bestens zurecht.«

Wir wissen jetzt schon nicht mehr, wie wir es ohne sie geschafft haben. Sie kümmert sich nicht nur um Samuel, sondern wäscht und bügelt auch seine Sachen, putzt und kocht für uns. Beim Nachhausekommen warten liebevoll zubereitete Mahlzeiten auf Hannah und mich – Shepherd's Pie, Tagine, Lasagne –, die beliebten Klassiker, aber immer mit einer scharfen, frischen Note, mit Chili oder Ingwer oder eingelegter

Zitrone. Ich ertappe mich manchmal dabei, wie ich mich schon nachmittags aufs Abendessen freue.

Obendrein beschenkt sie uns gern, obwohl wir sie immer wieder bitten, das nicht zu tun. Jede Woche frische Blumen, Kleider und Spielsachen für Samuel, feine kleine Schokoladen aus dem Delikatessenladen.

Heute soll Hannah Rick interviewen, als Aufmacher für den Kulturteil der *Sunday Times*. Mit einem Exklusiv-Feature über Richard Fields im Gepäck ist sie gleich an ihrem ersten Arbeitstag zur Mitarbeiterin des Jahres gekürt worden. »Ein Glück, dass du zurück bist, wir haben dich wirklich vermisst«, lautete die Begrüßung des Feuilletonchefs, wie sie abends jubilierend berichtete.

Um kurz nach sechs bin ich zurück, rechtzeitig zu Alice' offiziellem Feierabend. Sie rührt in der Küche in einem Hühnereintopf, und Samuel lehnt frisch gebadet und in einem sauberen Schlafstrampler an seinem Sitzsack.

Es hat etwas Tröstliches, mit welcher Sorgfalt sie das beste Essen für mich, ihren Sohn, zubereitet, mit dem sie nach siebenundzwanzig Jahren wieder vereint wurde. Sie erweist sich als zurückhaltender, als ich erwartet hatte, und ich denke gern, dass sie ihre Liebe eben durch das Kochen für uns ausdrückt.

Abends möchten wir sie oft noch ein bisschen dabehalten, doch sie eilt jedes Mal davon und schlägt das angebotene Glas Wein aus.

»Ihr braucht eure Zeit mit Samuel«, sagt sie.

Einmal konnte ich sie bisher überreden, noch etwas mit uns zu trinken, nur um es hinterher zu bereuen.

Sie saß mit ihrem Glas am Tisch und zählte auf, was sie mit Samuel unternommen hatte, ein Besuch in der Bibliothek, um Bilderbücher anzuschauen, ein Spaziergang im Park, und dieses Beisammensein, das ich ihr aufgezwungen hatte, fühlte sich genauso an, wie es von außen wirken musste: zwei Eltern, die sich von ihrer Tagesmutter Bericht erstatten lassen. Nicht mehr und nicht weniger. Also bin ich zu dem Entschluss gelangt, dass unsere Beziehung, Alice' und meine, außerhalb der Eltern-Nanny-Dynamik weiterentwickelt werden muss.

Als Hannah wenig später nach Hause kommt, schwärmt sie euphorisch von ihrem Tag in Ricks Atelier.

»Oh, Alice«, sagt sie, schwingt ihre Umhängetasche auf den Boden und streckt die Arme nach Samuel aus, »er war großartig. Wir haben stundenlang miteinander geredet. Über alles Mögliche. Seine Zeit an der Slade. Seine Liebesbeziehungen oder vielmehr darüber, dass er keine hat. Er meinte, eigentlich hätte es immer nur dich gegeben.«

»Hat er über unsere erste Zeit mit Luke gesprochen? Als wir zu dritt waren?«, fragt Alice.

»Nein, das weniger.«

Hannah wirft mir einen Blick zu. Sie weiß, wie sehr ich mich danach sehne, mehr über meine ersten Lebenswochen zu erfahren.

»Es ist für uns beide schwierig, an diese Tage zurückzudenken. Solch schmerzliche Erinnerungen.«

»Ich verstehe«, sage ich, obwohl ich es eigentlich nicht verstehe.

Meiner Ansicht nach haben meine biologischen Eltern die Pflicht, alles mit mir zu teilen, woran sie sich an mich als Baby erinnern. An dieses Selbst, das mir fehlt. Das Selbst, zu dem ich keinen Zugang bekomme. Es geht mir nicht darum, ihnen ein schlechtes Gewissen zu machen, sie leiden zu lassen, keineswegs, aber diese Suche nach Identität nimmt immer mehr Raum ein. Manchmal kann ich an nichts anderes mehr denken.

»Wie war dein Tag?«, fragt Hannah, also erzähle ich ihr von Reborn, der neuen Band, die mir nicht mehr aus dem Kopf geht.

»Ich habe mich über Mittag mit den Bandmitgliedern getroffen, sie gefallen mir noch besser als erwartet. Sie sind so politisch wie The Clash, aber mit einem Discosound, passend zum neuen Jahrtausend. Nach so was suche ich schon seit Langem.«

Hannah küsst mich und legt mir Samuel in die Arme.

»Das behauptest du jedes Mal.«

»Der Eintopf steht fertig auf dem Herd«, sagt Alice, »ihr könnt ihn essen, wann ihr wollt.«

»Setz dich doch noch fünf Minuten zu uns«, fordert Hannah sie auf.

»Ich kann leider nicht, ich habe noch eine Verabredung. Muss mich beeilen.«

Schon geht sie, Mantel an, gestreiften Leinenbeutel über dem Arm, und ich sehe sie mit einer Mischung aus Dankbarkeit und Bedauern die Küche verlassen. Will etwas von ihr, ohne genau zu wissen, was.

DAMALS

Alice

Das hier, genau das ist es, wovon ich meine ganze Teenagerzeit über geträumt habe, verkrochen in meinem Zimmer, umgeben von Skizzenblöcken und Stiften, als könnte ich mich von der Verachtung meines Vaters weg in eine freie Boheme-Welt hineinzeichnen.

Seit meiner ersten funkenschlagenden Begegnung mit Jake vor ein paar Wochen habe ich mich in die »Hauskünstlerin« der Band verwandelt, ein Titel, den ich scherzhaft von den Jungs verliehen bekam, als ich sie beim Picknick im St. James's Park zeichnete.

Die Idee, das Plattencover für sie zu gestalten, hat sich zu dem Vorhaben ausgeweitet, die frühen Stationen einer vielversprechenden Newcomer-Band zu dokumentieren. Ich habe sie gezeichnet, wie sie auf der Bühne stehen, Pints im French House trinken, im Park Fußball spielen. Meine Lieblingsskizze ist eine von Jake, wie er in einem schwarzen Rollkragenpullover und seinen schwarzen Jeans im Schneidersitz auf dem Boden hockt, einen Becher Kaffee neben sich. Ich mag das Alltägliche daran, die indirekte Botschaft, dass ich ihn auf eine Art sehe wie niemand sonst. Er gehört mir, das denke ich jedes Mal, wenn ich diese Zeichnung betrachte.

Manchmal, besonders wenn er stoned ist, schwärmt Jake von der Zeit, in der wir leben, dieser Epoche der Neuerfindung und Selbstverwirklichung, in der alles möglich ist und man sein kann, was und wer man möchte.

»Wir sind genau zum richtigen Zeitpunkt jung, die Leute sind bereit, sich auf uns einzulassen. Wir können aus eigener Kraft Erfolg haben.«

Als er das zum ersten Mal sagte, dachte ich: Du hast gut reden, du hast es schon halb geschafft, auf der Titelseite von *Sounds*, zwei Singles in den Top 20. Aber ich? Ich bin ein Niemand. Nur eine kleine Kunststudentin mit brennendem Ehrgeiz und dem Bedürfnis, ihrem Vater zu imponieren. Doch sein Glaube an sich selbst ist ansteckend, und bei all den Komplimenten und dem Lob der Bandmitglieder beginne auch ich allmählich zu hoffen, dass ich es schon halb geschafft habe.

Und dann passiert etwas Unglaubliches. Es ist ein entspannter Dienstag an der Slade, keine Kurse, ich arbeite im Atelier an einem Bild von den Jungs, Eddie, Jake und Tom ganz in Schwarz auf einem lila Sofa lungernd, dieses wunderbare Nebeneinander von Maskulinem und Femininem. Mich interessieren die violetten Falten im Stoff des Bezugs, das wolkige Silbergrau, wo das Material sich abgenutzt hat, und ich probiere eine feine Tüpfeltechnik aus, um das abzubilden. Neben mir hat Rick ein Porträt von David Bowie fast fertig, gemalt nach einem Foto in einer Sonntagsbeilage, allerdings mit Rot überlasiert. Der Effekt gleicht einer rötlichen Sepiatönung, es sieht fantastisch aus.

Wir haben seit Stunden nicht geredet, keine Pause gemacht, sind völlig versunken.

Als Lawrence Croft, unser Direktor, plötzlich unangekündigt hereinkommt, in Begleitung von Robin Armstrong, dem berühmten Galeristen und Mäzen der Disciples, dauert es daher einen Moment, bis wir die beiden bemerken.

»Fleißig bei der Arbeit, schön, schön«, sagt Lawrence. »Die beiden hier immer. Workaholics, möchte ich fast sagen.«

»Darf ich mal sehen?«, fragt Robin, und obwohl wir beide innerlich davor zurückschrecken, wie ich weiß, sagt Rick: »Ja, natürlich«, und steht auf, um die Sicht auf sein Bild freizugeben.

»Ich stelle mir Bowie auch immer in Rot vor«, bemerkt Robin, nachdem er es ein bis zwei Minuten betrachtet hat. »Muss an diesem Ziggy-Stardust-Blitz liegen. Mir gefällt übrigens Ihr Selbstporträt im San Lorenzo. Ich habe Sie schon seit einer Weile im Auge.«

Es ist schwer, sich nichts anmerken zu lassen, Rick schlägt garantiert innerlich gerade Purzelbäume vor Freude, aber wir geben uns beide gelassen.

»Haben Sie vor, bei der Porträtmalerei zu bleiben? Ist zurzeit nicht gerade in Mode.«

»Das kümmert mich nicht«, antwortet Rick. »Ich interessiere mich für Menschen. Ich will diesen Moment der Echtheit einfangen, wenn man einen Blick auf das wahre Selbst erhascht. Da kann ich auch skrupellos sein. Wenn die Chemie zwischen mir und dem Modell nicht stimmt, breche ich schon mal mittendrin ab.«

Robin nickt und wechselt einen Blick mit Lawrence, ehe er sich meinem Gemälde zuwendet.

»Ich habe diese Jungs inzwischen näher kennengelernt, und Sie haben sie bemerkenswert gut getroffen. Jake hat mir erzählt, dass Sie die aktuelle Phase ihrer Karriere mit spontanen Skizzen dokumentieren?«

»Ja, zuerst habe ich nur an der Gestaltung ihres neuen Albums gearbeitet, aber das Ganze hat sich dann irgendwie verselbstständigt.«

»Nun, ich denke, man könnte etwas Interessantes daraus machen, schließlich haben die Disciples eine Platte zu promoten, was ich unterstützen möchte, so gut ich kann. Wie wär's, wenn Sie morgen Abend mit Jake in der Galerie vorbeischauen? Bringen Sie Ihre fertigen Skizzen mit, dann unterhalten wir uns in Ruhe darüber.«

Robin Armstrongs Galerie liegt in der Duke Street, direkt neben der Galerie Bernard Jacobson, die eine Kohlezeichnung von Lucian Freud im Fenster zeigt, eine nackte Frau mit unterschiedlich großen Brüsten und karikaturartig schwarz umrandeten Augen. Freud hat in unserem ersten Semester mal eine Vorlesung gehalten, Teilnahmequote hundert Prozent bei Studierenden und Dozenten, und ein relativ belangloses Seminar über Farbe. Woran ich mich vor allem erinnere, ist das Kaffeetrinken hinterher, bei dem er in ernstem Gespräch mit einer Schar hübscher Studentinnen gesehen wurde.

Freud im Schaufenster nebenan ausgestellt zu sehen und zu wissen, dass ich gleich ein zwangloses Gespräch mit einem der renommiertesten Galeristen Londons führen soll, lässt meine Nerven flattern. Zum Glück habe ich Jake an meiner Seite, der gerade zur Hälfte von meinem einzigen fertigen Gemälde, dem Picknick der Jungs im Hyde Park, verdeckt wird. Kurz vor dem Eingang bleibt er stehen.

»Alice«, sagt er und hält das Bild tiefer, damit ich ihm ins Gesicht sehen kann, »es gibt absolut nichts zu befürchten.«

Die Galerie ist bereits geschlossen, aber ein Assistent öffnet uns und führt uns in Robins Büro, vorbei an den Werken der berühmtesten von ihm vertretenen Künstler: Gillian Ayres, Peter Sedgley. Im Gegensatz zu der kühlen Galerie mit ihren weißen Wänden wirkt das Büro wie ein Club für alte Gentlemen, zumindest, wie ich mir einen vorstelle: viel Dunkelrot und Schokoladenbraun, ein prächtiger Schreibtisch mit lederbezogener Schreibfläche, an dem Robin sitzt, und ein antik aussehendes Chesterfieldsofa für Besucher. Das Zimmer ist vollgestopft mit Kunstwerken: geschnitzte Köpfe aus Ebenholz, ein erlesener Akt in Marmor, eine gerahmte Serie von Farbkreisen, einer leuchtender und hypnotisierender als der andere. Man merkt schon beim Eintreten, dass hier ein Mann arbeitet, der sein Leben der Schönheit gewidmet hat. Er trägt einen dunkelblauen Samtanzug mit einem blassgelben Seidenhemd und steht zur Begrüßung auf, zieht Jake in eine Umarmung, küsst mich auf beide Wangen.

Dann zeigt er auf das Sofa, und schon hocken wir

nebeneinander wie die Hühner auf der Stange, ich in der Mitte, und blättern durch meine Skizzenbücher.

Anfangs sagt Robin nichts, während ich die Stille mit Hintergrundgemurmel zu jeder Zeichnung fülle. Das geht am leichtesten, wenn ich über Jake rede, mein Spezialthema, dann kann ich flüssig erklären, warum ich etwas gelungen finde und was meine Absicht war.

Gemeinsam begutachten wir ein Bild von Jake, wie er mit nacktem Oberkörper im Bett sitzt, ein Notizheft auf den Knien. Er ist dabei, einen Song zu schreiben, und völlig absorbiert, immer eine der besten Gelegenheiten, ihn zu zeichnen. Ich habe das Versonnene seines Tuns eingefangen, das beinahe Traumverlorene, wobei seine Konzentration zugleich so absolut ist, als wäre er von einer undurchdringlichen Mauer umgeben.

»An dem hier mag ich, dass Jake ganz bei sich ist, in Gedanken versunken. Für den Betrachter ist es offensichtlich, dass er über einen Song nachdenkt, und man erkennt die Mühe und Anstrengung, die in das Komponieren von Musik einfließt.«

»Wissen Sie, Alice, ich glaube, Sie sind da etwas Besonderem auf der Spur.«

Robin steht auf und geht zu seinem Schreibtisch.

»Sie werden mit der Band nach Italien fahren, nehme ich an?«

»Darüber haben wir noch gar nicht gesprochen«, sagt Jake, »aber natürlich solltest du mitkommen. Wenn du magst.« Er wirft mir einen Seitenblick zu und drückt kurz mein Bein.

»Das ist gerade eine wichtige Stufe in der Entwicklung der Band«, sagt Robin. »Ich komme für alle Unkosten auf, darüber brauchen Sie sich keine Sorgen zu machen.«

Zuerst bin ich sprachlos. »Ich träume schon lange davon, nach Florenz zu reisen«, sage ich dann, worauf er zum ersten Mal lächelt.

»Jeder Kunststudent sollte meiner Ansicht nach einmal in Florenz gewesen sein, es müsste als Voraussetzung für den Abschluss gelten.«

Er beugt sich über seinen Schreibtisch.

»Ihr Stil ist noch dabei, sich zu entwickeln, das sehe ich. Aber mir gefällt, wie Sie mit zeichnerischen Mitteln die Spontaneität und Unmittelbarkeit eines Schnappschusses erzeugen. Und ich überlege, ob das zu Ihrer Handschrift werden könnte, solche Szenen abseits des Scheinwerferlichts, ein Blick hinter die Kulissen, in das Privatleben einer aufstrebenden Band. Alltägliche Dinge wie Kochen, Waschen, Essen, neben dem Musikmachen.«

»Das versuche ich mehr oder weniger schon, aber ich möchte auch, dass die Bilder, vor allem die Malerei, etwas Eigenes aussagen, etwas Charakteristisches haben, statt nur eine Art fotorealistische Ähnlichkeit zu zeigen.«

»Absolut, da bin ich ganz Ihrer Meinung. Wie wär's mit einem Glas Champagner? Mir ist gerade eine gute Idee gekommen.«

Während Robin den Champagner holt, frage ich Jake: »Was meint er wohl?«

Er zuckt die Achseln. »Keine Ahnung. Aber ich

merke, dass er dich mag. Er ist sonst eher sparsam mit Lob, glaub mir, und wenn er etwas für Mist hält, dann sagt er es auch.«

Robin öffnet die Flasche fachmännisch, der Korken gleitet sanft heraus, kein Knallen, kein Sprudeln, und schenkt in drei helltürkisfarbene Gläser ein, die so dünnwandig und zerbrechlich sind, dass ich beinahe Angst habe, meines anzufassen.

»Venezianisch«, sagt er, als ich danach frage. »18. Jahrhundert.«

Er hebt sein Glas, und wir stoßen an.

»Wisst ihr, ich glaube, ihr zwei erlebt gerade einen besonderen Moment. Eure Karrieren verlaufen in dieselbe Richtung, und das zur selben Zeit. Euch verbindet nicht nur die Liebe, sondern auch die Kunst, und daraus sollten wir Kapital schlagen.«

Er legt eine Pause ein, jedoch ohne mich aus dem Blick zu lassen.

»Alice, was hältst du davon, eine eigene Ausstellung hier in der Galerie zu bekommen? Mit Schwerpunkt auf deinen Zeichnungen und Bildern von der Band, ein halbes Jahr im Leben der Disciples. Wir könnten die Ausstellungseröffnung und die Albumveröffentlichung zusammenlegen, es vielleicht im kommenden Jahr hier in diesen Räumen machen. Was meinst du?«

Vorsichtig stelle ich mein Glas auf dem Tisch ab, meine Hände zittern und mein Herz rast.

»Was ich meine?«, sage ich und versuche, überlegt und vernünftig zu klingen, was schwer ist bei dem breiten Grinsen, das sich über mein Gesicht zieht. »Ich meine, das klingt fantastisch!«

»Sehr gut«, sagt Robin und hebt erneut sein Glas. »Dann also auf Jacob Earl und Alice Garland, deren großer Moment wirklich und wahrhaftig gekommen ist.«

HEUTE

Luke

Das Aufeinandertreffen der verschiedengeschlechtlichen Beteiligten kann problembehaftet sein. Häufig ist der biologische Elternteil noch jung und attraktiv, und es besteht die Gefahr, dass das Kind seine Bindungssehnsucht mit einer Art Schwärmerei verwechselt.

Joel Harris, *Wer bin ich? Das verborgene Trauma adoptierter Kinder*

Ich habe ein Date mit meiner Mutter, so scheint es mir jedenfalls, als ich beim Nachhausekommen sehe, wie Alice vor dem Spiegel im Flur Lippenstift aufträgt. Sie begleitet mich heute Abend zu einem Konzert von Reborn, eine ziemlich nervenaufreibende Angelegenheit.

Ich stehe total unter Strom, mein Normalzustand, würde Hannah sagen. Zum einen bin ich wegen der anderen A&R-Haie nervös, die um Reborn kreisen, denn ich will die Band so furchtbar gern unter Vertrag nehmen, dass es schon wehtut. Bisher habe ich noch keinen erfolgreichen Act an Land gezogen, und ich muss mich endlich beweisen.

Zum anderen ist da die Sache, dass ich mit meiner leiblichen Mutter ausgehe, die ich immer noch kaum kenne, obwohl sie ständig bei uns zu Hause ist. Wie sehr habe ich mich danach gesehnt, Zeit mit ihr allein zu verbringen, und jetzt, da es soweit ist, fürchte ich mich beinahe davor.

Wie immer hilft mir Alice über die Anspannung hinweg.

»Luke, mach dir keine Gedanken um mich heute Abend. Ich weiß, dass du mit jeder Menge Leuten reden musst, und ich bin gut darin, mich im Hintergrund zu halten. Du wirst nicht mal merken, dass ich da bin.«

Das bezweifele ich allerdings. Alice ist eine Frau, nach der sich alle umdrehen, egal wo sie auftaucht. Sie sieht immer noch unglaublich toll aus, groß und schlank, die schulterlangen brünetten Haare ohne eine Spur von Grau. Außerdem versteht sie es, sich anzuziehen, trägt heute Abend dunkle Jeans mit einem blau-weiß-karierten Hemd und dunkelblauen Converse. Sie wird nicht fehl am Platz wirken bei dem Gig – nicht dass das mit siebenundvierzig so sein müsste. Alice hat meine Einstellung zum Älterwerden verändert. Früher war Ende vierzig für mich weit weg und unvorstellbar, jetzt dagegen sehe ich kaum einen Unterschied zu meiner Generation.

Ein unangenehmer Augenblick, als Hannah von der Arbeit nach Hause kommt und Samuel nicht zu ihr auf den Arm will. Er klammert sich an Alice und fängt an zu weinen, und Hannahs betretene, niedergeschmetterte Miene macht mich fertig.

»Sei kein kleiner Dummkopf.« Alice löst seine

Händchen von ihrem Hals und übergibt ihn Hannah, verlässt rasch das Zimmer. Doch der Zwischenfall schmerzt, und wie.

»Er ist einfach nur müde«, sage ich und küsse Hannah zum Abschied, drücke auch dem Kleinen einen Kuss auf den Kopf. »Jetzt hast du ihn ganz für dich.«

Dennoch sehe ich in ihrem Lächeln die Beschämung darüber, dass ihr Kind, das sie die ersten sechs Monate seines Lebens ständig mit sich herumgetragen hat, jemand anderen ihr vorzieht.

Auf der U-Bahn-Fahrt nach Camden sprechen Alice und ich über diesen kurzen Moment, der bestimmt nichts zu bedeuten hat, aber mit Sicherheit an Hannah nagen wird.

»Es ist nur, weil er zahnt und ich ihn den ganzen Tag auf dem Arm hatte«, sagt Alice. »Trotzdem, ich weiß genau, wie Hannah sich fühlt.«

»Sie hat ohnehin schon mit der ganzen Situation zu kämpfen. Sie liebt ihren Beruf, meint aber, dass sie zu wenig von Samuel mitbekommt. Neulich abends hat sie deswegen geweint. Sie denkt, dass sie ihn im Stich lässt.«

»Eine ideale Lösung gibt es nicht, es ist immer ein Opfer damit verbunden.«

Als wir durch die Camden High Street gehen und nur noch ein paar Minuten von der Location entfernt sind, spreche ich an, wie wir uns in der Öffentlichkeit präsentieren wollen. Ich kann schlecht von ihr verlangen, die anderen zu belügen. Doch wenn wir ihnen die Wahrheit erzählen, würden sie nur neugierig werden, was wir beide gern vermeiden wollen.

»Deshalb dachte ich, dass ich dich heute Abend einfach als eine Freundin vorstelle, wenn es dir recht ist?«

»Freunde sind wir ja auch, Luke«, sagt Alice und lächelt mich an.

Ich atme auf und werde spürbar lockerer. Es würde einen Rattenschwanz nach sich ziehen, meine bislang unbekannte biologische Mutter einer Schar von Kollegen vorzustellen, mit denen ich jeden Tag zu tun habe.

Der Pub ist gerammelt voll, und ich erspähe sofort einen Pulk von A&R-Männern um den Tresen. Es wird sich auf die Schultern geschlagen und kernig umarmt und das Neueste ausgetauscht, aber im Grunde ist jeder Einzelne nur darauf aus zu gewinnen. Es herrscht ein ungeheurer Druck in der Branche. Nimm eine Band unter Vertrag, die durch die Decke geht, und du hast die Zukunft der gesamten Plattenfirma gesichert, von den Packern im Lager bis hin zu den Gestalterinnen in der Designabteilung. Alle behandeln dich wie einen Gott. Aber sollte es ein Flop werden, giltst du im Haus als Loser.

Mit Erleichterung entdecke ich Ben an der Bar.

»Scheiße, Mann, ein Glück«, sage ich. »Ich war nicht sicher, ob du kommen würdest.«

»Probleme?«

»Nur meine eigene Verdrehtheit.«

Ben und ich brauchen uns nie viel zu erklären. Wir bestellen drei Bier und tragen sie hinüber in die Ecke, in der Alice, wie ich zu meinem Schrecken feststelle, mit Gareth, dem Buchhalter, spricht. Gareth ist Mitte fünfzig und hat ein immer gleiches Konzert-Outfit: einfaches weißes T-Shirt mit rundem Ausschnitt und

Jeans, die nicht unbedingt nach reinem Denim aussehen, sondern einen Elasthananteil haben könnten. Nicht, dass das schlimm wäre. Das Problem mit Gareth ist ein anderes, zweifaches: Erstens ist er ein fürchterlicher Langweiler – eine Voraussetzung in seinem Beruf vielleicht – und zweitens leider notgeil. Und offensichtlich hat er ein Auge auf Alice geworfen. Verdammt, das hätte ich heute Abend nicht auch noch gebraucht.

»Hallo, Luke«, sagt Gareth, ohne Alice aus dem Blick zu lassen, »ich unterhalte mich gerade ein bisschen mit deiner reizenden Freundin.«

Alice umarmt Ben und fragt nach Elizabeth.

»Sie arbeitet noch, muss Berichte aufarbeiten. Sie wollte gern kommen, hat aber zu viel zu tun.«

»Es gibt bestimmt noch andere Gelegenheiten. Luke sagt, die Band ist toll.«

Alice' Handy klingelt, und als sie rangeht, merke ich an ihrem Ton, dass der Anrufer Rick ist.

»Wie schade«, sagt sie danach zu mir. »Ich hatte gehofft, dass Rick auch kommt, aber er steckt mitten in einem Projekt und arbeitet noch bis spät.«

Als sie das Telefon wieder einstecken will, rutscht es ihr aus der Hand und landet mit dem Bildschirm nach unten auf dem Boden.

»Mist«, sagt sie, während ich es aufhebe. »Ist es gesprungen?«

Ich sehe nach und werde von einem kalten Gefühl des Unbehagens beschlichen. Ihr Bildschirmschoner ist ein Foto von Samuel, das ich nicht kenne. Warum hat sie ein Bild von meinem Kind auf ihrem Handy? Und wenn sie schon auf so etwas steht, sollte es nicht eins von mir sein? Für einen Augenblick bin ich zu bestürzt, um etwas zu sagen, und weiß noch nicht einmal, warum.

»Ist das nicht dein Baby, Luke?«, fragt Gareth, worauf Alice und ich gleichzeitig antworten.

»Ja, ich kümmere mich um ihn, wenn Luke und Hannah arbeiten.«

»Alice ist meine leibliche Mutter.« Es rutscht mir plötzlich so heraus. »Also Samuels Großmutter.«

Ein peinliches Schweigen entsteht, bei dem Alice und ich uns anstarren und ihr die Hitze in die Wangen steigt.

»Oh, oh, die Katze ist aus dem Sack«, bemerkt Ben.

»Scheint so«, sagt Alice, lächelt aber dabei. »Wir müssen uns immer noch daran gewöhnen. Und ehrlich gesagt, Gareth« – er strahlt, weil sie sich seinen Namen gemerkt hat –, »ist es noch ein Geheimnis. Lukes Mutter weiß bisher nichts davon. Deshalb erzählen wir es nicht herum.«

»Meine Lippen sind versiegelt«, beeilt sich Gareth zu versichern. »Und eins kann ich dir sagen, du siehst kein bisschen aus wie eine Großmutter.«

Das ist genau die Heiterkeitseinlage, die wir brauchen.

»Wir treffen uns dann später«, sagt Alice und nutzt die Gelegenheit, um sich zu verdrücken. »Ich bin nicht gern mitten in Menschenmengen und werde wahrscheinlich weiter hinten stehen.«

Reborn sollen erst in zehn Minuten auftreten, aber man kommt jetzt schon nicht mehr zur Bühne durch.

Time Out hat vergangenen Freitag einen Artikel über sie gebracht, das zieht natürlich die Leute an. Ich denke flüchtig an die Band in der Garderobe. Frage mich, ob sie aufgeregt sind oder es genießen, im Rampenlicht zu stehen. Währenddessen nicke ich den anderen A&R-Männern zu, die ich alle kenne. Es gilt ein stillschweigender Verhaltenscode bei Gigs wie diesem, bei dem wir erbitterte Konkurrenten sind – jedes Label will Reborn unter Vertrag nehmen, auch wenn nur drei oder vier das nötige Geld haben –, und der heißt Coolness. Muss man sich tatsächlich miteinander unterhalten, und wir versuchen, das möglichst zu vermeiden, dann nur kurz und über unverfängliche Themen. Ich entdecke Joel Richardson, den Chef von Universal, in einer Ecke, flankiert von zweien seiner A&R-Leute, Matt und Tommy, mit denen ich befreundet bin, wenn man das gemeinsame Feiern von früher so nennen kann. In der Zeit vor Hannah, Freitagabende, die meist mit einem kleinen Konzert anfingen, dann in einem Club fortgesetzt wurden und im Morgengrauen mit einer Wohnungsbesichtigung bei irgendwem endeten. Zu viel Alkohol, zu viele Drogen, brutale Kater, die mich auch damals schon aus dem Gleichgewicht warfen. Gute Zeiten, die mir rückblickend gar nicht mehr so toll vorkommen.

Ben und ich stehen mitten in der Menge und werden von allen Seiten geschubst und geschoben, auf die Füße getreten, mit Ellbogen in den Rücken geboxt und mit übergeschwapptem Bier besprizt. Es ist ein guter Platz, ein paar Reihen hinter den Hardcore-Fans, aber noch nahe genug dran, um alles zu sehen, zu fühlen, mitgehen zu können. Nicht gerade geeignet, um sich zu unterhalten, aber ich brülle trotzdem über den Lärm hinweg.

»Fandest du es nicht auch komisch, dass Alice ein Foto von Samuel auf ihrem Handy hat?«

»Wieso? Sie ist doch den ganzen Tag mit ihm zusammen. Natürlich macht sie da mal ein Foto.«

»Du hast recht. Ich bin hier der Spinner. Hätte ich fast vergessen.«

Ben lacht. »Alice wird aus allen Wolken fallen, wenn sie merkt, wie du wirklich bist.«

Es geht gleich los, und eine Art Woge, eine Dynamik entsteht, sowohl durch das Geschiebe der Leute, die näher heranwollen, als auch durch die fast greifbare Energie gespannter Erwartung. Wie viele sind wohl in diesem kleinen Saal? Höchstens hundertfünfzig. Doch als die Band die Bühne betritt – Daniel, der Leadsänger als Erster, dann Arlo, der Schlagzeuger, Ingrid, die Gitarristin, und schließlich Bex, die Bassistin –, brandet Jubel auf wie in einem Fußballstadion. Sie legen sofort los mit ihrem ersten Song, »Special«, eine punkige Elektronummer, die garantiert ein Hit wird.

Die ersten drei Nummern sind typisch Reborn, große Emotionen und politische Seitenhiebe geschickt verpackt in klassisches Songwriting. Dann überraschen sie das Publikum mit neuem Material, einem Song, den ich noch nicht gehört habe und der schnell in schamlose Discorhythmen übergeht. Und etwas Erstaunliches passiert: Mittendrin bemerke ich, dass die Leute tanzen. A&R-Typen tanzen nicht. Es wird höchstens mal mit dem Kopf genickt, im äußersten Fall der

Takt mit dem Fuß geklopft. Ich schiele zu Universal hinüber, das Trio steht immer noch dicht beieinander, und sehe, dass sogar Joel Richardson die Hüften schwingt und die ausgestreckten Hände in der Luft wippen lässt, eine enthusiastische Post-Rave-Geste, die beinahe etwas Liebenswertes hat.

Nach genau einer halben Stunde verlässt die Band unter Beifallsstürmen die Bühne. Es ist keine Frage mehr, ob sie durchstarten werden oder wann. Ihr Erfolg ist da, ihr Moment ist gekommen.

Am Tresen drängelt sich natürlich alles, und es dauert gut zehn Minuten, bis Ben und ich bedient werden, wobei wir die ganze Zeit nach Alice Ausschau halten. Eine so auffallende Person wie sie kann sich doch nicht einfach in Luft aufgelöst haben? Ich frage mich, ob sie mitten im Gig gegangen ist.

»Wie kann Alice einfach verschwunden sein?«, frage ich mehrmals. »Meinst du, sie hat sich aus dem Staub gemacht?«

»Alter«, sagt Ben, »komm wieder runter. Entspann dich mal ein bisschen wegen Alice, okay? Sie ist erwachsen. Sie macht ihr eigenes Ding. Und sie ist wahrscheinlich nicht scharf darauf, im Gedränge mit Bier übergossen zu werden.«

Dann taucht sie wie aus dem Nichts auf, als wir unsere Getränke haben, und Ben reicht ihr sein Pint.

»Nimm das«, sagt er, »ich hol mir ein neues.«

»Oh, nicht nötig. Ich gehe jetzt. Wollte euch nur Tschüss sagen. Luke, die Band ist wirklich fantastisch, da hattest du ein gutes Gespür. Ich verstehe, warum du so hinter ihnen her bist.«

»Willst du nicht noch auf ein Glas bleiben? Ich habe kaum mit dir gesprochen. Wo hast du denn gestanden?«

Ben starrt mich an, funkt mir, wie schon so oft, die Botschaft »Bleib cool« zu.

»Ganz hinten. Ich bekomme leicht Panik, wenn ich nicht zum Ausgang durch kann.«

»Na, dann lass mich dich wenigstens nach draußen begleiten, damit wir uns verabschieden können.«

»Mach dir keine Umstände. Du willst doch sicher mit der Band sprechen, oder? Verpass deine Chance nicht. Wir sehen uns nächste Woche.«

»Müssen wir reden?«, fragt Ben, als Alice weg ist, unser Standardsatz, wenn einer von uns (meistens ich) völlig im Eimer ist.

»Ich kann nichts dafür, dass ich so zuwendungsbedürftig bin. Ich bin ein Adoptivkind.«

»Mit zwei brandneuen, supertollen leiblichen Eltern und einer extrem liebevollen Adoptivmutter. Mach es dir doch nicht schwerer als nötig.«

»Du hast recht«, sage ich. »Du hast ja recht.«

»Weißt du, was Elizabeth jetzt sagen würde? Grenzen setzen, mein Freund. Alice kann das, du aber nicht. Wir alle brauchen Grenzen.«

DAMALS

Alice

Wir gleiten durch die King's Road in Robins Cabrio, einem schimmernden Kunstwerk in Cremeweiß und Silber, das für bewundernde Rufe und Pfiffe von Fußgängern und Gehupe von anderen Fahrern sorgt.

»Jaguar E-Type«, sagt Jake und kann es nicht fassen, dass ich das nicht weiß. »Das schönste Auto, das je gebaut wurde.«

Wir haben uns Robins Wagen ausgeliehen, um zu meinen Eltern nach Essex zu fahren, eher auf einen Befehl als eine Einladung hin. Als ich zu Hause angerufen habe, um sie zu bitten, mir meinen Pass zu schicken, sagte mein Vater: »Wenn du vorhast, mit einem uns völlig unbekannten jungen Mann nach Italien zu fahren, und denkst, wir billigen das, hast du dich geschnitten. Du kannst kommen und ihn dir selbst holen.«

Meine Mutter schrieb mir noch am selben Tag, und ich betrachtete ihre runde, mädchenhafte Handschrift mit dem gleichen dumpfen Gefühl, das fast meine gesamte Kindheit begleitet hat. Ihre von meinem Vater diktierten Schreiben haben mein Leben vom Beginn meiner Internatszeit an überschattet.

Wir dachten, du hättest wenigstens den Anstand, deinen neuen Freund deiner Familie vorzustellen. Wir haben das ganze Semester noch nichts von dir gehört. Kommt am Sonntag zum Mittagessen.

Als wir aus London herausfahren, durch die Bayswater Road mit ihrer fröhlich am Straßenrand ausgestellten schlechten Kunst, plumpe Akte und eindimensionale Stillleben stolz an den Geländern befestigt, und T.Rex bis zur Verzerrung laut aus der Stereoanlage des Jag dröhnt, denke ich, dass ich nicht glücklicher sein könnte.

Doch sobald wir von der A12 abfahren und uns meinem Dorf nähern, vorbei an dem Haus, in dem ich als Kind Unterricht in schottischem Tanz bekam, an den Plätzen, auf denen ich Tennis spielen lernte, vorbei an Huskard's, dem düster aussehenden Altersheim mit den vergitterten oberen Fenstern, bin ich wieder zwölf Jahre alt. Habe Angst vor meinem Vater, schäme mich für meine Mutter, ihre Schwäche, ihre Feigheit, ihren Mangel an Selbstachtung. Ich schätze, dass ich sie auf eine distanzierte Art trotzdem liebe, aber sie hat sich nicht ein einziges Mal für mich eingesetzt, sondern immer stumm zugesehen, wie mein Vater mich zu seinem Vergnügen herunterputzte, und sich mit ihrem Schweigen zu seiner Verbündeten gemacht.

»Du bist so still«, sagt Jake und nimmt meine Hand. »Wie schlimm kann es schon werden?«

Darauf weiß ich keine Antwort.

»Großer Gott, du hast mir nicht gesagt, dass ihr in einem Schloss wohnt«, ruft er aus, als wir in unsere Auffahrt einbiegen.

»Uns gehört nur ein Teil davon.« Ich muss schlucken, habe einen zu dicken Kloß im Hals für eine normale Unterhaltung.

Es ist wirklich ein stattliches, schönes Haus, vorwiegend aus roten Ziegelsteinen gebaut, mit schwarzen und weißen Giebeln und drei Reihen hoher, schmaler Fenster, die um die ganze Fassade laufen. Meine Großeltern hatten es in den Fünfzigerjahren gekauft, doch später wurde es in Etagenwohnungen unterteilt, und wir bewohnen jetzt nur noch die mittlere. Große Zimmer mit hohen Decken und Blick auf den Rosengarten unten. Ein pensionierter Lehrer wohnt oben, wo einst die Dienstbotenunterkünfte waren, und ein griesgrämiges schottisches Rentnerehepaar im Erdgeschoss. Das war mein täglicher Umgang als Heranwachsende.

An dem Seiteneingang zu unserer Wohnung zögere ich und überlege, ob ich klingeln soll. Aber die Tür ist offen und ich sage mir, dass ich keine Besucherin bin, sondern hier zu Hause.

»Hallo?«, rufe ich und merke selbst, wie dünn und falsch meine Stimme klingt.

Rasch richte ich ein stummes Flehen zum Himmel. Bitte mach, dass es nicht allzu schlimm wird. Bitte mach, dass mein Vater sich benimmt.

Die Treppe führt zu einem Flur oben, und ich hatte damit gerechnet, dass meine Eltern dort warten, doch da ist niemand.

»Sie sind wohl in der Küche«, sage ich, worauf wir dem Duft von Brathähnchen durch den dunklen Korridor folgen.

»Riecht köstlich«, sagt Jake, der immer noch glaubt,

dass das ein normales Familientreffen wird. »Ich bin am Verhungern.«

In der Küche, schwarz-weißer Fliesenboden meiner Jugend, stehen meine Eltern mit dem Rücken zu uns am Herd.

»Da sind wir«, sage ich, worauf meine Mutter sich umdreht, einen Holzkochlöffel in der erhobenen Hand. Mir fällt auf, dass sie sich geschminkt hat, Lippenstift, Rouge und Lidschatten, ungewöhnlich für sie. Sie hat sich schick gemacht und trägt einen hellblauen Hosenanzug, Reißverschluss und Gürtel der Jacke geschlossen, oben blitzt der orangefarbene Kragen einer Seidenbluse heraus.

»Hallo«, sagt sie und gibt Jake die Hand.

»Hi, Dad«, sage ich, doch mein Vater antwortet nicht, sondern rührt weiter in einer Pfanne.

Ich merke, wie Jake zwischen mir und meiner Mutter hin und her blickt und versucht, die Situation einzuschätzen. Werden wir bewusst ignoriert?

»Hallo, Dad«, sage ich noch einmal lauter. Meine Mutter weicht meinem Blick aus, sie wird uns keine Hilfe sein. Sie bietet Jacob nichts zu trinken an, das ist von jeher die Domäne meines Vaters; wenn er ihr kein Glas Wein einschenkt, bekommt sie eben keins. Mit abgewandtem Blick steht sie da, als sei sie ganz fasziniert von den Rosensträuchern unten.

Endlich, vielleicht nur ein, zwei Minuten später, aber es kommt mir länger vor, dreht mein Vater sich um. Er lächelt, wenn man das so nennen kann, und ich sehe, dass er sich beim Anrühren der Soße schon zwei Drittel einer Flasche Rotwein genehmigt hat.

»Hallo, Tochter«, sagt er, eine Anrede, die er sonst nie gebraucht. »Oder hast du dich inzwischen still und heimlich von dieser Rolle verabschiedet? Vielleicht hast du dich ja von deinen Eltern emanzipiert?«

»Natürlich nicht. Dad, das ist Jacob.«

Wenn mein Vater in dieser Stimmung ist, versucht man am besten, über so etwas hinwegzugehen und das Thema zu wechseln, aber da er vier Gläser Wein getrunken hat, denke ich nicht, dass es diesmal funktioniert.

»Schön, Sie kennenzulernen, Mr. Garland.« Jake will ihm die Hand geben, doch mein Vater ignoriert das. Stattdessen mustert er ihn mit ausdrucksloser Miene von Kopf bis Fuß. Ich merke, wie er die schulterlangen Haare registriert, das geblümte Halsband, die langen Glasperlenketten – beinahe hätte ich Jake gebeten, sie nicht zu tragen.

»Nun, das Essen ist fertig, kommt und setzt euch.«

Wir essen in der Küche, der Tisch ist schon mit Besteck und vier Gläsern gedeckt. Mein Vater füllt sein Glas auf und schenkt dann Jake und meiner Mutter ein paar Fingerbreit ein, mir nichts. Die Grenzen sind abgesteckt, dieses Mittagessen soll zu einer Belastungsprobe werden.

Wenn man einen neuen Freund in eine unangenehme Situation bringt, kann man unbekannte Seiten an ihm entdecken. Ich hätte nie gedacht, dass Jake sich so viel Mühe mit meiner Mutter geben würde, er fragt sie sogar nach den Rosen im Garten unten.

»Ich glaube, es sind klassische Teerosen, und die violetten vielleicht ...«

Mein Vater fällt ihr ins Wort.

»Es ist nicht unser Garten.«

»Aber Sie haben doch sicher einen Garten hier? Es gibt so viel Platz.«

»Ja. Einen halben Hektar auf der anderen Seite des Hauses.«

»Wir bauen Gemüse an«, sage ich und überrasche mich selbst und womöglich auch meine Eltern mit dem Pronomen. »Zucchini und Bohnen, Kartoffeln, Möhren, das Übliche. Wir haben auch kleine Gewächshäuser mit roten und schwarzen Johannisbeeren und Himbeeren im Sommer.«

»Meine Großeltern hatten eine Farm, ich habe einen großen Teil meiner Kindheit dort verbracht. Meine Großmutter baute auch jedes erdenkliche Gemüse an. Sie waren praktisch Selbstversorger.«

»Klingt idyllisch«, sagt meine Mutter, und mir wird heiß vor Verlegenheit. Jakes Kindheit, so viel weiß ich inzwischen, war das Gegenteil einer Idylle.

»Diese Reise nach Italien.« Mein Vater hat kein Interesse an Small Talk. »Wer bezahlt die?«

»Also, die Plattenfirma kommt für die Aufnahmekosten auf, und wir haben einen Sponsor, der das Haus für den Sommer gemietet hat.«

»Und warum soll Alice mit dabei sein?«

»Sie fertigt eine Serie von Zeichnungen von der Band an. Hat sie Ihnen das nicht erzählt? Sie bekommt eine eigene Ausstellung in der Robin Armstrong Gallery.«

»Alice kommuniziert nicht mehr mit ihren Eltern«, sagt mein Vater und schenkt sich nach.

Ich könnte ihm widersprechen, aber wozu? Als ich an der Kunsthochschule anfing, nahm ich mir vor, einmal pro Woche zu Hause anzurufen. Daraus wurde alle zwei Wochen, schließlich einmal im Monat. Es lag wohl daran, dass ich meine Jugendjahre, die ganze Unterdrückung und Isolation, in London mit Abstand betrachtete und meine Eltern sich dabei in groteske Karikaturen verwandelten: der polternde Tyrann, die stumme, unterwürfige Gattin. Zum ersten Mal in meinem Leben war ich ohne die beiden, ich konnte sein, wer und was ich wollte, und diese Freiheit machte süchtig. Ich wollte nicht an mein Zuhause erinnert werden, das in meinem Kopf zu einer grauen, wabernden Unterwelt von trister Ausweglosigkeit wurde. Lieber tat ich, als gäbe es meine Eltern nicht.

»Das Studentenleben kann sehr hektisch sein«, sagt Jake. »Da bleibt nicht viel Zeit für andere Sachen.«

»Diese Kunstschule da? Den ganzen Tag herumscharwenzeln und dann und wann ein nacktes Modell zeichnen, meinen Sie? Wohl kaum. Wir wollten, dass Alice nach Oxford geht, aber sie war nicht intelligent genug dafür.«

Ein betretenes Schweigen entsteht. Schlimmer noch als das, was mein Vater sagt, ist die Verachtung, mit der er es ausspricht. Ich frage mich, ob er mich von klein auf gehasst hat.

»Alice ist sehr begabt. Sie kennen Robin Armstrong vielleicht nicht, aber er ist ein großer Name in der Kunstwelt. Ich dachte, Sie würden stolz auf sie sein.«

Meine Mutter blickt auf ihr Essen, das sie kaum angerührt hat, und ihre Hände flattern um das Besteck herum, als hätte sie vergessen, wie man es benutzt. Ich habe nur einen Gedanken – den festen Vorsatz, nie so zu werden wie sie.

Wir sehen zu, wie mein Vater sein Glas leert und neu füllt. Seine Gier, seine Selbstsucht, sein armseliges, rückwärtsgewandtes Patriarchat – ich könnte im Boden versinken vor Scham.

»Jacob möchte bestimmt auch noch einen Schluck Wein«, sage ich, worauf mein Vater mich abfällig mustert. Doch er nimmt die Flasche und leert den Rest in Jakes Glas.

»Ich weiß nicht, ob wir das befürworten können, dass Alice die Sommerferien in Italien verbringt. Sie sollte hierherkommen und sich einen Job suchen wie alle anderen auch.«

»Ich glaube, Sie haben da etwas nicht ganz verstanden«, sagt Jake. »Alice bekommt eine eigene Ausstellung, und dafür muss sie in Italien an ihren Bildern arbeiten.«

»Das ist doch nichts als eitles, oberflächliches Zeug. Ich möchte nicht, dass Alice mit irgend so einer fragwürdigen Popgruppe Umgang hat. Glauben Sie nicht, ich wüsste nicht, was Leute wie Sie so alles treiben. Sie ist noch viel zu jung.«

Ich will etwas sagen, doch aufsteigende Tränen verhindern das. Ich werde nicht vor meinem Vater weinen. Meine Mutter und ich taugen nicht als Opfer, weil wir nicht reagieren. Die Folge ist, dass seine höhnischen Herabsetzungen sich noch steigern und er uns in seiner kindischen Überlegenheitssucht weiter piesackt.

»Sie würden sich wundern, wie hart wir arbeiten.«

Jakes Ton ist sanft und höflich, aber ich brauche ihn nicht anzusehen, um zu wissen, dass er innerlich kocht.

»Ha!« Mein Vater kippt seinen Wein herunter. Jake, stelle ich fest, hat seinen nicht angerührt.

»Was beanstanden Sie denn eigentlich genau, wenn Sie mir die Frage erlauben? Alice wird für ihre Arbeit bezahlt. Dieser Auftrag wird ihr wesentlich mehr einbringen als ein Sommerjob mit Tellerwaschen oder was Sie sich sonst so vorstellen.«

»Ich beanstande« – das Verb trieft vor Feindseligkeit und Boshaftigkeit – »alles daran. Unsere Tochter ist neunzehn. Wir wollen nicht, dass sie ihre Sommerferien mit Ihresgleichen verbringt, Ihre Laster annimmt. Drogen, freie Liebe, welchen Dingen Sie auch sonst noch frönen.«

»Das hast nicht du zu entscheiden«, sage ich, schiebe meinen Teller weg und stehe auf.

»Nun, ich denke doch, solange das hier dein Zuhause ist.«

Mir platzt endgültig der Kragen.

»Dann war's das«, sage ich. »Ich habe genug von diesem Zuhause.«

»An deiner Stelle, meine Tochter, würde ich das sofort zurücknehmen.«

Wir starren uns an, mein Vater und ich, beide mit wutverzerrter Miene. Warum konnte er sich nicht zusammenreißen, an diesem einen Tag, an dem es mir wichtig war? Hass beschreibt es nicht, hat nicht genug Schärfe für das, was er in mir hervorruft.

»Nein, das tue ich nicht. Ich habe es genau so gemeint.«

»Dann raus mit dir. Raus, sofort!«

Das ohnehin stets gerötete Gesicht meines Vaters hat eine bedenkliche Farbe angenommen. Krappviolett käme dem vielleicht am nächsten, ich habe es vergangene Woche in Gordons Unterricht verwendet.

»Gut«, sage ich, und Jake steht ebenfalls auf. »Ich brauche nur meinen Pass.«

Ich habe ihn vorhin schon auf der Anrichte liegen sehen und überlege, ob ich ihn mir schnell schnappen soll, doch mein Vater erspart mir die Mühe. Ruckartig schiebt er seinen Stuhl zurück, Metall kreischt über die Fliesen, nimmt den Pass und schleudert ihn mir ins Gesicht. Die Kante trifft mich unterm Auge, und ich schreie unwillkürlich auf, mehr vor Schreck und Demütigung als vor Schmerz.

»Herrgott noch mal.« Jake hebt meinen Pass auf und legt den Arm um mich. »Komm, wir gehen.«

»Du wirst dich entscheiden müssen zwischen deiner Familie und diesem unangemessenen Verhältnis, das du noch bereuen wirst, denk an mich«, donnert mein Vater.

Ich sehe ihm in die Augen, während die Wut in mir lodert wie Benzin. Meine Antwort brauche ich mir nicht zu überlegen, aber ich will ihn zappeln lassen. Zehn, neun, acht, sieben, sechs ... Ein gedanklicher Countdown, ehe ich den Satz sage, der meinem Verhältnis zu meinen Eltern endgültig den Garaus macht.

»Wenn das so ist, entscheide ich mich für Jacob.«

HEUTE

Luke

Die Abwesenheit der biologischen Eltern kann sich auf ein Adoptivkind ähnlich auswirken wie ein Todesfall. Es leidet unter einem unerklärlichen Verlust. Und sofern man nicht offen mit ihm über die Umstände seiner Geburt spricht, wird dieser Kummer seine Persönlichkeit prägen.

Joel Harris, *Wer bin ich? Das verborgene Trauma adoptierter Kinder*

Ich würde das nie offen zugeben, aber ich bin ein bisschen sauer, als Hannah zu ihrem zweiten Treffen mit Rick abschwirrt. Sie darf ihn näher kennenlernen und ich nicht.

Die *Sunday Times* bringt ihr Interview tatsächlich als Hauptbeitrag im Feuilleton und verweist schon auf der Titelseite darauf. In der Redaktionskonferenz hat ihr Chef es als »Story des Jahres« bezeichnet.

Rick ist offenbar ungewöhnlich indiskret gewesen und hat Privates über Grace Jones, Mick Jagger und Lucian Freud ausgeplaudert, nichts davon streng vertraulich.

»Ist alles wahr«, sagte er. »Also schreib, was du willst.«

Für einen Mann, der so auf den Schutz seiner Privatsphäre bedacht ist, war er außerordentlich gesprächig.

Ich bin ungeheuer stolz auf Hannah und ein wenig pikiert. Und meine Eifersucht – ja, ich gebe es zu – wird noch durch den freundschaftlichen Umgang verstärkt, den Alice und Hannah miteinander haben. Alice hört sich furchtbar gern Hannahs Geschichten über ihre Journalistenkollegen an, über die Ausstellungen, die sie bespricht, die Künstlerinnen und Künstler, die sie trifft. Wenn Hannah früher von der Arbeit kommt, bleibt Alice oft noch auf eine Tasse Tee, während sie bei mir jedes Mal davonstürzt, sobald ich zur Tür hereinkomme. Sie scheint sich überhaupt nicht dafür zu interessieren, dass ich mir den Arsch aufreiße, um Reborn unter Vertrag zu bekommen, dabei hat sie die Band doch selbst gesehen und offensichtlich gemocht.

Es ist ungerecht, so zu denken, das weiß ich. Als Hannah diese Woche zusätzliche Tage arbeiten musste, um ihr Feature über Richard Fields fertigzustellen, ist Alice klaglos eingesprungen und wollte noch nicht mal mehr Geld dafür annehmen.

»Ich kümmere mich so gern um Samuel«, sagte sie. »Ihr braucht nie ein schlechtes Gewissen zu haben, wenn ihr mich fragt.«

Sie ist wunderbar, aber immer ein wenig verschlossen.

»Du kannst eine Lücke von siebenundzwanzig Jahren nicht von heute auf morgen schließen«, meinte

Hannah gestern, als ich versuchte, ihr zu erklären, wie ich mich fühle. »Ich weiß, es ist schwer, aber du musst euch ein bisschen Zeit geben.«

Heute jedoch ist keine Zeit zum Grübeln. In der Branche geht das Gerücht um, dass Reborn ein Wahnsinnsangebot von Universal bekommen hat. Konkrete Zahlen sind nicht bekannt, man rechnet aber mit rund einer Million. Spirit, mein Label, kann da nie und nimmer mithalten. Allerdings habe ich noch eine Idee, die ich ihnen präsentieren will. Und ich kann der Band anbieten, dass sie das letzte Wort haben dürfen, wenn es ans Abmischen der Platte geht. Bei Universal könnten sie genauso gut zu Simon Cowell, dem X-Factor-Typen, gehen. Jede Menge Kohle und die Entscheidungsgewalt eines Affen. Das ist doch keine Option.

Um jeden Zweifel über die Lage auszuräumen, bestellt mich Michael, mein Boss, nachmittags um vier in sein Büro, als der Rest der Firma schon zum traditionellen Freitagsbesäufnis in den Pub abgewandert ist. Er bietet mir etwas zu trinken aus dem Kühlschrank hinter seinem Schreibtisch an, säuberlich aufgereihte Flaschen von Red Stripe, Chablis und Bollinger, doch ich lehne ab. In Michaels Gegenwart bleibe ich lieber nüchtern.

»Ich bin ein Risiko mit dir eingegangen, Luke. Hab dir ein eigenes Label anvertraut, obwohl du noch ein Grünschnabel warst, stimmt's?«

»Das stimmt. Und dafür bin ich dir dankbar.«

»Also, ich komme mal gleich zur Sache. Wir hatten heute eine Vorstandssitzung. Die Finanztypen waren dabei, und zwei der Vorstandsmitglieder – ich will hier keine Namen nennen – waren dafür, Spirit dichtzumachen. Die Verluste mindern, sozusagen.«

»Michael ...« Ich will etwas entgegnen, bringe aber kein Wort heraus.

Dass dieser Fall eintritt, habe ich schon tausendfach befürchtet, prognostiziert, schwarzgemalt. Nehmt mir Spirit weg – mein eigenes Plattenlabel, das, was mir auf der Welt am meisten bedeutet (abgesehen von Hannah und Samuel) –, und ich garantiere für nichts mehr. Spirit gibt mir Stabilität, gibt mir Halt. Es gibt mir eine Orientierung im Leben.

»Sieh mich nicht so an, Luke. Du hast meine hundertprozentige Unterstützung. Ich will nur sagen, dass du diesen Deal mit Reborn unter Dach und Fach bringen musst. Du hast sie am Haken, aber die ganze Branche will sie an Land ziehen. Sorg dafür, dass du es schaffst.«

»Was ist, wenn nicht?«

»Dann sehen wir weiter. Aber wir brauchen jetzt einen Erfolg.«

Um kurz nach fünf rufe ich Steve Harris an, den Manager der Band, einen missmutigen, mickrigen Schotten, den niemand leiden kann.

»Hey, Luke! Wie geht's?«

Er klingt untypisch jovial, und mir wird schnell klar, dass Reborn wie alle anderen ihren Freitagnachmittag im Pub verbringen.

Ablehnen ist keine Option, als Steve sagt: »Komm her und trink was mit uns«, auch wenn ich um sechs zu Hause sein müsste, um Alice abzulösen (Hannah macht wieder Überstunden). Ich nehme mir vor, nur auf ein Bier zu bleiben und mir dann ein Taxi zu nehmen, so kann ich immer noch pünktlich zurück sein.

Allerdings hatte ich nicht damit gerechnet, dass sie so gut drauf sind, optimale Bedingungen, um ihnen mein Angebot zu unterbreiten. Steve steht auf und umarmt mich, und die anderen tun es ihm nach, Umarmungen und Schulterklopfen reihum.

»Soll ich eine Flasche Schampus für uns holen?«, frage ich.

Getränke gehen grundsätzlich auf die Firma, und mit Champagner kann man junge, aufstrebende Musiker immer beeindrucken.

Daniel, der Leadsänger, folgt mir zum Tresen.

»Gut, dass du gekommen bist«, sagt er, während ich nicht nur eine, sondern gleich zwei Flaschen ordere. »Die Sache ist die, wir mögen dich echt alle und vertrauen dir, aber wir haben gerade ein unglaubliches Angebot bekommen.«

»Ja, das hat sich schon rumgesprochen. Aber ich habe eine Idee, mit der euer nächstes Album wirklich der Hammer werden könnte.«

Nachdem der Champagner eingeschenkt ist und die Flaschen – um besonders dick aufzutragen – in die zugehörigen Eiskübel zurückgestellt wurden, erzähle ich ihnen von meinem Plan.

»Eure Songs haben ja schon diesen Discosound«, sage ich. »Und ich finde, den sollten wir noch verstärken, ein richtiges tanzbares Disco-Album daraus machen, aber natürlich mehr 21. Jahrhundert. Eure Texte, eure politische Message, werden so erst beim zweiten oder dritten Hören durchdringen. Das passiert unterschwellig, und auf diese Weise erreichen wir die breite Masse, auch die Leute, die denken, dass ihnen alles egal ist, und dann merken, dass sie sich doch für was interessieren.«

»Das gefällt mir«, sagt Daniel. »Gefällt mir sehr.«

»Ach was«, ruft Bex, die Bassistin, und knallt ihr Glas auf den Tisch, dass der Champagner herausschwappt. »Das ist genial!«

Ich schenke allen nach und sonne mich ein wenig in ihrem Beifall. Mir ist beinahe schwindelig von der Aussicht auf Erfolg. Niemand spricht es aus, aber ich spüre, dass ich ganz kurz davor bin, den Deal abzuschließen.

Erst auf der Heimfahrt, hinten im Taxi, merke ich, wie verdammt spät es ist. Schon nach sieben. Hannah wird stinksauer sein, sie predigt beinahe täglich, dass wir Alice nicht ausnutzen dürfen.

Beim Anblick des dunkelblauen Golfs vorm Haus erstarre ich. Das Auto meiner Mutter. Schreckstarr glotze ich darauf, während der Champagner durch meine Blutbahn zischt. Wie konnte das passieren? Mir fällt ein, dass sie einen Urlaub mit Malkurs an der Südküste machen wollte und meinte, sie würde auf dem Rückweg gern bei uns übernachten. Ich Idiot hatte das völlig vergessen. Mein Herz hämmert gegen meine Rippen, als ich in banger Erwartung die Haustür aufschließe.

Meine beiden Mütter sitzen zusammen am Küchentisch.

»Da bist du ja, Liebling«, sagt Christina. »Wir fingen schon an, uns Sorgen zu machen. Ist was in der Arbeit dazwischengekommen?«

»Hallo, Mum«, sage ich schwach. »Alice, es tut mir furchtbar leid. Ich wollte anrufen und Bescheid sagen, aber mein Akku war leer. In letzter Minute hat sich noch ein Treffen mit Reborn ergeben. Es sieht so aus, als wollten sie bei uns unterschreiben, und ich konnte unmöglich weg, ohne unhöflich zu erscheinen.«

»Ist schon gut, Luke. Ich verstehe das. Samuel schläft in seinem Bettchen. Deine Mutter hat ihn vor zehn Minuten hingelegt. Ich wollte gerade gehen.«

»Es war schön, Samuels Kindermädchen mal kennenzulernen«, bemerkt meine Mutter, und ich zucke zusammen, weil sich das so beleidigend, herabsetzend anhört. »Vernünftig von euch, jemand Älteres zu nehmen. Es macht Ihnen doch nichts aus, dass ich das sage, Alice, oder?« Christina lacht, Alice nicht.

»Ist schon in Ordnung.«

»Sie können so gut mit dem Kleinen umgehen. Er himmelt Sie an. Haben Sie eigene Kinder?«

O nein. Ich heule innerlich auf wie ein getretener Hund. Nein, bitte nicht. Ich suche Alice' Blick. Der Kummer, den ich darin lesen werde, soll meine Strafe sein, aber sie sieht mich nicht an.

»Es tut mir leid, dass ich so in Eile bin, Christina«, sagt sie, die Frage übergehend. »Aber ich muss jetzt wirklich los. Ich bin noch verabredet und spät dran. Schönen Abend noch, ihr braucht mich nicht zur Tür zu bringen.«

Meine Mutter steht auf, um mir einen ihrer Luftküsse zu geben – »Hallo, Liebling« –, und mich überkommt eine plötzliche Niedergeschlagenheit, als ich die Haustür zuklicken höre.

»Weißt du, ich hatte das komische Gefühl, Alice schon mal irgendwo begegnet zu sein. Aber das ist nicht möglich, oder? Sie ist ganz anders, als ich sie mir vorgestellt habe. Wie habt ihr sie gefunden? Über eine Agentur?«

Ich kann jetzt nicht mit ihr reden, ich bekomme keine Luft vor Panik und Schuldgefühlen. Ein regelrechter Schwall von Selbstekel, der von meiner Brust in meinen Hals in mein Hirn aufsteigt.

»Mum, ich sehe mal eben nach Samuel. Du weißt doch, dass wir ihn nie in sein Kinderbett legen.«

»Ist gut, Liebling.« Meine Mutter lacht. »Aber es geht ihm bestens. Der Malurlaub war schön, danke der Nachfrage.«

Wir haben Samuels Zimmer an einem Wochenende kurz vor seiner Geburt gestrichen, zu einer Zeit also, als Alice noch nicht mehr als ein Fantasiegebilde für mich war. In einem strahlenden Zitronengelb, da wir beide nichts von den lieblichen Pastellfarben halten, die man oft für Babys nimmt. Die Fußleisten und Fensterrahmen in Lindgrün. Wir haben secondhand eine kleine Kommode gekauft, die wir orange lackiert haben, und einen Sessel und eine Leselampe für Hannah, die vorhatte, ein wenig Romanlektüre nachzuholen, während das Baby schlief – eine Idee, die im Nachhinein lächerlich naiv wirkt. In den ersten Wochen mit dem neugeborenen Samuel hatte sie kaum Zeit, sich die Haare zu bürsten, geschweige denn, Tolstoi von ihrer Leseliste zu streichen.

Ich beuge mich über das Gitter zu meinem wunderhübschen schlafenden Sohn, der einen Arm nach oben geworfen und den anderen um ein Plüschtier geschlungen hat, das ich nicht kenne. Es ist ein altmodischer Teddy mit aufgenähten Glasaugen, einer von der Sorte, die Hannah als potenziell gefährlich eingestuft und verboten hat. Ich löse ihn sachte aus Samuels Griff und setze mich damit in den Sessel. Sein Fell fühlt sich rau und verfilzt an. Einem Impuls nachgebend, drücke ich ihn an mein Gesicht und atme seinen Geruch ein. Ein bisschen muffig vom Alter, aber da ist noch etwas anderes, ein schwacher, würziger Zitrusduft. Alice' Parfüm. Er muss einmal ihr gehört haben.

Dann aber fällt es mir wie Schuppen von den Augen, woher dieser Teddybär ursprünglich stammt.

DAMALS

Alice

Die Loslösung von meinen Eltern ist beglückend und beängstigend zugleich. Zum ersten Mal habe ich meinem Vater die Stirn geboten, und obwohl ich auf der Heimfahrt fast die ganze Zeit geweint habe und Jake nur mit einer Hand lenkte, um mir mit der anderen die Hand zu halten, gibt mir doch ein grimmiger Stolz neuen Auftrieb. Ich bin nicht wie meine Mutter und werde nie so sein.

»Also eigentlich ist das doch total *flippig*«, sagt Jake mit Betonung auf dem letzten Wort, weil er immer weiß, wie er mich zum Lachen bringen kann. »Wir leben im Jahrzehnt der Befreiung, und du, Alice Garland, kämpfst an vorderster Front.«

Ich schaffe meine Siebensachen – zwei schäbige schwarze Müllsäcke mit Kleidern und Büchern und etwa hundert Skizzenblöcken – von meinem Studentenzimmer in Jakes Wohnung. Mein Shampoo, mein Conditioner stehen nun in seinem Bad, meine Kleider liegen in zwei Schubladen, die er für mich freigeräumt hat.

»Gehen wir ein paar Dinge für dich kaufen, damit

du dich hier mehr zu Hause fühlst«, sagt er am ersten Abend, als wir bei Kerzenschein nackt auf seinem braunen Cordsofa liegen.

»Alles, was ich brauche, habe ich hier«, sage ich und streichele über die lang gestreckte S-Form seines Körpers, seinen Oberschenkel, der in die kantige Wölbung der Hüfte übergeht, die Einbuchtung unter seinem Brustkorb.

Jake schüttelt den Kopf.

»Nein, ich meine es ernst. Ich möchte, dass das hier genauso deine Wohnung ist wie meine.«

Er fährt mit mir zu Nice Irma's Floating Carpet, wo wir dunkelrote Sitzsäcke, Räucherstäbchen, einen Läufer mit braun-orangefarbenem Spiralmuster und einen Wandbehang mit einem juwelengeschmückten Shiva erstehen.

Auch sonst überrascht er mich gern mit Geschenken, Kleinigkeiten anfangs: ein orangefarbener Krug, den er mit Sonnenblumen gefüllt hat, ein Paar gestreifte Wollsocken vom Markt, weil ich immer kalte Füße habe, gebrauchte Exemplare von *Zimmer mit Aussicht* und *Der Leopard* zur Einstimmung auf unsere Italienreise.

Als ich eines Nachmittags nach Hause komme, steht sogar ein kleines Holzpult in einer Ecke des Wohnzimmers, so eines, wie wir es früher in der Schule hatten, mit einem Klappdeckel und einer Vertiefung für das Tintenfass. Jake hat es mit meinen Skizzenblöcken und Aquarellfarben gefüllt und meine Stifte in einen Halter aus einer mit hellblauem Papier bezogenen Bohnendose gesteckt. Das ist so rührend, dass ich in

Tränen ausbreche und er mich besorgt in den Arm nimmt.

»Ich wollte dir eigentlich eine Freude machen.«

»Ich freue mich ja auch«, sage ich, weinend und lachend zugleich.

»Ich bin jetzt deine Familie. Und du bist meine. Sonst brauchen wir niemanden.«

Abends arbeiten wir jetzt oft noch. Ich zeichne an dem kleinen Pult, während Jake auf dem Sofa oder auf dem Boden sitzt und Akkorde auf seiner Gitarre zupft, Texte in ein Notizbuch schreibt. Wenn er an neuen Songs sitzt, arbeiten wir schweigend und spornen uns gegenseitig durch unsere Konzentration an, sodass wir manchmal erst um ein oder zwei Uhr morgens aufhören.

Wir fallen erschöpft ins Bett und schlafen sofort ein, aber manchmal wache ich ein paar Stunden später auf und merke, dass ich allein bin. Ich taumele schlaftrunken ins Wohnzimmer, und sehe Jake dort sitzen, umgeben von brennenden Kerzen, über seine Gitarre gebeugt. Einmal habe ich ihn von der Tür aus beobachtet, und der Ausdruck auf seinem Gesicht hat mich erschreckt. Mir war klar, dass ich Zeugin von etwas sehr Persönlichem war, etwas, das er stets zu verbergen versuchte. Ich schlich mich zurück ins Bett, konnte aber den Schmerz nicht vergessen, den ich auf seinem Gesicht gesehen hatte, Schmerz und noch etwas anderes, Bedrohlicheres. Es wirkte auf mich wie Hass oder Verzweiflung. Ich lag wach, wartete darauf, dass er zu mir kam, und nahm mir wieder einmal vor, ihn dazu zu bringen, mir von seiner Vergangenheit zu erzählen.

Zusammen würden wir diese schlimmen Erinnerungen ausmerzen, würden ihn stark machen.

Zumindest was seine Musik angeht, ist Jakes Selbstvertrauen ungebrochen. Nie beschleichen ihn irgendwelche Zweifel, ob er das Zeug zum Erfolg hat.

Mir dagegen kamen schnell Bedenken, nachdem Robin mir die Ausstellung in seiner Galerie angeboten hatte.

»Ich bin noch nicht gut genug für so was«, jammerte ich immer wieder, bis Jake schließlich die Geduld verlor.

»Wie sollen denn die Leute an dich glauben, wenn du nicht mal an dich selbst glaubst? Robin hat dir die Ausstellung nicht angeboten, um mir einen Gefallen zu tun. Er ist Geschäftsmann, er denkt, dass deine Arbeiten sich verkaufen werden. Er ist davon überzeugt.«

Jake meint – und hat natürlich recht damit –, dass eine Kindheit im Schatten eines unberechenbaren, jähzornigen Vaters mein Selbstbewusstsein untergraben hat. Doch langsam lerne ich dazu.

Mehr als jeder andere Kunsthändler oder Galerist in London hat Robin Armstrong die Macht, eine Künstlerkarriere voranzutreiben, und ich versuche, mich nicht als Hochstaplerin zu fühlen, weil ich diese Chance bekomme statt Rick oder sonst jemand von den Stars aus den höheren Jahrgängen.

Kaum hat Lawrence Croft von meiner bevorstehenden Ausstellung erfahren, ruft er mich zu einer Besprechung mit Gordon und Rita.

»Ich kann mit Bestimmtheit sagen, dass so etwas

noch nie einem unserer Studenten im ersten Jahr passiert ist. Meinen Glückwunsch, Alice«, sagt er. »Was für eine Möglichkeit. Nun müssen wir überlegen, wie wir Sie am besten unterstützen.«

»Du hast es verdient«, sagt Rita. »In letzter Zeit hast du wirklich Hervorragendes geleistet im Unterricht. Du hast viel an dir gearbeitet.«

Das stimmt. In den vergangenen zwei Wochen haben Jake und ich kaum geschlafen und die Nächte durchgearbeitet. Ich finde es wunderbar, dieses stillschweigende Übereinkommen, uns ganz unserer Kunst zu widmen. Jake habe ich es zu verdanken, dass ich mich mittlerweile wie eine Künstlerin und nicht wie eine Schwindlerin fühle.

»Ich fände es sinnvoll, Alice zu gestatten, sich im nächsten Semester ganz auf ihre Arbeit für die Ausstellung zu konzentrieren, das sollte dann auch für ihren Abschluss zählen«, sagt Gordon. »Rita und ich können ihre Fortschritte mit Einzeltutorials überwachen. Es stimmt, dass du große Fähigkeiten hast und Anerkennung verdienst. Aber was dich wirklich von deinen Kommilitonen unterscheidet, ist dein Mumm.«

Hinterher geht Jake mit mir zu Kettner's, unserem Stammlokal, wenn es etwas zu feiern gibt, egal ob es etwas Großes oder Kleines ist. Wir bestellen Pizza Vier Jahreszeiten und trinken den weißen Hauswein aus einer kleinen Karaffe.

»Was dich auszeichnet, Alice Garland«, sagt er mit pseudo-schottischem Akzent, »ist dein Mumm!«

Später dann, als wir aneinandergekuschelt im Bett liegen, nimmt er meine Hand.

»Er hat aber recht, weißt du«, sagt er. »Du hast wirklich Mumm. Und das kommt von deiner Kindheit, weil du all die Jahre mit diesem Widerling von deinem Vater durchgestanden hast. Dich gegen ihn behauptet hast, so wie neulich. Ich bin stolz auf dich.«

Ich kann sein Gesicht im Dunkeln nicht erkennen, aber ich weiß, dass er mich auf diese spezielle Art ansieht, als wollte er seine Gedanken wortlos auf mich übertragen.

»Du bist eine Überlebenskünstlerin, Alice«, sagt er, kurz bevor wir beide einschlafen.

Ein hingeworfener Satz, der sich als ungeahnt vorausschauend erweisen sollte.

HEUTE

Luke

Schwieriger noch gestaltet sich oft die Wiedervereinigung eines Adoptivkinds mit dem biologischen Vater. Besonders bei männlichen Adoptierten kann sich ein intensiver Bindungswunsch mit dem Bedürfnis verbinden, dem lang vermissten Rollenmodell nachzueifern. C.G. Jung hat diese Obsession treffend als »Vaterhunger« bezeichnet.

Joel Harris, *Wer bin ich? Das verborgene Trauma adoptierter Kinder*

Lunch im Nobu mit Rick, der mich heute Morgen nach der Farce mit den aufeinanderprallenden Müttern per SMS dort hinzitiert hat. Man lehnt ein Essen mit diesem berühmten Maler nicht ab, schon gar nicht im Nobu, immer noch eines der Spitzenrestaurants, in denen man fast nie einen Tisch bekommt, es sei denn, man ist zufällig er. Durchdrungen von einer toxischen Mischung aus Angst und Sorge treffe ich in der Park Lane ein, auch wenn er mir in seiner Nachricht versichert hat, dass ich mir keine Gedanken zu machen brauche.

Fakt ist, ich habe richtig Mist gebaut, und das spreche ich auch gleich an, nachdem man mich zwischen schwarz gekleidetem Servicepersonal hindurch, das mit riesigen Tabletts voller Sushi hin und her flitzt, zu seinem Tisch geführt hat.

»Rick, es tut mir leid. Ich habe es gestern Abend richtig vermasselt.«

»Komplizierte Situation. Nicht allein deine Schuld, mach dir keine Vorwürfe.«

Er steht auf, und wir umarmen uns ein wenig verlegen.

Rick trägt ein Hemd mit pink- und orangefarbenen Karos, ziemlich auffallend, und das in einem stadtbekannten VIP-Restaurant, dabei hielt ich ihn für einen Einsiedler. Ein Kellner bringt mir unverlangt ein Sapporo-Bier und spricht Rick auf seine Arbeit an.

»Ihre Ausstellung letztes Jahr in der National Portrait Gallery war fantastisch. Dürfte ich Sie vielleicht um ein Autogramm bitten, ehe Sie uns wieder verlassen?«

»Natürlich.«

»Ich dachte, du wirst nicht gern erkannt in der Öffentlichkeit?«, sage ich, als der Kellner wieder weg ist. »Das hat Alice jedenfalls behauptet.«

»An manchen Tagen mag ich es schon. An manchen Tagen brauche ich es.«

Er reicht mir die Speisekarte.

»Such dir aus, was du möchtest. Ich komme so oft hierher, dass ich die Karte auswendig kenne.«

Es ist eine Lehrstunde für sich, ihn dabei zu beobachten, wie er dem Kellner die Gänge diktiert. Thunfisch-

Sashimi-Salat und Atlantikgarnelen-Tempura mit Ponzu-Soße als Vorspeise, danach Teriyaki mit geschwärztem Kabeljau und gegrilltem Rindfleisch, gefolgt von einer Auswahl von Sashimi und Sushi.

»Und dazu bitte eine Karaffe kalten Sake.«

Alles deutet auf eine ausgezeichnete Mahlzeit hin, und ich sollte mich einfach entspannen und darauf freuen. Stattdessen harre ich bang der Dinge, die da kommen werden. Und tatsächlich, sobald das erste Schälchen Sake eingegossen ist, sagt Rick: »Okay, Luke, ich werde einfach damit herausrücken. Ich finde, Alice sollte nicht mehr für euch arbeiten.«

»Aber sie liebt es ...«, sage ich, doch er winkt ab.

»Lass mich ausreden. Zu Alice habe ich noch nichts gesagt, weil ich weiß, dass es ihr das Herz brechen wird. Es stimmt, sie ist total vernarrt in Samuel, sie liebt es, sich um ihn zu kümmern. Aber meiner Ansicht nach habt ihr das Pferd von hinten aufgezäumt. Du bist es, der Zeit mit ihr verbringen sollte, nicht dein Sohn. Und dass sie für dich arbeitet, ist eine sehr ungünstige Basis für eure Beziehung, findest du nicht? Sieht man ja daran, was gestern passiert ist. Das kann für keine Seite angenehm gewesen sein.«

»Du meinst also, wir sollten uns eine neue Tagesmutter suchen? Alice bitten, nicht mehr zu kommen?«

»Ich wollte einfach mit dir über meine Bedenken sprechen. Ich habe ein ungutes Gefühl bei der ganzen Sache. Verstehst du, es gibt vieles, was du noch nicht über Alice weißt. Sie ist labil. Nachdem sie dich verloren hatte, ging es ihr lange Zeit nicht gut. Und so etwas wie gestern, als sie sich selbst verleugnen musste, so als würdest du dich für sie schämen, könnte sich schlimm auswirken.«

»O Gott, ganz im Gegenteil, ich bin stolz auf Alice. Ich finde sie toll. Ich bin sehr glücklich, dass sie meine Mutter ist.«

Auf einmal lächelt Rick, ein breites, strahlendes Lächeln. Er vergöttert sie, so viel steht fest. Man könnte wirklich meinen, er ist in sie verliebt.

Unser Sashimi-Salat kommt, ein Berg roher Thunfischscheiben auf einem Bett aus Rucola, beträufelt mit einem frischen, leichten Dressing. »Lass uns nachher weiter darüber sprechen. Seinen Thunfisch muss man genießen. Das hier würde ich mir als Henkersmahlzeit wünschen.«

Die Garnelen-Tempura, die als Nächstes kommen, sind ebenfalls köstlich, knusprige Shrimps, getunkt in eine Soße, die ich löffelweise essen könnte. Rick schenkt uns ständig nach und bestellt neuen Sake mit einer knappen Geste beim Kellner, der immer im richtigen Moment herzuschauen scheint. (Dieser Mann ist so was von cool, meine Gefühle ihm gegenüber werden immer komplizierter. Vater oder nicht, mir geht es schon wie Ben, ich wünsche mir geradezu, er zu sein.)

Beim Essen spricht er über einige seiner aktuellen Auftragsarbeiten. Darunter ein Aktporträt eines schwangeren Filmstars. »Keine künstlich geglättete Demi Moore«, sagt er. »Sie ist sehr mutig und selbstbewusst, diese Frau. Hat mir erlaubt, sie in einen Sessel gefläzt zu zeichnen, mit gespreizten Beinen und hängenden Brüsten. Kein schmeichelhaftes Porträt im herkömmlichen Sinn, für mich aber sehr weiblich und wunderschön. Und sie ist begeistert.«

Auch ein Mitglied der königlichen Familie sitzt ihm derzeit Modell – er sagt nicht, welches –, und in diesem Fall wurde er ebenfalls gebeten, etwas Innovatives zu schaffen.

»Die Leute, die zu mir kommen, verstehen meistens was von Kunst. Sie wollen etwas von bleibendem Interesse und denken, ich kann ihnen das bieten«, sagt er ohne eine Spur von Arroganz, einfach mit dem Selbstbewusstsein, das so viele Jahre der Anerkennung mit sich bringen. »Wenn die Medien dieses Bild zu Gesicht bekommen, wird der Teufel los sein. Ich kann es kaum erwarten.«

Wir sprechen über Graham Sutherlands Porträt von Churchill, das Churchill selbst grässlich fand.

»Ein in vielerlei Hinsicht bahnbrechendes Gemälde. Diesen berühmten Mann mit Warzen und allem Drum und Dran darzustellen. Natürlich hatten das schon andere vor ihm getan, Rembrandts Naturalismus zum Beispiel wurde zu seiner Zeit als gnadenlos erachtet. Aber es war trotzdem ungewöhnlich, einen weltbekannten Staatsmann so schonungslos realistisch und ungeschönt zu porträtieren.«

Beflügelt vom Sake und dem wunderbaren Essen wird unsere Stimmung immer besser.

Ich erzähle Rick von Hannahs kürzlich stattgefundenem Treffen mit Jay Jopling, verrate ihm ein paar vertrauliche Einzelheiten, und er revanchiert sich mit Klatsch über Lucian Freud.

»Er war mal Gastdozent an der Slade damals, hat

sich nur für die Mädchen interessiert, besonders für Alice. Sie war, ist es immer noch, finde ich, außergewöhnlich schön, ohne dem große Bedeutung beizumessen. Sie hatte keine Ahnung, wie gut sie aussah, und ich glaube, das machte sie für die Männer noch begehrenswerter. Ihr Schicksal betrübt mich immer noch. Sie hatte alles – und dann plötzlich nichts mehr.«

»Ich weiß gar nichts über diese Zeit. Alice will nie darüber sprechen.«

»Sie war so begabt. Die Einzige unseres Jahrgangs mit einer eigenen Ausstellung, beispiellos für eine Studentin. Sie hätte es als Künstlerin geschafft, ganz sicher.«

»Aber warum hat sie dann nicht weitergemacht? Nach mir?«

»Sie war traumatisiert. Sie war innerlich wie tot, und es hat Jahre gedauert, bis sie wieder arbeiten konnte. Das klingt jetzt vielleicht übertrieben dramatisch in deinen Ohren, aber so war es. Sie spricht mit niemandem über diese Zeit, nicht einmal mit mir. Ich glaube, sie kann es nicht, sie kann das alles nicht in Worte fassen.«

Ich bemerke, dass Rick Tränen in den Augen hat, und mir ist selbst ein wenig nach Weinen zumute.

»Aber das ist genau der Grund, weshalb Hannah und ich ihr Samuel anvertrauen wollten. Wegen der Umstände, unter denen sie mich verloren hat. Weil wir sahen, wie unglücklich sie das gemacht hat.«

»Ein Baby kann kein Ersatz für ein anderes sein. Das ist dir doch klar, oder?«

»Der Gedanke war eher, dass wir Alice in unsere

Familie aufnehmen wollten. Nur dass es nicht richtig funktioniert. Ich komme mir kindisch vor, wenn ich das sage, aber ich bin eifersüchtig auf die Bindung, die sich zwischen Alice und Samuel entwickelt hat. Ich fühle mich ein bisschen ausgeschlossen.«

»Luke, genau darum geht es.«

»Ich sehe einfach nicht, wie wir sie bitten könnten, nicht mehr zu kommen und auf ihn aufzupassen. Selbst wenn wir das wollten.«

»Ja, da ist was dran. Dann versuchen wir es andersherum. Ich finde, ihr solltet euch besser kennenlernen, du und Alice. Mehr Zeit miteinander verbringen. Das fehlt im Moment. Und du weißt, dass du deiner Adoptivmutter früher oder später von Alice erzählen musst, oder?«

Doch es gibt Gründe, weshalb ich bislang nicht ehrlich zu meiner Mutter war.

Erstens bin ich ein Einzelkind, und meine Mutter ist Witwe. Ich wurde vor vielen Jahren adoptiert, um sie über ihre Unfruchtbarkeit hinwegzutrösten, eine Wunde, die auch nach fast dreißig Jahren noch schmerzt und Ursache ihrer Traurigkeit ist.

Zweitens hat meine Mutter immer wieder betont, dass ich kein Interesse daran (sprich: nicht das Recht dazu) habe, meine leiblichen Eltern zu finden.

»Gegenvorschlag«, sagt Rick, als ich ihm davon erzähle, »wie wär's, wenn du dich zur Abwechslung mal selbst an erste Stelle setzt?«

Das ist allerdings eine radikale Idee, wenn man bedenkt, dass ich einen Beruf daraus gemacht habe, andere zufriedenzustellen.

»Ich weiß nicht, ob ich das kann.«

»Warum nicht?«

»Ich habe Angst, Unruhe zu stiften. Von klein auf habe ich versucht, es allen recht zu machen. Meine Mutter neigt zu Depressionen, was ich allerdings erst vor Kurzem begriffen habe. Als Kind dachte ich, ihre düsteren Stimmungen, diese Phasen, in denen sie sich praktisch weigerte zu sprechen, hätten mit mir zu tun. Ich dachte, ich würde ihren Erwartungen nicht entsprechen. Ich war nicht das Kind, das sie sich gewünscht hatte.«

»Du warst das einzige, das wir uns je gewünscht haben.«

Er sagt es ruhig, fast beiläufig, aber seine Wortwahl, dieses »Wir«, gibt mir einen Stich ins Herz.

»Warum habt ihr mich dann nicht behalten?«

Das ist die Frage aller Fragen, und er muss damit gerechnet haben, dass ich sie stellen würde, doch ich sehe echt empfundenen Schmerz über sein Gesicht zucken.

»Das war Alice' Entscheidung, und sie hat sie mir zuliebe getroffen, obwohl sie das nie zugeben würde. Sie dachte, ich würde meine Karriere aufs Spiel setzen, wenn ich nicht weiterstudiere. Wir waren so jung, und wir hatten kein Geld, und sie wollte nicht, dass du in Armut aufwächst. Sie redete sich ein, dass es ein notwendiges Opfer sei, dich fortzugeben. Leider ist sie nie darüber hinweggekommen.«

Ein wenig überemotional und ermutigt vom Sake will ich alles wiedergutmachen. Ich will, dass Alice und ich die lange Zeit des Kummers, als wir uns in unseren getrennten Welten gegenseitig vermisst haben, hinter uns lassen. Also schlage ich vor, sie zu besuchen. Und Rick weiß genau, wo wir sie finden werden.

»Am Wochenende ist sie immer in ihrem Atelier. Wir rufen nicht vorher an, wir überraschen sie einfach.«

Ich bin überhaupt nicht auf dieses spontane Treffen eingestellt, merke ich, als wir eine halbe Stunde später vor Alice' Atelier stehen, Rick getarnt hinter einem riesigen Strauß Sonnenblumen.

»Hätten wir sie nicht vielleicht doch vorwarnen sollen?«

»Keine Angst, sie wird sich freuen. Wir sind schließlich ihre Lieblingsmenschen, du und ich.«

Tatsächlich wirkt sie überglücklich, Rick zu sehen, der ein Stück vor mir steht – »Ich habe eine Überraschung für dich!« –, doch das ändert sich schlagartig, als sie merkt, dass ich die Überraschung bin.

»Luke! Ich kann dich unmöglich ins Atelier lassen.«

Sie wirkt ein bisschen älter in diesem Licht und ohne Make-up, Streifen von blauer und weißer Farbe im Haar. Aber schön wie immer in ihrem farbebekleckten Hemd und der weiten blauen Hose, Espadrilles an den Füßen.

Leicht benommen vom Alkohol wie ich bin, versuche ich, die Situation zu begreifen. Ihre Körpersprache ist abweisend, ausgestreckte Arme, als wollte sie uns mit aller Macht daran hindern hereinzukommen. Durch das Essen mit Rick habe ich mich in Sicherheit gewogen, aber Alice ist offensichtlich immer noch aufgewühlt von dem verheerenden Zusammentreffen gestern.

»Es tut mir leid, das gestern Abend muss dich sehr getroffen haben.«

»Nein, ist schon gut, Luke, wirklich. Mach dir keine Sorgen deswegen. Es ist vielmehr – jetzt verrate ich es doch –, dass ich an einem Geschenk für Hannah und dich arbeite und es noch nicht fertig ist. Wenn du hereinkommst, ist alles verdorben.«

Erleichtert lache ich auf. »Du hast mir wirklich einen Schreck eingejagt. Ich dachte schon, du könntest es nicht ertragen, mich zu sehen. Mit gutem Grund, es war unverzeihlich von mir zu vergessen, dass meine ... dass Christina kommt.«

»Sei nicht albern«, sagt sie. »Das verstehe ich doch. Es ist schwierig für uns alle. Ich bin nur etwas heikel mit meiner ›Kunst‹, das ist alles.« Sie setzt das Wort mit den Fingern ironisch in Anführungszeichen.

»Wenn das so ist«, sagt Rick, »gehen wir doch in den Pub. Luke und ich haben uns ohnehin schon halb die Kante gegeben, da können wir die Sache auch zu Ende bringen.«

Er hakt sich bei Alice unter.

»Nur wir drei«, sagt er. »Ein bisschen so wie damals.«

DAMALS

Alice

Niemand von uns hatte mit einer Annäherung zwischen Tom und Rick gerechnet, die so verschieden sind und deren Freundschaft ein ständiger Drahtseilakt in Richtung mehr als das zu sein scheint.

»Haben sie was miteinander?«, fragt Jake mich eines Abends, nachdem wir die beiden allein im Pub zurückgelassen haben.

»Ich glaube nicht, dass Rick Liebhaber hat, nicht im Sinn von Beziehung. Zumindest keine, zu denen er sich bekennt. Vielleicht muss er sich noch daran gewöhnen, dass er offen schwul sein kann.«

Heute Abend gehen wir zu viert in Pink Floyds *The Dark Side of the Moon* im Earls Court, ein Konzert, von dem wir schon seit Wochen reden. Es ist so viel Wirbel um dieses Album gemacht worden, und alle, die ich kenne, haben es seit einem halben Jahr ständig auf ihren Plattentellern. Doch es live in einer Halle wie dem Earls Court Centre aufgeführt zu erleben, mit einer ganzen Truppe von Backgroundsängern und -musikern, mit Filmen und Special Effects im Hintergrund, die während »On the Run« in der Geräuschkulisse eines auf die Bühne stürzenden Flugzeugs gipfeln, haut uns alle um.

»Us and Them« ist mein Lieblingssong auf der Platte. Ich liebe den langsamen, kirchenmusikartigen Anfang, Dave Gilmours bewegende, gefühlvolle Stimme, wenn er »We're only ordinary men« singt. Und dann der explosionsartig anschwellende Chorgesang, so dramatisch und kraftvoll, dass ich eine Gänsehaut bekomme.

Am meisten aber liebe ich es, Jake zu beobachten, der ganz still und ausdruckslos dasteht, wie in Trance. Ich möchte seine Hand nehmen und sagen: »Da kommst du auch noch hin«, aber er hat sich völlig in der Musik verloren.

Nach der letzten Zugabe, »Eclipse«, zwei Minuten lang, haben wir das Gefühl, bei etwas Monumentalem dabei gewesen zu sein. Als die Band schließlich die Bühne verlässt, gibt es zuerst einen Augenblick überwältigter Stille, ehe das Gekreische losgeht.

Danach versuchen wir, einen Pub zu finden, in dem wir noch was zu trinken bekommen, aber es hat alles zu.

»Wir können jetzt nicht einfach nach Hause«, sagt Jake. »Wir müssen den Abend irgendwie begehen. Wir brauchen ein Abenteuer.«

»Lasst uns irgendwo hinfahren«, sagt Tom.

»Ein Roadtrip?«, fragt Rick.

»Genau. Wo wollen wir hin?«

»Meine Tante hat ein Häuschen in Southwold, direkt am Meer«, schlägt Rick vor. »Sie hat gesagt, ich kann es jederzeit nutzen.«

Etwa eine Stunde später verlassen wir London in Toms zerbeultem Austin Maxi, ein Wrack in Senfgelb. Tom fährt, Rick navigiert, und Jake und ich sitzen hinten, mein Kopf ruht auf seiner Schulter, seine Hand liegt zwischen meinen Beinen. Noch bevor wir aus der Stadt heraus sind, bin ich eingeschlafen, und als ich aufwache, ist es immer noch wie im Traum. Das Auto steht neben einer Reihe pastellfarbener Strandhütten – primelgelb, minzgrün, himmelblau –, und vor uns liegt das weite, ruhige Meer, grau mit silbernen Tupfen. Der Morgen dämmert gerade, wir hätten es nicht besser abpassen können, und wir springen alle vier direkt vom Parkplatz eine kleine Böschung hinunter an den Strand. Es ist der schönste Sonnenaufgang aller Zeiten, der Horizont tiefviolett, durchflammt mit Pink und Orange, die Hintergrundbeleuchtung ein aufstrahlendes Goldgelb. Daran werde ich mich noch erinnern, wenn ich alt bin, denke ich. Es ist einer von diesen magischen, tief erlebten Momenten, der sich mir ins Gedächtnis einbrennen wird.

Das Haus liegt einen Straßenzug vom Strand zurückgesetzt, ein hellblaues Reihenhäuschen mit sonnengelber Tür, zwei Zimmer unten, zwei oben. Man ist hier so nahe am Meer, dass man überall die Brandung hören kann. Rick öffnet einen Wäscheschrank und sucht saubere Bettbezüge für uns heraus. Jacob und ich bekommen das Schlafzimmer mit dem Doppelbett, Tom das mit dem einzelnen, und Rick meint: »Macht euch keine Gedanken um mich, ich kann überall schlafen«, was heißt, dass wir keine Fragen stellen sollen.

Wir gehen für ein paar Stunden ins Bett, der Sex ist

ausgedehnt und gefühlvoll. Als Jake auf mir liegt, sich mit den Händen abstützt und mich mit diesem Blick ansieht, den ich inzwischen so gut kenne, erfüllt mich eine derart heftige, leidenschaftliche Liebe zu ihm, dass es aus mir herausbricht.

»Ich liebe dich«, sage ich. Und dann noch einmal und noch einmal. Ich liebe dich. Ich liebe dich. Nachdem ich einmal angefangen habe, kann ich gar nicht mehr aufhören. Lachend liegen wir zusammen in der hellen Morgensonne und sagen einander diese drei Worte, die durch keine Sentimentalität entwertet werden.

Mit ihm zusammen erlebe ich alles doppelt so stark, und ich möchte keine einzige Sekunde davon missen.

»Ich hätte nie erwartet, mal so zu empfinden«, sage ich, als wir in den Schlaf gleiten, und Jake streichelt meine Hand.

»Beschissene Kindheit, geringe Erwartungen. Ich glaube, das macht alles noch besser, meinst du nicht?«

Ich weiß nicht viel über seine frühen Jahre, auch wenn ich versuche, die Lücken zu füllen. Ein Vater, der sich verdrückte, als Jake drei war, die Familie für billigen, magenzersetzenden Fusel verließ, an dem er mit neununddreißig allein in einer Einzimmerwohnung starb. Eine Mutter, der es zu viel war, Jake allein aufzuziehen, und die ihn bei anderen ablud, wann immer es ging, meistens bei ihren Eltern, seinen Großeltern, über die er nicht sprechen will. Nur einmal, ein einziges Mal, als wir sehr betrunken waren, sagte er: »Mein Großvater war ein widerwärtiges Exemplar von Mensch. Der Tod war noch zu gut für ihn.«

Sein Gesichtsausdruck dabei, keine Wut, sondern abgrundtiefe Niedergeschlagenheit, bestätigte meinen Verdacht, dass die Worte oder Taten dieses Mannes in einer Verbindung zu den Narben stehen, an die ich mich nachts im Dunkeln unwillkürlich herantaste. Es ist, als würde sein ganzer Schmerz hinter diesen Gewebewülsten festsitzen, und ich möchte nichts mehr, als ihn aus ihm herausziehen und wegwerfen.

Als wir am frühen Nachmittag aufwachen, ist aus Toms Zimmer nichts zu hören, von Rick nichts zu sehen.

»Lassen wir sie in Ruhe«, sagt Jake, also verbringen wir den Rest des Nachmittags allein.

Wir machen all das, was man in einem altmodischen Küstenstädtchen eben so macht. Essen Fish and Chips mit massenweise Salz und Essig auf der Promenade. Spazieren über die Seebrücke mit ihrem Spiegelkabinett und den skurrilen Spielautomaten – Krankenstein heißt einer, ein Monster hinter Gittern, in das plötzlich Leben kommt, seine Augen glühen, und es gibt ein grässliches Hohnlachen von sich – und setzen uns vorn ans Ende, lassen die Füße hoch überm Wasser baumeln, den salzigen Wind im Gesicht.

»Ich glaube, mir ist es noch nie so gut gegangen«, sagt Jake nach einer Weile, und ich weiß genau, was er meint. Wir schweben auf einer Wolke der Euphorie heute, zum Teil liegt das wohl am tollen Sex, aber vor allem auch, denke ich, am gegenseitigen Liebesgeständnis, das uns auf eine andere Stufe gehoben hat.

Er legt seinen Arm um mich und zieht mich an sich, die See unter uns eine graue, aufgeworfene Masse.

»Es ist noch zu früh, um das zu sagen, ich weiß, und du bist zu jung, aber ich möchte mein Leben mit dir verbringen. Seit ich dich kenne, wünsche ich mir auf einmal Dinge, die ich vorher nie gewollt habe. Stabilität. Kinder. Nicht jetzt, aber irgendwann. Wir könnten uns ein Haus kaufen. Geht dir das zu schnell?«

»Nein, ich möchte das alles auch«, antworte ich, wenn auch ein bisschen schüchtern.

Als wir zum Hafen hinüberschlendern, reden wir über das Haus, das wir eines Tages haben wollen, wie so viele Liebespaare überall auf der Welt, besonders wenn sie auf eine Postkartenidylle wie hier in Southwold treffen. Das Objekt unserer Begierde ist lachsrosa und hat kleine Türmchen an den Ecken wie ein Spielzeugschloss. Wir bleiben davor stehen und malen uns eine Zukunft aus, in der wir es uns leisten können.

Mir ist klar, dass wir uns gegenseitig brauchen. Ich wäre haltlos ohne meine Eltern, aber Jake fängt mich immer wieder auf und zeigt mir neue Perspektiven. Meine Mission dagegen ist es, die Dunkelheit in ihm zu vertreiben, sie durch Wärme und Licht und Liebe zu ersetzen.

Am Hafen finden wir einen Fischer, der Miesmuscheln in Kisten direkt vom Boot verkauft. Wir besorgen dunkles Brot und Butter auf der High Street und Muscadet bei einem Weinhändler, der schwört, dass es der einzig richtige Wein zu Meeresfrüchten sei.

Die Meeresluft wirkt offenbar aphrodisierend, denn als wir zurück ins Haus kommen, sind die Jungs auf, und es knistert merklich zwischen ihnen. Tom läuft mit nacktem Oberkörper und barfuß herum, nur in seinen ausgewaschenen Jeans. Es hat etwas merkwürdig Intimes, ihn so zu sehen, mit seinen gut definierten Bauchmuskeln, die von regelmäßigem Training zeugen. Beide grinsen sie über beide Backen, lächerlich glücklich.

Rick wirft seinen Arm um Tom. »Also, zwischen uns läuft was. Habt ihr euch schon gedacht, oder?«

Wir lachen alle vier dermaßen, dass es eine Weile dauert, ehe Jake keucht: »Mann, Gott sei Dank. Wir haben es nicht mehr ausgehalten vor Spannung.«

Es gibt ein kleines Transistorradio im Haus, das Jake auf Radio 1 stellt, und das unverkennbare Schlagzeug und die Gitarre von »All Tomorrow's Parties« ertönen, ein Song von Velvet Underground, den wir so oft gehört haben, dass wir ihn in- und auswendig kennen. Jake dreht ihn voll auf, während Rick die erste Flasche Wein öffnet, ich die Muscheln in das mit Wasser gefüllte Spülbecken kippe und Tom am Küchentisch einen Joint baut.

Wir singen den Refrain mit, brüllen ihn, und als das Lied zu Ende ist, packt Jake mich und küsst mich, und Rick macht mit Tom das Gleiche, worauf wir noch mehr lachen.

Nachdem wir die Muscheln abgespült und den Bart entfernt haben, zeigt Jake mir, wie man sie zubereitet. Er dämpft sie in einem Topf mit Weißwein, bis sie sich öffnen und die ganze Küche nach heißem Alkohol riecht, fügt zum Schluss Sahne und Petersilie hinzu, und dann essen wir große Schüsseln davon, zwängen uns um den kleinen roten Resopaltisch und tunken mit Butter bestrichene Brotstücke in die Soße.

Nach dem Essen beschließen wir, zum Strand hinunterzugehen, machen dabei aber einen kleinen Umweg, um Rick und Tom das rosa Traumschloss zu zeigen, das eines Tages uns gehören wird.

»Sehen Sie die symmetrischen Ecktürmchen hier«, mimt Jake mit nasaler Stimme einen Immobilienmakler. »Das ist Rokokoarchitektur vom Feinsten. Ich denke, Sie vier werden hier sehr glücklich sein«, fügt er hinzu. »Es gibt genügend Platz für alle Ansprüche.«

Tom lacht und zieht Rick an sich, und sie küssen sich kurz. Genau in dem Moment kommt ein älteres Ehepaar vorbei, das mit seinem tiefgelegten Dackel Gassi geht.

»Ist ja ekelhaft«, sagt der Mann erbost. »Sie sollten sich schämen. Das hier ist eine anständige Stadt, Leute wie Sie wollen wir hier nicht.«

Leute wie Sie. Tom und Rick fahren auseinander, und Ricks geknickte, beschämte Miene zerreißt mir das Herz.

»Ach, wissen Sie, ich finde eher Ihr Verhalten ekelhaft«, sagt Jake mit ruhiger, aber metallisch kalter Stimme. »Ihre Vorurteile und dass Sie sich einbilden, Sie hätten das Recht, Fremde auf der Straße zu beleidigen.«

Als wir uns dann unten am Strand in den Sand legen und zu den Sternen hinaufsehen, ist die gute Laune der beiden Jungs zurück. Zu meiner Freude sehe ich, dass sie sich wieder an den Händen halten.

Jake zeigt uns die Sternbilder, denn auch Sternegucken gehörte zu seinen einsamen Kindheitsbeschäftigungen. Nicht nur die bekannten – den Großen

Wagen, Orion, den Drachen –, sondern auch poetisch klingende wie Ursa Minor und Cassiopeia. Dieser Name gefällt mir besonders, er ist so romantisch, ein guter Songtitel, sage ich. Und Jake, dessen Kopf mit abseitigem Wissen vollgestopft zu sein scheint, erzählt uns, dass er von einer griechischen Göttin stammt, die ungemein eitel war.

Dann sagt er wie nebenbei: »Der Tag wird kommen, an dem ihr zwei Händchen haltend und küssend durch die Straßen gehen könnt, ohne dass sich irgendwer darüber aufregt.«

Wie immer berühren mich sein Großmut, seine Unerschrockenheit und sein Gerechtigkeitssinn. Ich weiß, warum ich ihn liebe, warum wir ihn lieben, ich, Rick, Tom, Eddie. Er ist größer als wir, größer als alle. Er ist unser Mentor. Ohne ihn wären wir verloren.

HEUTE

Luke

Heranwachsende Adoptivkinder neigen dazu, ihre wahren Gefühle zu verbergen. Das kann zur Gewohnheit werden und sich bis ins Erwachsenenalter fortsetzen.

Joel Harris, *Wer bin ich? Das verborgene Trauma adoptierter Kinder*

Mittagszeit an einem normalen Dienstag, ich will mit Alice und Samuel in den Park. Einer der Vorteile, wenn man in der Musikindustrie arbeitet, ist, dass in der Branche lange Mittagspausen üblich sind. Ich habe also reichlich Zeit, nach Hause zu fahren, mir ein Sandwich zu machen und dann zum Clapham Common aufzubrechen.

Ich hatte erwartet, Alice zu Hause anzutreffen, Samuel beim Vormittagsschläfchen auf seinem Schaffell, doch es ist niemand da. Das ist mein Haus hier, warum schleiche ich dann herum wie ein Eindringling, nehme Alice' Sachen in die Hand und untersuche sie? Ein Schal hängt überm Treppengeländer, lang und aus feiner blauer Seide mit einem Muster aus roten und cremefarbenen Blumen. Ich befühle ihn, er ist wunderbar weich, und kann den Drang, ihn ans Gesicht zu halten und daran zu schnuppern, nicht unterdrücken. Ihr Duft ist mir schon öfter aufgefallen, etwas Würzig-Zitrusartiges, eher wie ein Aftershave als ein Parfüm. Den Kopf über mich selbst schüttelnd, werfe ich ihn wieder übers Geländer – was bin ich eigentlich für ein Loser?

In der Küche stelle ich fest, dass Alice uns schon etwas zum Abendessen gemacht hat. Unser orangefarbener Le-Creuset-Topf steht auf dem Herd. Ich hebe den Deckel ab und spähe hinein: Rindfleischeintopf mit schwammig aussehendem Wurzelgemüse, von dem ein köstliches Rotweinaroma aufsteigt. Sie hat diesen Eintopf schon einmal gekocht, und es muntert mich auf, daran zu denken, wie sie ihn liebevoll zubereitet, eine Mahlzeit für ihren verlorenen Sohn, den wiederzufinden sie nie erwartet hätte (obwohl ich den Verdacht habe, dass sie es nicht auf diese Weise romantisiert).

Auf dem Küchentisch stehen frische Blumen, was bedeutet, dass sie heute Morgen schon drüben auf der High Street war. Ich stelle mir vor, wie sie mit Samuel Rindfleisch beim Metzger kauft, Möhren beim Gemüsehändler, Iris im Blumenladen. Ich beuge mich vor, um den zart-süßen Duft einzuatmen. Hannah liebt Iris. Verblüffend, wie Alice immer die richtigen Blumen auswählt, dieses unkomplizierte, reibungslose Einverständnis zwischen ihnen. Wieder ein Stich der Eifersucht.

Die Hand schon nach Alice' Skizzenblock auf dem Küchentisch ausgestreckt, halte ich inne. Er enthält bestimmt Zeichnungen von Samuel, und die will ich furchtbar gern sehen. Spricht irgendetwas dagegen? Ich führe eine kleine Debatte mit mir selbst, während meine Hand über dem Block schwebt, bereit, das Deckblatt umzuschlagen. Die meisten Leute würden einfach einen Blick hineinwerfen, oder? Trotzdem werde ich das Gefühl nicht los, dass ich herumschnüffele, dass es das Gleiche wäre, wie jemandes Tagebuch zu lesen. So tief will ich nicht sinken. Ich hoffe darauf, dass Alice einen Teil ihrer Zuneigung bald auf mich überträgt, und fände es schlimm, sie zu enttäuschen.

Also mache ich mir mein Sandwich – Räucherlachs mit Avocado auf Brot, das schon bessere Tage gesehen hat. Ich räume auf, spüle Teller und Messer und tue beides in den Schrank zurück, wische die Krümel von der Arbeitsfläche und gehe hinaus auf die Terrasse in die Sonne. Ein Blick auf die Uhr, es ist erst halb zwei, also noch Zeit für einen kurzen Spaziergang im Park, bevor ich wieder ins Büro muss.

Wir wohnen nur rund zehn Minuten zu Fuß vom Clapham Common, je nachdem, wie man geht. Ich nehme die Abkürzung über den Grafton Square, einen historischen Platz mit weißen Regency-Häusern drum herum und einem kleinen Spielplatz in der Mitte, sehe kurz nach, ob sie da sind, und komme bei einem Zebrastreifen am Rand des Parks heraus. An dem Eingang hier ist das Hippie-Café, außen lila Wände mit aufgesprühten Blumen, innen Flohmarktmöbel, vegane Brownies und die obligatorischen nackten Titten (zum Stillen). Mehrere Mütter sitzen an den Holztischen davor und plaudern bei Schalen voll Linsensuppe, während ihre Kleinkinder sich um die bunte Plastikwippe streiten. Bald werden wir auch dazugehören. Ich liebe Samuel mit seinen sechs Monaten so sehr, sein wonniges Gemüt, sein ausgelassenes, ansteckendes Lachen, seine aufmerksamen braunen Augen und die runden rosigen Wangen. Jede Phase geht mir viel zu schnell vorbei, das merke ich jetzt schon.

Auf der neuen Skatebahn sausen zwei Jungen im Teenageralter synchron aneinander vorbei und vollführen dabei akrobatische Drehungen in der Luft. Ich überlege kurz, warum sie nicht in der Schule sind, und frage mich dann, was mich das angeht. Ich bin siebenundzwanzig, nicht fünfzig. Hannah würde mich auslachen. »Dann geh doch und verpetz sie, Opa.«

Gleich hinter dem Skatepark ist der Teich, auf dem dicke braune Enten durch dunkelgrünen Schleim gleiten. Möglichst ungezwungen sehe ich mich um, halte vergeblich nach einer großen, dunkelhaarigen Frau mit einem Buggy Ausschau.

Als ich gerade umkehren will, kommen die beiden in Sicht. Sie sind zu weit weg, um mich zu entdecken, halten sich unter einem Baum auf der anderen Seite des Teichs auf. Offenbar schläft Samuel, während Alice ihn in aller Ruhe mit einer Hand herumschiebt. Das Naheliegende, das einzig Normale wäre jetzt, hinüberzugehen und Hallo zu sagen, kurz mit Alice zu plaudern und meinen Sohn zu knuddeln, falls er gerade aufwacht.

Stattdessen bleibe ich wie angewurzelt stehen und

starre zu ihnen hinüber, bis mir die Augen wehtun. Es ist, als würde ich einen Ausschnitt aus meiner verpassten Kindheit zu sehen bekommen, meine nichts ahnende Mutter und das Baby in ihrer Obhut. Reglos stehe ich da, völlig gebannt von diesem bruchstückhaften Blick auf das, was mir entgangen ist.

DAMALS

Alice

Die Monate in Italien sind zweifellos die schönsten meines Lebens. Hier, in diesem Land, das Genuss in all seinen Formen zelebriert, ist Jake in seinem Element. Auch wenn die Band die meiste Zeit über komponiert, arrangiert und aufnimmt, gehen wir doch jeden Morgen auf einen Cappuccino in ein Café an dem kleinen Platz in Fiesole, und abends kocht Jake ausnahmslos italienisch – Polenta, Bohnen, Pasta oder Risotto – und dazu trinken wir Chianti, den wir in Fünf-Liter-Korbflaschen direkt von einem Weingut kaufen.

In dieser Zeit wird die Band zu meiner neuen Familie. Tom hatte mich gleich herzlich aufgenommen, aber jetzt verstehe ich mich auch mit Eddie allmählich besser. Mir ist klar geworden, dass seine anfängliche Distanziertheit von einer gewissen Vorsicht herrührte, weil er Jake schon so lange kennt. Er kannte den notleidenden Jungen, der versuchte, sich das Leben zu nehmen, und manchmal scheint er auch jetzt noch mit der Wachsamkeit eines überbehütenden Verwandten auf ihn aufzupassen. Eines Morgens, als wir früher auf sind als die anderen, machen Eddie und ich einen

Spaziergang durch die toskanische Hügellandschaft. Um diese Tageszeit ist es noch angenehm kühl, und es streicht sogar ein leichtes Lüftchen durch die italienischen Eichen, die trotz der seit Monaten auf sie herabbrennenden Sonne immer noch grün sind.

Eddie findet einen Stachelschweinstachel auf dem staubigen Pfad und überreicht ihn mir wie ein Geschenk.

»Du tust Jake gut«, sagt er unvermittelt. »Er ist jetzt viel ausgeglichener.«

»Trotzdem trinkt er zu viel. Das macht mir Sorgen.«

»Tun wir doch alle.«

»Ja, aber bei ihm ist es anders. Wie eine Stimmung, die ihn überkommt.«

»Er trinkt, um Sachen auszublenden. Seine Kindheit vor allem.«

»Was ist da passiert, Eddie? Erzählst du es mir?«

»Sein Vater war nie da, und seine Mutter hat sich kaum um ihn gekümmert. Das Schlimmste aber war, dass sie ihn oft bei seinen Großeltern ließ und sein Großvater kein netter Mensch war. Aber das weißt du ja schon, oder?«

»Nicht in Einzelheiten.«

»Jake erzählt es dir bestimmt irgendwann, wenn er bereit dazu ist. Aber das Problem liegt tiefer. Die Depressionen sind sozusagen ein Teil von ihm. Er muss sie unter Kontrolle halten, aber manchmal auch zulassen, weil bestimmte Gefühle seine Kreativität fördern. Aber du tust ihm wirklich gut. Ich hoffe, ihr bleibt zusammen«, sagt Eddie, und ich frage mich, wie er darauf kommt, dass wir mal nicht mehr zusammen sein könnten. Das zwischen uns ist längst keine Affäre mehr, sondern eine Verschmelzung unserer Seelen und Passionen. Wir sind jetzt alles füreinander, Liebespartner, Vater, Mutter, Mentor, Muse, alles.

In diesen Wochen gibt es keine Dunkelheit in Jake, er ist beflügelt vom Komponieren und Aufnehmen des neuen Materials, davon, sich ganz der Musik zu widmen, der Selbstentfaltung, die sein Heiliger Gral ist. Wenn die Umstände es ihm erlauben würden, immer so zu leben, in einer geschützten Umgebung, in der er geliebt wird und nichts von ihm erwartet wird, würde seine Verzweiflung sich endgültig verflüchtigen, glaube ich.

Er stürzt sich dermaßen in die Arbeit, dass er oft geistesabwesend ist, selbst wenn wir uns unterhalten oder Kaffee trinken oder uns lieben. Er schaltet auf Autopilot und ist nur minimal präsent, aber sogar das inspiriert mich. Ich möchte auch so leben, ganz von meinen Ideen in Anspruch genommen, selbstsüchtig in meiner Hingabe an das Zeichnen, die Kunst.

Tagsüber nehme ich oft den Bus nach Florenz und beschäftige mich intensiv mit der Renaissance. In den Uffizien betrachte ich zuerst stundenlang die Gemälde aus dem 12. Jahrhundert mit ihren flachen Darstellungen, seltsame Augen, auf amateurhaft wirkende Art in die Stirn gemalt, plumpe, verunglückte Perspektiven. Erst nachdem ich die technischen Mängel dieser Bilder ganz verstanden habe, die auf einer anderen Ebene trotzdem schön und wunderbar sind, nicht zuletzt ihres tadellosen Erhaltungszustands wegen, wende ich mich Michelangelo, Botticelli, Leonardo, Caravaggio zu. Beim genauen Studium dieser alten Meister lerne ich mehr, viel mehr als in meinem ersten Jahr an der Slade.

Ich betrachte die Gemälde – Botticellis *Geburt der Venus*, Caravaggios *Medusa* –, bis ich mir jedes Detail eingeprägt habe. Nachts träume ich von ihnen. Ich wache mit dem Gedanken an die Anschaulichkeit von Caravaggios Werken auf; lächelnde Münder, die grausam verzerrt, Fußnägel, die rissig und schmutzig sind. Besonders vernarrt bin ich in seine Darstellung städtischer Straßen im 17. Jahrhundert: dunkel und staubig, voll schattiger Ecken. Hauseingänge mit bröckelnden Türstürzen und abblätternder Farbe, Zimmer mit kahlen Wänden und groben Ziegelsteinböden, die ungeschönte Seite italienischer Städte, gemalt mit fotografischer Präzision. Nach und nach entwickele ich meinen eigenen Stil. Ich habe Robins Rat beherzigt, und meine Skizzen und Bilder vereinen nun die formlose Unmittelbarkeit eines eingefangenen Moments mit den Einflüssen der Renaissancekunst. Ich male Jake mit nacktem Oberkörper in seinen ausgewaschenen, geflickten Jeans, wie er an einer Mauer im Garten unserer Villa lehnt. Ein Knie ist gebeugt, der Fuß gegen die Wand gestemmt, und er blickt aus dem Bild heraus, sein Gesicht im Profil. Ich habe ihn so am frühen Abend fotografiert und arbeite wie besessen daran, das für Caravaggio so charakteristische Wechselspiel zwischen Licht und Schatten mit einem eher futuristischen goldenen Strahl auf seine knochige Brust aufzunehmen.

Von einem bestimmten Bild fühle ich mich unerklärlicherweise besonders angezogen. Jedes Mal, wenn ich in Florenz bin, muss ich mir die *Absetzung Christi* von Stefano Pieri ansehen, auf dem Maria zusammen mit anderen Frauenfiguren ihren halb aufgerichteten toten Sohn stützt. Irgendetwas an dem Kummer auf Marias Gesicht und der wunderbar naturalistisch ausgeführten, in sich zusammengesackten Leiche Jesu, die sich halb in ihren Schoß neigt, finde ich absolut faszinierend. Diese Verdichtung von Gefühl, diese Melancholie, in die ich mich immer wieder versenken möchte. Als ich Jake das Gemälde zeige, findet er es »absolut deprimierend«.

Trotzdem macht er mir zuliebe mit, als ich eine eigene Version davon malen will. Ich bitte Eddie, mich an die terrakottafarbene Gartenmauer gelehnt zu fotografieren, während Jake, scheinbar schlafend, mit dem Kopf in meinem Schoß ruht. Bekleidet mit nichts als seinen zerrissenen Jeans, die dunklen Haare wirrer und länger als je zuvor und mit einem langen Rosenkranz um den Hals, hat er etwas von einer modernen Gottheit. Im Gegensatz zu Pieris Jesus mit seiner bedrückend grünlich grauen Leichenfarbe ist meiner hier sonnengebräunt und lächelt beinahe unmerklich im Schlaf, nur zu sehen für die Eingeweihten.

»Mach endlich das Scheißfoto, Eddie!«, ruft Jake nach einer halben Stunde des Posierens.

Er wurde als Kind von seinen Großeltern mit dem Katholizismus getriezt, mit der strengen, unversöhnlichen Variante, hat aber immer noch eine Schwäche für dessen Requisiten. Rosenkränze, Weihrauch, Kruzifixe, Kerzen. Die Gitterfenster im Beichtstuhl, die goldbestickten Priestergewänder. Von dem fertigen Gemälde ist er entzückt, entzückt davon, dass er in einer Art Rock-and-Roll-Pietà verewigt wurde.

Er macht ein Foto und schickt es an Robin in London, der ein paar Tage später mit einem Telegramm antwortet.

Glückwunsch. Euer Albumcover, nehme ich an? Nennt es Apparition.

Apparition, Erscheinung, das passt zum Bild, das verstehe ich, aber warum löst das Wort so ein vages, ungutes Gefühl in mir aus, wie früher, wenn die Stimmung meines Vaters zu kippen drohte?

»Wir haben ein Albumcover«, sagt Eddie. »Und noch dazu einen Titel. *Apparition* von den Disciples. Das ist perfekt.«

Der Arbeitstitel für die Platte lautete bisher *Cassiopeia*, nach unserer Nacht unter dem Sternenhimmel in Southwold, aber Eddie mochte ihn nicht, vielleicht, weil er nicht dabei war, vielleicht auch, weil er ihn ein bisschen zu esoterisch fand.

Jake holt eine Flasche Frizzante, und wir stoßen auf das zweite Album an.

»Auf *Apparition*«, sagen wir und lassen die Gläser klirren, begeistert, stolz und vollkommen ahnungslos, dass wir ein Gespenst beschwören, das unsere Welt bald zum Einsturz bringen wird.

HEUTE

Luke

Die Möglichkeiten des Internets erstaunen mich immer wieder. Vor weniger als einem halben Jahr habe ich den Namen meiner biologischen Mutter in eine Suchmaschine eingegeben und zack! wurde ein Treffer für eine Künstlerin namens Alice Garland in Chiswick angezeigt. Nach mehreren Tagen und mehreren Entwürfen hatte ich ihr einen Brief geschickt, in dem ich mich vorstellte und zaghaft erkundigte, ob die Möglichkeit eines Treffens bestünde. Der Rest ist Geschichte. Nein, natürlich nicht. Denn der Traum, den ich hatte, als ich diesen Brief schrieb, hat sich nicht erfüllt, zumindest nicht wie erhofft. Meine leibliche Mutter kommt zwar an drei Tagen die Woche zu mir nach Hause, aber ich weiß kaum mehr über sie als zu dem Zeitpunkt meiner ersten Internetrecherche.

Heute im Büro fange ich auf einmal wieder an, sie zu googeln. Ich versuche es mit der Eingabe *Richard Fields und Alice Garland*. Und erhalte ein Foto von den beiden bei der Eröffnung von Ricks Retrospektive in der National Portrait Gallery. Ich starre darauf, Rick in einem dreiteiligen Glencheck-Anzug, Alice in einem eng anliegenden schwarzen Kleid, die Haare aufgesteckt, sodass ihr unwahrscheinlich langer Schwanenhals freigelegt wird.

Dann finde ich einen kleinen Artikel über sie, der mir zuvor entgangen war, in einem Lokalblättchen mit dem Namen *Chiswick Life*. Es ist ein Foto dabei, das offensichtlich in ihrem Atelier aufgenommen wurde, sie hat ein mit Farbe beklecksterts Hemd an und sitzt vor dem ulkigen Porträt eines Mopses mit übertrieben schielenden Augen und reichlich Speckrollen an seinem Plüschtierleib.

Eine Aussage von ihr bringt mich zum Lachen: »Dieser Mops hat die Wehrhaftigkeit eines Löwen und die Entschlossenheit eines Riesen.« Insgeheim amüsiert sie sich bestimmt köstlich, während sie indirekt nach weiteren Aufträgen aus ihrem Kundenkreis kötervernarrter alter Damen angelt.

Als ich *Alice Garland, Slade 1973*, eintippe, kommt kein Ergebnis. Klar, aus der Zeit sind keine Zeitungsartikel online verfügbar, und wenn ich mehr herausfinden will, müsste ich in die British Library gehen und die Microfiche-Kataloge durchforsten. Oder ich könnte Hannah bitten, Alice und Richard im Archiv der *Times* nachzuschlagen. Aber was soll ich ihr sagen? Hannah, ich glaube, dass meine Mutter nicht die ist, für die wir sie halten, ich kann es nicht genau erklären, es ist nur so ein Gefühl...

Samuel ist bereits gebadet und bettfertig, als ich nach Hause komme. Er hat etwas Neues an, einen dunkelblauen Minipyjama mit Marienkäfern darauf, goldig, wenn auch nicht ganz Hannahs und mein Geschmack.

»Du hast ihm einen Schlafanzug gekauft, Alice«, sage ich, während ich ihn von seinem Schaffell hochhebe. Er kann jetzt schon allein sitzen, aber sie hat ihn für alle Fälle an einen Sitzsack gelehnt. »Wie nett von dir.«

»Oh, den habe ich selbst genäht. Ich dachte, ich hätte vergessen, wie das geht, aber es ist mir alles gleich wieder eingefallen.«

»Du hast ihn selbst genäht? Ich bin beeindruckt.«

Alice lacht erfreut. »Na, ich bin froh, dass er dir gefällt. Ich könnte ihm noch andere Sachen nähen, wenn ihr wollt. Eine Latzhose? So was habe ich für dich damals auch gemacht...« Sie erzählt nicht weiter, aber diesmal hake ich nach.

»Du hast mir eine Latzhose angezogen? Davon würde ich gern mal ein Foto sehen. Hast du welche?«

»Ich glaube nicht. Ich sehe mal nach.«

»Echt jetzt? Keine Fotos aus der Zeit? Wie lange waren wir denn zusammen? Einen Monat? Sechs Wochen?«

Ich hasse es, sie so unter Druck zu setzen, aber sie lässt mir keine andere Wahl. Das kann nicht so weitergehen mit ihrer Weigerung, über damals zu sprechen.

»So ungefähr«, sagt sie. »Es kam mir vor wie nichts.«

Sie lächelt mich traurig an und dreht sich nach ihrer Handtasche um, und ich verfluche mich dafür, dass ich sie daran erinnert habe.

»Die Fischpastete muss nur noch in den Ofen. Sie braucht etwa eine Dreiviertelstunde. Wann kommt Hannah zurück?«

Hannah arbeitet heute wieder länger, hat aber versprochen, zum Abendessen zu Hause zu sein.

»Gegen acht, denke ich.«

»Also, dann habt einen schönen Abend, wir sehen uns morgen. Gute Nacht, kleiner Vogel.«

Sie wirft Samuel im Gehen eine Kusshand zu, und ich überlasse mich dem inzwischen schon gewohnten Gefühl der Ernüchterung.

Die Fischpastete ist knusprig braun, als Hannah kommt, und ich habe den Tisch mit Servietten, Kerzen und einer Flasche Weißwein im Kühler gedeckt.

»Ich dachte, wir sollten deinen Erfolg feiern«, sage ich und schenke ihr ein.

Hannah tischt die Pastete auf, eine köstliche gelbliche Masse unter brauner Kruste, mit Garnelen und Stückchen von Lachs darin. Wir hatten sie schon öfter, und sie ist zu unserem Lieblingsgericht geworden.

»Gott, ist das lecker«, sagt sie. »Wir haben so ein Glück mit Alice.«

Dieses Fazit zieht sie fast jeden Abend, und meistens stimme ich ihr zu, aber heute lasse ich ein wenig von meiner Bitterkeit heraus.

»In einer Hinsicht, ja. Aber in anderer kostet mich das Ganze langsam richtig Nerven. Ich habe nicht den Eindruck, dass ich irgendwie mit ihr weiterkomme.«

Hannah sieht mich überrascht an, hält mit der halb zum Mund geführten vollen Gabel inne, legt sie ab.

»Was meinst du damit? Ich dachte, du magst sie. Ich dachte, wir sehen das beide gleich.«

»Natürlich mag ich sie. Aber ich kenne sie überhaupt nicht. Und das war doch eigentlich der Sinn der

Sache, oder? Mutter und Sohn wieder vereint. Sich kennenlernen, Zeit miteinander verbringen. Eine Art Bindung miteinander eingehen. Die einzige Bindung, die hier entsteht, ist die zwischen Alice und Samuel.«

Ich trinke einen großen Schluck Wein. Das war mehr, als ich sagen wollte. Hannah sieht mich besorgt an, steht auf und kommt um den Tisch herum.

»Rutsch mal.« Sie zwängt sich neben mich auf die Bank. »Armer Schatz«, sagt sie und küsst mich auf die Wange. »Das ist schwerer für dich, als wir dachten, hm?«

Ich traue meiner Stimme nicht, also nehme ich noch einen ordentlichen Schluck und überlasse Hannah das Reden.

»Du weißt aber schon, dass das Unsinn ist, oder? Wenn auch *vollkommen verständlich*.« Betonung auf Letzterem. »Ich meine, Alice muss doch eine emotionale Bindung zu Samuel entwickeln, allein schon, weil sie seine Betreuerin ist. Sonst würden wir uns ganz schön Sorgen machen. Wir müssten sie entlassen!«

Sie wartet darauf, dass ich lache, aber das kann ich nicht.

»Luke, das dauert nun mal, bis du und Alice die Beziehung zueinander haben könnt, die du dir wünschst. Da ist noch zu viel Schmerz auf beiden Seiten. Bei dir, weil sie dich weggegeben hat, und bei ihr, weil sie immer noch Schuldgefühle hat deswegen. Und wenn man sich schuldig fühlt, reagiert man abwehrend und mauert. Es wird Zeit brauchen, diese Mauern einzureißen, aber das macht ja nichts. Zeit haben wir genug. Du bist jung und Alice auch, sie ist noch nicht mal fünfzig. Ihr habt noch viele Jahre, um euch besser kennenzulernen.«

»Du weißt doch, wie ich bin. Ich will immer alles übers Knie brechen.«

»Eigentlich kannst du dich glücklich schätzen, weißt du. Nur wenige Leute bekommen die Chance, als Erwachsene eine Beziehung zu ihren Eltern aufzubauen. Die anderen tragen den ganzen Ballast der Kindheit mit sich herum, all die Enttäuschungen, all die Streitigkeiten, die zwischen ihnen stehen. Alice und du, ihr habt da quasi eine unbeschriebene Tafel.«

In dem Moment denke ich zum ersten Mal: Hannah versteht es nicht. Der Ballast ist das, was ich will. Die gemeinsame Geschichte ist das, wonach ich mich sehne. Ich möchte diese unbeschriebene Tafel nehmen und zerschmettern, dass die Splitter über unseren blitzblanken, von Alice gefegten, von Alice geputzten Eichenfußboden fliegen.

DAMALS

Alice

Im August wird die Hitze unerträglich. Das kleine Studio im Souterrain, in dem die Band aufnimmt, ist tagsüber ein Backofen, nur in der nächtlichen Kühle zu ertragen. Jake gibt allen eine Woche frei.

Tom und Eddie sind damit zufrieden, am Pool zu liegen, an ihrer Bräune zu arbeiten, Karten zu spielen und abends fässerweise billigen Rotwein zu trinken. Jake dagegen nimmt schon nach dem ersten so verbrachten Tag den Bus nach Florenz und kommt mit einem zitronengelben Kleinwagen wieder. Eddie, Tom und ich laufen zusammen und sehen zu, wie er seine lange, schmale Gestalt aus dem Auto faltet. Es ist ein Wunder, dass er mit seinen einsfünfundachtzig überhaupt hineingepasst hat.

»Wir machen eine Fahrt«, sagt er zu mir, »nur du und ich.«

»In dem Zwergenauto?«

»Dieses exzellente Gefährt ist ein Cinquecento. Wir können unmöglich in etwas anderem herumfahren.«

Ob Autos oder Cappuccino, Authentizität ist Jacobs Ding.

Der Cinquecento fährt maximal achtzig Sachen, also entscheiden wir uns für ein paar Nächte in Siena, das nicht weit entfernt liegt. Der Überschwang dieser ersten Stunden, wir zwei endlich mal wieder allein, gemütlich durch die toskanische Hügellandschaft tuckernd, die nach Wochen unter sengender Sonne jetzt bronzefarben ist. Es sieht aus, wie ich mir Afrika vorstelle, schön, aber ausgetrocknet, ausgebleicht, kahl durch den Mangel an Grün. Jake schaltet das Radio ein, die ersten Takte von »All Along the Watchtower« ertönen, und er sagt: »Verdammt«. Wir hören schweigend zu, Lautstärke voll aufgedreht, und danach erzählt er mir, wie er Jimmy mal in einem winzigen Londoner Club namens The Toucan erlebt hat.

»Man merkte sofort, dass er was Besonderes war, schon vor diesen irren Gitarrensolos. Er hatte es drauf wie sonst keiner, weder Jagger noch Bowie, schon gar nicht die Beatles. In dem Moment wurde mir klar, dass nichts so wichtig ist wie die Musik. Nach diesem Gig bin ich nach Hause gekommen und hab wie besessen angefangen, Gitarre zu spielen, die ganze Nacht durch. Schlaf war Zeitverschwendung. Ich wollte werden wie er. Ich habe mir selbst Bass- und Rhythmusgitarre beigebracht, war darauf aus, in allem besser zu sein als die anderen.«

Er hält meine Hand, und wir sind wieder still. Ich weiß, dass er an Jimi denkt, an seinen Tod durch eine Überdosis Schlafmittel, der hätte verhindert werden können, sagen manche Leute, wenn seine Freundin eher reagiert hätte. Ich erinnere mich an ihren Namen, Monika Dannemann. Hätte sie eine halbe Stunde früher den Notruf gewählt, würde er vielleicht noch leben.

»Aber er wäre möglicherweise gehirngeschädigt gewesen«, sagt Jake, als hätten wir das Gespräch laut geführt statt nur in unseren Köpfen.

»Wie sich Monika wohl fühlt?«

»Kaum vorstellbar, dass sie je darüber hinwegkommt.«

Hendrix' Manager fand ein Gedicht, das er nur Stunden vor seinem Tod geschrieben hatte, »The Story of Life«. Ein Lovesong eigentlich, Monika gewidmet, in dem es um Liebe als eine Abfolge von Hellos und Goodbyes, von Zusammenkommen und Abschieden geht. Ein schönes Gedicht oder ein Abschiedsbrief? Niemand wird es je erfahren.

Jimi Hendrix' Tod hat uns allen zugesetzt, doch Jake ist anzumerken, dass er ihn immer noch nicht verwunden hat. Er versucht stets, allem Negativen aus dem Weg zu gehen, und doch umfängt uns jetzt leise Traurigkeit in unserem kleinen Auto. Ich lege ihm meine sonnengebräunte Hand auf den Oberschenkel. Er nimmt sie und küsst sie rasch. Wir brauchen keine Worte in solchen Momenten.

Als wir ein Hinweisschild für ein Weingut sehen, biegt Jake ab, und wir fahren mit etwa fünf Stundenkilometern einen holperigen Feldweg entlang, Olivenhaine zu beiden Seiten. Endlich, nach langem Durchgerütteltwerden, kommt ein Gutshaus in Sicht, von der typisch toskanischen Sorte aus hellem Naturstein mit einem roten Ziegeldach. Dahinter erstrecken sich die Weingärten bis zum Horizont.

Eine ältere Frau erscheint und begrüßt uns in einem

schnellen, melodiösen Italienisch, von dem wir kein Wort verstehen. Wir sehen uns ratlos an.

»*Mangiare?*«, fragt sie und deutet mit den Fingern auf ihren Mund.

»*Si, Signora, grazie*«, antwortet Jake mit seinen paar Brocken Italienisch und setzt pantomimisch eine Flasche an den Mund, mit zurückgelegtem Kopf wie ein Säufer, worauf die Frau lacht.

»*Ovviamente! Un Chianti Classico.*«

Es könnte keinen schöneren Ort für eine Mahlzeit geben als diesen. Ein kleiner Holztisch im Schatten einer ausladenden Zypresse. Eine blau gewürfelte Tischdecke, darauf zwei Gläser Rotwein, ein Teller mit luftgetrockneter Salami, ein Korb mit Brot und eine Schale mit den dicksten Oliven, die ich je gesehen habe. Wir essen gierig und denken, dass es das war, aber wir sind in Italien und hätten es besser wissen sollen. Bald darauf kommen tiefe Teller voller Trüffel-Tagliatelle, breite, ölig glänzende Bänder, die so berauschend, so himmlisch schmecken, dass wir nur noch stöhnen können.

»O mein Gott«, sagen wir immer wieder zueinander.

Jake mit seinem Hamstervorrat an ausgefallenem Wissen kann mir alles über schwarze Trüffel erzählen. Über die spezielle Hunderasse, die zur Suche verwendet wird – Lagotto, er weiß sogar den Namen –, und die Fehden, die zwischen den Einheimischen ausbrechen, wenn einer über die geheimen Stellen eines anderen stolpert.

»Ein blutrünstiges Geschäft«, sagt er. »Es sind schon Leute gestorben für Trüffel. Man versteht, warum.«

»Manchmal glaube ich, ich habe mich in die Encyclopædia Britannica verliebt. Woher weißt du das alles?«

Er lacht und nimmt meine Hand.

»Übrigens, willst du mich heiraten? Wann immer du möchtest«, sagt er. »Heute, nächste Woche, in fünf Jahren.«

»Soll ich darauf antworten?«, frage ich, als ich meine Sprache wiedergefunden habe, worauf er mich schräg angrinst.

»Wäre nicht schlecht.«

»Dann ja, natürlich! Jederzeit. Heute, nächste Woche, in fünf Jahren.«

Siena im August ist wie leer gefegt. Nur dumme Touristen wie wir nehmen es mit der Hitze auf und drücken sich den halben Tag lang innerhalb der dicken Mauern des Duomo herum. Nicht dass es eine Strafe wäre, sich in dieser Wahnsinnskirche aufzuhalten, die opulenter, dramatischer ausgestaltet ist als alles, was ich bisher gesehen habe, ob in der Realität oder kunstgeschichtlichen Büchern. Marmor ohne Ende, schwarz-weiß gestreifte, absurd hohe Säulen, ein Deckengewölbe wie ein atemberaubender Sternenhimmel. Es gibt einen Altar mit vier Heiligenskulpturen vom jungen Michelangelo, jede für sich perfekt, und ich kann es nicht fassen, dass wir hier in diesem Städtchen einfach so über Werke von Michelangelo stolpern.

»Können wir eines Tages hier leben?«, frage ich Jake, als wir uns gegen die sengende Sonne auf der Piazza wappnen.

»Genau mein Gedanke«, sagt er.

Wir mieten ein kleines, stickiges Zimmer über einer Bar und verbringen die Tage damit, schattige Restaurants ausfindig zu machen und lange ausschweifend zu speisen, Pappardelle mit Wildschweinsugo, Steinpilzrisotto mit Pecorino, alles eine Offenbarung. Nachts fällt es schwer zu schlafen, also machen wir nachmittags Siesta, erledigt von dem kalorienreichen Essen, den Karaffen voll Wein, und wachen durstig und benebelt auf, wenn der Himmel schon dämmert. Die Abende mag ich am liebsten, wir spazieren durch Gassen, die manchmal so schmal sind, dass wir hintereinander gehen müssen, zwischen hohen, farbigen Häusern entlang, die sich einander zuneigen wie Liebende. Wir machen bei einem Café an der Piazza halt und trinken Espresso, manchmal mit einem Glas Grappa dazu.

Die Skizzen, die ich am meisten mag, stammen aus dieser Zeit, Jake so frei und glücklich wie noch nie. Während ich zeichne, kritzelt er Ideen und Songtexte in sein kleines ledergebundenes Notizbuch, nippt an seinem Kaffee oder starrt in den Himmel hinauf, sucht nach den Fixpunkten seiner Kindheit, das Sternebeobachten ein Trost, eine Abwehr gegen die Dämonen, über die er nicht sprechen will. Wir sind so entspannt miteinander in diesen Tagen, dass ich versucht bin, ihn direkt zu fragen. Was ist passiert? Was ist es, das dich manchmal so traurig macht? Doch dann sehe ich ihn an, beinahe absurd schön in seinem losen weißen Hemd, den jetzt schulterlangen Haaren, und er prostet mir lächelnd zu, und ich weiß, dass ich es nicht übers Herz bringe, ihn zurück in die Düsternis zu stürzen.

HEUTE

Luke

Offen gestanden bin ich ein bisschen süchtig geworden nach meinem Amateurdetektivtreiben. Ich bin nämlich gut darin, das ist es. Der Tagesablauf von Alice und Samuel ist mir bestens bekannt, ich weiß genau, wo sie in meiner Mittagspause sein werden. Meistens debattiere ich morgens ein bisschen mit mir. Heute wirst du deine Mutter nicht beschatten, nehme ich mir vor, wenn ich mich an den Schreibtisch setze. Doch schon mittags überkommt mich wieder das Verlangen. Ich brauche meine Dröhnung, muss sehen, beobachten, kontrollieren. Ich möchte Alice' Parfüm in der Luft schnuppern, Zitrus, Zeder, Feige, diesen undefinierbaren und doch so speziellen Duft, der mich langsam, aber sicher in den Wahnsinn treibt.

Alice, stelle ich fest, ist ein Gewohnheitsmensch. Nachdem sie Samuel mittags gefüttert hat – stets unerbittlich pürierte Pampe, der arme Kerl –, fährt sie ihn im Park oder auf der High Street spazieren, je nachdem, ob sie vormittags zum Einkaufen gekommen ist oder nicht. Manchmal machen sie bei der Bücherei halt, aber ihnen dort hineinzufolgen, habe ich mich bisher nicht getraut. Ich warte vor dem alten Sandsteingebäude und sehe dem Kommen und Gehen zu: Clapham-Mamis, die ihre Buggys die Treppe hinaufbugsieren, Rentner, die Zeitung lesen wollen oder auf ein Hallo hier und da hoffen, einmal ein zotteliger Penner, der wenige Minuten später wieder hinausgeworfen wurde.

Mir ist es lieber, wenn sie, wie heute, einkaufen gehen und ich ihnen nur mit etwas Abstand folge. Ich mag es, hinter Alice herzulaufen, man kann einiges aus dem Verhalten von jemandem schließen, der sich unbeobachtet fühlt. Ich sehe, dass sie froh und gelöst ist, gelegentlich höre ich sie sogar singen – sie hat eine gute Stimme, klar und kräftig. Vor allem aber beobachte ich, wie liebevoll sie sich um Samuel kümmert, sanft mit ihm spricht, wenn er wach ist, ihm ständig erzählt, was um ihn herum vorgeht. Ich verstehe aus der Distanz nicht genau, was sie sagt, höre nur ein Murmeln. Manchmal bleibt sie stehen und dreht den Kinderwagen zu einem Schaufenster herum, um ihm etwas Interessantes zu zeigen. Beim Metzger mit den hängenden Schweineteilen im Fenster kommt mir das ein bisschen unsensibel vor nach Samuels Mittagessen aus Möhrenbrei.

Einmal wäre ich fast aufgeflogen, als sie plötzlich vor Arcadia, dem Geschenkeladen, anhielt. Ich stand völlig ungeschützt da, starr vor Angst, dass Alice nach links blicken und mich entdecken könnte, ihren Sohn, Samuels Vater, der sich hier in übler Absicht herumtreibt. Ein Moment, der mich vorübergehend wachrüttelte.

Scheiße, Mann, was soll das?

Ich rede mir ein, dass ich Alice ab und zu kontrollieren muss, so wie es jeder Vater tun würde, der sich vergewissern will, dass die Frau, der er sein Kind anvertraut hat, ihren Job gut macht.

Heute stehe ich seit knapp fünf Minuten am Anfang der Clapham Manor Street, als Alice und Samuel direkt an mir vorbeikommen. Ich rieche ihr Parfüm. Sie wollen vielleicht zu Woolworth, Alice geht oft dorthin. Ich habe es schon ein- oder zweimal riskiert, zwischen den Krabbeltischen herumzuschleichen, um sie im hinteren Teil des Kaufhauses zu beobachten, wie sie Keksdosen oder Ofenhandschuhe begutachtete, die später in unserem Haus auftauchten. Noch eine kleine Aufmerksamkeit von ihr, etwas Nützliches, eine gute Neuerung, so wie die Korkpinnwand, die sie in der Küche aufgehängt hat.

»Damit wir uns Mitteilungen hinterlassen können«, sagte sie. »Und ich besorgen kann, was ihr braucht.«

So einfach, so naheliegend, ich weiß gar nicht, wie wir bisher ohne ausgekommen sind. Und Alice macht uns diese Geschenke so beiläufig und charmant, dass es leichtfällt, sie anzunehmen.

Ich hatte recht, sie steuern Woolies an, sehr gut. In so einem Laden kann ich mich notfalls damit herausreden, dass ich Stifte oder ein Notizbuch bräuchte, weil ich mein Schreibzeug im Büro vergessen hätte.

Wie immer schiebt Alice den Kinderwagen in den hinteren Verkaufsbereich. Sie sieht sich aber weder Küchenutensilien noch Schreibwaren an, sondern eine Auswahl an Spielzeug auf der linken Seite. Aus einiger

Entfernung sehe ich sie zu einer Handpuppe greifen, einem orange-gelb-braunen Filzhuhn. Sie streift es über, hackt mit dem Schnabel nach Samuel und ahmt sehr naturgetreu ein Gackern und dann Kikeriki-Rufe nach. Ganz Woolworth muss Samuels Lachen hören, sein fröhliches, ausgelassenes Jauchzen. Ich schleiche mich ein Stück näher heran, magisch angezogen von der Szene, lauere drei Reihen entfernt bei einem Restposten von Caterpillar-Boots. Ich nehme ein Paar aus der Schachtel und tue so, als würde ich sie prüfend mustern.

Das Puppenspiel geht weiter. Alice hat sich jetzt ein Plüschkrokodil genommen, grasgrün mit hellgelbem Bauch und knallrotem Maul. Das lässt sie ein paarmal vor Samuel auf- und zuschnappen, stößt dann damit herab und zwickt ihn in die Nase. Noch mehr ungestümes Lachen, und Alice lacht jetzt auch. Die beiden können endlos Spaß miteinander haben. Gerade will ich meinen Beobachtungsposten verlassen, als eine blonde junge Frau mit einem Kleinkind an der Hand auf die beiden zugeht.

»Hallo«, sagt sie. »Ich habe Sie schon beim Kinderkreis in der Bücherei gesehen. Wie alt ist denn Ihr Kleiner? Er ist entzückend.«

»Sechs Monate, fast sieben«, sagt Alice. »Und Ihrer? Ein Jahr älter, oder?«

»Ja, achtzehn Monate jetzt. Ich bin übrigens Kirsty.«

»Schön, Sie kennenzulernen. Ich heiße Alice. Und das ist ...«

»Möchten Sie die gern anprobieren?«

Das Mädchen vor mir in dem grünen Woolies-

Nylonshirt sieht mich misstrauisch an. Vielleicht hat sie mich beobachtet. Vielleicht fragt sie sich, wieso ein junger Typ wie ich über einen Stand Schuhe zu einer Frau mittleren Alters mit einem Baby hinspäht.

Ich bin zu verdattert, um gleich zu antworten. Alice hat nicht richtiggestellt, dass Samuel nicht ihr Kind ist, dass sie ihn nur betreut. Sie hat so getan, als wäre er ihr Sohn.

»Nein, nein, danke.« Ich dränge mich an der Verkäuferin vorbei, nicht in der Lage, mich höflich zu benehmen.

Draußen renne ich die Straße entlang und merke erst nach ein paar Minuten, dass ich von der U-Bahn-Station weglaufe statt darauf zu, so sehr beschäftigt mich diese neueste Entwicklung. Gibt Alice Samuel wirklich für ihr Kind aus? Oder habe ich, paranoider Spinner, der ich bin, voreilige Schlüsse gezogen? Wenn ich Hannah davon erzählen würde, würde sie mich erstens für durchgeknallt halten, weil ich meiner Mutter in meiner Mittagspause hinterherspioniere – *ich spioniere nicht, Hannah, ich kontrolliere –*, und zweitens sagen, dass ich nicht albern sein soll. Ich höre direkt ihre Argumente.

»Alice sieht viel jünger aus, als sie ist, wahrscheinlich hält man sie ständig für Samuels Mum. Manchmal hat man eben keine Lust auf Erklärungen, das ist alles.«

Womit sie wahrscheinlich recht hätte. Doch das hemmt nicht die kalte, ahnungsvolle Furcht, die sich in meiner Brust ausbreitet. Ich bin dein Kind, Alice. Ich, nicht Samuel.

Ich merke, wie das klingt. Infantil, unreif, borderline-psychotisch. Tatsache aber ist: Ich bin ein Kind, das weggegeben wurde, und werde es immer sein. Ich bin liebeshungrig. Ich bin gestört. Ich giere danach, beachtet zu werden.

Auf der Treppe hinunter zur Station Clapham Common wische ich mir die Tränen weg und sehe der harten, hässlichen Wahrheit ins Gesicht: Ich bin eifersüchtig auf meinen eigenen Sohn.

DAMALS

Alice

Im Herbst arbeiten wir beide so viel, dass wir uns kaum sehen. Jake ist abends meist weg, um die Platte abzumischen, während ich oft bis zehn oder elf im College bleibe und male wie im Fieber. All meine Ideen und Skizzen aus Italien nehmen jetzt in Farbe Gestalt an, Schnappschuss trifft auf Renaissancemalerei, ein Stil, den zu perfektionieren ich mich ständig bemühe.

Falls ich eine Vorzugsbehandlung an der Slade erwartet hatte – das Mädchen mit der Ausstellung in der bekannten Galerie –, werde ich rasch wieder auf den Boden der Tatsachen zurückgeholt. Die Dozenten lassen mich schuften wie ein Pferd, selbst Rita Miller.

Inzwischen habe ich sechzehn Zeichnungen und fünf Ölgemälde, die ich als ausstellungsreif betrachte.

»Gut, aber nicht gut genug«, urteilt Rita. »Du kannst es besser.«

Gordon geht durchs Atelier und mustert jedes Werk schweigend.

»Noch nicht das Wahre«, sagt er, obwohl ihm immerhin meine Pietà-Version, Jake schlafend in meinem Schoß, gut gefällt.

»Das da ist brillant, Alice, und ich sage dir auch, warum. Weil ich verschiedene Ebenen in diesem Gemälde erkenne. Da ist eine emotionale Eindringlichkeit vorhanden, der Eindruck, dass du diesen Jungen in deinen Armen beinahe bemutterst. Es ist mit Sorge gemalt, so sehe ich es zumindest. Und so eine Wirkung sollte jedes der Bilder auf mich haben. Ich möchte sie betrachten, darauf starren, bis die verborgene Bedeutung offenbar wird.«

Ich lerne, zuerst in ein bestimmtes Gefühl einzutauchen, ehe ich zu malen beginne. Jeden Tag nehme ich mir eine andere Zeichnung vor – heute ist es die von Jake, wie er an die verspielten Spitzenkissen unseres italienischen Betts gelehnt liegt, sein Gesicht eingerahmt vom schmiedeeisernen Bettgestell – und überlege, was er mir in diesem Moment bedeutet hat. Ich habe viel Zeit gebraucht für diese Skizzen, teilweise eine volle Stunde, und man erkennt, dass er meine Anwesenheit völlig vergessen hat, ganz in Gedanken versunken ist. Bei genauer Betrachtung sehe ich jetzt, dass ich tatsächlich seine Melancholie erfasst habe, diese tief sitzende Traurigkeit, die er meistens so gut überspielt. Ich bin auf einer Reise an Bord meiner Vorstellungskraft. Jake ist wegen seines guten Aussehens in den Medien als Sexobjekt dargestellt worden, ich dagegen sehe etwas anderes. Ich sehe einen Mann kurz vor dem großen Erfolg, wenn nur seine inneren Kämpfe es ihm erlauben. Ich wünschte, er würde seinen Schmerz nicht in sich verschließen, für alle außer Reichweite. Es gibt Möglichkeiten, wie ich ihm helfen könnte, das spüre ich, das weiß ich.

All das fließt in mein Bild mit ein. Ich habe Jacobs Schönheit dargestellt, aber auch seine dunkle Seite, die Seite, die zu zeigen er sich weigert.

Als Gordon King das nächste Mal ins Atelier kommt, betrachtet er das Gemälde lange schweigend.

Schließlich sagt er: »Bravo, Alice. Das ist es, was dich hervorhebt. Gefühlsintensität. Emotionen so stark, dass man glaubt, sie greifen zu können.«

Zusammen mit dem Producer Brian Eno legt die Band letzte Hand an ihr Album. Wenn alles nach Plan verläuft, wird es nächsten Monat gemastert und im Februar veröffentlicht, an einem Datum, das mit der Eröffnung meiner Ausstellung zusammenfällt.

Brian glaubt, dass es vier garantierte Hits auf der LP gibt, einer davon eine Ballade mit dem Titel »Cassiopeia«, die nach unserer Sternennacht am Strand geschrieben wurde. Ein bittersüßer Song, nicht über Jakes und meine Liebe, sondern über Rick und Tom, ihre Schmach nach der giftigen Bemerkung der Passanten. Jedes Mal, wenn ich den Refrain höre, »Sie haben sich gegenseitig aufgebaut, doch ihr habt das kaputt gemacht«, könnte ich heulen.

Wir verfallen in so etwas wie eine Alltagsroutine, als der September in den Oktober übergeht. Um acht wachen wir auf und frühstücken, immer zusammen, immer in der Bar Italia. Mit Luigi sind wir inzwischen befreundet, und er bringt uns unsere Cappuccinos und Cornettos unaufgefordert. Oft will er uns nicht mal dafür bezahlen lassen.

»Eine kleine Spende«, sagt er, »für den Musiker und

die Künstlerin, die bald reich sein werden. Ihr könnt für mich sorgen, wenn ich alt bin.«

Eine halbe Stunde später gehe ich zur Slade, und Jake begleitet mich noch ein Stück. Auf der Wellington Street geben wir uns einen Abschiedskuss, manchmal einen sehr langen, leidenschaftlichen, sodass es Pfiffe von Vorübergehenden gibt.

»Wie soll ich mich jetzt noch konzentrieren?«, sagt er jedes Mal.

Sobald ich im College bin, denke ich nur noch an meine Arbeit und habe kaum von der Leinwand aufgesehen, wenn Rick mich mittags abholt, um eine Kleinigkeit essen zu gehen. In einer dieser Mittagspausen Anfang Oktober, das Laub der Bäume beginnt gerade in Rot- und Goldtönen zu entflammen, überkommt mich plötzlich eine heftige Übelkeit und ich muss mich mitten auf der Straße hinsetzen, meine schweißnasse Stirn in die Hand stützen.

»Alice, was ist?«

Rick hockt sich neben mich.

»Ich glaube, ich muss…« Der Rest geht unter, als ich meinen wässerigen Mageninhalt auf den Bürgersteig erbreche.

»Hast du was Falsches gegessen?«, fragt er, zieht mich hoch und manövriert uns geschickt um die Kotze herum.

»Ich habe in den letzten Tagen kaum etwas gegessen. Vielleicht liegt es daran.«

Doch als wir zu unserem Lieblingsladen kommen und ich meine gewohntes Sandwich mit Thunfisch und Gurke in den Händen halten, wird mir wieder schlecht, und ich stürze hinaus auf die Straße. Nachdem ich mich übergeben habe, geht es mir etwas besser.

»Ich bin nicht krank«, sage ich zu Rick.

Er mustert mich mit schräg gelegtem Kopf und beißt dabei in sein Schinken-Käse-Brötchen.

»Also, du bist ein bisschen grün im Gesicht. Und nimm's mir nicht übel, aber mir scheint, du hast etwas zugenommen. Sonst warst du immer so dünn.«

»Ja, hat Jake auch schon gesagt. Er meint, er mag üppige Frauen.«

Alle Anzeichen sind da, wirbeln um uns herum, aber wir brauchen trotzdem eine Weile, um sie zu der richtigen Schlussfolgerung zusammenzusetzen.

»Ich bin erschöpft, das ist alles. Wir arbeiten beide wie die Verrückten.«

Rick sieht mich skeptisch an.

»Was ist?«

»Alice, Liebste, ist es möglich, dass du schwanger bist?«

»Ich nehme die Pille, wie kann ich da schwanger sein?«

»Süße, ich bin schwul, woher soll ich das wissen? Aber komm mit, wir finden es heraus.«

Rick, der schon ein paar harmlose Geschlechtskrankheiten hinter sich hat, ist ein bekanntes Gesicht in der Marie Stopes Clinic an der Tottenham Court Road. »O nein, Richard, nicht du schon wieder«, sagt die Arzthelferin am Empfang, lächelt aber dabei.

»Diesmal«, sagt er mit leiser, verschwörerischer Stimme, »geht es um meine Freundin. Sie hat ein etwas, äh, anderes Problem.«

Wir müssen eine Stunde auf das Ergebnis warten, und statt zurück zum College zu gehen, setzen Rick und ich uns in einen Pub, jeder mit einem kleinen Bier vor sich, nur dass ich meins nicht anrühre.

»Ich bin schwanger«, sage ich. »Ich weiß es.«

Da ist diese neue Wölbung meines Bauchs, die volleren Brüste, die manchmal schmerzen, das Ausbleiben der Periode, das schon Signal genug hätte sein sollen. Wenn ich nicht so von meiner Arbeit in Anspruch genommen wäre, hätte ich eher darauf geachtet.

»Ist aber kein großes Drama heutzutage«, sagt Rick.

Er beäugt mich, versucht, meine Reaktion zu deuten, um nicht das Falsche zu sagen. Keiner von uns beiden nimmt das Wort Abtreibung in den Mund, erst die Schwester in der Klinik spricht die Möglichkeit an, als sie mir die Schwangerschaft bestätigt, während Rick dabeisitzt wie ein nervöser Ehemann.

»Neun Wochen würde ich sagen, vielleicht auch zehn. Kommt das hin?«

»Nichts kommt hin, ich nehme die Pille.«

Sie hatte schon mit mir darüber gesprochen, dass die Pille nur zu neunundneunzig Prozent wirksam ist und es empfohlen wird, zusätzlich Kondome zu benutzen, was aber niemand macht. Außerdem muss ich mir eingestehen, dass ich nicht sehr gewissenhaft darauf geachtet habe, jeden Tag eine zu nehmen. Ich bin ein Dummkopf. Ich bin selbst daran schuld.

»Es wäre noch Zeit für einen Abbruch«, sagt sie. »Dazu müssten wir aber einen Termin vereinbaren. Kommen Sie morgen wieder, falls Sie sich dazu entschließen, dann können wir die Formulare ausfüllen.«

Rick führt mich aus der Klinik, einen Arm um mich gelegt.

»Soll ich mit zu dir nach Hause kommen?«

»Nein. Du warst großartig, danke. Ich muss es Jake allein sagen.«

»Er liebt dich, Al. Es wird alles gut, egal wie du dich entscheidest.«

Das neue Album der Disciples ist endlich fertig, und zur Feier des Tages brät Jake ein Hähnchen und hat eine Flasche Cava in einen improvisierten Eiseimer gelegt, Betonung auf Eimer, den er bis zum Rand mit Wasser und Eiswürfeln gefüllt hat.

Er wickelt die Alukappe ab und lässt den Korken knallen, ich sehe zu, wie der Sekt über den Rand unserer Gläser sprudelt. Jake nimmt seines, und wir stoßen an.

»Auf uns. Auf *Apparition*. Auf deine erste Ausstellung.«

Er ist fiebrig glücklich heute. Es hat etwas Manisches, wie er redet und redet und in unserer kleinen Wohnung umhergeht. Und während ich ihm zuhöre, denke ich: Wie soll ich es ihm je sagen?

Nach Meinung seiner Plattenfirma, Island Records, hat Brian Eno ein schon vorher tolles Album in einen »Kracher« verwandelt.

»Sie glauben, dass es ein Riesenerfolg wird«, sagt Jake. »Das haben sie wortwörtlich gesagt, und normalerweise wagen sie keine Prognosen. Deshalb drängt Island jetzt auf eine frühere Veröffentlichung. Sie wollen, dass ›Cassiopeia‹ Anfang Februar auf die Playlist von Radio 1 kommt. Könnte sein, dass wir die Präsentation früher machen müssen, falls du das schaffst.«

Ich folge ihm in die Küche, wo ich mich an die Arbeitsplatte lehne und zusehe, wie er das Hähnchen aus dem Ofen zieht und bestreicht, mein Kopf voll von den Dingen, die ich nicht sagen kann.

»Du bist so still«, bemerkt er, als er den Vogel wieder in den Ofen schiebt. »Nur müde«, sage ich, obwohl es in mir schreit: Schwanger. Abtreibung. Abtreibung. Baby.

Jake geht ins Wohnzimmer und sieht wie jeden Abend seine Plattensammlung durch, hockt sich vor eine der Kisten, zieht eine LP heraus, überlegt, steckt sie wieder rein. Das gehört zur täglichen Routine, es kann fünf Minuten oder länger dauern, bis er sich entscheidet. In Italien haben Tom und Eddie ihn »Vibes-Master« getauft, aber manchmal brauchte er so lange, dass wir alle drei schrien: »Leg einfach irgendwas auf!« Für Jake jedoch muss es immer genau das Passende sein. Als er jetzt Leonard Cohens *Songs from a Room* auswählt und den ersten Titel, »Bird on the Wire« spielt, eine Freiheitshymne, die wir beide lieben, breche ich unvermittelt in Tränen aus. In unserer Beziehung dreht sich so vieles um Freiheit und Befreiung, um Selbstfindung und Selbstverwirklichung, und jetzt ist da dieses winzige Klümpchen Mensch, das alles verändern könnte. Und verrückterweise wünsche ich mir das sogar irgendwie.

Jake ertappt mich, wie ich mir die Tränen wegwische, und ist sofort bei mir, kniet sich vor mich hin, nimmt meine Hände.

»Ist es der Druck wegen der Ausstellung? Wenn es dir zu viel wird, können wir mit der Veröffentlichung bestimmt noch warten. Manchmal vergesse ich, wie jung du noch bist, Alice. Es tut mir leid.«

»Das ist es nicht. Ich freue mich auf die Ausstellung.«

»Was dann? Sag's mir.«

»Ich kann nicht.«

»Alice, was es auch ist, du musst es mir sagen.«

Sag es einfach klar und direkt, so wie sie es in der Klinik gemacht haben.

»Okay. Ich bin schwanger. Zehnte Woche. Fast drei Monate.«

Die Bombe ist geplatzt.

»Schwanger?«

»Ja.«

»Wie das denn?«

»Ich weiß es nicht. Manchmal vergesse ich es, die Pille zu nehmen. Es ist meine Schuld, es tut mir leid.«

»Es tut dir leid?«

Ich stehe noch zu sehr unter Schock, um zu begreifen, weshalb er auf einmal so strahlt.

»Warum um alles in der Welt sollte dir das leidtun?«

Er grinst bis über beide Ohren und küsst meine Hände, und nun lächele ich auch, nein, ich lache laut.

»Du freust dich darüber?«

»Und wie. Das ist fantastisch. Wunderbar. Großartig. Du bekommst ein Baby. *Wir* bekommen ein Baby. Alice Garland, das ist die beste Neuigkeit, die ich je gehört habe.«

HEUTE

Luke

*Adoptierte und ihre leiblichen Eltern sind grundsätzlich zunächst einmal Fremde füreinander.
Wie soll man jemanden verstehen, wie soll man seine oder ihre Handlungen begreifen, wenn man die verschiedenen Aspekte, den sozialen Hintergrund und die verhaltensbezogenen Komplexitäten nicht kennt, die eine Persönlichkeit geformt haben?*

Joel Harris, *Wer bin ich? Das verborgene Trauma adoptierter Kinder*

Samstags lässt Hannah mich immer ausschlafen. Sonntags ist sie dran, auch wenn sie es selten in Anspruch nimmt.

»Ich will nicht noch mehr Zeit mit Samuel verpassen«, sagt sie dann und erscheint unten in der Küche, während wir beide noch dabei sind, unser Frühstück zu verputzen: Milch und Babybrei für ihn, Toast mit Marmite für mich.

An diesem Samstag schlafe ich lange, erschöpft sowohl vom Stress im Job – werden sie mein Plattenlabel dichtmachen oder nicht? – als auch von der anhaltenden Enttäuschung wegen Alice.

Meine Liebste und mein Sohn sitzen draußen auf unserer kleinen Terrasse, Samuel auf Hannahs Schoß.

Er lacht, sobald er mich sieht, und Hannah sagt: »Ja, er ist schon komisch, dein Daddy, nicht? Ist dir klar, dass du fast zwölf Stunden geschlafen hast? Du musst fix und fertig gewesen sein.«

Sie steht auf und gibt mir Samuel.

»Ich wollte jetzt Sandwiches mit gebratenem Speck machen, dann können wir in den Park gehen.«

»Klingt gut, ich bin am Verhungern.«

Erst als sie drinnen ist, bemerke ich die lange Reihe von Schlafstramplern an der ausziehbaren Wäscheleine, alle weiß, die Farbe, in der Hannah Samuel am liebsten sieht. Acht an Klammern hängende Strampler, die in der Mittagssonne trocknen, und am Ende ein Teddybär. Mit einem merkwürdigen engen Gefühl in der Brust nehme ich ihn ab, diesen nassen Plüschbär, der jetzt nicht mehr nach Alice' Parfüm und früher riecht, sondern nach Persil.

Ich gehe in die Küche zu Hannah, Samuel unter den einen Arm geklemmt, den Teddy unter den anderen.

»Du hast den Teddybären gewaschen.«

Sie dreht sich lächelnd vom Herd um, wo sie den Speck brät.

»Ja, und ihm die Augen abgeschnitten. Die können tödlich sein, diese Glasdinger. Ich werde ihm ein paar neue aufsticken.«

»Du hast ihm die Augen abgeschnitten?«

Ich lege Samuel so vorsichtig ich kann auf seinem

Schaffell ab. Und dann stehe ich da mitten im Raum, den feuchten Bären an meine Brust gepresst, während die Jahre von mir abfallen. Dieser Teddy hat einmal mir gehört. Dieser alte, verunstaltete Teddy hat mir gehört, damals, als ich noch zu Alice gehört habe. Damals, als Alice sich um mich gekümmert hat, wie sie sich jetzt um Samuel kümmert.

Ich bekomme keine Luft mehr und spüre einen stechenden, unablässigen Schmerz in der Brust. Ich gehe in die Knie, die Arme um mich gelegt.

»Luke?«, sagt Hannah, aber sie hört sich fern an, als wäre ich unter Wasser.

Ihre Stimme wird schrill, angstvoll.

»Was ist los? Was hast du?«

Der Druck in meiner Brust ist so groß, dass ich das Gefühl habe, meine Lunge könnte platzen. Eine Panikattacke. Die hatte ich früher schon manchmal, aber jetzt seit Jahren nicht mehr. Nicht, seit ich Hannah kenne.

Einatmen, Luft anhalten und bis vier zählen, ausatmen. Eins, zwei, drei, vier. Ich weiß, was zu tun ist.

»Ich glaube, der Teddy hat mal mir gehört«, sage ich, als es besser ist, und stehe auf, erstaunt über meine nassen Wangen. Ich hatte gar nicht gemerkt, dass ich weine.

Hannah nimmt mir den Teddy ab und streichelt über sein nasses, verfilztes Fell, eine Geste von unerträglicher Zärtlichkeit.

»Es geht um Alice, nicht wahr?«

»Ich pack das nicht, ich komme einfach nicht an sie ran, Hannah. Ich habe sie in all den Wochen kein

Stück näher kennengelernt. Du scheinst dich besser mit ihr zu verstehen als ich.«

»Das liegt daran, dass wir Frauen sind, wir haben einen anderen Draht zueinander. Und natürlich das Ding mit der Kunst, aber das ist alles.«

»Nein, da ist noch was anderes. Es gibt da eine unüberwindliche Distanz zwischen mir und Alice, ich spüre das. Ich habe den Eindruck, dass sie sich nur für Samuel interessiert, vielleicht noch ein bisschen für dich.«

»Ach, Schatz.« Hannah drückt meine Hand so fest, dass es wehtut. »Das ist unheimlich schwer für dich, ich weiß. Aber Samuel ist ein Baby, um das man sich viel kümmern muss. Und Alice macht das toll, aber das heißt nicht, dass ihr mehr an ihm liegt als an dir.«

»Du hast recht«, sage ich und denke: Du hast immer recht. Warum kann für mich nicht alles so klar und einfach sein?

»Was war das denn eben? Eine Panikattacke?«

»Ja, ich glaube. Ich hatte sie früher schon ab und zu mal, als ich im Job angefangen habe. Ist vor allem der Stress.«

»Wegen Spirit? Und Reborn?«

»Eher wegen der ganzen Geschichte mit Alice. Aber zum Teil auch beruflich, ja. Ich mache mir Sorgen, dass Michael mir Spirit wegnehmen könnte.«

»Mein Bauchgefühl sagt mir, dass das nicht passieren wird«, sagt Hannah. »Und ich will nicht, dass du dir deswegen das Wochenende verdirbst. Komm, wir genießen jetzt unser Zusammensein, nur wir drei, ja?«

»Willkommen in Nappy Valley«, sagte die Immobilienmaklerin, nachdem wir den Kaufvertrag für das Haus unterschrieben hatten, worauf ich ihn am liebsten auf der Stelle zerrissen hätte. Aber sie hatte gar nicht so unrecht. Wir passen perfekt in die Umgebung, meine Minifamilie und ich, als wir zu dem neuen, aufgemotzten Spielplatz im Park kommen, empfangen von fröhlichem Gekreische.

Samstagnachmittags sind die Wochenendväter hier stark vertreten, besonders die lauten von der Sorte »Hoppla, hier komm ich« in ihren Freizeitshirts. Irgendein Posten im Bankenviertel vermutlich und unfähig, sich einzufügen; angetrieben von Wettbewerbsdenken und Selbstüberzeugung, tönen sie herum, als wollten sie den ganzen Spielplatz coachen.

»Sehr gut, Pandora, jetzt versuch mal, zur nächsten Stange zu kommen. Ich weiß, du kannst das.«

Die fünfjährige Pandora wird über das Klettergerüst gejagt, Scheitern ist keine Option. Sie wird es ganz nach oben schaffen, und wenn man sie hinaufzerren muss, es sei denn, sie ist wie ich, ein schwarzes Schaf, eine Niete am Klettergerüst und allem, was danach noch kommt.

Doch wir haben heute Nachmittag selbst eine Mission. Samuel hat gerade sitzen gelernt, und Hannah will es mit ihm auf der Babyschaukel versuchen. Alle vier Schaukeln sind besetzt, ein Babytrio und ein wohlgenährter Dreijähriger, den böse anzustarren ich mir gerade noch verkneife. *Raus mit dir da, Kleiner.*

Während wir warten, schauen wir uns um, immer noch neu genug in diesem Umfeld, um von den Wechselwirkungen auf einem Spielplatz fasziniert zu sein. Eine Mutter zählt immer bis zehn, während sie ihr Kind schaukelt, und kurz darauf fängt die Mutter neben ihr ebenfalls an zu zählen, hineingesogen in die Welt der Tigermütter, ohne es überhaupt zu merken.

Als endlich eine Schaukel frei wird, setzen wir Samuel hinein und legen seine Hände um die vordere Stange. Er verzieht das Gesicht. Was? Wie jetzt? Wir schubsen ihn sachte an, man kann es kaum Schwung nennen, aber er guckt weiter indigniert, als sei das Ganze unter seiner Würde. Hannah schubst ein bisschen fester. »Guck mal, das macht Spaß«, sagt sie, und ich frage mich, ob er wie sein Vater bald alles glauben wird, was aus dem schönen Mund dieser Frau kommt. Wenn sie sagt, dass das Spaß macht, dann muss es so sein. Seine dunkelbraunen Augen werden groß, als es hinaufgeht, ein ängstliches Stirnrunzeln beim Zurückschwingen, das Auf und Ab des Lebens für ein sechs Monate altes Kind. Dann kapiert er es plötzlich und gibt sein aus dem Bauch kommendes Lachen von sich. Die Frau neben uns, die unwissentliche Tigermutter, lacht mit.

»Ist es nicht toll, wenn sie zu lachen anfangen?«, sagt sie.

Sie ist eine hübsche Blonde und trägt ein weißes, luftiges Oberteil zu Jeans und New-Balance-Trainers, eine typische Clapham-Mami, vielleicht ein paar Jahre älter als wir. Hannah und sie fangen ein Gespräch an, und es stellt sich heraus, dass unsere Kinder nur zwei Monate auseinander sind und Sarah eine Straße weiter wohnt. Ich merke, wie Hannah ihr Radar ausfährt.

Seit sie wieder arbeitet, hat sie ständig Angst, etwas zu verpassen. An ihren freien Tagen fährt sie Samuel rüber zu Starbucks und sitzt dort mit ihrem einsamen Latte neben einer Gruppe vertraut miteinander lachender Vollzeitmütter und wünscht, sie könnte dazugehören. Doch sie leben in einer anderen Welt mit ihren täglichen Treffen in der Bücherei, im Park und bei der musikalischen Früherziehung. Die Tür ist zu, Hannah eine Außenseiterin, die sehnsüchtig hineinlugt.

»Du kannst leider nicht beides haben«, sagte Christina, als Hannah erwähnte, dass sie sich noch mit keiner der jungen Mütter in der Nachbarschaft angefreundet hätte. Wobei ich dachte: Warum eigentlich nicht?

Während Hannah und Sarah sich unterhalten, übernehme ich das Schaukeln und werde bei jedem Schubs mit Samuels Gelächter belohnt. Ich schaukele ihn höher, ohne es zu übertreiben, aber dieser Junge ist ein Draufgänger, und je fester ich schubse, desto lauter juchzt er.

»Er ist ein Abenteurer«, sage ich, um mich wieder ins Gespräch einzuklinken, worauf Hannah meint: »Tja, von wem er das wohl hat.«

»Ich habe euren Kleinen schon in der Bibliothek gesehen«, sagt Sarah. »Aber mit einer älteren Frau. Sie ist mir gleich aufgefallen, groß und glamourös, nicht zu übersehen. Ist das eure Tagesmutter? Sie geht wirklich toll mit ihm um, zuerst dachte ich sogar, er wäre ihr Kind, man sieht hier ja öfter auch ältere Mütter.«

»Das ist Alice«, sage ich mit dem merkwürdigen Gefühlsmix, der diese Antwort immer begleitet.

»Also, da habt ihr echt Glück. Sie hatte ihn auf dem Schoß und hat ihm Bilderbücher gezeigt, und er war total happy. Es war faszinierend. Sein Lachen gerade hat mich daran erinnert. Wo habt ihr sie gefunden?«

Die Sekunden, bevor ich reagiere, kommen mir wie eine Ewigkeit vor, aber Sarah scheint nichts aufzufallen.

»Sie ist eine Freundin von uns«, sage ich, und Hannah springt mir bei, indem sie fragt: »Hättest du Lust, dich mal auf einen Kaffee zu treffen an einem meiner freien Tage?«

»Sehr gern«, sagt Sarah und zieht ihr Handy aus der Tasche, damit sie Nummern austauschen können.

Nachdem sie sich verabredet haben, hebt Hannah Samuel aus der Schaukel, und wir verabschieden uns.

»Dann bis nächste Woche.«

»Tschüss, Hannah. Tschüss, Luke. Tschüss, CHARLIE«, sagt Sarah schelmisch. »Seht ihr, ich weiß seinen Namen, ohne dass ihr ihn mir gesagt habt.«

»Oh, er heißt eigentlich Samuel«, korrigiert Hannah gelassen, als würde dieser kleine Irrtum nichts bedeuten, als wäre es nicht der erste handfeste Beweis für das, was ich schon die ganze Zeit argwöhne.

DAMALS

Alice

Die Schwangerschaft ist für Jake und mich eine überaus romantische Zeit. Mein zweites Trimester, in dem es mir ausgesprochen gut geht, fällt mit einer Periode ständiger Stromausfälle zusammen, sodass wir häufig bei Kerzenlicht zusammensitzen. Jake lässt immer dreißig oder vierzig Kerzen im Wohnzimmer brennen, in Korbflaschen gesteckt oder in die eingedellten Kerzenhalter, die er auf dem Markt in der Golborne Road kauft. Inzwischen baden wir auch bei Kerzenlicht, wenn es genug heißes Wasser gibt, und wenn nicht, gehen wir früh ins Bett und er liest mir vor, Buch in der einen Hand, Kerze in der anderen, dicht ans Gesicht gehalten wie eine Figur aus Dickens.

Manchmal liest er Lyrik, nicht Blake oder Keats oder Coleridge, sondern Texte von Bob Dylan, Joni Mitchell, James Taylor, James Brown. Einen Songtext von Dylan, »The Man in Me«, liest er öfter als alle anderen in diesen Nächten. Gesungen ist er berührend und einsichtsvoll, die Geschichte einer Frau, die begreift, was in ihrem Liebsten vorgeht, obwohl er es zu verbergen versucht. Flach auf dem Papier wirkt der Text überraschend schnulzig, aber die Botschaft geht nicht an mir vorbei.

An den meisten Abenden bleiben wir zu Hause, arbeiten oder liegen auf dem Sofa und hören Musik. Ich gewöhne mich rasch an diese neue Häuslichkeit, die ein Gefühl von Erwachsensein mit sich bringt. Vom College nach Hause zu kommen, wo es schon nach dem Abendessen duftet, das Jake für uns zubereitet: eine seit Stunden köchelnde Bolognesesoße, eine Lasagne, die es mit der köstlichen in Siena aufnehmen kann, die Bouillabaisse, für die er extra nach Billingsgate gefahren ist. Er sorgt dafür, dass eine Schale immer mit Äpfeln und Orangen gefüllt ist, und ermuntert mich, so viel Obst zu essen wie möglich. Er kauft ein Babybuch, in dem jedes Stadium des ersten Lebensjahrs genau beschrieben wird, und zitiert daraus, während ich ein ausgiebiges Bad nehme und heißes Wasser nachlaufen lasse, solange es geht.

»Mit etwa zwölf Wochen wird er anfangen zu lachen.« Oder: »Wenn er sieben Monate alt ist, krabbelt er schon und versucht, sich an Möbelstücken hochzuziehen.«

Jake hat keinen Zweifel daran, dass wir einen Sohn bekommen. Ich hoffe, dass er nicht enttäuscht ist, wenn es ein Mädchen wird.

Als es auf Weihnachten zugeht, bin ich zunehmend gekränkt, dass meine Mutter sich noch nicht gemeldet hat. Meine Eltern wissen nicht, dass ich schwanger bin, und ich kann mich nicht überwinden, es ihnen zu sagen. Mein Vater wird toben, und ich will nicht, dass unser Glück durch irgendetwas getrübt wird. Also schicke ich ihnen nur eine selbst gemalte Weihnachtskarte, ein etwas kitschiges Winterbild, von dem ich denke, dass sie es mögen. Darauf schreibe ich den unverfänglichsten Gruß, der mir einfällt.

Liebe Mum, lieber Dad, ich wünsche Euch frohe Weihnachten. Alles Liebe, Alice

Doch es kommt keine Antwort. Sie haben meine Adresse, ich musste sie ihnen geben, damit meine Post nachgesendet werden kann. Es wäre ein Leichtes für meine Mutter gewesen, mir ebenfalls eine Karte zu schicken, aber sie steht unter der Fuchtel meines Vaters, so war es immer und wird es immer sein. Und mein Vater nimmt nie etwas zurück. Er hat mich gezwungen, mich zwischen Jake und ihnen zu entscheiden, und die meiste Zeit bin ich froh darüber.

Jake legt sich voll ins Zeug bei den Weihnachtsvorbereitungen. Wir kaufen einen Baum, den er allein nach Hause schleppt, wobei die Spitze auf dem Gehweg schleift. Er will nicht, dass ich irgendetwas trage, »wegen des Babys«, obwohl wir beide genug Ratgeber gelesen haben, um zu wissen, dass ich eigentlich ganz normal leben und mich bewegen kann. Auf dem Markt in der Berwick Street finden wir eine bunte Lichterkette und Kugeln und Lametta und behängen den Baum damit, bis fast keine Zweige mehr zu sehen sind.

»Ein Disco-Baum!«, ruft Jake, als wir die Lichterkette zum ersten Mal anmachen und feststellen, dass sie blinkt. »Sehr modern, sehr zeitgemäß.«

Ich gebe mir viel Mühe mit seinen Geschenken zu unserem ersten gemeinsamen Weihnachten. Im Platten- und Kassettentauschladen entdecke ich eine Single von Jimi Hendrix, eine Originalpressung von »The Wind Cries Mary« von 1967, mit »Highway Chile« auf der B-Seite. Sie war teuer, womit ich gerechnet hatte, denn nach Jimis Tod haben sich die Preise für seine Platten vervierfacht. Doch das ist es wert, allein schon um Jakes Gesicht zu sehen, wenn er sie auspackt.

In einer Mittagspause nehme ich Rick mit ins Kaufhaus Liberty, ein altmodisches Weihnachtsparadies mit wunderschön geschmückten Bäumen auf jeder Ebene, alle in Silber und Weiß gehalten, das genaue Gegenteil von unserem Disco-Exemplar zum Sparpreis.

»Also, woran hast du gedacht? Schmuck? Schal? Hemd? Uhr?«, fragt Rick.

»Das hat er alles. Ich würde ihm gern etwas schenken, das er jeden Tag tragen kann und das ihn an mich erinnert, wenn er auf Tour ist.«

»Wie wär's dann mit einem Aftershave?«

Die Verkäuferin am Parfümstand mustert uns zuerst etwas abschätzig. Rick und ich tragen unsere mit Farbe bekleckersten Kunststudentenklamotten – er eine zitronengelbe Latzhose, ich Jeans unter einer Schaffelljacke –, und sie denkt natürlich, dass wir kein Geld haben. Aber ich bin extra sparsam mit meinem Stipendium umgegangen, um für meinen Liebsten keine Kosten scheuen zu müssen.

Als ich nach einem Fläschchen Eau Sauvage für sieben Pfund greife, zeigt die Frau mehr Interesse. Rick tupft sich etwas davon auf den Puls und hält ihn mir zum Schnuppern hin.

»Verdammt lecker, oder? Ich wünschte, jemand würde mir das schenken. Vielleicht könntest du Tom einen kleinen Tipp geben.«

»Ja, aber es passt nicht zu Jake. Es ist zu sehr ... Anzug und Krawatte.«

Die Verkäuferin grinst.

»Wie ist er denn, Ihr Freund?«

Ich verheddere mich ein bisschen bei meiner Beschreibung.

»Äh, er ist groß und schlank, hat lange dunkle Haare und ein Renaissancegesicht, ein bisschen engelhaft, wie auf einem Botticelli-Gemälde.«

Rick kichert, aber die Frau verzieht keine Miene.

»Er ist Musiker, Sänger und Songwriter. Ein Künstlertyp. Er trägt Hemden mit weiten Ärmeln und Samtanzüge und jede Menge Schals und Schmuck.«

»Vielleicht gefällt ihm dann ein Unisexduft?«

»Aber nichts zu Feminines.«

»Aber ehrlich gesagt auch nichts zu Maskulines«, fügt Rick hinzu, und diesmal stimmt die Verkäuferin in unser Lachen mit ein.

»Wie wäre es mit etwas Italienischem?«, schlägt sie vor, worauf Rick und ich einstimmig »Perfekt!« rufen.

»Er ist verrückt nach Italien. Wir beide. Wir haben den Sommer in der Nähe von Florenz verbracht.«

Sie zeigt uns einen schönen türkisfarbenen Flakon mit kobaltblauem Deckel.

»Das ist Acqua di Parma, ein Eau de Cologne. Sehr in Mode gerade in Italien, es wird sowohl von Frauen als auch Männern getragen.«

Rick und ich atmen es tief ein.

»Wunderbar, riecht nach Farnkräutern«, sagt Rick, »und Zitrone und Zeder.«

»Das ist genau das Richtige für ihn«, sage ich und öffne mein Portemonnaie.

Am Weihnachtsmorgen wachen wir spät auf (kein Kirchgang, noch so ein Luxus), und Jake besteht darauf, mir Frühstück ans Bett zu bringen. Cappuccino in Styroporbechern und dicke Stücke Panettone von der Bar Italia, die jeden Tag geöffnet hat.

»Von Luigi spendiert, mit lieben Grüßen«, sagt er und schlüpft wieder zu mir unter die Decke.

Er rutscht ein Stück herunter, um meinen Bauch zu küssen.

»Frohe Weihnachten, Baby«, sagt er.

Er zählt die Monate an den Fingern ab.

»Nächste Weihnachten bist du schon ein halbes Jahr alt, stell dir vor. Möchte wissen, ob wir dann noch hier wohnen.«

»Aber wir ziehen nie aus Soho weg, oder?«

»Nie, das kann ich dir versprechen. Es sei denn, wir wandern nach Italien aus.«

Es ist ein wunderbarer Tag, nur wir beide, Zeit für uns. Während etwas im Ofen brutzelt, hören wir klassische Musik, zuerst das Violinkonzert von Brahms, dann Vivaldis Gloria. Ich muss kurz an meinen Vater denken, wie immer bei Chören und allem Kirchenmusikartigen, schiebe aber das Bild von meinen Eltern, wie sie allein vor ihrem Truthahn sitzen, schnell beiseite. Mein Vater, der eine teure Flasche Wein in Beschlag genommen hat, meine Mutter, die sich duckt, während er sich ein drittes, viertes, fünftes Glas einschenkt und das Schreckgespenst eines Tobsuchtsanfalls seinen Kopf hebt.

»Wie war Weihnachten bei dir früher als Kind?«, frage ich Jake ohne nachzudenken, woraufhin er sehr still wird.

»Das hing davon ab, wo ich war«, sagt er schließlich. »Manchmal habe ich mit meiner Mum allein gefeiert, das war in Ordnung. Aber meistens waren wir bei meinen Großeltern auf der Farm, und oft hat meine Mutter mich dort zurückgelassen. Sie flog gern in die Sonne über Weihnachten, wenn sie es sich leisten konnte, nach Spanien, Marokko oder auf die Kanarischen Inseln.«

Seine Atmung verändert sich, und auch mein Herzschlag wird schneller. Ich nehme seine Hand.

»Ich werde nie von dir verlangen, über Dinge zu sprechen, über die du nicht sprechen willst.«

»Das weiß ich.«

»Aber manchmal denke ich, dass es dir helfen würde, die Gespenster der Vergangenheit zu vertreiben. Und ich würde dir zuhören. Ich liebe dich. Ich will, dass es dir gut geht.«

»Okay«, sagt er, steht auf und geht zu unserem Baum mit seinen blinkenden Lichtern und den Kugeln in den Farben von Quality-Street-Konfekt. Er zieht ein flaches, rechteckiges Päckchen, das in glänzendes rotes Papier eingepackt ist, darunter hervor.

Ich lese, was auf dem Anhänger steht: *Für dich, Alice, in Liebe*.

Es ist ein gerahmtes Foto, ein direkter Schuss ins

Herz. Ein Schulfoto von Jake mit neun oder zehn Jahren, ein hübscher Junge mit kurzen Haaren und ernsten Augen. Er trägt einen grauen V-Pulli, ein weißes Hemd darunter und eine rot-grau gestreifte Krawatte, und was mir am meisten auffällt an dieser gewöhnlichen, schlechten Standardaufnahme, ist seine Weigerung zu lächeln.

»Das habe ich neulich gefunden und dachte, es würde dir gefallen. Weil ich weiß, dass du neugierig auf meine Kindheit bist.« Er küsst mich.

»Es gefällt mir sehr. Du bist so hübsch«, sage ich, das Foto betrachtend. »Aber du siehst nicht sehr glücklich aus.«

»Na ja, das war ich auch nicht.«

Er steht wieder vom Sofa auf und geht in unserem kleinen Wohnzimmer herum. Ich höre, wie seine Atemzüge tiefer und länger werden, und das Herz zieht sich mir zusammen vor Mitgefühl.

»Mein Großvater stand darauf, mich zu bestrafen. Ich denke, man kann ohne Übertreibung sagen, dass er ein Sadist war. Er hat mich regelmäßig geschlagen, hat mir mehrmals die Rippen gebrochen, und mich mitten im Winter aus dem Haus ausgesperrt. Ich habe im Auto geschlafen beziehungsweise nicht geschlafen. Das Schlimmste aber, was mich wirklich fertiggemacht hat, war, wie er über mich redete. Als wäre ich der letzte Dreck, die niedrigste Lebensform, verdorben, sündig, all so was. Ich war ein Kind, ich konnte nicht anders, als ihm zu glauben. Manchmal höre ich ihn immer noch. Manchmal ist seine Stimme die einzige, die ich höre.«

Erschüttert gehe ich zu ihm hin.

»Ist das der Grund, weshalb du …?«

»Ja. Er hat mir das Gefühl gegeben, ein Niemand zu sein. Dass mein Leben es nicht wert ist, gelebt zu werden. Und manchmal fällt es schwer, dieses Gefühl abzuschütteln.«

»Oh, Jake, das ist unerträglich …«

Ich nehme ihn in die Arme, schmiege mich an ihn. Es ist furchtbar, wie sachlich er klingt, als würde er diesen Herabsetzungen immer noch Glauben schenken. Seit Langem versuche ich, seine Dämonen zu verstehen, habe naiverweise gedacht, ich könnte ihm helfen, sie zu vertreiben. Doch jetzt erkenne ich langsam, wie tief verwurzelt seine Selbstverachtung ist, und bin nicht mehr sicher, ob das Kind und ich genügen werden, damit er sie überwindet.

»Bitte weine nicht. Ich hasse es, wenn du traurig bist. Können wir jetzt von etwas anderem reden?«

»Warum hat deine Mutter dir nicht geholfen?«

»Ich glaube, sie hatte selbst Angst vor ihrem Vater, sie muss gewusst haben, wie brutal er sein konnte. Aber vor allem war sie so auf Freiheit aus, dass sie sich kaum um etwas anderes scherte. Und dann lernte sie einen neuen Mann kennen und wollte mit ihm neu anfangen. Was darauf hinauslief, mich abzuschieben. Ich wünschte, sie hätte mich einfach von fremden Leuten adoptieren lassen. Wie oft habe ich davon geträumt, von einem netten älteren Paar, das eines Tages kommen und mich mitnehmen würde. Ich stellte mir ihr Haus vor, ein altes Farmhaus mit einem großen Garten und vielen Tieren, Ponys und Hunden und Katzen.«

»Meinst du wirklich, es wäre besser für dich gewesen, adoptiert zu werden?«

»Auf jeden Fall. Ich musste ganz allein die besinnungslose Wut meines Großvaters ertragen, und das jahrelang, fast meine gesamte Kindheit hindurch. Aber du weißt ja, wie das ist. Einzelkind, keine Geschwister, auf die sich das alles verteilt.«

»Manchmal hasse ich meine Mutter mehr als meinen Vater, weil sie ihm nie entgegengetreten ist. Mich nie beschützt hat.«

»Das haben wir gemeinsam, du und ich. Das hat uns unter anderem zusammengebracht.«

Als Jake in die Küche geht, um nach der Pute und den Röstkartoffeln zu sehen, setze ich mich wieder aufs Sofa und halte das gerahmte Foto auf meinen Knien. Es löst eine Art Schwindelgefühl in mir aus, dieses Bild, nicht nur als Zeugnis seiner Vergangenheit, die er bisher hermetisch in sich verschlossen hatte. Während ich unverwandt auf den zehnjährigen Jake starre, habe ich auch das Gefühl, in die Zukunft zu blicken und auf bizarre Weise in der Zeit vorwärtszureisen, um unserem ungeborenen Kind zu begegnen.

HEUTE

Luke

Als Alice den Teddybär sieht, hat sie einen kleinen Nervenzusammenbruch. Ich stehe mit Samuel auf dem Arm am Wohnzimmerfenster und warte auf ihre Ankunft. Samuel hält den Teddy im Arm, Gesicht nach vorn, sodass die hässlichen neuen Augen sofort auffallen. Hannah hat zwar ihr Bestes getan, aber letztlich ist es billige plastische Chirurgie. Der Bär mit den freundlichen bernsteinfarbenen Glasaugen hat jetzt ein ausdrucksloses, kaltes Kreuzstich-Starren.

Sobald ich Alice klopfen höre, gehe ich mit Samuel zur Tür, so machen wir es jeden Morgen. Sie zieht ihre Grimassen, er lacht und streckt die Arme nach ihr aus, und ich eile los zu meinem vollgepackten Arbeitstag. Diesmal aber fällt ihr Blick sofort auf den Teddy, und sie schreit entsetzt auf.

»Was habt ihr gemacht?«

Samuel strahlt und jauchzt, dass es eine wahre Freude ist, aber Alice beachtet ihn nicht.

»Das hier, meinst du?« Ich gebe mich gleichmütig. »Hannah hat etwas gegen Glasaugen, sie denkt, da besteht Erstickungsgefahr.«

Doch meine Antwort kommt heraus wie Sägemehl, trocken und leblos.

»Der Teddy hat mal dir gehört, Luke. Er bedeutet mir sehr viel. Vielleicht war es ein Fehler ihn ... Samuel zu schenken.«

Dieses kurze Zögern macht das Maß voll.

»Trinken wir erst mal einen Kaffee zusammen, Alice. Ich denke, wir sollten miteinander reden.«

In der Küche setze ich Samuel auf dem Boden ab, wonach er gleich mit seinen anstrengenden neuen Krabbelversuchen beginnt: flach aufs Gesicht, halbe Liegestütze, Brust raus, flach aufs Gesicht. Alice breitet einen Läufer auf dem Boden aus und hebt ihn auf den weichen, wollenen Untergrund.

»Der Boden ist zu rutschig, mein Vögelchen«, sagt sie.

Das Wasser im Kessel kommt zum Kochen, donnernd laut in meinen Ohren, die ich spitze, um ihren Tonfall aufzufangen. Wie schnell der Teddy zu einem Symbol für nicht wiedergutzumachendes Unrecht geworden ist. Dass Alice mich weggegeben hat, dass ich von ihr fortgerissen wurde, ist ein Kreisdiagramm ohne Überschneidungen, zwei Bereiche, die sich nicht vermischen, genau wie die verschiedenen Welten, in denen wir gelebt haben. Getrennt, das ist der Ausdruck, den man für Adoptierte verwenden sollte. Ein getrenntes Kind. Eine getrennte Mutter.

Ich trage die Presskanne voll Kaffee und zwei Becher zum Tisch, hole Milch aus dem Kühlschrank. Wir setzen uns an den Küchentisch, und ich muss mir einen Ruck geben, um Alice ins Gesicht zu sehen. Nur um festzustellen, dass sie wie üblich ruhiger ist als ich, die Rolle der Erwachsenen einnimmt.

Ich sehe zu, wie sie ihren Becher zum Mund führt und ohne getrunken zu haben, wieder absetzt. Vielleicht ist der Kaffee noch zu heiß. Vielleicht ist sie einfach in Gedanken.

»Du hast diesen Teddy geliebt«, sagt sie, und jedes Wort ist Balsam für meine Seele. »Rick hat ihn dir geschenkt, und schon mit wenigen Wochen hast du ihn beim Schlafen an einem Arm oder Bein gehalten. Du warst noch zu klein, als dass ich mir Gedanken wegen der Glasaugen gemacht hätte, oder vielleicht war ich zu jung, um über so etwas Bescheid zu wissen. Nachdem du fort warst, habe ich den Bären behalten. Jahrelang habe ich mit ihm auf dem Kissen geschlafen, bis ich ihn irgendwann in ein Regal verbannte, eine Erinnerung, nicht mehr. Ich redete mir ein, das sei ein Fortschritt.«

So lange hat sie noch nie über die Vergangenheit gesprochen.

Samuel neben uns stößt kleine Stöhnlaute aus, so ein kurzatmiges Hü-hü, das schwer zu überhören ist und anzeigt, dass er gleich anfangen wird zu weinen. Alice steht auf und hebt ihn hoch.

»Komm her, mein Freund«, sagt sie und setzt ihn sich auf den Schoß, gibt ihm die Salz- und Pfefferstreuer zum Spielen und einen Kuss auf die Wange.

»Wie war ich als Baby?«

Sie sieht mich überrascht an.

»Du warst genau wie er. Glücklich. Hast immer gelächelt. Und viel gelacht.«

Glücklich. Immer gelächelt. Ich denke wieder an Christinas Beschreibung meiner ersten Wochen – »du hast geweint und geweint, wolltest gar nicht aufhören«.

»Alice?«

Ihr Gesicht, schön wie immer, ist ungerührt.

»Du nennst Samuel manchmal Charlie. Ist dir das bewusst?«

»Ach das. Ja, das passiert mir manchmal. Er sieht dir so ähnlich, dass ich euch verwechsele.«

Ich nicke mehrmals, zu oft, während ich die richtigen Worte zu finden versuche.

»Weißt du, ich habe mehr und mehr den Eindruck, dass wir das Ganze falsch angegangen sind. Ich meine, dass du dich um Samuel kümmerst, statt mich besser kennenzulernen. Wir sind selbst schuld, weil wir es vorgeschlagen haben, aber ich finde, dass es uns zu sehr aufwühlt. Also, mich jedenfalls. Ich weiß nicht, ob das gesund ist.«

»Es ist so gesund, wie es nur sein kann. Wir sind verwandt, eine Familie. Ist das nicht besser, als dein Kind irgendeiner Fremden anzuvertrauen?«

Ich nicke ohne Überzeugung. Auf einmal, zum ersten Mal, macht mir das Ausmaß ihrer Liebe zu meinem Sohn wirklich Sorgen. Und eins steht fest: Ich kenne Alice nicht. Nicht richtig.

»Du willst doch nicht, dass ich aufhöre, mich um ihn zu kümmern, oder?«

Jetzt zeigt sich Angst in ihrer Miene. Brennende Augen. Ich kann sie kaum ansehen.

»Ich weiß, dass ich nicht genug mit dir über unsere

gemeinsame Zeit spreche. Ich weiß, dass du darunter leidest. Manchmal versuche ich es, aber da ist einfach eine große Blockade. Erinnerungen, mit denen ich auch nach all den Jahren nicht fertigwerde.«

»Du kannst dir nicht vorstellen, wie gern ich etwas über damals hören möchte. Die Ereignisse um meine Geburt kommen mir so rätselhaft vor.«

»Ich erinnere mich an deine Geburt als wäre es gestern gewesen. Es ging sehr schnell für das erste Kind, dauerte nur ein paar Stunden.«

»Was haben wir zusammen gemacht? Ich weiß, in den ersten Wochen dreht sich fast alles nur ums Schlafen und Stillen, aber erinnerst du dich vielleicht noch an etwas anderes?«

Alice lächelt. »Also, du liebtest es zu schwimmen. Ich meine natürlich nicht richtig schwimmen, sondern auf so einem kleinen aufblasbaren Boot zu liegen. Du mochtest das Gefühl dahinzutreiben, glaube ich, das Geräusch der Wellen.«

»Wellen? Aber wir waren doch nicht am Meer, oder?«

Sie stutzt und reagiert etwas verdattert.

»Ich meinte das Geräusch von Wasser, das Plätschern. Irgendwann würde ich auch gern mal mit Samuel schwimmen gehen. Ich glaube, das würde ihm sehr gefallen.«

Alice lächelt jetzt wieder. Wenn ihr Gesicht leuchtet, wenn ihre geraden weißen Zähne zum Vorschein kommen und die Fältchen um ihre Augen, sieht sie unglaublich apart aus. Betörend. Bildschön.

»Es ist mir peinlich, das zu sagen, aber manchmal

bin ich eifersüchtig auf Samuel. Weil er so viel mit dir zusammen sein darf und ich nicht.«

»Ach, Luke.« Sie drückt kurz meine Hand. »Wie kannst du auf dieses kleine Bündel eifersüchtig sein? Aber ich verstehe dich. Die ganze Situation ist schon ein bisschen seltsam, nicht?«

Samuel fängt an zu trällern wie ein Vogel, sodass wir beide lachen und unsere Stimmung sich aufhellt.

»Ja, du bist ein schlauer Junge«, sagt Alice.

Als das Telefon klingelt, lasse ich den Anrufbeantworter rangehen, rechne nicht damit, dass es meine andere Mutter sein könnte.

»Hallo, Liebling. Ich habe gerade im Büro angerufen, aber sie sagten, du wärst noch nicht da. Wollte mich nur vergewissern, dass du nicht krank bist. Gib dem Kleinen einen Kuss von mir und sag Alice schöne Grüße.«

Wir sehen uns an, Alice und ich, ich etwas kläglich wegen meines doppelten Spiels.

»Es ist ein bisschen, wie eine Affäre zu haben«, gestehe ich, »nur noch schlimmer.«

Alice lacht.

»Vielleicht solltest du es ihr sagen?«

»Ich weiß nicht, ob ich das kann. Die Lüge wird immer größer, je länger sie dauert.«

Ich sehe auf die Küchenuhr, schon halb elf.

»Ich muss los, bin spät dran. Ich hoffe, es war okay für dich, dass wir uns mal ausgesprochen haben?«

»Mehr als okay. Das war nötig. Luke?«

Alice' Augen sind das Auffälligste an ihr. Von einem

tiefen Schwarzbraun, umrahmt von dichten, langen Wimpern, Cartoonaugen.

»Das alles wühlt mich auch auf. Genau wie dich. Aber das hier hilft.« Sie drückt Samuel einen Kuss auf den Kopf. »Mit ihm zusammen zu sein hilft mir. Danke, dass du mich in deine Familie aufgenommen hast. Das war sehr großzügig von dir.«

Auf dem Weg zur U-Bahn-Station versuche ich, das alles zu verarbeiten, versuche zu verstehen, warum ihr letzter Satz mir ein dumpfes Unbehagen in der Magengrube verursacht.

Das war sehr großzügig von dir.

DAMALS

Alice

Der Anruf kommt an einem kalten Abend Ende Januar. Jake und ich schauen gerade einen Spionagethriller auf BBC 2, *Anruf für einen Toten*.

»Lass doch«, sagt Jake, als ich vom Sofa aufstehen will. »Die können es morgen wieder probieren.«

Doch es klingelt erneut. Hört auf, fängt zehn Sekunden später wieder an.

»Herrgott noch mal«, sagt Jake, springt auf und reißt den Hörer von der Gabel.

Als er hört, wer dran ist, kehrt er mir den Rücken zu. Wortlos lauscht er der Stimme am anderen Ende.

»Verstehe«, sagt er schließlich.

Er spricht wenig und einsilbig, und ich kann mich nicht mehr auf den Film konzentrieren, weil ich die Ohren spitze und mir einen Reim auf diesen Anruf zu machen versuche.

»Nein, das werde ich nicht... Warum fährst du nicht hin, wenn dir so viel daran liegt?... Ich bin ihr gar nichts schuldig... Meinetwegen, ich denk drüber nach. Aber glaub mir, ich werde meine Meinung nicht ändern.«

Beim letzten Satz wird er lauter, knallt dann den Hörer auf und stürzt aus dem Zimmer.

In der Küche schüttet er Whisky in ein Weinglas, macht es randvoll. Ich sehe, wie seine Hand zittert, als er es an den Mund führt und zwei große Schlucke nimmt.

Er stellt es auf dem Tisch ab, hat mich immer noch nicht angesehen.

»Was ist passiert?«

»Meine Großmutter ist gestern gestorben. Meine Mum will, dass ich zur Beerdigung gehe.«

»Geht sie denn selbst nicht hin?«

Er schüttelt den Kopf.

»Sie kann nicht aus Kanada rüberkommen, sagt sie. Die Flüge sind zu teuer.«

»Ich komme mit, wenn du möchtest.«

»Keinen Fuß setze ich mehr in das verdammte Drecksloch! Warum sollte ich?«

Wir stehen nur ein paar Meter auseinander, getrennt durch unseren kleinen Resopaltisch, und ich sehe, dass er am ganzen Körper bebt.

Ich denke daran, was er mir an Weihnachten erzählt hat, an die Schläge in seiner Kindheit, aus dem Haus ausgesperrt zu werden in einer eiskalten Winternacht wie dieser, und gehe um den Tisch herum, um ihn in die Arme zu nehmen. Ein paar Sekunden lang lässt er es geschehen, ehe er sich losmacht und in der engen Küche im Kreis herumläuft. Er nimmt das Glas und stürzt den Whisky in drei, vier Schlucken herunter.

»Sprich mit mir, Jake.«

Er setzt sich an den Tisch, von mir abgewandt, die Hände vors Gesicht geschlagen, ein Bild der Verzweiflung.

»Es gibt nichts zu sagen«, antwortet er und schenkt sich nach, rührt das Glas aber nicht an. »Nichts.«

Die Gedanken überschlagen sich in meinem Kopf, auch wenn ich mich nicht traue, sie zu äußern. Heißt das denn nicht, dass es vorbei ist? Beide Großeltern tot, Jake von den Schreckgespenstern seiner Kindheit befreit. Und wenn er jetzt als Erwachsener zu diesem Haus zurückkehren würde, zusammen mit seiner Freundin, die ein Kind von ihm erwartet, und sich dem alten Grauen stellen würde?

»Komm, wir schauen uns den Rest des Films an.«

Er nimmt sein Glas, reicht mir die Hand, und wir kehren zum Sofa zurück, aber es ist nicht mehr dasselbe. Jake blickt zwar auf den Bildschirm, aber ich weiß, dass er nichts als seine Vergangenheit sieht.

Grimmigkeit legt sich über Jake wie eine Staubwolke. Er ist schweigsam, geistesabwesend, ruhelos. Am Morgen nach dem Anruf spricht er kein Wort mit mir. Stumm duschen wir und ziehen uns an, als wären wir nur Mitbewohner und kein Liebespaar, und ich merke, dass es ihn zu viel Kraft kostet, auf mich einzugehen.

Wir verlassen zusammen das Haus, doch als ich die Bar Italia ansteure, sagt er: »Ich verzichte heute auf den Kaffee. Geh du allein.«

Er greift in die Hosentasche und will mir einen Pfundschein für mein Frühstück geben. Ich schüttele den Kopf.

»Dann verzichte ich auch.«

»Bis später«, sagt er. Und: »Tut mir leid.«

Ich sehe ihm nach, wie er mit gebeugten Schultern und schweren Schritten davongeht. Ich weiß nicht, was ich machen soll.

Im College versuche ich, mit Rick darüber zu sprechen.

»Er wirkt so niedergeschlagen, vollkommen down. Ein Anruf, und er ist wie ein anderer Mensch. Ich bringe kein Wort aus ihm heraus.«

»Wahrscheinlich ist dadurch alles wieder hochgekommen. Er braucht bestimmt nur ein bisschen Zeit für sich, Al.«

In der Mittagspause kaufe ich fürs Abendessen ein. Jake kocht sonst immer, aber heute will ich ihn mal überraschen. Ich habe vor, einen Auflauf mit Hühnerfleisch, Pilzen und Zucchini zu machen, das Rezept ist idiotensicher und das einzige, das ich von meiner Mutter gelernt habe.

Jake ist nicht zu Hause, als ich spätnachmittags zurückkomme, und ich vermisse es, von seinem Gitarrenspiel oder voll aufgedrehten Rolling Stones oder Fleetwood Mac empfangen zu werden. Trotzdem fange ich mit dem Auflauf an, wälze Hühnerschenkel und Bruststücke in Mehl und Gewürzen, brate Pilze, Zwiebeln und Zucchini an, bräune anschließend die Hähnchenteile.

Um acht ist das Essen fertig, aber Jake immer noch nicht zu Hause. Ich stelle den Herd auf niedrigste Stufe und gehe in der Wohnung umher, zu angespannt, um Musik zu hören, zu lesen, zu zeichnen oder irgendetwas anderes zu tun, als hinunter auf die Straße zu blicken und auf das Geräusch seines Schlüssels im Schloss zu lauschen.

Beunruhigt rufe ich schließlich Rick an, der gerade aus dem Haus gehen will, um sich mit Tom im The Coach and Horses zu treffen.

»Gott sei Dank«, sage ich. »Falls Jake da ist, sag ihm, er soll mich anrufen. Ich werde hier langsam verrückt. Sag ihm, ich habe gekocht.«

»Alice, Liebste.« Das unterdrückte Lachen in Ricks Stimme muntert mich ein wenig auf. »Meinst du nicht, dass du es ein klitzekleines bisschen übertreibst? Du bist neunzehn, nicht vierzig. Was ist schon dabei, wenn Jake sich mal volllaufen lassen will?«

»Du hast ja recht«, sage ich. Aber Rick...«, kann ich gerade noch hervorstoßen, ehe er auflegt. »Ruf mich an, wenn er nicht im Pub ist, ja? Bitte.«

Um Viertel vor neun schalte ich den Herd ab und nehme den Auflauf heraus. Ich habe keinen Appetit auf diese fettige, blassgraue Pampe, die vor noch nicht allzu langer Zeit zu meinen Lieblingsgerichten gehörte. Also setze ich mich ins Wohnzimmer, ein unaufgeschlagenes Buch neben mir, den Fernseher leise gestellt.

Um zehn ruft Rick an. Er war im Coach and Horses und ist jetzt im French House, aber keine Spur von Jake.

»Er war vorhin mit Eddie hier, vermutlich sind sie weitergezogen. Vielleicht was essen gegangen.«

»Warum hat er mich nicht angerufen?«

Ein Piepen unterbricht uns, weil Ricks Geld alle ist.

Danach sitze ich eine Weile im Dunkeln, Autoscheinwerfer malen Lichtstreifen an die Decke. Jake ist unterwegs und betrinkt sich mit einem seiner ältesten Freunde, dem einzigen Menschen, der die Wahrheit über seine Kindheit kennt. Es gibt keinen Grund, sich Sorgen zu machen.

Warum ist mir dann so eng um die Brust, als ich später im Bett liege, dass ich kaum Luft bekomme? Warum tobt in meinem Kopf ein Wirbelwind aus Angst und düsteren Visionen? Unter der Romantik und der Leidenschaft und der Euphorie unserer Liebe hat immer diese Bedrohung geschwelt. Der Mann, den ich liebe, ist labil. Er hat schon einmal versucht, sich umzubringen, und ich lebe in der Furcht, dass er es wieder tun könnte.

HEUTE

Luke

Michael ist diese Woche in den USA, und in der Firma herrscht Ferienstimmung. Mittags zerstreuen wir uns alle in verschiedene Richtungen, manche gehen in den Pub, andere fahren nach Wandsworth, um ein bisschen zu shoppen, ich nach Soho zu einem Flüssiglunch mit Ben.

Doch zuerst zu Liberty. Hannah hat in zwei Wochen Geburtstag, also kundschafte ich mal die Accessoire-Abteilung im Erdgeschoss aus. Schals, Halsketten, Armbänder, Hüte. Sie hat einen sehr klaren, gleichbleibenden Geschmack, was es leicht macht, sie zu beschenken. Wenn es handgemacht und von kleinen unbekannten Designern ist, gefällt es ihr garantiert. Beinahe auf Anhieb finde ich etwas: eine Kette aus schwarzen Glasperlen mit handbemalten Holzscheiben dazwischen, ein bisschen Goth, Anklänge an Madonna in den Achtzigern. Hannah wird begeistert sein.

Ohne recht zu wissen warum, nehme ich danach die Rolltreppe zur Parfümerieabteilung im ersten Stock. Der Preis für die Kette war happig (130 Pfund), und Hannah wäre böse, wenn ich ihr noch mehr kaufen würde. Warum also öffne ich auf einmal Flakons und sprühe mir die Handgelenke ein, schnuppere, schüttele den Kopf, nein, das ist es nicht, nein, das auch nicht, bis ich etwa zwanzig Düfte durchprobiert habe?

»Kann ich Ihnen helfen?«

Die Frau an der Verkaufstheke sieht nett aus, das ist wohl der entscheidende Faktor. Ehe ich michs versehe, platze ich mit der Wahrheit heraus.

»Ich suche nach einem Duft, den ich ständig rieche. Es macht mich verrückt. Aber es ist keiner von diesen ...«

Ich deute abwinkend auf die Reihen von Chanel, Guerlain, Dior.

»Können Sie ihn beschreiben? Wer trägt ihn?«

»Er ist ganz anders als diese Parfüms hier, die sind alle zu süß, zu schwer. Er ist eher leicht, frisch, zitronig, aber auch ein bisschen würzig und leicht rauchig. Schwer zu beschreiben. Eine Bekannte von mir trägt ihn.«

Mir gefällt nicht, wie sie lächelt. Ich schäme mich. Sie denkt, ich will das Parfüm einer Frau kaufen, in die ich mich verliebt habe, stellt sich womöglich vor, wie ich mich jeden Tag damit einsprühe wie irgend so ein Perverser. Nur eine Stufe davor, Damenslips zur Arbeit zu tragen.

»Könnte es ein Eau de Cologne sein? Oder ein Aftershave?«

Ich nicke, froh, dass mich mal jemand ernst nimmt.

»Ja, gut möglich. Aber ich benutze kein Aftershave, also weiß ich es nicht genau.«

Sie nimmt ein paar Teststreifen und besprüht sie – Dior Homme, Eau Sauvage, Gucci, Prada. Keines davon ist es.

»Intensiver«, sage ich. »Frischer.«

Sie zeigt auf einen anderen Flakon. »Ich kann nur raten«, sagt sie, »aber das hier ist Acqua di Parma, ein italienisches Eau de Cologne, das es schon seit Jahrzehnten gibt. Wird von vielen Frauen getragen.«

Sie schraubt den Deckel ab und hält es mir zum Schnuppern hin. Und da ist er, der Duft von Wald und Lavendel und Zedernholz und Limone, all das, aber vor allem ist es der Geruch meiner Vergangenheit.

»Das ist es!«

Ich weiß nicht, wer von uns beiden sich mehr freut.

»Ich nehme es«, sage ich, und während sie den Flakon einpackt, schnappe ich mir den Tester und betupfe Hals, Kehle, Wangen damit.

Klar, als ich ins The Coach and Horses komme, wo Ben schon am Tresen steht, weicht er verdutzt vor mir zurück.

»Scheiße, Alter, du hast Parfüm aufgelegt.«

Er sieht so schockiert aus, dass ich lachen muss.

»Ich habe Geschenke für Hannah bei Liberty gekauft.«

Er reicht mir ein Bier. »Hier, trink aus. Und sei ein Mann.«

Wie gut das tut, mal wieder mit meinem ältesten Freund zusammen zu sein und ein bisschen zu feiern. Er, weil er gerade zwei Auftragsarbeiten beendet hat – »Jude Laws Sohn. Bisschen zu pastellig und engelhaft für meinen Geschmack, aber ist gut bezahlt.« Ich, weil

Michael weg ist und ich so lange Mittagspause machen kann, wie ich will. Die vergangenen Wochen habe ich mit Hochdruck daran gearbeitet, den Vertrag mit Reborn an Land zu ziehen und Spirit zu retten. Ich habe schon Albträume, in denen Michael in mein Büro marschiert kommt und mich auf brutale Art feuert. »Du bist ein hoffnungsloser Fall«, sagt er, »eine Null, zu nichts zu gebrauchen.« Nacht für Nacht passiert das. Beim Aufwachen erkenne ich jedoch, dass sich diese Träume nur oberflächlich um meine Arbeit drehen und auf einer tieferen Bewusstseinsebene um meine Konflikte und Befürchtungen wegen Alice.

Aus zwei Pints werden drei, und das in weniger als einer Stunde. Zu Mittag gibt es zwei Tüten Käse-Zwiebel-Chips und ein Päckchen Nüsse.

»Das habe ich vermisst«, sage ich und hebe mein Glas. »Wir schaffen es ja kaum noch mal zusammen in den Pub.«

Ben sagt nichts, schlürft sein Ale, sieht mich an. Ich brauche ihm nicht zu erklären, dass ich mit den Nerven am Ende bin, er hat schon oft mit mir am Rand des Abgrunds gestanden. In der Schule war er der Einzige, vor dem ich je weinte, wenn mein Heimweh zu schlimm wurde. Wir waren erst acht, falls das albern klingt, und manchmal wochenlang dort eingesperrt. Als Erwachsener und Vater weiß ich heute, dass die Institution des Internats kaum mehr ist als eine luxuriöse Variante wiederholter Kindesaussetzung.

»Es geht um Alice, stimmt's?«, sagt er schließlich. »Seit du sie kennst, bist du... ziemlich durch den Wind.«

»Moment«, sage ich. »Für dieses Gespräch brauchen wir was Stärkeres.«

Ich komme mit zwei doppelten irischen Whiskey und noch zwei Bier zum Tisch zurück.

»Weißt du, ich glaube, Alice hat nicht das geringste Interesse an mir«, bekenne ich. »Samuel ist ihr Ein und Alles. Hannah sieht das nicht – oder will es nicht sehen, weil ihr daran liegt, dass es mit Alice gut klappt. Eins ist immerhin sicher, wir geben Samuel jeden Tag in gute Hände.«

»Aber was willst du eigentlich von ihr? Sie kann jetzt nicht wieder deine Mutter sein nach siebenundzwanzig Jahren.«

»Es ist eher, dass es keine Verbindung zwischen uns gibt. Überhaupt keine. Sie spricht fast nie über die Zeit, als wir noch zusammen waren. Warum bloß nicht? Das ist doch das Einzige, was wir gemeinsam haben.«

»Was ist mit Rick?«

»Was soll mit ihm sein? Wir haben zweimal zusammen zu Mittag gegessen. Er ist toll, aber ich habe ihn nicht näher kennengelernt. Es fühlt sich kein bisschen so an, als wäre er mein Vater.«

Ben zögert. Ich kenne ihn gut genug, um zu wissen, dass er überlegt, ob er mir etwas sagen soll oder nicht.

»Was?«, frage ich ungeduldig.

»Elizabeth glaubt nicht, dass Rick dein Vater ist. Du kennst sie ja, sie nimmt kein Blatt vor den Mund. Erstens seht ihr euch überhaupt nicht ähnlich. Er ist blond und blauäugig. Außerdem schwul. Wie soll das gehen?«

»Ich schlage eben nach Alice. Und warum sollte Rick sich als mein Vater ausgeben, wenn er es nicht ist? Warum sollte er auf meiner Geburtsurkunde stehen?«

»Ist nur so eine Vermutung von Elizabeth. Musst du nichts drauf geben.«

»Sag mir eins: Bin ich bloß eifersüchtig und überempfindlich? Oder habe ich irgendwie recht?«

Ben steht auf.

»Mehr Whisky, würde ich sagen. Und ja, du hast irgendwie recht.«

Es ist schon fast sechs, als wir auseinandergehen. Von der Fahrt nach Hause weiß ich nichts mehr, London draußen nur ein unscharfer Film. Mein ganzes Denken und Fühlen wird von einer griesgrämigen Wut, einem bitteren Selbstmitleid wegen meiner Identitätsverwirrung, meines Daseins als einsamer Wolf bestimmt. Wahrscheinlich nicht die richtige Gemütsverfassung, um meiner biologischen Mutter gegenüberzutreten, und dass ich den Schlüssel nicht ins Schloss bekomme, macht es auch nicht gerade besser. Nach ein paar Minuten des Ratterns und Herumstochers wird die Tür von innen geöffnet, und ich torkele hinein, falle fast auf Alice und meinen kleinen Sohn.

Hoppla.

»Du meine Güte«, sagt sie. »Alles in Ordnung mit dir?«

»Allsgut«, nuschele ich. »Schuldige, dassich schu spät bin.«

Ich will ihr Samuel abnehmen, doch Alice weicht

buchstäblich vor mir zurück. Sie legt beschützend beide Arme um ihn, als wäre er ihr Kind und nicht meins.

»Leg dich lieber erst mal ein bisschen hin«, sagt sie. »Ich warte hier, bis Hannah kommt.«

»Gimmir mein Sohn«, verlange ich. Ich bin stockbesoffen, merke ich jetzt ohne Ben. Er war selbst so voll, dass wir uns wunderbar verständigen konnten, kontrapunktische Klangwellen, für jedermann unverständlich außer uns.

Alice schüttelt den Kopf. »Das wäre zu gefährlich, du könntest ihn fallen lassen. Ich will dich nicht kritisieren, glaub mir, nur auf Samuel aufpassen. Hannah kommt sicher bald nach Hause.«

Plötzlich außer mir vor Wut, Verletztheit, Enttäuschung, Selbsthass natürlich, werde ich gemein.

»Esis mein Kind, nich deins. Du has deins weggegebn, erinnersu dich?«

Weinend stolpere ich die Treppe hinauf, klammere mich bei jedem Schritt ans Geländer und werfe mich im Schlafzimmer aufs Bett, wo zum Glück bald alles schwarz um mich herum wird. Doch in den Sekunden, bevor ich das Bewusstsein verliere, bin ich sicher, Alice' Gesicht an der Tür zu sehen. Meine Mutter steht dort, mein Kind in den Armen, und sieht mich stumm an.

DAMALS

Alice

Am vierten Tag von Jakes Sauftour weiß ich nicht mehr ein noch aus. Wir leben aneinander vorbei. Morgens schläft er zu tief, um mich zu hören, und ich fahre direkt zur Slade, verzichte auf meinen Frühstücks-Cappuccino, weil ich es nicht ertragen könnte, ohne ihn in der Bar Italia zu sitzen. Abends ist er nie zu Hause, weshalb ich es mir angewöhnt habe, allein ins Bett zu gehen und mich zum Einschlafen zu zwingen, wenn ich kann, oder auf das tastende Kratzen und Klappern seines Schlüssels in der Tür zu warten, wenn nicht.

Ich komme nicht mehr an ihn heran, aber ich weiß, dass er Qualen leidet. Das merke ich an den Zetteln, die ich beim Nachhausekommen vorfinde, den zerknirscht hingekritzelten Nachrichten auf einer aus seinem Notizbuch herausgerissenen Seite.

Alice, verzeih mir. Es tut mir so leid. Ich hasse mich selbst. Es wird aufhören, das verspreche ich dir.

Doch es hört nicht auf. Aus vier Tagen werden fünf. Ich rufe Eddie an, und wir verabreden uns für den Mittag, gehen in ein Café in der Nähe des Colleges, wo er ein englisches Frühstück bestellt: halb angebratener

Speck, blasse Würstchen, Bohnen, Spiegelei, Dosentomaten, dazu weißen Toast. Mir wird schon beim Anblick schlecht. Ich trinke eine Tasse Tee und versuche, eine gebutterte Toastscheibe herunterzubringen, schaffe aber nur ein paar Bissen.

»Du musst am Durchdrehen sein«, sagt Eddie.

»So ziemlich.«

»Er macht das manchmal, Alice, wenn ihm alles zu viel wird.«

»Ich verstehe nicht, warum ihm das so lange nachhängt. Er hat sich entschieden, nicht zu der Beerdigung zu fahren, damit könnte die Sache doch erledigt sein, oder?«

»Es ist nicht nur die Beerdigung. Das hat was mit seinen Depressionen zu tun, mit Selbsthass, es ist ein Teufelskreis. Es klingt wahrscheinlich verrückt, aber Jake bestraft sich selbst.«

»Aber wofür?«

»Hängt mit seinen Großeltern zusammen. Er hört immer noch ihre Beschimpfungen. Leidet immer noch darunter.«

»Es ist, als würde er mir aus dem Weg gehen.«

»Er geht dir aus dem Weg. Er schämt sich, will nicht, dass du ihn so siehst.«

»Wann hört das auf?«

Eddie zuckt die Achseln. »Früher oder später hat er sich ausgetobt.«

»Sollte er nicht zum Arzt gehen?«

»Sollte er, will er aber nicht. Er wird bald zur Vernunft kommen und aufhören zu saufen. Und dann ist eine Zeit lang alles wieder gut.«

Mitten in der Nacht wache ich auf und spüre Jakes Gegenwart, bevor ich ihn sehe. Er sitzt auf dem Boden, an die Schlafzimmertür gelehnt, als hätte er sich daran herunterrutschen lassen, die Knie an die Brust gezogen.

»Jake?«, flüstere ich, und er antwortet: »Hey.«

Schon an dem kleinen Wort merke ich, dass er nüchtern ist. Sein vom Mond beschienenes Gesicht ist schöner denn je, und ich werde von Sehnsucht nach ihm überwältigt.

»Ich vermisse dich. Kommst du ins Bett?«

Er schüttelt den Kopf.

»Willst du wirklich wissen, was damals passiert ist, als ich sechzehn war?«, fragt er.

»Ja. Wenn du es mir erzählen willst.«

Er braucht so lange, um anzufangen, dass ich schon wieder am Einschlafen bin, als seine Stimme durch die Dunkelheit dringt.

»Meine Großmutter wusste von den Schlägen. Und sie gab mir die Schuld daran. Sagte immer: ›Dein Großvater ist ein guter Mann, aber du reizt ihn bis aufs Blut.‹ Es störte sie, dass ich bei ihnen wohnte, und das ließ sie mich jeden Tag spüren. ›Nicht mal deine eigene Mutter will dich haben‹, sagte sie. ›Meinst du nicht, du solltest dich mal ein bisschen anstrengen, damit man dich gernhaben kann?‹

Ich gab mir Mühe, versuchte, brav zu sein, aber ich konnte es ihnen nie recht machen. Und jedes Mal, wenn mein Großvater mich wieder verprügelt hatte, hieß es: ›Jetzt sieh dir an, zu was du ihn getrieben hast.‹ Ich bin mit dem Gedanken aufgewachsen, dass ich schlecht bin. Aber es gab einen Hoffnungsschimmer, und der half mir durchzuhalten. Sobald ich sechzehn geworden war, sollte ich bei meiner Mutter in London wohnen. ›Wart nur, bis du mit der Schule fertig bist‹, sagte sie, ›wir werden ganz viel Spaß haben, wir zwei.‹ Ich würde mir einen Job suchen und genug Geld verdienen, um mir eine anständige Gitarre zu kaufen. Und dann könnte ich in einer Band spielen.«

Mir ist klar, dass ich nichts sagen und ihn nicht berühren darf, nichts tun darf, das seinen Erzählfluss unterbrechen könnte. Doch ich stehe geräuschlos auf und setze mich mit einigem Abstand zu ihm auf den Boden, in einen Flecken Mondlicht.

»An meinem sechzehnten Geburtstag kam meine Mutter zu Besuch. Sie schenkte mir eine Platte von Van Morrison, und meine Großmutter backte sogar einen Kuchen für mich. Am Morgen darauf sagte meine Mum, sie hätte große Neuigkeiten. Sie würde mit ihrem neuen Freund nach Kanada ziehen, und ich könnte in einem Jahr oder so nachkommen, wenn ich wollte. Sie hätte schon das Flugticket und würde in einem Monat abreisen. Es sei längst beschlossene Sache, aber sie hätte mir nicht den Geburtstag verderben wollen…«

Er schweigt einen Moment, und dieser herzlose Wortbruch vor zehn Jahren klingt zwischen uns nach, entfaltet seine volle Bedeutung.

»Ich wollte mich nicht umbringen. Es war eher eine Verzweiflungstat. Ich sah das Küchenmesser da liegen und fühlte mich davon angezogen. Doch die Ärzte hielten mich für selbstmordgefährdet. Ehe ich wusste, wie mir geschah, war ich in der geschlossenen Abteilung einer psychiatrischen Klinik in Epsom. Neun Monate lang war ich dort eingesperrt.«

»Jake.« Ich rutsche ein Stück näher an ihn heran.

»Nein, ich muss das zu Ende bringen, Alice.«

Er klingt entschlossen, fast kalt, also bleibe ich, wo ich bin, knapp außer Reichweite.

»Meine Mum hat mich ein paarmal besucht, bevor sie nach Kanada ging, aber sie ist nie lange geblieben. Es machte ihr zu viel Angst.«

»Wie war es dort drin?«

»Willst du das wirklich wissen?«

Ich nicke stumm.

»Es war die Hölle. Ich war so zugedröhnt, dass ich jedes Gefühl für mich selbst verlor. Ich habe nur noch dahinvegetiert an diesem Ort, wo die Leute den ganzen Tag gegen die Wände schlugen und schrien und weinten und stöhnten. Da war so ein junger Typ, der mit der Wand sprach, eine richtige Unterhaltung mit Pausen und allem, als würde er mit einem Unsichtbaren reden. Im Zimmer nebenan heulte eine Frau die ganze Nacht, lang gezogene, gequälte Schreie. Die Heulerin nannten sie sie. So viel Wut überall, alle am Schimpfen und Brüllen und Umsichschlagen, die Patienten, das Pflegepersonal. Und diese Traurigkeit. Als würde man die ganze Zeit darin baden. Diese Menschen hatten nichts mehr, und sie bedeuteten niemandem etwas. Und auf einmal war ich einer von ihnen.«

»Musstest du denn dort sein?«

»Nicht neun Monate lang. Ich war depressiv, nicht gefährlich. Doch das war den Ärzten egal. Sie pumpten mich mit Psychopharmaka voll, sodass ich nur noch apathisch herumlag, ein willenloses Bündel. Die Medikamente hielten mich davon ab, etwas zu fühlen, zu leben. Ich existierte nur noch.«

Nach einer Pause spricht er weiter.

»Eddie hat mich gerettet. Er hat mich jede Woche besucht. Und mir immer wieder gesagt: ›Du gehörst nicht hierher.‹ Er war selbst erst sechzehn, aber falls ihn das Ganze erschreckt hat, hat er es nie gezeigt.«

»Warum hast du mir das nicht schon früher erzählt? Warum hat Eddie nichts gesagt?«

»Weil ich meistens so tun kann, als wäre es nicht passiert. Aber jetzt, durch den Tod meiner Großmutter, ist alles wieder über mich hereingebrochen, und dieser ganze Mist, die Erinnerungen waren einfach zu viel...«

Er steht auf, reicht mir die Hand und zieht mich auf die Beine. Dann bin ich in seinen Armen und vergrabe mein Gesicht an seinem Hals, der nass wird von meinen Tränen.

»Du darfst nicht zulassen, dass ich je wieder an einen solchen Ort komme, versprich mir das.«

Jetzt begreife ich so vieles. Ich weiß, warum das Zusammensein mit ihm immer so eine starke Wirkung auf mich hat. Er lebt jeden Moment des Tages intensiv, vom morgendlichen Cappuccino über die Songs, die er hört, bis hin zu den Mahlzeiten, die er abends kocht. Jakes größte Furcht, wird mir bewusst, ist Leere.

»Ich hatte dich verloren«, sage ich, als ich wieder fähig bin zu sprechen. »Du hattest mich verlassen.«

»Das tut mir leid.«

Er drückt seinen Mund in mein Haar, hat die Arme um meine Taille geschlungen. Gleich werden wir ins Bett gehen und uns lieben, bis die Morgendämmerung zu den Fenstern hereindrängt, und dann werden wir eng umschlungen einschlafen, sodass unsere Gesichter sich berühren und unser Atem eins wird.

»Verlass mich nie wieder«, sage ich.

»Ist gut«, sagt Jake. »Versprochen.«

Und ich glaube ihm. Weil ich das muss.

HEUTE

Luke

Selbstsabotage oder destruktives Handeln sind verbreitete Verhaltensweisen bei Adoptivkindern. Sie bringen sich selbst in eine schwierige Situation und sorgen dafür, dass diese sich zuspitzt, bis das, was sie befürchten, eintritt. Man spricht auch von selbsterfüllender Prophezeiung.

Joel Harris, *Wer bin ich? Das verborgene Trauma adoptierter Kinder*

Von außen betrachtet läuft es so gut wie schon lange nicht mehr bei mir. Reborn haben das Angebot von Universal abgelehnt, und Steve Harris, ihr Manager, hat mir mitgeteilt, dass Spirit wieder im Rennen ist. Ich sollte froh und glücklich sein über die Aussicht, vielleicht bald mit einer der heißesten britischen Newcomer-Bands zusammenarbeiten zu können.

Dennoch bedrückt mich vom Moment des Aufwachens an eine Ahnung drohenden Unheils.

Seit dem Abend, als ich betrunken nach Hause gekommen bin, hat Alice kaum noch ein Wort mit mir gesprochen. Ich vermute, dass ich sie irgendwie beleidigt habe, kann mich aber an nichts mehr erinnern, außer dass ich nach oben ins Bett gepoltert bin, als sie mich mein Kind nicht halten lassen wollte. Sogar Hannah, mein stets halb volles Glas, meine ewige Optimistin, findet, dass sie sich distanziert verhält.

»Ist alles in Ordnung, Alice?«, hat sie neulich abends gefragt, als Alice gerade ihre Sachen zusammenpackte, um nach Hause zu gehen.

»Ja, natürlich. Wieso nicht?«

»Du bist so still in letzter Zeit.«

»Ach was, das bildest du dir ein.«

Mir fiel auf, wie Alice den Blickkontakt sowohl mit Hannah als auch mit mir vermied und hinauseilte, sobald ihre Tasche gepackt war.

Doch kaum war sie zur Tür hinaus, sagte Hannah: »Siehst du, kein Grund zur Sorge.«

Ich mache mit meiner Mittagspausen-Beschattung weiter, Sandwiches auf Parkbänken, ein bisschen Einkaufen auf der High Street. Manchmal sehe ich Alice mit Samuel, manchmal nicht. Selbst an den Tagen, an denen sie nicht auftaucht, liegt ein betörender Hauch von Acqua di Parma in der Luft, höre ich Fetzen eines Schlaflieds, das sie Samuel oft mit ihrer schönen klaren Stimme singt.

*Der Mond scheint vom Himmel klar und weiß,
Wellengeplätscher singt mit uns leis.*

Text und Melodie haben mein Gehirn dermaßen durchtränkt, dass ich damit einschlafe und aufwache. Einmal, als ich morgens nach unten ging, hörte ich

Alice in der Küche singen. Bis ich dort war, hatte das Singen natürlich aufgehört, womit sich die Frage stellte: *Fange ich jetzt schon an, Stimmen zu hören?*

Hannah habe ich nichts davon erzählt. Mein Schweigen treibt jedoch allmählich einen Keil zwischen uns. Immer öfter ertappe ich sie dabei, wie sie mich mit dieser kleinen Sorgenfalte zwischen den Augenbrauen beobachtet. Es ist noch nicht lange her, dass ich mich nach ihrer Fürsorge gesehnt habe, jetzt aber will ich mich ihr entziehen. Nichts soll sich mir bei meiner Detektivarbeit in den Weg stellen, meiner täglichen Dosis Alice und Samuel, meinem direkten Draht zu meiner Vergangenheit.

Als ich abends um sechs nach Hause komme, sitzen Hannah und Alice gemeinsam am Küchentisch.

»Tee?«, fragt Hannah, auf die Kanne deutend.

»Bier«, sage ich und gehe zum Kühlschrank.

»Gut, ich muss dann mal los«, sagt Alice. »Bin schon spät dran.«

Ich mache meine Dose auf. »Wo willst du denn immer so schnell hin, Alice? Musst du jemanden besuchen?«

Mir ist selbst nicht klar, was ich damit bezwecke, aber seit Ben den Verdacht aufgeworfen hat, dass Rick eventuell doch nicht mein Vater ist, frage ich mich, ob am Ende noch jemand anders aus der Versenkung auftaucht. Inzwischen würde mich nichts mehr wundern.

Ich sehe sie forschend an. Ihre Miene ist ausdruckslos, aber ich bemerke trotzdem eine gewisse Wachsamkeit.

»Ich will in mein Atelier, Luke. Ich habe Arbeit nachzuholen.«

»Bitte bleib noch ein paar Minuten. Ich kriege dich ja kaum zu Gesicht.«

»Sicher«, sagt Alice, aber es klingt alles andere als herzlich.

Ich setze mich zu den beiden an den Tisch. Hannah gibt Samuel gerade sein Abendfläschchen, und seine Augen wandern von links nach rechts, als würde er ein Notenblatt lesen. Wieder regt sich dieser selbstquälerische Drang in mir, schlangengleich, unmöglich zu ignorieren.

»Was habt ihr denn heute so getrieben, du und Samuel, Alice?«

»Ach, das Übliche. Heute Morgen waren wir in der Bibliothek. Er ist ganz verrückt nach Büchern, ich glaube, ihr zieht da einen echten Bücherwurm groß.«

»Wart ihr im Park? Habt die Enten gefüttert?«

»Ja, woher weißt du das?«

»Du singst Samuel vor, stimmt's?«

»Manchmal. Aber ...«

»Ein Lied, das du singst, heißt ›Santa Lucia‹. Ich hab's nachgesehen. Hast du mir das als Baby auch vorgesungen? Als ich dich es singen hörte, hat das nämlich etwas in mir ausgelöst, vielleicht so etwas wie eine gefühlsmäßige Erinnerung. Meinst du, so was ist möglich? Meinst du, ich könnte mich tatsächlich daran erinnern?«

Ich stelle zu viele Fragen. Ich bin aufgestanden und gehe hin und her. Kann nicht aufhören.

»Wann hast du mich denn gehört?«, fragt Alice ruhig.

»Heute im Park.«

»Du warst dort? Und hast uns gesehen? Warum bist du nicht gekommen und hast Hallo gesagt?«

Hannah starrt mich entgeistert an, man kann es nicht anders sagen, und auch Alice sieht irgendwie entsetzt aus. Das Seltsame aber ist, dass mich das kaltlässt. Ich bin kurz vorm Durchdrehen, und es ist mir egal – mir, der immer so ängstlich darauf bedacht ist, allen zu gefallen –, ob jemand es merkt.

»Ich hatte es eilig.«

Alice steht auf und drückt flüchtig meine Schulter. »Also, das nächste Mal komm bitte dazu. Wir würden uns freuen.«

Wir. Alice und Samuel. Alice und Charlie. Die Mutter mit dem austauschbaren Baby.

Sobald sich die Haustür hinter Alice geschlossen hat, sagt Hannah: »Verdammt, was machst du?«

Ich beuge mich über mein Bier, den Kopf in die Hände gestützt.

»Warum habe ich den Verdacht, dass du Alice in deiner Mittagspause verfolgst?«

»Weil ich genau das tue.«

»Aber warum, um Gottes willen, Luke?«

»Ich weiß es nicht. Irgendetwas an ihrem Verhalten gibt mir ein ungutes Gefühl. Merkst du das nicht auch? Wie besessen sie von Samuel ist?«

»Und deshalb spionierst du ihnen im Park hinterher? Deiner Mutter und deinem Sohn? Hör dir doch mal selbst zu.«

Ich sinke immer mehr in mich zusammen, die Arme um mich gelegt, eine Schutzhaltung.

Hannah greift über den Tisch, nimmt meine Hand.

»Schatz«, sagt sie, »diese ganze Geschichte mit Alice setzt dir sehr zu, das sehe ich. Ich wünschte, wir hätten sie nie gebeten, Samuel zu betreuen, aber er himmelt sie an. Und wir können uns hundertprozentig auf sie verlassen. Das ist doch die Hauptsache, oder?«

»Ist es das?«

»Ich glaube, wir sollten jemanden suchen, mit dem du sprechen kannst. Ich glaube, diese Situation könnte so etwas wie ...« Sie stockt, wählt ihre Worte mit Bedacht. »... einen psychischen Zusammenbruch auslösen.«

»Du hörst mir nicht zu, Hannah. Alice ist dabei, uns unser Kind wegzunehmen, und du merkst es nicht einmal.«

DAMALS

Alice

Ich habe viel über Jake erfahren in den letzten Wochen und weiß, worauf ich achten muss. Wie Eddie passe ich auf ihn auf, erwähne aber seine Depressionen oder die Schatten seiner Kindheit nie. Es gibt jetzt so etwas wie eine stillschweigende Vereinbarung zwischen uns, immerhin. Ich rede ihm gut zu, Alkohol zu meiden und mit Sport anzufangen, und er tut es mir zuliebe, joggt fast jeden Tag im Hyde Park. Wenn er still ist und Kummer ihn befällt, werde auch ich still. Still, aber präsent, das ist mein Vorsatz. Ich kann seine Einsamkeit lindern, ich kann ihm zeigen, dass er sich nie allein zu fühlen braucht. Und wir sind wieder glücklich miteinander, der Tiefpunkt seines fünftägigen Exzesses ist fast, wenn auch nicht ganz, vergessen.

Zum Zeitpunkt der Ausstellungseröffnung bin ich im sechsten Monat schwanger, und das lange Seidenkleid in leuchtendem Klatschmohnrot, das ich für den Abend ausgesucht habe, schmiegt sich um meinen schwellenden Bauch. Ich bewundere mein Profil vor dem Badezimmerspiegel, während Jacob sich blind rasiert.

»Eindeutig schwanger«, sage ich, und er lacht.

»Warum, hattest du noch Zweifel?«

»Es gefällt mir, dass man es sieht. Dass die Leute Bescheid wissen.«

»Mir auch«, sagt er. »Aber heute Abend wird auch die Presse da sein, und das bedeutet Fotos ...«

Mehr braucht er nicht zu sagen. Ich habe meinen Eltern immer noch nicht gestanden, dass ich mit neunzehn und unverheiratet im Mai ein Kind erwarte. Im Jahr 1973 sollte das keine große Sache mehr sein, aber für meinen Vater wäre es eines der schlimmsten Verbrechen. Jäh kommt mir eine seiner besonders peinlichen Predigten in den Sinn – an einem Sonntag nach dem Gottesdienst, nach einer halben Flasche Wein, beim Mittagessen, zu dem ich leichtsinnigerweise eine Schulfreundin eingeladen hatte. Der Wein war wie immer nur für ihn, die Moralpredigt speziell auf die beiden jungen Mädchen an seinem Tisch zugeschnitten. Das Grässlichste war, erinnere ich mich, wie er lallend einen angestaubten Bibelvers zitierte: »Wem ein tugendsam Weib beschert ist, die ist viel edler denn die köstlichsten Perlen« oder so ähnlich. Die Freundin, Matilda hieß sie, ließ mich kurz danach fallen, und ich habe nie wieder jemanden zu mir nach Hause eingeladen.

Trotzdem bin ich ein bisschen wehmütig, als ich mich auf meinen großen Abend vorbereite, weil die Frau, die mich zur Welt gebracht und mich, so gut sie es mit ihren beschränkten Fähigkeiten konnte, aufgezogen hat, nicht dabei sein wird. Jake merkt wie immer, was in mir vorgeht.

»Wir werden bald eine eigene Familie haben«, sagt er, als wir uns auf den Weg zu Robins Galerie machen, »nur darauf kommt es an.«

Beide verspüren wir ein tiefes Bedürfnis, unserem Kind all das zu geben, was wir selbst nicht hatten. Stärker als Worte, stärker als Instinkt. Es soll selbstbewusst und zuversichtlich sein, sich geliebt, wahrgenommen und ermutigt fühlen, frei, seinen eigenen Weg zu gehen. Wahlmöglichkeiten, Freiheit, uneingeschränkte Unterstützung, oh, wir können ziemlich missionarisch werden, wenn es um die Frage geht, was eine glückliche Kindheit ausmacht. Das Gegenteil von unserer, wäre die Kurzform.

Wie das Gefühl beschreiben, eine Galerie zu betreten, in deren Schaufenster mein Gemälde von Jake und Eddie hängt? In der mein Name in großen Druckbuchstaben an der weißen Wand prangt: ALICE GARLAND. Auf Robins Anweisung hin kommen wir eine halbe Stunde vor der Eröffnung, doch es gehen schon einige Leute mit einem Glas in der Hand herum und betrachten die Bilder. Mir wird flau im Magen bei dem Anblick.

»Ich weiß nicht, ob ich das schaffe«, murmele ich Jake zu.

»Hast du doch schon.« Er gibt mir einen Kuss und umfängt die Galerie und all meine Bilder mit ausgebreiteten Armen.

»Deine Zeit ist gekommen«, sagt er. »Und du, Alice Garland, bist hundertprozentig bereit dafür.«

Rick ist auch schon da, trinkt Champagner und plaudert mit Robins Gästen. Im Gegensatz zu mir fühlt er sich pudelwohl in einem Raum voller Kunstliebhaber und kann gar nicht genug davon bekommen, als Robins »neueste Entdeckung« vorgestellt zu werden. Wenn er mit seiner avantgardistischen Porträtmalerei weitermacht, wird auch er bald eine Einzelausstellung bekommen, hat Robin durchblicken lassen.

»Deine Bilder sind wundervoll«, sagt er und umarmt zuerst mich, dann Jake. »Ich habe allen Ernstes geweint, als ich hier davorstand. Seht ihr den Typ da hinten?«

Er zeigt auf einen Mann mittleren Alters, vermutlich ein Sammler.

»Der in dem roten Cordsakko und dem schwarzen Rolli? Robin meinte, er hätte letztes Jahr achttausend Pfund in der Galerie gelassen.«

Cordsakko scheint von meiner Pietà mit dem Titel *Apparition* angetan zu sein, die, auf der ich mich sitzend mit dem schlafenden Jake im Schoß dargestellt habe. Mir gefällt, wie seine dunklen Haare über meine linke Hüfte fallen, seine Hand locker zwischen meinen Beinen liegt, sein Gesicht mit den geschlossenen Augen so wunderschön aussieht in der Ruhe.

Robin eilt mit zwei Gläsern Orangensaft herbei (Jake trinkt seit ein paar Wochen keinen Alkohol mehr und ist besser in Form denn je).

»Ich habe Jasper eingeladen, vor den anderen zu kommen«, sagt er, mit dem Kopf auf den Mann deutend. »Die ersten Äußerungen klingen wohlwollend. Er wird das eine oder andere heute Abend kaufen, denke ich, aber das da mag er am liebsten.«

Bei seinen eingeführten Künstlern nimmt Robin einen Anteil von sechzig Prozent des Verkaufspreises als Provision. Als einfache Kunststudentin habe ich einen großzügigen Vorschuss erhalten, sämtliche Einnahmen jedoch gehen an die Galerie.

»Wenn wir alle verkaufen, bekommst du noch einen dicken Bonus«, meinte er, als wir über die Konditionen sprachen, »und auf jeden Fall ein Abendessen im San Lorenzo.«

»Dieses Bild will ich nicht verkaufen«, platze ich unversehens heraus. Robin und Jake sehen mich verdutzt an.

»Aber Alice, meine Liebe«, sagt Robin langsam und deutlich, wie zu einem Kind, »alle Arbeiten sind mit einer Preisangabe versehen. Das Gemälde habe ich dir mit dem Vorschuss quasi abgekauft, ich dachte, das hättest du verstanden.«

Im ersten Augenblick kann ich nichts erwidern und muss zu meinem Ärger die Tränen zurückhalten.

»Es ist so persönlich, ich und Jake. Ich glaube, ich möchte nicht, dass es bei irgendeinem Fremden an der Wand hängt. Können wir nicht einen roten Aufkleber daran machen?«

»Es ist das beste Gemälde der Ausstellung. Mit dem höchsten Preis.« Robins Ton ist freundlich, geduldig.

»Du kannst doch ein neues malen«, flüstert Jake mir zu.

Ich schüttele den Kopf, schlucke. Meine Stimme klingt trotzdem ein bisschen brüchig.

»Man kann nicht einfach so Kopien aus dem Ärmel schütteln, so funktioniert das nicht. Ich liebe dieses

Bild, weil es all meine Gefühle für dich enthält. Wieso sollte ich wollen, dass es jemand anderem gehört?«

»Robin, können wir es nicht doch behalten?«, fragt Jake daraufhin. »Alice zahlt dir einen Teil des Vorschusses zurück, wie wär's?«

»Den ganzen, wenn du möchtest. Ich habe nichts davon ausgegeben. Ich will nur dieses Bild behalten. Es ist zu privat, um es zu verkaufen.«

Ich frage mich, ob die Schwangerschaftshormone mit mir durchgehen, glaube aber nicht, dass das der Grund ist. Ich muss Jakes Verletzlichkeit abschirmen, dieses Bild gibt zu viel von uns preis. Meine Liebe zu ihm, meinen Wunsch, ihn vor der Dunkelheit in sich zu beschützen. Seinen Selbsthass, den ich jetzt verstehe. Das alles ist darauf zu erkennen.

Genau in dem Augenblick dreht Jasper sich um und sieht uns drei miteinander sprechen.

»Ah, les artistes«, sagt er mit affigem Akzent. »Meinen Glückwunsch. Ihre Arbeiten sind wunderbar, meine Liebe.«

Wir geben uns die Hand, und obwohl ich es vermeide, Robin anzusehen, spüre ich seinen eindringlichen Blick. *Bitte vermassele es nicht.* Er mag einen Namen haben in der Kunstwelt, muss aber trotzdem seine Rechnungen bezahlen und kann sich nicht von einem überemotionalen Mädchen das Geschäft verderben lassen.

»Ich interessiere mich besonders für *Apparition*«, sagt Jasper. »Der Stil erinnert an die religiöse Kunst der Renaissance. War das Ihre Absicht? Sie haben den Sommer in Florenz verbracht, wie ich höre?«

Also erzähle ich ihm von meinen Besuchen in der Galleria dell'Accademia und meiner Fixierung auf Stefano Pieri, insbesondere dessen Pietà.

»Das Gemälde drückt so viel Traurigkeit aus, ohne im Geringsten sentimental zu sein, als hätte man die Figuren mit der Kamera überrascht. So etwas wollte ich in dieser Ausstellung zeigen.«

»Und woher der Titel, *Apparition*?«

»Den habe ich vorgeschlagen«, sagt Robin. »Ich weiß selbst nicht genau, warum. Irgendwie hatte ich so ein Déjà-vu-Gefühl, als ich das Bild zum ersten Mal sah.«

»Es ist ein sehr persönliches Werk«, sage ich, und Jake drückt meine Hand.

»Genau das gefällt mir daran«, sagt Jasper. »Es steckt voller Emotionen, Liebe, Pathos. Ich habe mich entschieden. Ich werde es kaufen, und auch ein paar von den anderen.«

»Das freut mich, eine gute Entscheidung«, sagt Robin mit einem dezidierten Lächeln in meine Richtung, bevor die beiden sich entfernen, um die Formalitäten zu erledigen.

»Lass dir davon bitte nicht den Abend verderben«, sagt Jake. »Wir können so viele Pietàs machen, wie du willst. Ich bin dein Modell auf Lebenszeit.«

Die Galerie füllt sich jetzt mit den Jungen und Schönen, Robins handverlesenem Publikum aus Künstlern, Musikern, Schauspielern und Models, Kunstsammlern und Journalisten, Fotografen mit Kameras um den Hals. Jake ist daran gewöhnt, und als eine Fotografin vom *Daily Express* auf uns zukommt, während wir gerade neben der Pietà mit ihrem kleinen roten Punkt stehen, legt er den Arm um meine Taille.

»Könnten Sie sich ein bisschen mehr zu Jacob umdrehen, Alice?«, bittet die Fotografin und blickt durch den Sucher.

Unwillkürlich lege ich eine Hand auf meinen Bauch, betone meine Schwangerschaft wie es junge Mütter unbewusst tun.

»Noch ein Stückchen mehr zusammen, bitte.«

Weitere Fotografen umringen uns, schießen Fotos, rufen uns ihre Wünsche zu.

Es ist leichter für mich, wenn ich Jake ansehe, statt in die Kameras zu blicken. Er küsst mich auf die Stirn, seine Arme um mich gelegt, und das ist das Bild, das am nächsten Tag in den meisten Zeitungen erscheint, dasjenige, das meine Eltern sehen werden.

HEUTE

Luke

*Die Kindheit Adoptierter ist geprägt von Geheimnissen.
So wird die wahre genetische Identität des Kindes
beispielsweise nur sehr selten offengelegt.
Eine erfolgreiche Wiedervereinigung von Adoptivkind
und biologischem Elternteil beruht dagegen auf der
absoluten Ehrlichkeit beider Parteien.*

Joel Harris, *Wer bin ich? Das verborgene Trauma
adoptierter Kinder*

Rick hat ein Atelier in Clerkenwell, nur ein paar Blocks von seinem Haus entfernt. Ich weiß also, wo ich ihn finde. Ich bin neugierig und auch ein bisschen aufgeregt, weil ich ihn einfach so überfalle, habe allerdings nicht mit seinem rüden Assistenten gerechnet. Natürlich hat Richard Fields einen Assistenten. Hat Damien Hirst nicht etwa fünfzig? Daran hätte ich denken sollen.

Richards Atelier liegt im Erdgeschoss eines ehemaligen Fabrikgebäudes. Neben der ausladenden Doppeltür gibt es eine Sprechanlage, auf der verschiedene

Firmen aufgeführt sind, darunter ein irreführend bescheidenes »Fields«.

Ich drücke auf die Klingel, woraufhin mir eine männliche Stimme entgegenschallt.

»Hallo? Kann ich Ihnen helfen?«

»Ja, ich möchte zu Rick.«

Ich komme mir schlau vor, weil ich die Kurzform seines Namens verwende, unter der ihn seine Freunde kennen.

»Haben Sie einen Termin?« Der Typ klingt unbeeindruckt.

»Nein, sagen Sie ihm einfach, Luke ist hier, das sollte genügen.«

»Hören Sie, Luke, es tut mir leid, aber Richard darf bei der Arbeit nicht gestört werden. Wenn Sie ihn wirklich gut kennen würden, müsste ich Ihnen das nicht sagen.«

»Dann richten Sie ihm aus, dass sein Sohn ihn sprechen möchte. Vielleicht ändert er dann seine Meinung.«

Knisterndes Schweigen, doch kurz darauf ertönt der Summer, und ich drücke das Portal auf. Hinter einer zweiten geschlossenen Tür höre ich männliche Stimmen, Ricks laut, die seines Assistenten eher ein Murmeln. Dann kommen sie zusammen heraus, Rick mit gerunzelter Stirn, der andere, ein hochgewachsener junger Mann in meinem Alter, mit unverhohlener Neugier auf seinem Modelgesicht. Er trägt ein weißes T-Shirt mit dem Aufdruck *Love is the Drug* zu mit Farbe bekleckseten Evisu-Jeans, das kultige Logo fett auf beiden Hinterbacken sichtbar, als er sich kurz umdreht.

»Luke, was für eine Überraschung. Allerdings muss ich dir sagen, dass ich es hasse, verabscheue, verfluche, wenn jemand unangekündigt vorbeikommt. Und wenn du nicht den Schockeffekt unserer Beziehung zueinander eingesetzt hättest, wärst du nie an meinem Assistenten vorbeigekommen. Das ist übrigens Henry. Gut, da meine Konzentration nun endgültig im Eimer ist, was kann ich für dich tun?«

Einen Augenblick lang ringe ich um eine Antwort. Ja, warum bin ich hier und störe diesen weltberühmten Künstler, der, gelinde gesagt, stinksauer wirkt? Doch dann fällt es mir wieder ein. Eigentlich bin ich es nämlich, der stinksauer ist.

»Soll ich dir das hier vor Henry erklären?«

Ich klinge so feindselig, wie ich mich fühle. Rick mustert mich stumm. Sieht dann auf seine Armbanduhr, ein elegantes Teil, das mir zuvor schon aufgefallen ist, silbern mit dunkelblauem Ziffernblatt.

»Hast du gerade Mittagspause? Wollen wir einen Kaffee trinken gehen? Ich bleibe nicht lange weg«, fügt er an Henry gewandt hinzu, der unseren Wortwechsel buchstäblich mit offenem Mund verfolgt.

Ich begleite Rick aus dem Gebäude und die Straße hinunter. Keiner von uns beiden sagt ein Wort, bis wir zu einem Café mit weiß gekalktem Holzfußboden, weißen Wänden und zwei abweisend dreinblickenden Baristas hinterm Tresen kommen.

»Bester Kaffee in ganz London«, bemerkt Rick. »Sie haben eine eigene Rösterei hinten.«

Ohne mich zu fragen, bestellt er zwei Espresso, die wir in einen kleinen Innenhof hinaustragen. Rick, der bisher immer so herzlich, einladend, amüsant war, zeigt jetzt nichts davon. Es wirkt verunsichernd, dieses kühle, schweigende Starren; er hat nicht vor, es mir leicht zu machen.

»Also, weshalb ich gekommen bin«, beginne ich, worauf Rick bloß nickt und an seinem Espresso nippt.

Es fällt mir schwer, das innere und äußere Chaos in meinem Leben in zusammenhängende Sätze zu fassen, aber als ich einmal angefangen habe, kann ich nicht mehr aufhören.

»Es läuft nicht gut mit Alice.«

»Was du nicht sagst.« Ricks Stimme trieft vor Sarkasmus.

»Unser Verhältnis wird mit jedem Tag distanzierter. Inzwischen betrachte ich sie noch nicht einmal mehr als unsere Tagesmutter, sie ist zu einer vollkommen Fremden geworden. Und es verletzt mich, dass ihr offenbar so viel mehr an Samuel liegt als an mir. Für mich scheint sie sich überhaupt nicht zu interessieren und …«

»Darf ich dich gleich mal unterbrechen? Kannst du dich daran erinnern, was du zu ihr gesagt hast, als du besoffen nach Hause gekommen bist und dich mit ihr wegen Samuel gestritten hast?«

Der kleine Klumpen des Unbehagens, der mir seit jenem Abend im Magen liegt, macht sich brennend bemerkbar. Ich befürchte das Schlimmste.

»Nein? Du hast ihr vorgehalten, dass sie keinen Anspruch auf dein Kind hat, weil sie ihr eigenes damals weggegeben hat.«

»Scheiße.«

Ich mache mir gar nicht erst die Mühe, meine Beschämung zu kaschieren.

»Sie hat dich nicht weggegeben. Sie hat dich abgegeben, aus gutem Grund. Begreifst du den Unterschied nicht?«

»Du bist sauer auf mich.«

Rick schüttelt den Kopf.

»Eher besorgt als sauer. Warum habe ich bloß das Gefühl, dass diese ganze Sache uns noch um die Ohren fliegen wird?«

»Ich wollte Alice nicht wehtun. Ich war aggressiv, weil sie mich mit ihrer Gleichgültigkeit kränkt. Ist das nicht offensichtlich?«

»Ich hatte dich gewarnt. Aber ihr habt euch da reingestürzt, Hannah und du, wie die zwei sprichwörtlichen Elefanten in einen Porzellanladen. Kein Gedanke an die möglichen Folgen, falls es nicht gut geht. Ihr seid verdammte Dummköpfe, alle beide.«

»Ich weiß nicht, wie ich mich wieder mit Alice versöhnen soll.«

»Du könntest sagen, dass es dir leidtut. Das hilft meistens.«

»Es tut mir aber nicht leid. Ich bin immer noch wütend.«

»Auf uns, weil wir dich haben adoptieren lassen?«

Ricks Ton ist jetzt etwas sanfter, sein Blick ebenfalls. Mir scheint, es schimmern sogar Tränen in seinen Augen.

»Deswegen auch, aber vor allem, weil keiner von euch mit mir über die Wochen sprechen will, in denen wir zusammen waren. Wo haben wir gewohnt? Was haben wir gemacht? Wo sind die Fotos aus dieser Zeit? Du bist mein Vater, Herrgott noch mal. Warum willst du mir nichts erzählen?«

Als ich aufsehe, erhasche ich einen merkwürdigen Ausdruck auf Ricks Gesicht, Betretenheit, Schuldgefühle, ich bin nicht sicher. Aber eins weiß ich plötzlich mit absoluter Gewissheit, nämlich dass Elizabeth recht hat.

»Du bist nicht mein Vater, stimmt's?«

»Ich stehe auf deiner Geburtsurkunde, oder?«

»Das ist keine Antwort auf meine Frage. Ihr habt mich die ganze Zeit belogen. Warum, verflucht noch mal?«

Neuer Zorn flammt auf. Ich schlage mit der flachen Hand auf den Tisch, dass die Espressotassen auf den Untertellern klappern.

»Was glaubst du – dass wir dich täuschen wollten? Oder dass wir dich schützen wollten?«

»Ich muss die Wahrheit kennen. Ich muss wissen, wer ich bin. Ist das so schwer zu verstehen? Bist du mein Vater? Das ist doch leicht zu beantworten. Ja oder nein?«

Wir starren uns an, während der Kaffee auf dem Tisch kalt wird. Ricks Miene wird noch freundlicher, er versucht ein Lächeln. In den Sekunden, in denen er sich seine Antwort überlegt, spüre ich meinen Herzschlag. Sag's mir, sag's mir nicht. Sag's mir, sag's mir nicht. Ich beobachte seinen Mund, seine Augen, suche nach Hinweisen. Weiß nicht einmal genau, worauf ich hoffe. Möchte ich, dass Richard Fields mein leiblicher Vater ist oder nicht? Das Zögern, die Augenblicke des

Wartens sind so voller Anspannung, dass uns beiden der Atem stockt.

»Die Antwort lautet Nein. Ich bin nicht dein Vater. Und ja, wir haben dich angelogen. Dein Vater, Luke, ist ... jemand anderes.«

DAMALS

Alice

Die Disciples spielen einen Showcase-Gig im St Moritz in der Wardour Street. Zwanzig Musikjournalisten plus Robins Elite-Gästeliste mit lauter schönen Menschen, sodass ich mich, im siebten Monat schwanger, garantiert fett und unsicher fühlen werde. Rick kommt als meine Begleitung mit, ein prachtvoller Anblick in seiner maulbeerfarbenen Samtschlaghose und einem Patchworksakko in Smaragdgrün und Goldgelb. Es erscheint uns beiden noch ziemlich unwirklich, dass unsere Partner in einer Stunde auf der Bühne stehen werden.

Es ist das erste Konzert der Disciples seit Längerem und war sofort ausverkauft. Sie haben die neuen Songs wochenlang geprobt, und die erste Singleauskopplung hat es direkt in die Top 10 geschafft. Trotzdem ist Jake unruhig. Er war in letzter Zeit ständig in Gedanken, hat oft ganze Abende lang kaum mit mir geredet. Ich bin froh, wenn der Gig vorbei ist, nur dass ich dann schon bang die Tage bis zur Europatour der Band zählen werde.

Rick und ich lassen uns auf der Gästeliste abhaken

und dürfen Backstage in die Garderobe, eine kleine, verqualmte Kammer mit von Kippen überquellenden Aschenbechern, schmutzigem Teppichboden und nirgends Platz zum Sitzen. Alle rauchen und reichen eine Flasche Jack Daniels herum, und auch Jake nimmt einen Schluck.

»Du trinkst ja«, sage ich so ruhig wie möglich.

»Nur ein bisschen. Ich trinke immer was vor einem Auftritt. Ganz nüchtern kann ich das nicht, dazu bin ich zu hibbelig. Was ist, wenn die Songs nicht gut ankommen?«

»Du wirst toll sein.« Ich umarme ihn, aber nur kurz, merke, dass er Raum für sich braucht.

»Wir sehen uns hinterher«, sagt er. Ein sanfter, aber deutlicher Rausschmiss.

»Er trinkt«, sage ich zu Rick, sobald wir die Tür hinter uns geschlossen haben.

»Jake ist wieder gut drauf, du brauchst dir keine Sorgen zu machen. Wie er sagt, er trinkt sich nur ein bisschen Mut an.«

Das St Moritz ist ein dunkles Kellerloch und so vollgeräuchert, dass mir die Augen brennen. An der Bar treffen wir Robin, der gerade Wein bestellt hat und die Flasche angewidert mustert.

»Was für ein Gesöff. Das kriege ich nur mit zugehaltener Nase runter. Wollt ihr was davon?«

Wir kämpfen uns zu dritt durch die Menge, bis wir dicht vor der Bühne stehen, ringsum eingezwängt. Mir ist ein bisschen unwohl bei dem Gedanken, dass ich hier nicht ohne Weiteres rauskomme.

»Ich bin ein bisschen klaustrophobisch«, flüstere ich

Rick zu, der meine Hand nimmt und sagt: »Dauert ja nur eine halbe Stunde. Ich pass auf dich auf.«

Robin zeigt uns ein paar Leute, den Herausgeber des *NME*, einen Reporter von *Sounds*, einen Musikkritiker vom *Evening Standard*, jemanden von *Time Out*.

»Jake ist nervös«, sage ich zu ihm. »So habe ich ihn noch nie erlebt. Sonst wirkt er immer so überzeugt von seiner Musik.«

»Es gibt viel Druck von der Plattenfirma. Das zweite Album muss sich gut verkaufen. Aber keine Angst, sie waren großartig bei der letzten Probe.«

Es ist ein fast surreales Erlebnis, meinen Liebsten die Bühne betreten und nur wenige Meter vor uns stehen bleiben zu sehen. Er ist ein schöner Mann – das weiß ich natürlich, aber dort oben kommt es noch mehr zur Geltung. Ich fühle mich an das erste Konzert im Marquee erinnert, seine Sogwirkung auf mich. Er hebt eine Hand zum Gruß, und das Publikum heißt die Band mit Rufen und Beifall willkommen.

»Wir spielen heute Abend zum ersten Mal live auf der Bühne ein paar neue Songs von unserem Album *Apparition*. Wir hoffen, sie gefallen euch.«

Die Band legt direkt mit »Sinister« los, der rockigsten Nummer auf der Platte. Jake ist vom ersten Moment an in seinem Element, singt schnell und kraftvoll, Mund dicht am Mikro, seine Stimme so sanft und zugleich rau, eine mich süchtig machende Mischung.

Ich hätte wissen sollen, wie sehr er die Bühne liebt, keine Spur mehr von Selbstzweifeln, als er von einer Seite zur anderen stolziert und mit zurückgeworfenem Kopf tanzt, alles vergessend außer der Musik.

Das Publikum ist begeistert, soweit ich es sehe. Ich schiele zu den Journalisten hinüber und stelle fest, dass sie ganz bei der Sache sind, alle Augen auf die Bühne gerichtet, keiner redet.

Nach vier Songs, es sind nur noch zwei weitere geplant, gibt es einen Stimmungswechsel mit den ersten Akkorden von »Cassiopeia«. Ich sehe Rick an, während Jake seine Ballade gegen Homophobie anstimmt, die als doppelsinniges Liebeslied daherkommt. Überlege, was wohl in ihm vorgeht bei dieser Geschichte unseres Abends in Southwold. Dann drehe ich mich wieder zu Jake um, der jetzt mit seiner Gitarre am Bühnenrand sitzt, genau wie beim ersten Mal, als wir ihn sahen.

Als er den Refrain singt, »Sie haben sich gegenseitig aufgebaut, doch ihr habt das kaputt gemacht«, nimmt Rick meine Hand und drückt sie.

Die Schlägerei kommt aus heiterem Himmel. Wir werden von hinten geschubst, Robin, Rick und ich, als die Menge plötzlich nach vorn drängt, es gibt nicht einmal Platz zum Fallen. Ich gehe in die Knie und werde von Rick hochgerissen, der brüllt: »Hier ist eine Schwangere! Ihr zerquetscht sie!«

Doch es ist so gut wie unmöglich, auf den Beinen zu bleiben, denn das Stoßen und Schieben geht weiter. Ich bekomme einen Ellbogen in den Bauch, und immer wieder tritt mir jemand schmerzhaft auf die Füße.

»Rick, hilf mir!«, schreie ich, als ich erneut zu Boden gehe, verschwommene Leiber ringsherum, und er zieht mich wieder hoch.

»Hört auf zu drängeln!«, schreit er. »Um Gottes willen, ihr trampelt sie nieder.«

Die Musik bricht ab, die Verstärker rauschen, und dann Jakes Stimme übers Mikrofon.

»Kommt mal alle wieder runter. Das hier ist ein friedliches Konzert. Könnt ihr euch bitte alle beruhigen!«

Kurz darauf donnert er lauter: »Meine Freundin ist da unten. Sie ist schwanger. Hört auf zu drängeln, verdammt noch mal!«

Um mich herum ist nur Schwärze, Kopf gesenkt in der Masse, mühsam gestützt von Rick, der auf mich einredet wie auf ein Kind.

»Alles okay, ich halte dich. Ich pass auf, dass dir nichts passiert. Wir beschützen das Baby.«

Der Abend wird abrupt beendet. Sicherheitsmänner, vier oder fünf davon, klischeehafte Schränke, bahnen sich einen Weg durch die Menge und rufen: »Alle raus. Die Show ist vorbei. Verlasst alle den Saal.«

Rick und ich halten uns in der Mitte umschlungen, während das Chaos sich allmählich auflöst. Erst jetzt merke ich, dass mein Atem stoßweise geht, wie nach einem Weinkrampf. »Oh, Alice«, sagt Rick, und ich lehne meinen Kopf an seine Brust.

»Ich dachte, ich würde das Kind verlieren.«

»Ich auch. Aber es ist alles in Ordnung.«

»Offenbar gab es eine Keilerei dort hinten, und alle wollten panisch weg davon. Hätte richtig schlimm ausgehen können«, sagt Robin, als er uns ein paar Minuten später wiederfindet. »Alice, meine Liebe, ist alles okay mit dir? Ich hole dir ein Glas Wasser.«

Nachdem ich ein paar Schluck Wasser getrunken habe und meine Atmung sich normalisiert hat, gehen wir zu dritt hinter die Bühne.

»Shit, das war ein Desaster«, sagt Eddie, legt den Kopf in den Nacken und schüttet einen Strahl Whisky in sich hinein.

Entsetzt sehe ich, wie Jake ihm die Flasche aus der Hand reißt und das Gleiche tut.

»Jake? Trink bitte nichts mehr.«

»Diese Arschlöcher«, sagt er. »Die hätten dir sonst was tun können, Alice. Und dem Baby.«

»Haben sie aber nicht«, sagt Robin. »Seien wir dankbar dafür.«

»Robin hat recht«, stimmt Tom ihm zu. »Niemand ist verletzt worden. Wir sollten versuchen, das Ganze zu vergessen.«

»Wollen wir nicht irgendwohin gehen, wo wir was Anständiges zu trinken bekommen? Ich lade euch in den Chelsea Arts Club ein«, schlägt Robin vor.

»Jake, können wir nach Hause, du und ich?«

Er seufzt.

»Ich muss ein bisschen für mich sein. Sorry. Ich kann das nicht einfach so abschütteln wie ihr anderen offenbar. Dir hätte echt was passieren können.«

Nein, ich werde ihn nicht abstürzen lassen, das werde ich nicht zulassen.

»Jake?«

Ich warte, bis er mich ansieht.

»Das war ziemlich beängstigend. Ich brauche dich jetzt. Können wir bitte einfach nach Hause gehen?«

Ich sehe, wie sein Blick wieder klar wird, und habe

das Gefühl, ihn vom Strudel der Dunkelheit wegzuziehen.

»Natürlich«, sagt er. »Es war nur schlimm zu wissen, dass du da unten in dem Gedränge bist und ich dir nicht helfen kann.«

Er gibt die Flasche Rick.

»Du hast recht. Ich brauche das nicht zu trinken.«

Ich sehe zu Eddie hin, der die Szene verfolgt hat. Er nickt mir fast unmerklich zu, und ich verstehe. Wir ziehen an einem Strang, er und ich, jetzt und immer. Krise abgewendet, scheint er zu sagen. Fürs Erste.

HEUTE

Luke

Ich fahre mit dem Taxi von Clerkenwell nach Clapham, zu unglücklich und verwirrt, um es mit der U-Bahn, der Rückkehr ins Büro oder irgendwas anderem aufzunehmen als der Konfrontation, die jetzt ansteht.

Meine Gedanken kreisen nur um Ricks Antwort – »Ich bin nicht dein Vater« – und seine anschließende Weigerung, mir mehr zu verraten.

»Denkst du etwa, sie hat seine Identität ohne Grund vor dir geheim gehalten?«

Er klang wieder ungeduldig und frustriert, dieser Mann, den ich so bewundert habe, zuerst als Kunstfan und dann als jemand, der, wie ich glaubte, eine Art biologischen Anspruch auf mich hat.

»Gut, wenn du es mir nicht sagst, dann zwinge ich Alice dazu«, erwiderte ich mit einer Kühnheit, von der ich jetzt nichts mehr spüre.

Es ist kurz vor halb drei, mehrere Stunden früher, als ich sonst von der Arbeit nach Hause komme, und als ich die Tür aufschließe, frage ich mich, was ich drinnen vorfinden werde. Ich höre Gesang aus der

Küche – o Gott, nicht schon wieder dieses verdammte Lied.

Alice hat eine schöne Stimme, und sie klingt glücklich beim Singen, glücklich und versunken. Als ich hereinkomme, bemerkt sie mich zuerst nicht. Sie sitzt mit ihrem Skizzenblock am Küchentisch, Samuel vor sich in seiner Babywippe. Betrachtet ihn mit schräg geneigtem Kopf, ein kleines Lächeln auf den Lippen. Ich könnte ihnen stundenlang zusehen, aber offenbar gehen irgendwelche Schwingungen von mir aus, denn sie blickt plötzlich auf und stößt einen überraschten Schrei aus.

»Luke! Schleich dich doch nicht so an, du hast mich erschreckt.«

Ihre Miene drückt etwas aus, das ich nicht klar einordnen kann – Schuldbewusstsein vielleicht? Als hätte ich sie bei etwas ertappt.

»Warum bist du nicht bei der Arbeit? Bist du krank?«

Könnte man so sagen. Krank im Kopf, krank am Herzen.

»Warum hast du mir nicht die Wahrheit über meinen Vater erzählt?« Mehr Anschnauzer als Frage. »Warum machst du das?«

Und siehe da: Ihr fällt sofort alles aus dem Gesicht. Sie schlägt die Hand vor den Mund und starrt betroffen auf den Tisch.

»Du hast mich gerade gefragt, ob ich krank bin, und ich glaube langsam, ich bin es. Hannah denkt, ich stehe kurz vor einem psychischen Zusammenbruch.«

»Das hat sie gesagt?«

»Unmissverständlich. Sie denkt, dass unser Wiedersehen mich völlig verstört hat.«

»Geht mir genauso«, sagt Alice mit einem halben Lächeln.

Dieses Lächeln, ihre Ungerührtheit, ist der Tropfen, der das Fass zum Überlaufen bringt. Meine Wut gleicht einem Vulkan, sie ist größer als ich, größer als alles. Ich kann nicht anders, als ihr nachzugeben und zu brüllen wie ein gepeinigtes Kind.

»Wer ist mein Vater? Wer? Sag's mir! SAG ES MIR!«

Alice schreckt vor mir zurück, doch ich kann nicht aufhören. Mir ist nach … Gewalt. Ich schlage mit der Hand auf den Tisch, dass es wehtut.

»Sag mir, wer mein Vater ist. Du musst es mir jetzt sagen!«

Ich warte, ich bin dämonisch, Alice hält schützend die Hände vors Gesicht.

»Ist ja gut!« Jetzt schreit sie auch. »Setz dich hin, Luke. Und beruhige dich, um Himmels willen. Denk an Samuel, wenn schon nicht an mich.«

Trotz des Gebrülls schläft der Kleine seelenruhig weiter. Und sein Anblick – ich sehe den oberen Teil seines Köpfchens über die Wippe ragen – besänftigt mich tatsächlich. Ich setze mich Alice gegenüber. Atme tief ein und langsam wieder aus.

»O Gott. Tut mir leid. Ich bin total ausgeflippt.«

»Du brauchst dich nicht zu entschuldigen. Ich verstehe, wie schwer das für dich ist. Aber ich habe lange nicht mehr mit deinem Vater sprechen können. Siebenundzwanzig Jahre genau. Dein Leben lang. In all dieser Zeit habe ich seinen Namen nicht mehr laut gesagt. Ich weiß nicht, ob ich es überhaupt noch kann.«

»Dann schreib ihn auf. Schreib mir einen Brief. Aber sag mir die Wahrheit. Bitte, kann ich endlich die Wahrheit erfahren?«

»Ein Brief ist eine gute Idee. Es gibt so viel zu erklären.«

»Bist du meine Mutter, Alice? Oder ist das auch eine Lüge?«

»Natürlich bin ich das!«

»Ich verstehe nicht, warum du mich wegen Rick angelogen hast.«

»Weil dein wahrer Vater schon fort war, als du geboren wurdest, und Rick eingesprungen ist und sich um dich gekümmert hat und dich geliebt hat, als wärst du sein eigenes Kind. Er war wie ein Vater für dich.«

»Er hat dich also verlassen? Mein Dad? Dein Partner?«

»Ja. Und ich bin nie darüber hinweggekommen.«

»Wer war er, Alice?«

»Ich schreibe dir einen Brief, Luke. Ich erzähle dir alles, versprochen. Noch heute Abend.«

»Danke. Tut mir leid, dass ich dich angeschrien habe. Ich möchte einfach ...« Ich zögere unsicher.

»Sprich weiter«, sagt Alice.

»Ich möchte, dass es besser wird zwischen uns.«

Sie nickt, aber ich sehe, dass sie den Tränen nahe ist.

»Dann hoffe ich, dass es hilft, wenn du die Wahrheit erfährst.«

»Lass uns noch mal von vorn anfangen, ja? Geht das?«

Kaum habe ich es gesagt, fällt mir ein, woher der

Satz stammt. Christina, meine andere Mutter, hat das immer gesagt, wenn wir uns gestritten hatten. »Sollen wir noch mal von vorn anfangen?«

Vielleicht erkennt auch Alice das Kindliche daran, denn sie lacht und gibt mir die Hand.

»Einverstanden«, sagt sie.

Wir lächeln uns an, und da ist ein Schimmer von gegenseitigem Verständnis, den man als Fortschritt bezeichnen könnte.

»Ich sollte jetzt besser zurück ins Büro.«

Das hätte es sein können, das konstruktivste, verbindlichste Gespräch, das wir seit Wochen hatten. Mit dem Versprechen, dass ich endlich erfahren werde, was damals war.

Ich stehe auf und blicke über den Rand der Babywippe auf meinen schlafenden Sohn. Und in dem Augenblick kippt alles, gerät aus den Fugen, und die momentane Wärme zwischen uns wird von dem Eisesschauer des alten Verdachts verdrängt. Denn Samuel trägt nicht das Gap-Shirt und die Cargohose, in der wir ihn gern sehen, auch nicht einen seiner Schlafstrampler, sondern eine altmodische Latzhose mit gelben und orangefarbenen Streifen, die ihm zu klein zu sein scheint. Alte, überholte, selbst genähte Sachen. Sachen, die in eine andere Zeit gehören, eine andere Ära. Zu einem anderen Baby.

»Seine Kleider«, sage ich und merke, dass Alice mich wachsam beobachtet.

»Nur für die Zeichnung«, sagt sie, doch ich weiß mit der untrüglichen Gewissheit eines Schlags in die Magengrube, dass das nicht stimmt.

Sie zieht mein Kind an wie ihr Kind damals. Unsere kleine Unterhaltung von eben ist bedeutungslos. Sie will nur eines, nämlich dass Samuel ich ist, ihr gehört. Alice will ihr Baby zurück.

DAMALS

Alice

Hatte mein Vater das Haus beobachtet, darauf gewartet, dass Jake ging, unseren ausgedehnten Abschied vor der Europatour unten an der Tür verfolgt? Hatte er gesehen, wie Jake sich hinhockte, um meinen Achtmonatsbauch zu küssen – »Tschüss, Baby, sei brav und komm nicht raus, bevor ich zurück bin« –, oder wie wir uns einen letzten Abschiedskuss gaben, der länger dauerte als irgendeiner, an den ich mich erinnern kann?

Der Gedanke daran, so lange getrennt zu sein, ist für uns beide unerträglich. Für Jake, weil er ganz besessen von diesem letzten Drittel der Schwangerschaft und der bevorstehenden Geburt ist. Für mich, weil ich trotz seiner Bemühungen, es zu verbergen, spüre, dass sich die Dunkelheit bei ihm eingeschlichen hat; Phasen des Schweigens, die zu lange dauern, eine Lustlosigkeit, die vollkommen untypisch für ihn ist. Abgesehen von dem Gig im St Moritz hat er die Finger vom Alkohol gelassen, aber ich mache mir trotzdem Sorgen, dass er sich schaden könnte, wenn ich nicht dabei bin und auf ihn achte.

»Pass auf, dass er nicht trinkt«, hatte ich Eddie bei unserem letzten Treffen eingeschärft.

Eddie zuckte nur die Achseln.

»Ich versuch's. Du weißt ja, wie er ist.«

Als wir uns endlich voneinander lösen, sehe ich Jake mit schwerem Herzen nach, wie er durch die Dean Street davongeht.

Zurück in der Wohnung laufe ich ziellos herum und nehme Dinge in die Hand, die ihm gehören. Das halb gelesene Buch an seiner Bettseite – *Angst und Schrecken im Wahlkampf*, Hunter S. Thompsons beißende Reportagen über Nixons zweiten Sieg bei den Präsidentschaftswahlen. Jake, Eddie, Tom, Rick und ich und überhaupt alle, die ich kenne, verabscheuen Nixon und die Fortsetzung des Vietnamkriegs, das sinnlose Töten. Jakes schwarze Kampfstiefel, rechtwinklig zueinander hingeworfen, scheinen noch etwas von seinem Wesenskern zu enthalten. Ich starre gerade darauf und überlege, ob ich sie zeichnen soll, als es an der Tür klingelt. Es dauert einen Augenblick, bis ich es richtig registriere. Gleich darauf klingelt es erneut, länger, beharrlicher.

Auf dem Weg ins Treppenhaus nehme ich einen Apfel aus der Obstschale, einen ungewöhnlich schneewittchenartig roten, und beiße hinein, in Gedanken bei Jake und wie sehr ich ihn jetzt schon vermisse. Unten reiße ich die Haustür auf, und dort auf der Eingangsstufe, in schwarzem Hemd und schwarzer Hose, seiner bevorzugten Kluft eines Kirchenmanns außer Dienst, steht mein Vater. Der Apfel fällt mir aus der

Hand, kullert über die Schwelle und bleibt vor seinen Füßen liegen.

»Willst du mich nicht hineinbitten in euer Liebesnest?« Sein Mund zuckt spöttisch.

Ich bin im achten Monat schwanger, kein Jake oder Rick da, um mich zu beschützen; allein mit diesem Mann, der mich gedemütigt und schikaniert hat, seit ich denken kann. Trotzdem sage ich nicht Nein, ich schlage ihm nicht die Tür vor der Nase zu und schließe zweimal von innen ab. Ich trete beiseite und lasse ihn in den dunklen Hausflur, in dem Jake mich damals so leidenschaftlich geküsst hat, dass mein Skizzenbuch zu Boden fiel.

Er folgt mir nach oben in unsere Wohnung, in den bunt dekorierten Raum, der mein Zuhause geworden ist.

»Du lieber Gott«, sagt er, »das ist ja noch schlimmer, als ich dachte. So stelle ich mir ein Bordell vor.«

»Das ist gerade modern, aber so was hat sich wohl noch nicht bis Essex herumgesprochen.«

»Da man mit dir kein anständiges Gespräch führen kann, komme ich gleich zur Sache. Setz dich, Alice.«

»Ich bleibe lieber stehen.«

»In deinem Zustand?« Wieder dieses abfällige Zucken. »Wie du willst. Also, deine Mutter und ich möchten, dass du dieses Kind adoptieren lässt, damit du weiterstudieren und deinen Abschluss machen kannst. Schließlich kommst du gut voran, nicht wahr, wie man in den Zeitungen liest. Du wirst noch Zeit genug haben für Kinder mit diesem *Musiker*, falls du das wirklich willst. Aber du darfst deine Zukunft nicht aufs

Spiel setzen, das werden wir nicht zulassen. Du bist noch nicht einmal zwanzig, dir stehen so viele Möglichkeiten offen.«

»Seit wann interessierst du dich für meine Möglichkeiten? Ich dachte, ich bin eine Enttäuschung für dich, was das Studium angeht und überhaupt.« Ich lege die Arme um meinen Bauch beim Sprechen, zum Trost, als Stütze, aber eigentlich bin ich ganz ruhig. Zum ersten Mal in meinem Leben habe ich keine Angst vor ihm.

Mein Vater hat seine Ledermappe bei sich, so ein Ding mit Reißverschluss, das er überall mit sich herumschleppt. Ich sehe zu, wie er sie öffnet und irgendwelche Unterlagen herausholt.

»Willst du dich wirklich nicht setzen?«

Er ist Ende vierzig, sieht aber viel älter aus. Seine Haare sind noch schütterer geworden, seit ich ihn zuletzt gesehen habe, pomadige Strähnen über den kahlen Kopf gekämmt, und seine untere Gesichtshälfte wird von dem zu fleischigen Kinn abwärts gezogen.

»Nein, danke.«

Er gibt mir die Unterlagen.

»Lies dir mal diese Formulare durch. Ich habe mir die Mühe gemacht, Kontakt zu einer Adoptionsagentur aufzunehmen, sie hat einen ausgezeichneten Ruf. Man wüsste dort schon ein infrage kommendes Ehepaar, respektable, gut situierte Leute in Yorkshire, die ideal wären. Wenn du und dein... dein Liebhaber euch also entschließen solltet, das Kind abzugeben, was meiner Ansicht nach...«

Mein Schrei, lang gezogen und schrill, überrascht ihn genauso wie mich selbst.

»Raus! Mach, dass du rauskommst!«

»Du meine Güte, werde jetzt nicht hysterisch.«

»Wie kannst du es wagen? Wie kannst du es wagen, du verdammtes Arschloch?«

Mein Vater schlägt mich mit dem Handrücken heftig ins Gesicht, knapp unter das linke Auge, ein klatschendes Geräusch von Fleisch auf Fleisch. Ich gehe zu Boden, er reißt mich hoch.

»Du vulgäre kleine ... *Hure*.«

Bösartige Augen, die aus den Höhlen treten, violette Gesichtsfarbe eines Alkoholikers. Ich habe meinen Vater schon oft jähzornig erlebt, aber das ist das erste Mal, dass er mich geschlagen hat. Die Brutalität des Schlags und die Wortwahl seiner Beleidigung offenbaren die Tiefe seines Hasses.

Ich wende mich von ihm ab und werfe mich aufs Sofa, vergrabe mein Gesicht in den Kissen. Das ist alles zu viel.

»Geh einfach.«

Als ich mich zwinge, den Kopf zu heben, steht er immer noch da und starrt mich voll Abscheu an.

»Du wirst jetzt sofort gehen«, sage ich langsam und deutlich, »oder ich rufe die Polizei. Du bist hier nicht erwünscht.«

Ich lege die Hände um meinen Bauch. Der Fall wird dem Baby nicht geschadet haben, denke ich, aber was ist mit all den Giftstoffen durch Stress und Wut in meiner Blutbahn?

Mein Vater zeigt noch einmal auf die Papiere.

»Ich rate dir, dir das anzusehen«, sagt er, und dann halte ich die Luft an, bis ich die Wohnungstür hinter ihm ins Schloss fallen höre.

Wie viele Stunden vergehen? Eine, zwei? Ich sitze regungslos auf dem Sofa, zu bestürzt und niedergeschlagen, um zu weinen. Ich vermisse Jake schmerzlich, aber ich werde ihm nichts von diesem Auftritt meines Vaters erzählen. Auf keinen Fall werde ich ihn mit Dingen belasten, die ihn herunterziehen könnten. Wenn er unterwegs auf Tour ist, habe ich keinen Einfluss auf ihn. Ich kann nur darauf achten, dass unsere Telefongespräche positiv verlaufen und er ruhig und zuversichtlich auflegt.

»Was ist los?«, fragt Rick, als ich ihn schließlich anrufe.

Ich schlucke, bringe im ersten Moment keinen Ton heraus.

»Mein Vater war hier.«

»Was wollte der Mistkerl?«

Rick kennt meinen Vater als Haustyrann, nicht als Schläger. Ich kannte ihn bisher selbst nicht so. Doch das ist egal, es spielt keine Rolle. Ich bin ein bisschen benommen deswegen, das ist alles.

»Kannst du herkommen?«

»Bin schon unterwegs.«

Ich habe noch gar nicht daran gedacht, in den Spiegel zu schauen, aber als ich die Tür öffne, macht Rick einen Schritt rückwärts und schreit auf.

»Alice! Dein Gesicht!« Dann gibt er eine Reihe von Lauten von sich, die ich noch nie von ihm gehört habe, eine Art Keuchen und Fiepen, das sich als Weinen herausstellt.

Wir setzen uns mit einer Schüssel voll Eis und Wasser aufs Sofa, und Rick drückt einen Waschlappen auf meine geschwollene Wange. Die Tränen laufen ihm übers Gesicht, bis ich sage: »Damit hilfst du mir nicht wirklich, weißt du.«

»Du hast recht, entschuldige. Aber ich finde es so widerlich, dass er das gemacht hat, kaum dass Jake weg ist. Er wird deinen Vater umbringen, wenn er davon erfährt.«

»Er darf es nicht erfahren. Das musst du mir versprechen, Rick. Er könnte nicht damit umgehen.«

»Ich glaube, du unterschätzt ihn manchmal.«

»Kaum. Hast du vergessen, wie er bei der letzten Krise fast eine Woche lang versackt ist? Er ist so anfällig, ich begreife jetzt erst langsam, wie sehr. Und ich mache mir Sorgen, weil er so lange weg sein wird.«

»Du musst aufhören, dich so zu stressen, das kann nicht gut sein für das Baby.«

»Ich möchte nur, dass er wieder nach Hause kommt.«

»Wird er ja auch. Und jetzt wollen wir deinen Vater vergessen, und du machst dir keine Sorgen mehr um Jake, ja? Wie wär's, wenn wir irgendetwas Normales, Alltägliches machen, nur wir zwei?«

Er zündet alle Kerzen im Wohnzimmer an wie Jake sonst, sodass eine warm schimmernde, orangerote Höhle daraus wird. Dann kocht er Tee in der cremeweißen Kanne mit Goldmuster, die ich auf dem Portobello Market gekauft habe, und geht den Plattenstapel durch, entscheidet sich für *The Dark Side of the Moon*, genau das Richtige.

Während wir den Tee trinken, blättert er in unserem Buch mit Vornamen und liest mir die absonderlichsten vor. Jake und ich haben schon zwei ausgesucht: Charles, wenn es ein Junge wird, und Charlotte, wenn wir ein Mädchen bekommen, beide zu Charlie abgekürzt. Doch ich spiele mit, als Rick Aristoteles und Prospero vorschlägt, Cassiopeia für ein Mädchen.

Bald muss ich kichern und habe den Horror von heute beinahe vergessen, trinke Tee, höre Musik und lache zusammen mit meinem besten Freund, der »alltäglich« auf das Schönste interpretiert hat.

Das letzte Stück Normalität in meinem Leben, wie sich herausstellen sollte.

HEUTE

Luke

Es beginnt als ein richtig schöner Samstag. Wir schlafen alle drei lange, das heißt bis halb neun statt wie sonst nur bis sechs, und werden von Samuel geweckt, der mir beim Herumrollen die Füße in den Bauch stößt. Als ich die Augen aufschlage, sieht er mich groß an. Ich grinse, eine unwillkürliche Reaktion beim Anblick dieses entzückenden Menschenwesens, woraufhin er sein helles Lachen lacht und damit auch Hannah weckt.

»Hallo, Sonnenschein«, sagt sie und küsst ihn.

Dann nimmt sie meine Hand und zieht sie an ihre Lippen.

»Es ist Samstag. Zwei Tage nur für uns.«

»Frühstück im Bett?«, schlage ich vor. »Für drei?«

Wir bekommen die Wochenendausgaben der Zeitungen nach Hause geliefert, und so trage ich kurz darauf ein Tablett mit Tee, Toast, der *Times* und Samuels warmem Fläschchen nach oben. Als ich die Vorhänge aufziehe, fällt die frühherbstliche Morgensonne herein, ein goldenes Strahlenbündel wie aus *Star Wars*.

Wir lehnen den Kleinen an die Kissen, und er greift

nach seiner Flasche, reißt sie grob an sich und stopft sie sich in den Mund, was wir jeden Tag aufs Neue amüsant finden. Dann saugt und schluckt er mit diesem starren Blick, den er immer bekommt, als würden wir ihn hungern lassen, als sei das seine erste Milch seit einer Ewigkeit.

»Tee?«, fragt Hannah, die sich in meinem Cult-T-Shirt auf die Knie hockt und umwerfend hübsch aussieht mit ihren rosigen Wangen, ihrem Lächeln und der zerzausten Bettfrisur.

»Hannah?«, sage ich, ganz erfüllt von diesem Moment, und sie sieht mich an, immer noch lächelnd.

Mir liegt so vieles auf der Zunge. »Heirate mich« kommt mir regelmäßig in den Kopf, aber Hannah hat ihre festen Überzeugungen, was das angeht. Eine Heirat macht eine Trennung wahrscheinlicher, behauptet sie, obwohl sie das mit keiner Statistik belegen kann. Es ist nichts als ein Gefühl, ihr Misstrauen gegen alles Offizielle, im Herzen immer ein Cornwall-Hippie.

Also begnüge ich mich mit »Ich liebe dich sehr«, und sie lacht und wirft mir eine Kusshand zu.

»Gleichfalls, du alberner Kerl. Luke?«

Das kurze Zögern genügt, ich weiß, was sie sagen wird.

»Geht es dir gut?«

Ich zucke die Achseln. »Ja und nein.«

Gestern Abend, als ich ihr von Ricks Geständnis berichtete, ist sie in Tränen ausgebrochen. Allmählich sieht sie wohl ein, dass mein Misstrauen gegenüber Alice begründet war, und schlägt sich endlich auf meine Seite.

»Aber es ist Wochenende«, sage ich, während ich meine Tasse entgegennehme. »Lass uns mal eine Pause machen von dem ganzen Reden über Alice.«

Wir trinken Tee und lesen Hannahs Kritik zu der Uraufführung eines neuen Theaterstücks im Donmar Warehouse. Ich lese sie zum zweiten Mal, sie zum zwanzigsten Mal, prüft den Text auf irgendwelche Fehler, die noch in letzter Minute im Satz passiert sein könnten, eine in Fleisch und Blut übergegangene Fähigkeit, Kunstbegeisterung mit nüchterner Genauigkeit zu verbinden.

Als Samuel sein Fläschchen ausgetrunken hat, schleudert er es übers Bett wie ein kleiner Despot.

»Sieht aus, als sei das Frühstück beendet«, sagt Hannah.

Wir planen den Tag, während wir duschen, uns anziehen und alles Nötige für den Despoten zusammenpacken – mehr Milch, ein Becherchen tiefgefrorenes Birnenmus, den Bund Plastikschlüssel, den er so gern hat, seinen schielenden Bär. Zuerst auf einen Kaffee ins North St. Deli, das einen kleinen Garten hinten hat, dann ein Spaziergang im Clapham Common mit Halt beim Spielplatz und den Schaukeln. Danach wollen wir beim Metzger Lammsteaks zum Abendessen kaufen und eine Flasche von unserem Lieblingswein bei Oddbins, und wenn wir zurückkommen, wird Samuel eingeschlafen sein, und wir werden ihn im Buggy schlummern lassen, während wir nach oben schleichen.

Der Gedanke an diese kleine Auszeit, die mit Glück anderthalb Stunden dauert und uns eines der langsamen, ausgedehnten Liebesspiele von früher erlaubt, bewirkt ein gewisses Glühen in uns beiden. Ich drücke meine Lippen auf die Innenseite von Hannahs Handgelenk, und sie seufzt auf diese besondere Art, die mir alles sagt, was ich wissen muss. Ich mag diese stillschweigende Übereinkunft, die eine ganz eigene Erotik mit sich bringt. Zwar können wir nicht mehr miteinander ins Bett fallen, wenn uns gerade danach ist, spontan ein Theater oder Kino verlassen und uns ein Taxi nehmen auf nichts als einen Blick oder ein geflüstertes Begehren hin, doch dafür können wir uns stundenlang darauf freuen und die allmähliche Steigerung dieser Vorfreude genießen.

Hand in Hand schlendern wir durch unser Viertel, wo der lange heiße Sommer die Bäume vorzeitig rot und golden gefärbt hat, hier und da auch ein Fleck von Knallgelb. Wenn Samuel ein bisschen älter ist, wird er in die Luft springen, um ein fallendes Blatt zu fangen, und wir werden ihm sagen, dass er sich etwas wünschen kann. In der Larkhall Rise bewundern wir wie jedes Mal die hoch aufragende Pracht von vier viktorianischen Reihenhäusern, jedes mit drei Stockwerken und einem großzügigen Garten hinten. Vor dem hintersten, dem schäbigsten, auf das wir ein Auge geworfen hatten, bemerken wir ein Zu-verkaufen-Schild und vermuten, dass bald ein Paar von Bankern dort einziehen wird, das der Haustür einen teuren Anstrich von Farrow&Ball verpasst und zwei Miniaturbäume wie Ausrufezeichen danebenstellt.

Als wir zu dem Café kommen, ist es schon fast elf, und bei mir machen sich leichte Kopfschmerzen durch die mangelnde morgendliche Espresso-Dosis bemerkbar. Normalerweise gehen wir nicht ins North St. Deli, auch wenn all unsere Freunde davon schwärmen, weil Hannah eine Schwäche für das alte Porzellan, den losen Tee und die Schokoladeneclairs des French Café an der High Street hat. Daher wundern wir uns, als der Inhaber herbeieilt, um uns zu begrüßen.

»Ciao«, sagt er, »da ist ja mein Lieblingsbaby. Sonst sehe ich ihn nicht am Wochenende ...«

Wir lächeln und wollen gerade zu einer Erklärung ansetzen, als der Mann sich vor Samuel hockt.

»Ciao, Charlie, wo ist denn deine schöne Mama heute?«

Wir erstarren, unsere Mienen gefrieren, und Sekunden vergehen, ehe wir antworten.

»Haben Sie ihn gerade Charlie genannt?«, fragt Hannah ungewohnt schroff.

»Ja, so heißt er doch, ich kenne ihn gut.«

Der Mann richtet sich auf und will uns die Hand geben.

»Ich bin Stefano«, sagt er. »Alice, seine Mutter, kenne ich gut, sie kommt jeden Tag hierher.«

Meine schöne, vertrauensvolle Freundin – ich sehe zuerst Unglauben, dann Entsetzen in ihrem Blick, als sie die volle Bedeutung des Gesagten begreift.

»Alice ist unsere Tagesmutter«, sage ich. »Keine Ahnung, warum sie Sie in dem Glauben gelassen hat, sie sei seine Mutter.« Auch ich klinge nicht wie ich selbst, ruppig, machohaft, unfreundlich. Unter anderen Umständen würde ich mich für unsere Grobheit schämen.

»Gibt es da ein Missverständnis?«, fragt Stefano, verwirrt. »Möchten Sie vielleicht einen Kaffee? Ein Stück Kuchen? Wir haben einen schönen kleinen Garten hinten.«

»Ja«, sagt Hannah, »wir wissen von dem Garten, danke. Und es tut mir leid, aber ich habe Schwierigkeiten, das zu kapieren. Noch mal zur Klarheit: Alice, unsere Tagesmutter, kommt mit unserem Sohn Samuel hierher und behauptet, er sei ihr Kind? Sie gibt sich als seine Mutter aus?«

Stefano wirkt geknickt und verlegen bei Hannahs kühlem Verhör.

»Es tut mir leid.« Er zieht die Schultern hoch. »Ich weiß nicht, was ich sagen soll.«

Hannah schüttelt den Kopf, auch ihr scheinen die Worte ausgegangen zu sein. Sie beugt sich über den Kinderwagen, in dem Samuel großäugig und ahnungslos sitzt, und legt ihm kurz die Hand an die Wange. Eine herzzerreißende Geste, die nur eines besagt: mein Kind, meins. Danach stolziert sie mit ihm aus dem Café.

Ein paar Häuser weiter, neben dem Eingang zu dem neuen Fitnessstudio, in dem wir beide Mitglied sind und nie trainieren, bleibt sie allmählich stehen, die Hände vorm Gesicht, über den Buggy gebeugt, weinend. Schuldgefühle, Scham, Niedergeschlagenheit, Angst – ein gewaltiger Strudel an Emotionen in ihr, als ich sie in die Arme nehme und mich angstvoll frage, was sie an dieser erschreckenden neuen Entwicklung am schlimmsten findet. Es dauert gut eine Minute, bevor sie etwas sagen kann, und dann ist es nicht das, was ich erwartet hatte – »Wie kann sie es wagen? Wie kann sie es verdammt noch mal wagen?« –, sondern etwas ganz anderes.

»Samuel hält Alice für seine Mutter.«

Das verblüfft mich so sehr, dass ich beinahe lache. Samuel ist acht Monate alt, seine Gedanken drehen sich um essen und schlafen. Er hat noch gar nicht die Erkenntnisfähigkeit, um zu beurteilen, wer seine Mutter ist und wer nicht. Oder?

Hannahs Ausbruch ist jedoch noch lange nicht vorbei.

»Ich hätte nicht schon wieder anfangen dürfen zu arbeiten, das war so was von selbstsüchtig von mir. Ich liebe ihn über alles und habe ihn trotzdem einer völlig Fremden anvertraut, damit ich mit meiner blöden Scheißkarriere weitermachen kann. Dabei war deine Mutter, deine eigentliche Mutter, die Frau, die dich aufgezogen hat, sogar so großzügig, uns finanzielle Unterstützung anzubieten, falls ich zu Hause bleiben und mich selbst um ihn kümmern will. Und das wollte ich ja auch, du weißt nicht, wie gern ich bei ihm bleiben wollte, aber ich habe meinen Beruf an erste Stelle gesetzt. Und das ist jetzt das Ergebnis, und es ist alles meine Schuld.«

»Wie soll das denn deine Schuld sein? Samuel ist noch zu klein, um solche Sachen mitzukriegen. Er liebt dich. Er weiß, dass du seine Mum bist.«

Ich versuche, sie zu trösten, aber sie schiebt mich weg.

»Du kapierst es nicht, oder? Du verstehst nicht, worum es hier geht.«

»Doch, das tue ich sehr wohl. Du hast Angst, dass unser Sohn Alice mehr lieben könnte als dich. Und ich sage dir, das ist Unsinn. Kinder in dieser Lebensphase denken nicht so. Sie wissen nicht einmal, was gestern war.«

»Wie kannst du so etwas behaupten, gerade du? Immerhin bist du selbst so *scheißverkorkst* wegen deiner ersten Lebensmonate.«

Ich schrecke zurück, eine Selbstschutzreaktion, werde ganz kalt und wachsam vor Bestürzung. Ich kann sie kaum ansehen, diese Frau, die ich liebe.

Hannah fängt wieder an zu weinen.

»Es tut mir leid, das habe ich nicht so gemeint.«

Samuel, der in seinem Wagen festgeschnallt ist, beginnt zu weinen, worauf Hannah ihn automatisch, ja geradezu manisch schaukelt.

»Wir waren so glücklich«, sagt sie.

»Sind wir doch immer noch, oder?« Bitte sag Ja. Ich ertrage keine Bedrohung meines Glücks, das muss sie doch wissen. Als Adoptivkind bin ich abhängig von Beständigkeit.

Hilflos sehe ich zu, wie sie Samuel losmacht und aus dem Buggy hebt, ihn auf beide Wangen küsst. Sogleich hört er auf zu weinen. Ist das nicht Beweis genug?

»Siehst du? Siehst du, wie er dich liebt? Wollen wir zum Park rübergehen? Wir können unterwegs weiterreden.«

Hannah blickt mir ins Gesicht, jetzt voll konzentriert.

»Ich hoffe, dir ist klar, was das bedeutet«, sagt sie in

einem kalten Ton, der mir nicht gefällt. »Alice muss gehen. Alice muss gefeuert werden oder wie man das auch nennt, was man tut, wenn sich herausstellt, dass deine *leibliche Mutter* versucht, dir deinen Sohn zu stehlen.«

»Stehlen kann man das ja wohl nicht nennen, Hannah. Aber sie benimmt sich eindeutig seltsam mit Samuel. Ich habe schon länger versucht, dir das zu sagen.«

»Warum habe ich nicht auf dich gehört? Warum habe ich nichts bemerkt? Was für eine Frau gibt das Kind einer anderen als ihr eigenes aus?«

»Und zieht ihm meine alten Sachen an. Das Ganze ist wirklich höchst merkwürdig. Auch dass sie null Interesse an mir zeigt, ihrem echten Sohn, sie ist völlig auf ihn fixiert.«

»Meinst du, sie ist gefährlich?«

»Gott, ich glaube nicht.«

So erleichtert ich bin, dass Hannah sich endlich meiner Sichtweise anschließt, finde ich ihre Gedankensprünge jetzt doch etwas extrem.

»Komm, wir haben es ja nicht mit einer Psychopathin zu tun«, sage ich, um sie zum Lachen zu bringen, aber Fehlanzeige.

»Ich hoffe, du begreifst, wie schwerwiegend das ist. Soll ich es ganz deutlich machen? Ich will diese Frau nicht mehr sehen.«

DAMALS

Alice

Die Verschlechterung von Jakes Zustand ist leicht an seinen Anrufen zu messen: an denen, die er macht, dann an denen, die er nicht macht. Ich merke ihm immer den Alkohol an, auch wenn seine Stimme zuerst nichts davon verrät. Zu Beginn der Tour wirkt er nur leicht angetrunken, aufgedreht nach den Konzerten und einem späten Essen mit der Band. Innerhalb von einer Woche jedoch nimmt das Trinken ein neues Ausmaß an. Abend für Abend nuschelt und lallt er jetzt so, dass ich ihn manchmal kaum verstehe. Er sagt, dass er mich liebt, dass er mich vermisst, wie schwer es ist, voneinander getrennt zu sein. Danach liege ich lange wach, während unser Kind sich in mir bewegt und seine Fersen und Ellbogen alienartig aus meiner straff gespannten Bauchdecke ragen. Ist das der Beginn eines Absturzes? Wird er wieder schwer erkranken? Ich zähle bereits die Tage bis zum Ende der Tour.

Wenn Jake anruft, bitte ich ihn oft, mir Eddie zu geben, aber er tut es nie.

»Du achtest nicht auf dich«, sage ich eines Nachts, nachdem er mich um drei geweckt hat. »Du trinkst zu viel. Du musst mal eine Pause machen. Weißt du noch, wie deprimiert du das letzte Mal davon geworden bist? Du musst damit aufhören.«

Doch er hört meistens gar nicht zu.

»Lieb dich«, sagt er mit whiskyschwerer Stimme. »Brauchs dir keine Sorgen um mich machen.«

Er legt auf, ohne Tschüss zu sagen, zu betrunken offenbar, um zu merken, dass wir noch mitten im Gespräch waren. Spätnachts plagen mich die schlimmsten Visionen, erzeugt mein Gehirn einen Horrorfilm nach dem anderen. Jake, der volltrunken auf eine Straße torkelt und von einem LKW niedergemäht wird. Jake, der eine Überdosis Schlaftabletten nimmt wie Jimi Hendrix. Im Schlaf an seinem Erbrochenen erstickt.

Ein paar Tage vor der geplanten Rückkehr schlägt Eddie Alarm.

»Alice, ich bin's.«

Mir krampft sich das Herz zusammen.

»O Gott, bitte sag, dass er okay ist.«

»Er ist am Ende. Wir mussten das Konzert heute Abend absagen. Er ist die letzten zwei Wochen nur dicht gewesen. Wir sagen ihm ständig, dass er sich zusammenreißen soll, aber es nützt nichts. Er verdirbt uns die ganze Tour. Was mir aber wirklich Sorgen macht, ist sein Geisteszustand. Er ist ein verdammter Dummkopf.«

»Kommt zurück, Eddie. Brecht die Tour ab. Bitte. Tu's mir zuliebe. Dem Baby zuliebe. Wir müssen ihn nach Hause bringen.« Ich merke, dass ich weine, aber es ist lautlos, krampflos, nur nasse Wangen.

»Du hast vermutlich recht. Ich spreche mit Tom.«

Jakes Anruf kommt sehr viel später, wieder gegen drei Uhr morgens. Beim zweiten Klingeln bin ich wach, watschele ins Wohnzimmer hinüber und reiße beim vierten den Hörer von der Gabel.

»Hey.«

Wie kann eine einzige Silbe so viel enthalten? Ich höre sofort, wie schlimm es um ihn steht.

»Ich mache mir solche Sorgen um dich.«

»Alice ...« Er redet nicht weiter. Weint er?

»Jake? Bist du noch da?«

Nichts.

»Bitte sprich mit mir. Ich vermisse dich so.«

Ein Schnaufen zuerst nur, dann seine Stimme, schwach und ausdruckslos.

»Ich glaube, ich bin im Arsch. Ich hab fürchterliche Angst. Angst vor allem.«

»Wovor genau? Erzähl's mir.«

»Vor der Heimreise. Vorm Reden. Vorm Denken. Vorm Einschlafen. Aufwachen. Duschen. Nichts davon scheint mir ... möglich.«

»Bist du allein? Wo sind die anderen?« Ich merke, dass ich panisch klinge, obwohl ich mich bemühe, ruhig zu bleiben.

»Im Hotel.«

»Jake, geh ins Bett. Bitte versprich es mir. Morgen, wenn du aufwachst, sieht alles besser aus. Und sobald du wieder zu Hause bist, kümmere ich mich um dich. Dann geht's dir bald wieder gut.«

»Meinst du?«, sagt er, bevor die Verbindung abbricht.

An Schlaf ist nicht zu denken. Ich liege im Stockdunkeln auf dem Sofa und warte darauf, dass die blassgraue Morgendämmerung hereinsickert. Vorbeiratternde Taxis, wie sehne ich mich danach, das zu hören. Rufende Standbesitzer vom Markt ein paar Straßen weiter. Die Bar Italia, die für den morgendlichen Betrieb öffnet. In der Stille des nächtlichen Soho vernehme ich nichts als Schwermut.

Um neun trifft ein Telegramm ein. Schnell setze ich mich damit wieder aufs Sofa, Jakes Sofa, unser Sofa mit all den Erinnerungen, und halte den Umschlag in meinen zitternden Händen.

Tour abgebrochen. Kommen heute Abend nach Hause. Eddie.

Eine halbe Stunde später, das Telegramm immer noch in den Fingern, beschließe ich mit einer Energie, die ich in meinem hochschwangeren Zustand kaum noch kenne, die Wohnung für ihn bereit zu machen. Was für eine Erleichterung, eine Aufgabe zu haben, denke ich, während ich mich von einem Zimmer zum anderen schleppe, die Bettwäsche wechsele, das Bad putze, Kissen aufschüttele, Kerzen ersetze. Nachmittags gehe ich zu dem iranischen Laden in der Beak Street und kaufe Dosensuppen, Brot und zwei Flaschen Lucozade, Krankennahrung. Als ich die Heinz-Tomatensuppe in den Schrank stelle und den Toast in den Brotkasten tue, denke ich flüchtig an meine Mutter. Wenn ich als Kind mal wieder Mandelentzündung hatte, wollte ich nichts anderes essen als Tomatensuppe. Ich erinnere mich, wie sie manchmal die ganze Nacht an meinem Bett gesessen hat, wenn die Schmerzen am schlimmsten waren, und frage mich, wie es nur so weit mit uns kommen konnte.

Um sechs Uhr abends klingelt es unten an der Haustür, Jake und Eddie stehen davor. Jake sieht aus wie ein Geist, das fällt mir als Erstes auf. Sein Gesicht ist bläulich weiß und sein Blick unstet, unfokussiert.

»Jake!« Ich will ihn umarmen, doch er macht einen Schritt rückwärts.

Erst jetzt merke ich, dass Eddie ihn von hinten stützt. »Bringen wir ihn erst mal ins Bett«, sagt er. »Dann reden wir miteinander.«

Wie habe ich mich nach diesem Mann gesehnt, diesem mageren, hageren Gespenst, aber jetzt, als er mit Eddie die Treppe hinaufsteigt, langsam, Stufe für Stufe, weiß ich nicht, was ich fühle. Sie wanken durch das blitzsaubere Wohnzimmer mit den neuen orangefarbenen Kerzen, die nur auf ein Streichholz warten, vorbei am Plattenspieler, auf dem *The Dark Side of the Moon* bereitliegt. An der Tür zum Schlafzimmer sagt Eddie: »Bleib lieber hier, Alice, ich sorge dafür, dass er sich hinlegt. Dauert nur eine Minute.«

Wie ist das möglich? Wie kann es in weniger als vierundzwanzig Stunden derart mit ihm bergab gegangen sein? Er hat verzweifelt geklungen letzte Nacht am Telefon, aber jetzt ist er überhaupt nicht ansprechbar.

»Hohe Dosis Valium«, erklärt Eddie, als er sich zu mir setzt und meinen Arm tätschelt. »Sie mussten ihn sedieren, um ihn in den Bus zu bekommen. Scheiße, er ist echt total am Ende, so habe ich ihn noch nie erlebt. Wusstest du, dass er seine Medikamente nicht mehr nimmt?«

Es liegt kein Vorwurf in seinem Ton, doch ich schlage die Hände vors Gesicht. Sehe nur noch Jake vor mir, wie er die Tabletten ins Waschbecken drückt.

»Ja, ich wusste es. Er hat sie so gehasst, aber ich hätte ihn dazu bringen sollen, sie zu nehmen. Mir war das nicht richtig klar.«

»Alice?« Eddie klingt streng. »Daran ist niemand schuld außer Jake selbst und im Grunde nicht mal er. Er ist manisch-depressiv und muss ständig Medikamente nehmen, um solche extremen Schübe oder wie man das nennt zu verhindern. Der Arzt in Paris hat von Psychose gesprochen.«

»Wie geht es jetzt weiter?«

Eddie seufzt. »Wann soll das Baby kommen?«

»In zehn Tagen.«

»Er hat sich den schlechtesten Zeitpunkt ausgesucht, was?«

»Das ist egal. Ich bin nur froh, dass er zu Hause ist.«

Er nickt mehrmals. Ich merke, dass er sich seine Worte zurechtlegt.

»Alice ...«

»Was ist?«

»Du verstehst doch, was das bedeutet, oder?«

»Er ist depressiv. Er braucht Medikamente. Er braucht Ruhe und Frieden. Natürlich verstehe ich das.«

Eddies Gesichtsausdruck ist auf einmal unaussprechlich traurig.

»Er wird nicht hier bleiben dürfen.«

»Aber warum denn nicht? Ich liebe ihn. Ich werde für ihn sorgen. Wir kommen schon zurecht.«

Eddie schüttelt den Kopf. »Sie werden ihn in eine

Klinik bringen wollen. Und er wird nicht freiwillig gehen. Du weißt so gut wie ich, was er von Krankenhäusern hält.«

»Dann muss er auch nicht hin. Warum siehst du mich so an? Ich weiß nicht, worauf du hinauswillst.«

»Ich denke, doch. Man wird ihn morgen höchstwahrscheinlich zwangseinweisen. Darauf musst du dich gefasst machen. Man wird ihn morgen fortbringen.«

HEUTE

Luke

Erwachsene Adoptivkinder sehnen sich danach, die absolute Liebe zu erfahren, die eine Mutter ihrem Kind bei der Geburt entgegenbringt. Das ist jedoch unmöglich. Man kann den Schutzpanzer, der im Laufe von zwanzig oder dreißig Jahren aufgebaut wurde, nicht einfach abwerfen. Man kann die Erfahrung eines Neugeborenen nicht replizieren.

Joel Harris, *Wer bin ich? Das verborgene Trauma adoptierter Kinder*

Als ich bei Alice' Atelier ankomme (ich habe mich nicht telefonisch angekündigt, schon allein, weil sie samstags, wenn sie malt, nie ans Telefon geht), kann ich es kaum erwarten, die Sache hinter mich zu bringen. Ich habe vor, bei ihr hereinzuplatzen, sie bei der Arbeit zu überraschen, ihr meine Botschaft gleich beim Hereinkommen vor die Füße zu knallen, kurz, knapp, brutal, die gleiche Zurückweisung, wie ich sie von ihr erfahren habe.

Trotzdem bleibe ich zuerst einen Augenblick vor

dem roten Ziegelsteingebäude stehen. Das Atelier liegt im Erdgeschoss, ein offener, loftartiger Raum, stelle ich mir vor, denn sie hat mich ja nicht hereingelassen, als ich mit Richard hier war. Ich zögere. Ich überlege. Meine Hand verharrt unschlüssig an der Türklingel. Mein Puls rast. Ich bin kurzatmig vor Empörung und Nervosität. Der Mann, der es sich zum Beruf gemacht hat zu vermitteln, ein Gleichgewicht herzustellen, wird nun das Gegenteil davon tun. Mit ein paar wenigen, ablehnenden Worten: »Alice, wir möchten nicht mehr, dass du Samuel betreust.«

Ich drücke probehalber den Türgriff, es wäre leichter, einfach reingehen zu können und zu sagen, was ich zu sagen habe. Zu meinem Erstaunen gibt er nach. Was mich drinnen erwartet, ist allerdings noch viel verblüffender.

Wie soll ich diese ersten Sekunden der Erschütterung beschreiben, als ich die Bilder von Samuel sehe, die jedes Stückchen Wand, jede Oberfläche bedecken. Mittendrin eine große, halb vollendete Leinwand auf einer Staffelei. Wie ein Spiegelkabinett oder eher ein Albtraum, mein lachender, schlafender, weinender Sohn. Eine Ecke hängt voller Polaroidfotos mit dieser seltsamen, gespenstischen Belichtung.

Mein Blick irrt von einem Bild zum nächsten, so viele, solche Ähnlichkeit, solche Genauigkeit, ihr künstlerisches Können, die Aussagekraft sind bemerkenswert. Hier sitzt Samuel auf einer mir unbekannten blau-weiß-gemusterten Decke, an einen Berg Kissen gelehnt, der Teddy mit seinen Glasaugen neben ihm. Dort trägt er ein senfgelbes Jäckchen mit braunen

Streifen und orangefarbene Shorts. Auf einem anderen schläft er in seiner Babywippe und hat die winzige Latzhose von neulich an. Er guckt ein bisschen verlegen drein in seinem Siebzigerjahre-Aufzug, scheint mir, als verstünde er die Gleichsetzung, die Alchemie, die hier in Alice' Atelier stattfindet, die Verwandlung von ihm in mich.

»Luke!«

Alice klingt halb erfreut, als sie hereinkommt. Dann aber sieht sie mein Gesicht, als ich mich umdrehe.

»Ich kann das erklären ...«, sagt sie, hat jedoch nichts zu ihrer Verteidigung vorzubringen.

Etwas Merkwürdiges passiert mit mir, eine beinahe übersinnliche Erfahrung. Ich sehe sie an und fühle, wie jede Verbindung zu ihr sich auflöst. Vor meinen Augen wird sie zu dem, was sie im Grunde immer war: eine Fremde. Wem wollte ich etwas vormachen mit meinem erbärmlichen Versuch, meine Mutter in ihr zu sehen? Ich habe eine Mutter, eine, die ich in letzter Zeit ziemlich schlecht behandelt habe.

»Verdammt, was soll das, Alice? Das ist der reinste Kult hier. Gruseliger, obsessiver Mist. Wie irgend so ein, ich weiß nicht ...« Ich wedele mit den Armen. »Wie irgend so ein Psychozeugs.«

Unsere schlimmsten Befürchtungen haben sich bewahrheitet, schießt es mir durch den Kopf, doch wie immer bleibt Alice ruhig.

»Kannst du wirklich dastehen und mir so etwas ins Gesicht sagen?«

»Allerdings kann ich das. Soll ich dir verraten, was heute passiert ist?« Ich klinge bitter. Gefühllos und kalt. »Wir wollten auf einen Kaffee ins North St. Deli. Klingelt's bei dir?«

Zufrieden beobachte ich, wie sie schamrot wird.

»Offensichtlich ja. Und als wir hereinkommen, Hannah, *Samuel*« – fiese Überbetonung – »und ich, stürzt da gleich der Chef auf uns zu, dein Freund Stefano, um ›Charlie‹ zu begrüßen. Er fragt, wo Alice denn heute sei, Charlies Mutter. Ihr würdet jeden Tag bei ihm vorbeikommen, meinte er. Kannst du dir auch nur ansatzweise vorstellen, wie Hannah sich gefühlt hat?«

Ich bin total in Rage und zugleich den Tränen nahe. Derart verachtungsvoll mit meiner Mutter zu sprechen ist, als würde ich mir selbst ein Messer ins Herz bohren. Zu meiner Wut kommt Scham hinzu.

»Es tut mir leid«, sagt Alice.

»Es tut dir leid? Es tut dir leid, dass du uns unseren Sohn wegnimmst und ihn als deinen ausgibst? Dass du dir wünschst, er wäre ich?«

»Luke, ich verstehe, dass du aufgebracht bist, aber ich kann es dir erklären.«

»Erklären? Das da?« Mit ausholender Geste zeige ich auf die Wände voller Samuel. »Die Beweise sprechen für sich. Du siehst mich in Samuel, mich als Baby. Du willst mein Kind als Ersatz für das, das dir weggenommen wurde.«

»Nein, so ist es nicht, ich schwöre es.«

Doch ich will nichts mehr von ihr hören. Ich weiß, dass man ihr nicht trauen kann.

»Du darfst ihn ab jetzt nicht mehr betreuen. Ich bin hergekommen, um dir das zu sagen. Diese ganze Idee war ein Riesenfehler.«

Alice schnappt nach Luft. »Das ist nicht dein Ernst. Wer soll sich denn sonst um ihn kümmern? Du weißt doch, wie Samuel an mir hängt.«

»Wir finden schon eine Lösung. Meine Mutter wird uns erst mal unterstützen.«

Dieses heikle Wort, *Mutter*. So oft bin ich darüber gestolpert, aber jetzt nicht mehr. Der Unterschied zwischen Christina und Alice ist schonungslos deutlich geworden. Die eine hat mein ganzes Leben lang für mich gesorgt, die andere ist praktisch eine Unbekannte. Eine gefährliche noch dazu, wie es aussieht.

Alice beginnt zu weinen, sie hält die Hände vors Gesicht, ihre Schultern zucken. Ich wünschte, ich könnte irgendetwas Versöhnliches sagen, doch hier, in dieser bizarren Umgebung, in der mein kleiner Sohn von jeder Wand auf mich herabschaut, wird nur allzu klar, dass es kein Zurück gibt.

»Es tut mir leid, Alice. Hannah ist richtig ausgerastet, sie will dich nicht mehr in Samuels Nähe haben. *Ich* will dich nicht mehr in Samuels Nähe haben.«

Harte Worte, aber ich finde keine anderen. Mein Zorn ist unvermindert und hängt nicht allein mit dieser irrwitzigen Vergötterung meines Sohns zusammen. Alice hat mich die ganze Zeit belogen.

»Es geht nicht nur um Samuel, sondern auch um die Art und Weise, wie du mich behandelt hast. Kannst du dir vorstellen, wie es ist, nach siebenundzwanzig Jahren endlich meinen Vater kennenzulernen, nur um dann festzustellen, dass er es doch nicht ist, sondern ein ganz anderer, dessen Namen du mir nicht mal verraten willst?«

»Du hast recht«, sagt Alice mit gesenktem Blick. »Ich habe ein paar schwere Fehler begangen und will versuchen, das wiedergutzumachen. Ich erwarte nicht, dass du das verstehst, aber ich bin all die Jahre vor alldem davongelaufen. Es ist so ... unglaublich qualvoll, mich damit auseinanderzusetzen.«

»Oh, Alice«, sage ich und denke in dem Moment, dass es vielleicht doch noch einen Weg für uns gibt. Doch dann vermasselt sie es komplett mit ihrer nächsten Äußerung.

»Bitte nimm ihn mir nicht weg. Das könnte ich nicht ertragen. Wann darf ich ihn wiedersehen?«

Nicht »dich«, sondern »ihn«. Nicht mich, sondern Samuel.

»Leb wohl, Alice«, sage ich.

DAMALS

Alice

Jake schläft, liegt zusammengekauert auf der Seite mit dem Gesicht zum Fenster. Er hat ein Loch in einem seiner Socken, die drei mittleren Zehen ragen heraus. Etwas daran, dem Loch, den Zehen, bricht mir das Herz. Schwerer als beabsichtigt lasse ich mich auf dem Bett nieder, rolle mich zu ihm herum und schlinge die Arme um ihn, unser ungeborenes Kind in der Lücke zwischen uns. So wacht er auf.

Er dreht den Kopf zu mir um und fängt sofort an zu weinen, Tränen, die nicht versiegen wollen.

»Ach, Jake«, sage ich und muss selbst weinen, »ich liebe dich so sehr. Ich wünschte, ich könnte dir helfen.«

Er sagt nichts, lange nicht, seine Traurigkeit ist zu groß, füllt ihn ganz aus. Als der Arzt am späten Vormittag kommt, hat er erst ein einziges Wort herausgebracht – *verzeih* –, und ich habe gemerkt, welche Anstrengung ihn das kostet. So viel Kummer und Schmerz und keine Möglichkeit, es auszudrücken. Er ist in seinem Körper, seinem gequälten Geist eingesperrt.

Der Arzt bleibt fast eine Stunde bei ihm. Ich gehe zwischen Küche und Wohnzimmer hin und her, mache mir schließlich einen Tee, der kalt wird, während ich aus dem Fenster starre.

»Wollen wir uns setzen?«, sagt der Arzt, als er endlich herauskommt, und deutet aufs Sofa. »Sie machen sich bestimmt große Sorgen, zumal die Geburt Ihres Kindes bevorsteht. Umso mehr tut es mir leid, was ich Ihnen zu sagen habe. Jacob leidet an einer schweren Depression. Das Gute ist, dass wir es rechtzeitig festgestellt haben. Wir müssen ihn schnellstmöglich in eine Klinik und in medikamentöse Behandlung bringen. Ich denke, ich kann innerhalb von ein paar Stunden ein Bett für ihn organisieren, wahrscheinlich im Maudsley.«

»Nicht in eine Klinik, bitte. Jake hasst Krankenhäuser.«

»Ich fürchte, es muss sein. Und zwar dringend. Sie verstehen doch hoffentlich, wie ernst sein Zustand ist?«

»Werde ich ihn besuchen dürfen?«

»Natürlich. Nur in den ersten Tagen ist es vielleicht nicht so gut, so lange, bis wir ihn stabilisiert haben.«

»Was ist, wenn er nicht will? Haben Sie mit Jake darüber gesprochen?«

»Er weiß, dass er eine Zeit lang stationär behandelt werden muss, und wehrt sich dagegen. Aber es geht nicht anders, Alice. Sollte er sich weigern, freiwillig mitzukommen, müssten wir ihn zu seinem eigenen Schutz zwangseinweisen lassen.«

Er tätschelt mir den Arm, bevor er geht.

»Wenn die Medikamente erst einmal wirken, werden Sie eine große Veränderung sehen, glauben Sie mir.«

Jake starrt an die Decke, als ich ins Schlafzimmer komme, doch dann sieht er mich an und klopft neben sich aufs Bett. Mich mit einer Hand abstützend, lasse ich mich langsam herab, ein schwerfälliges Manöver, das ihn noch vor Kurzem zum Lachen gebracht hätte. Er dreht sich zu mir um, und wir halten uns wortlos an den Händen. Manchmal tritt das Baby oder verändert seine Lage, dann lege ich seine Hand auf meinen Bauch, damit er es auch spüren kann. Er lächelt nicht, lässt die Hand aber liegen, selbst nachdem das Baby aufgehört hat, sich zu bewegen.

Der Wecker neben dem Bett misst unsere verbleibende Zeit. Aus drei Stunden werden zwei, dann anderthalb. Immer noch haben wir das Thema Krankenhaus nicht angesprochen, mir fehlt die Kraft dazu.

Schließlich stehe ich auf und beginne, Kleider aus seinem Schrank zu ziehen. Unterwäsche, Socken, T-Shirts. Sind das die richtigen Sachen? Mir fällt sein langer, dünner Schal in die Hände, der mit dem Federmuster, den er an dem Tag trug, als er mich in der Slade aufspürte. Ich zeige ihn ihm.

»Erinnerst du dich? Den hattest du an dem Tag an, als ich mich in dich verliebt habe.«

Er nickt, ohne zu lächeln, und ich lege den Schal auf die Kommode, weil ich weiß, dass ich ihn später brauchen werde, um mich zu trösten.

»Was machst du da?«

Ich höre, welche Mühe ihm das Sprechen bereitet.

»Der Arzt sagt, dass du noch heute in eine Klinik musst.«

Ich fühle mich wie eine Verräterin, besonders bei dem Wort »Klinik«, das er so hasst und fürchtet.

»Nein.«

Ich setze mich zu ihm auf die Bettkante, will seine Hand nehmen, doch er rückt von mir ab wie ein trotziges Kind.

»NEIN!«

»Jake, bitte. Du musst auf den Arzt hören. Dir geht es wirklich schlecht. Sie wollen dir nur helfen.«

»Was ist mit …« Er unterbricht sich erschöpft. »Was ist mit unserem Kind. Will es nicht verpassen.«

»Es kommt wahrscheinlich sowieso ein bisschen später. Das ist oft so beim ersten Kind. Bis dahin bist du wieder zurück, ganz bestimmt.«

Er dreht sein Gesicht weg.

»Du bist also auch auf ihrer Seite.«

»Natürlich nicht. Wie kannst du so etwas sagen? Ich will nur, dass es dir besser geht, damit du bald wieder bei mir bist.«

»Und wenn ich Nein sage?« Er redet zum Fenster hin, kennt die Antwort genauso wie ich.

»Dann wird man dich zwingen.«

Wir weinen jetzt beide, und ich lege mich zu ihm. Diesmal lässt er mich seine Hand halten.

»Es wird alles wieder gut«, sage ich. »Und es ist nicht so wie beim letzten Mal, weil du jetzt mich hast.«

Jake bringt ein Nicken zustande, bevor er sich wieder wegdreht.

Ich packe seine Tasche zu Ende. Ein Paar Jeans. Zahnbürste und Zahncreme aus dem Bad, ein frisches Stück Seife. Ich greife nach seinem Rasierer und zucke zurück, lasse ihn liegen und hasse mich noch ein bisschen mehr dafür.

Es ist fast halb drei, als ich fertig bin. Robin und der Arzt kommen in einer halben Stunde. Robin, um ihn zu fahren, der Arzt, um seine Einlieferung nötigenfalls durchzusetzen.

»Ich fahre mit«, sage ich, aber Jake schüttelt den Kopf.

»Nein. Komm her.«

Ich lege mich wieder zu ihm, und diesmal nimmt er mich in die Arme so wie früher.

»Ich will nicht, dass du das siehst. Ich habe dir erzählt, wie es an solchen Orten zugeht. Es wird dir nur Angst machen.«

»Das ist mir egal.«

»Mir aber nicht.«

»Aber du erlaubst doch, dass ich dich besuche, oder?«

Er drückt meine Hand. »Ich zähle darauf.«

»Du weißt, wie sehr ich dich liebe?«

»Gleichfalls.«

»Meinst du, du könntest etwas essen? Es ist noch genug Zeit.«

Er nickt. »Eine Kleinigkeit.«

»Suppe?«

Zum ersten Mal, seit er wieder da ist, lächelt er.

»Suppe wäre genau das Richtige.«

Ist jemals mit solcher Sorgfalt eine Dosensuppe gekocht worden? Als könnte ich all meine Liebe und Hoffnung und Stärke zu dieser leuchtend orangeroten Flüssigkeit hinzugeben, zu dem knusprigen, heißen und dick mit Butter bestrichenen Toast. Während ich darauf warte, dass die Suppe heiß wird, mache ich mir eine frische Tasse Tee, und dabei fällt mir ein, dass ich seit der einen Scheibe Brot heute Morgen um acht nichts mehr gegessen habe. Ich tadele mich dafür, dass ich nicht an das Baby denke, und nehme mir vor, zum Gemüsehändler zu gehen, sobald Jake fort ist, und so viel gesundes Zeug zu kaufen, wie ich nur kriegen kann, ein Vitaminstoß in letzter Minute für unser bald auf die Welt kommendes Kind.

Um Viertel vor drei trage ich ein Tablett mit der Suppe zum Schlafzimmer. Ich will die Tür mit dem Fuß aufstoßen, aber sie bewegt sich nicht, klemmt irgendwie. Ich stelle das Tablett auf dem Boden ab, gar nicht so einfach im neunten Monat.

»Jake?«, rufe ich und drücke fester gegen die Tür, die ein paar Zentimeter nachgibt, aber immer noch von irgendetwas Schwerem, Unverrückbarem blockiert wird. Alles in mir – Knochen, Blut, Haut, Herz, Lunge, Magen – gefriert zu Eis. Ich werfe mich mit meinem ganzen Gewicht dagegen, und dann sehe ich seine Füße auf der anderen Seite, immer noch in den löcherigen Socken, drei hervorlugende Zehen, und ich weiß, oh, ich weiß, was mich erwartet. Er liegt von der Tür weggeneigt, das Gesicht grotesk nach oben gekehrt, den Hals in einer Zugschlinge aus seinem cremeweißen Federschal, der am Türknauf befestigt ist.

Schluchzend und mit zitternden Händen versuche ich, die Schlinge zu lösen.

»Du lebst noch!«, sage ich laut zu ihm, zu mir selbst, zu irgendwem, der in der Lage sein könnte, es wahr zu machen.

Seine Haut fühlt sich warm an, doch er sackt nach vorn, sobald ich ihn von dem Schal befreit habe, und seine Augen starren ins Leere. Ich sinke zu Boden und wiege ihn in meinem Schoß, meinen Geliebten, meinen Liebsten, meinen Schatz.

HEUTE

Luke

Lieber Luke,

wenn du schliefst, habe ich dir oft Geschichten über deinen Vater erzählt, habe sie in die Dunkelheit geflüstert, damit deine Träume von Farbe und Licht und Liebe erfüllt waren.
Natürlich hast du noch nichts davon verstanden, aber ich wollte es zumindest versuchen, dadurch die Kraft und Leidenschaftlichkeit dieses wunderbaren Menschen auf dich zu übertragen.
Ich habe ihn geliebt, und das nicht nur wie ein neunzehnjähriges Mädchen, das sich Hals über Kopf in einen Schwarm verliebt. Er war meine erste große Liebe – und meine einzige.
Er war der Mensch, der mich inspiriert und mich verstanden hat, mein Mentor und mein Retter.
Du siehst ihm sehr ähnlich. So sehr, dass ich glaubte, ihn lebendig vor mir zu haben, als wir uns das erste Mal in diesem Restaurant trafen. Manchmal ist es immer noch so. Dein Wiederauftauchen, ein an sich glückliches Ereignis, nach dem ich mich lange gesehnt hatte, brachte

mich zugleich an den Rand der Verzweiflung. Manchmal weiß ich nicht, wie ich es ertragen soll, immer wieder daran erinnert zu werden, was ich verloren habe.
So muss ich dir nun also die Wahrheit über deinen Vater sagen, muss sie aufschreiben, weil ich sie niemals aussprechen könnte. Die schreckliche, hässliche Wahrheit und meine Rolle dabei. Ich werde nichts auslassen.
Dein Vater war Jacob Earl, der Leadsänger einer Rockband namens Disciples, die damals kurz vor dem großen Durchbruch stand. Ihr zweites Album war gerade herausgekommen, und nach seinem Tod stieg es auf Platz eins in den Charts.
Jake litt an schweren Depressionen, die auf eine schwierige Kindheit zurückzuführen waren. Er hatte gute Phasen, in denen er glücklich und voller Schaffensdrang war, und in einer solchen Zeit lernten wir uns kennen. Er war überzeugt davon, die Depression ein für alle Mal hinter sich gelassen zu haben, und warf die Medikamente weg, die ihn psychisch stabil halten sollten. Ich ließ es zu, ich verstand nicht genug davon.
Du sollst wissen, wie sehr dein Vater sich über meine Schwangerschaft gefreut hatte. Sie war ein Unfall, zugegeben, aber wir wollten dich beide behalten. Er meinte, es sei das Beste, was ihm je passiert sei, und er wäre ein guter Vater gewesen, da bin ich sicher.
Jake verfiel in eine schwere Depression, während er mit seiner Band auf Europatournee war. Bei seiner Rückkehr konnte er kaum sprechen. An dem Tag, an dem er in eine psychiatrische Klinik eingewiesen werden sollte, erhängte er sich an der Schlafzimmertür, als ich gerade in der Küche war.

Ich werde es mir nie verzeihen, dass er in meinem Beisein starb. Glaub mir das bitte. Und auch, dass er dich schon als Ungeborenes von ganzem Herzen liebte. Er war der beste Mann, den man sich vorstellen kann, und du schlägst nach ihm.
Alice

Dieser Brief von Alice löst meinen Zusammenbruch aus. Ihr Brief, ein paar Fotos und ein alter Zeitungsausschnitt mit einem Bild von den beiden bei einer Ausstellungseröffnung in einer Galerie. Unterschrift: *Jacob Earl, Sänger der Disciples, und seine Freundin, die Künstlerin Alice Garland, in der Robin-Armstrong-Galerie in Mayfair.*

Auf dem Foto ist Alice' Schwangerschaftsbauch schon deutlich zu sehen, aber vollends aus der Bahn wirft mich, wie diese beiden sich ansehen, in Liebe entbrannt, auf dem Höhepunkt ihrer Schönheit, an der Schwelle zum Erfolg, eine Momentaufnahme von Größe. Ich halte den Brief in der Hand und weine um den Mann, den ich nie kennengelernt habe, um das Leben, das Alice versagt worden ist, und noch um andere Dinge, die ich nicht benennen kann. Ich weine den ganzen Tag und bin nicht in der Lage, es Hannah zu erklären, die besorgt um mich ist und versucht, diese wellenartig über mich hinwegschwemmende Mischung aus Hoffnungslosigkeit und Trauer zu verstehen. Wie sollte sie auch, da ich sie nicht einmal selbst begreife?

Es ist dunkel, als meine Mutter eintrifft, von Hannah irgendwann im Laufe des Tages herbeigerufen. Sie setzt sich zu mir aufs Bett und hält meine Hand, nennt mich »mein armer Junge«. Ihre Hände sind warm, trocken und rissig von der Gartenarbeit, sie riecht nach Lavendelseife.

»Sprich jetzt nicht«, sagt sie, als ich anfangen will, mich zu entschuldigen. »Dafür ist später noch Zeit. Und fühl dich nicht verpflichtet, mir irgendetwas zu erklären, das brauchst du nicht. Ich verstehe dich.«

»Alice ...«, sage ich, doch sie macht »Sch!«.

»Ist schon gut. Hannah hat mir gesagt, wer sie ist, und ich kann es dir nicht verübeln, dass du sie kennenlernen wolltest. Hab kein schlechtes Gewissen, weil du mir nicht die Wahrheit gesagt hast, ich verstehe auch das.«

Ihre Freundlichkeit ist schwer zu ertragen, und trotz meines umnachteten Zustands ist mir bewusst, dass es Schuldgefühle sind, die mich im Bett festhalten. Schuldgefühle gegenüber Christina, Schuldgefühle gegenüber Alice. Der Mann, der zwei Müttern wehtat, so sollte man mich wohl besser nennen.

Wer hätte gedacht, dass ein Nervenzusammenbruch den Körper ebenso in Mitleidenschaft zieht wie den Geist? Die allumfassende Furcht, die ich empfinde, führt zu bleischweren Gliedern, einer engen Brust, Herzklopfen, Schweißausbrüchen, Schwindel und mehreren Panikattacken, einer nach der anderen, bis ich glaube, sterben zu müssen.

Der Notarzt wird gerufen, und ich weine während seines gesamten Besuchs, während Hannah und meine Mutter bang miteinander flüstern. Ich weine um Jacob und Alice, um ihren zerstörten Traum, um die

Familie, die wir nicht sein durften. Ich weine um einen Mann, der so ohne Hoffnung war, dass er sich kurz vor der Geburt seines Kindes erhängte. Doch ich finde keine Worte für all das, und der Arzt diagnostiziert einen Burn-out und verschreibt Antidepressiva und zwei Wochen Urlaub.

Als er weg ist, legt Hannah sich zu mir aufs Bett und streichelt meinen Arm, während ich weiter weine.

»Du wirst dich besser fühlen, sobald die Tabletten wirken«, sagt sie, und ich bringe ein Nicken zustande.

»Meinst du, du kannst schlafen?«, fragt sie, woraufhin ich die Augen schließe und mich müde stelle, dann erleichtert höre, wie sie aufsteht und nach unten geht.

Alles, was ich will, ist, wieder zu Jacob zurückzukehren. Ich kann es nicht richtig erklären, dieses seltsame Zwiegespräch mit meinem toten Vater, aber es ist für mich im Moment das Einzige, was zählt.

Alice hat mir ein Foto von ihm in Schuluniform geschickt, er muss darauf neun oder zehn sein. Dieses Bild berührt mich noch mehr als die anderen, ich kann nicht aufhören, es zu betrachten. Er ist ein hübscher Junge mit seinen dunklen Augen und den hohen Wangenknochen, den vollen Lippen, unleugbar mir sehr ähnlich. Als ich das Foto meiner Mutter gezeigt habe, ist sie in Tränen ausgebrochen, die Frau, die ich während meiner Kindheit nicht ein einziges Mal habe weinen sehen.

»Das bist ja du«, sagte sie dann. »Er sieht aus wie du.«

Wenn ich das Bild jetzt anschaue, bemerke ich vor

allem seine Ernsthaftigkeit, einen erwachsenen Ausdruck, der nicht zu seinem Alter passt. Der Junge, der mir da entgegenblickt, weiß schon mehr, als er sollte. Sein Leben besteht nicht aus Fahrrad fahren und Fußball spielen, Pommes und Schokolade. Er sieht mich an, und ich sehe ihn an, und auf eine verrückte, unerklärliche Weise sind wir durch unseren Schmerz verbunden. Wir kennen uns, wir gleichen uns; es ist genug.

DAMALS

Alice

Er ist tot. War noch nicht tot, als ich ihn fand, nicht richtig, nicht klinisch, nicht vollständig. Er starb kurz darauf im Krankenwagen, wie man mir sagte. Doch mein Verstand kann diese Information nicht fassen, also liege ich nur auf unserem Bett, Vorhänge gegen das Tageslicht zugezogen, ein paar Hemden von ihm als Decke, die Ärmel um mich geschlungen. Rick ist bei mir, während aus Stunden Tage werden, und er sagt nichts außer gelegentlich meinen Namen, ein geflüstertes *Alice*, weil er versteht, dass es nichts zu sagen gibt.

Leute kommen und gehen. Eddie, Tom, Robin. Ich spreche mit niemandem, Robin kümmert sich um alles.

Sie reden von Beerdigung, ein grässliches, aufdringliches Wort, aber ich werde hier bleiben in meiner Starre, und Rick wird wissen, ohne dass ich es ihm zu sagen brauche, dass das alles ist, was ich tun kann.

Er bringt mich dazu, Wasser zu trinken und etwas zu essen, winzige, puppenmundgerechte Stückchen Brot – »Für das Baby«, sagt er –, und obwohl das Kind in meinem Bauch sich bewegt und tritt und bereit scheint, sich herauszukämpfen, spüre ich keine Verbindung mehr zu ihm.

»Alice, möchtest du hier in der Wohnung bleiben?«, fragt Rick. »Robin wird die Miete weiterzahlen, bis du weißt, was du machen willst«, aber ich mag das Thema nicht, weil er mir damit Veränderung hinter meine Augenlider zwingt.

»Hierbleiben«, sage ich, denn auch wenn ich an nichts denke, Nichtdenken mein selbst gewählter Zustand ist, glaube ich irgendwo in den hinteren Regionen meines Bewusstseins, dass Jake immer noch unterwegs auf Tour ist. Und ich auf seine Rückkehr warte.

Rick lässt mir ein Bad ein, das Wasser ist kaum mehr als lauwarm. »Wir wollen doch das Baby nicht verbrennen«, sagt er und stützt mich beim Hineinsteigen. Er nimmt das Shampoo und wäscht mir die Haare, und als ich fertig bin, hält er mir ein Handtuch hin und wickelt mich darin ein wie ein Kind. Nachdem er mich abgetrocknet hat, reicht er mir einen alten blauen Bademantel von Jake, der so stark nach ihm riecht, nach diesem Duft aus Zedern und Farn und Zitrone, dass es mich aufrüttelt und ich echte Tränen des Grams weine, weine wie zum ersten Mal.

Wir setzen uns auf das braune Sofa, Rick nimmt mich in die Arme, und wir weinen und weinen, während das Licht hinterm Fenster schwindet.

»Was soll ich jetzt machen?«, frage ich ihn, und er schüttelt den Kopf.

»Wir werden das irgendwie durchstehen. Eine Minute nach der anderen, wenn's sein muss.«

Das Baby kommt in derselben Nacht. Ich wache auf, das Bettlaken unter mir ist durchnässt, und humpele hinüber ins Wohnzimmer, wo Rick auf dem Sofa schläft.

»Die Fruchtblase ist geplatzt«, sage ich, und er ist schon hellwach, bevor ich ausgeredet habe.

Ohne mein Wissen hat Rick die Babybücher studiert und weiß genau, was zu tun ist.

»Wir rufen im Krankenhaus an und sagen Bescheid. Aber wir sollten nicht zu früh hinfahren, sonst schicken sie uns nur wieder weg. Wir müssen warten, bis die Wehen im Abstand von fünf Minuten kommen.«

Es hat fast etwas Komisches, hier mitten in der Nacht mit Rick zu sitzen und Kräutertee zu trinken, während er Dauer und Abstand meiner Wehen mit seiner Armbanduhr misst.

»Das war eine mächtige, hat dreißig Sekunden gedauert. Wird jetzt nicht mehr lange dauern.«

Obwohl es höllisch wehtut, reagiere ich kaum, während die Kontraktionen durch mich hindurchschneiden. Danach habe ich mich gesehnt, dass mein Körper von Schmerz zerrissen wird.

Die erste Hürde im Elizabeth-Garrett-Anderson-Krankenhaus ist, dass sie Rick wegschicken wollen.

»Nur Familienmitglieder oder Ehepartner«, heißt es, und als ich zu weinen anfange, brüllt er: »Aber ich bin der Vater des Kindes, Herrgott noch mal, zählt das denn gar nichts?«, und ich weiß nicht, ob sie ihm glauben oder nur meinen Tränenfluss stoppen wollen, jedenfalls darf er dann doch bleiben.

Die Hebammen finden mich eigenartig, unbegreiflich, gestört. Die Schmerzen werden immer stärker, während mein Muttermund sich öffnet, meine Gebärmutter sich zusammenzieht und meine Bauchmuskeln zu einer Hülle aus Stahl werden. Und ich bin süchtig danach.

»Nein!«, schreie ich bei einer weiteren heftigen Wehe und lehne mit abwehrender Geste Lachgas und Sauerstoff ab, erst recht Pethidin und Periduralanästhesie. Ansonsten bin ich vollkommen still – »stoisch«, sagt eine Hebamme zu Rick –, nur eine einzelne Träne quillt, als ich daran denke, dass Jake sein Kind nie sehen wird.

Dann die letzten Momente der Entbindung, der überwältigende Drang zu pressen, und Rick, der ruft: »Der Kopf ist zu sehen. Oh, Liebste, das Baby kommt!«

Das Baby ist heraus, die Nabelschnur durchtrennt, und das Neugeborene schreit, leise und lang gezogen, eher das Wimmern eines Kätzchens.

»Es ist ein Junge, Alice«, sagt Rick, aber das wusste ich schon.

Er darf das Kleine als Erster halten, eingewickelt wie ein Paket in eine weiße Decke, nur ein Stückchen tiefrosa Haut schimmert hervor. Fasziniert betrachtet er das Bündel in seinen Armen, während er in dem kleinen, heißen Zimmer herumgeht.

»Du erinnerst mich an Josef aus dem Krippenspiel in der Schule«, krächze ich, worauf er sein lautes, ausgelassenes Lachen lacht.

»Hier, bitte sehr.« Rick legt mir meinen Sohn an die Brust. »Du bist dran.«

Er schiebt die Decke vom Gesicht des Kleinen weg,

und wir sehen ihn uns zum ersten Mal richtig an. In dem Moment öffnet er die Augen, und er ist es, unverwechselbar. Ich beiße mir auf die Lippen, aber die Tränen sind nicht aufzuhalten, und Rick weint ebenfalls.

Die Hebamme kommt mit einem Klemmbrett herein.

»Name der Mutter, Alice Garland, Name des Vaters, Richard Fields, Zeit der Geburt, sechs Uhr siebzehn. Wollte nur noch mal alles überprüfen, ehe wir das losschicken.«

Rick sieht mich an, und ich nicke entschieden.

»Ja«, sagt er, »das stimmt so.«

»Und haben wir auch schon einen Namen für das Kind?«

»Charles Jacob Garland«, antworte ich nach kurzem Überlegen, und meine Stimme klingt fest und klar, obwohl es das erste Mal ist, dass ich seinen Namen seit seinem Tod wieder ausspreche.

Als die Hebamme weg ist, beugt Rick sich über das Bett, über das Baby, und flüstert mir ins Ohr.

»Alice Garland, du bist eine Überlebenskünstlerin.«

Genau das hat Jake auch einmal zu mir gesagt.

Und wenn er der Meinung war, wenn er es glaubte, sage ich mir, dann muss es wahr sein.

HEUTE

Luke

Es ist nicht ungewöhnlich, dass Adoptierte warten, bis sie einen Zusammenbruch erleiden, bevor sie Hilfe suchen. Das liegt daran, dass Adoptivkinder sich von klein auf angewöhnen, ihre wahren Gefühle zu verbergen oder zu unterdrücken. Bildlich gesprochen schließen sie sie in einen Safe ein und werfen den Schlüssel weg.

Joel Harris, *Wer bin ich? Das verborgene Trauma adoptierter Kinder*

Es gibt Tage, an denen ich nicht aufstehen kann. Duschen, mir die Zähne putzen, mich anziehen, all das überfordert mich. Manchmal bin ich gelähmt vor Traurigkeit und weine unaufhörlich um einen Mann, den ich nie kennengelernt habe. Dann wieder werde ich von Panik erfasst. Nicht von den kurzen, heftigen Anfällen, an die ich gewöhnt bin, zwei oder drei Minuten röchelndes Atmen wie ein alter Mann, bevor die Angst sich legt. Nein, das hier ist eine allumfassende Furcht, die bis zu einer Stunde anhalten kann. Ich bin nicht fähig, sie zu äußern, weil ich meistens überhaupt nicht fähig bin zu sprechen. Worte sind bedeutungslos geworden, Sprache unmöglich. Ich habe das Gefühl, langsam mein Gehör, meine Sehfähigkeit, meinen Verstand zu verlieren. Könnte ich doch nur sprechen, das würde die lastende Stille durchbrechen, die mich umgibt, verschlingt, erstickt. Stattdessen warte ich sehnsüchtig darauf, dass Hannah kommt, und denke, dass sie es verstehen wird. Wenn sie dann aber kommt, drehe ich den Kopf weg und starre an die Wand, sodass sie mir nach ein paar Minuten einen Kuss gibt und wieder nach unten zu meiner Mutter geht. Ich ertrinke in Schmach.

Der Arzt wird erneut gerufen und verschreibt mir diesmal Xanax, das ich tagsüber regelmäßig nehmen soll. Die kleinen blauen Pillen bringen eine erste Erleichterung und versetzen mich in einen tiefen, schweren Schlaf. Ich schlafe Tag und Nacht, nehme beim Aufwachen Wasser und ein paar Löffel Suppe zu mir, tauche dann wieder in die chemisch bewirkte Dunkelheit ab.

Bei seinem dritten Besuch versucht der Arzt, mehr über meine genetische Veranlagung herauszufinden. Zum Glück ist meine Mutter dabei, denn ich bin nicht in der Lage, Auskunft über Jacobs Depressionen zu geben.

»Wir haben nur ein paar magere Informationen von Alice, Lukes leiblicher Mutter, über seinen Vater«, sagt Christina. »Wir wissen, dass er depressiv war und Medikamente verschrieben bekommen hatte, die er dann nicht mehr nahm. Es wurde schlimmer, und während eines schweren Schubs brachte er sich um.«

»Das hört sich nach einer bipolaren Störung an – manisch-depressiv hieß das damals. Diese Form von Depression ist oft genetisch bedingt. Sie sagen, Lukes Zusammenbruch sei davon ausgelöst worden, dass er von seinem leiblichen Vater erfahren hat. Es ist aber auch gut möglich, dass er sich schon seit Jahren angekündigt hat. Hatte Luke früher bereits depressive Phasen?«

Meine Mutter wendet sich mit einem derart mitfühlenden Ausdruck zu mir um, dass ich wegsehen muss.

»Er ist sehr sensibel«, sagt sie. »War er schon immer. Er nimmt sich alles zu Herzen, wenn es das ist, was Sie meinen.«

»Die eigentliche Gefahr bei dieser Form von Depression besteht darin, dass sie in einen Zustand umschlagen kann, in dem die Betroffenen so voller negativer Gefühle sind, dass sie eine Gefahr für sich selbst darstellen. Ich denke, Lukes Erkrankung erfordert eine stationäre Behandlung. Daher würde ich ihm gern einen Platz im Priory Hospital in Roehampton besorgen.«

»Nein, nein, nein. Das kommt nicht infrage.« Meine Mutter springt von ihrem Stuhl auf, ihr Gesicht ist von Entrüstung zerfurcht. »Ich bin hier an seiner Seite und habe nicht die Absicht wegzugehen, bis er sich vollständig erholt hat. Luke ist nicht selbstmordgefährdet. Er ist deprimiert, und das aus gutem Grund. Da gibt es doch einen Unterschied.«

Der Arzt nickt. »Ich hielt es für angebracht, auf die Risiken hinzuweisen. Aber gut, dann behalten wir seine Medikation genau im Auge und sehen zu, dass wir so bald wie möglich eine ambulante Betreuungsmöglichkeit finden.«

Nachdem sie ihn verabschiedet hat, kehrt meine Mutter zu ihrem Platz an meinem Bett zurück. Ich möchte ihr für ihren temperamentvollen Einsatz danken und mich dafür entschuldigen, dass ich nicht begriffen hatte, wie sehr sie mich liebt. Doch die Worte in meinem Kopf sind so strukturlos wie Watte, also sage ich nichts.

Nebenan fängt Samuel gerade an aufzuwachen, und meine Mutter lächelt über sein mittägliches Gekrähe, Gegurre und Geträller, das nicht nur anzeigt, wie munter er ist, sondern auch wie glücklich und vergnügt. Ein Baby, das gern lacht.

»Soll ich ihn herholen?«, fragt sie, worauf ich nicke.

Ich würde gern etwas sagen und bewege meine Zunge im Mund herum, scheine aber diese fundamentale menschliche Fähigkeit verlernt zu haben. An der Tür bleibt sie stehen und dreht sich zu mir um.

»Das ist jetzt ein Tiefpunkt«, sagt sie. »Ausgelöst durch traumatische Umstände. Aber du bist stark und wirst das überstehen.«

»Woher weißt du das?« Meine Stimme klingt schwer und krächzend, wie bei einem alten Mann.

»Ich weiß das, weil du *mein Sohn* bist«, sagt sie mit rührender Betonung, »und immer alles überstanden hast.«

DAMALS

Alice

Ich wusste, dass meine Eltern es früher oder später herausfinden würden. Zum Beispiel, indem sie jeden Tag sämtliche Krankenhäuser abtelefonierten. Möglich auch, dass das Krankenhaus sie informiert hat, die Eltern dieser unverheirateten und offenbar unstabilen jungen Mutter, die beim Stillen ihres Baby so sehr weint, dass sein flaumiges Köpfchen nass von Tränen ist.

Sie kommen am dritten Tag meines Aufenthalts, als Charlie neben mir in seinem Rollbettchen schläft. Ich freue mich immer, wenn er von der Neugeborenenstation herübergebracht wird, alle vier Stunden zum Stillen.

»Deine Eltern sind endlich da, Liebes«, sagt Penny, die netteste der Schwestern, mit dem weichen schottischen Akzent und den norwegisch hell blondierten Haaren.

Mein Vater trägt Anzug und Krawatte, seltsam förmlich für einen Krankenhausbesuch, und auch meine Mutter hat einen Rock mit passender Bluse an, ihre selten getragene Perlenkette eine weitere Unstimmigkeit, ein Hinweis auf etwas, das ich nicht verstehe. Sie hält einen Strauß Nelken in Zellophan in der Hand – habe ich ihr nie gesagt, wie sehr ich Nelken hasse? –, den ich wegwedele.

»Auf den Tisch da, danke«, sage ich.

Meine Mutter will meine Hand nehmen, doch ich ziehe sie rasch weg.

»Es tut mir so leid«, sagt sie.

»Schau dir das Baby an.« Ich deute auf Charlie in dem einsehbaren Rollbettchen, der mit der Faust an der Wange und dem rosigen Schmollmund schläft.

»Sehr hübsch«, sagt meine Mutter.

»Also, Alice«, sagt mein Vater, ohne zu ihm hinzusehen, und setzt sich auf den Stuhl an meinem Bett.

Ich blicke unverwandt auf meinen wunderschönen schlafenden Sohn, Jakes Sohn, und versuche, das Dröhnen meines Vaters auszublenden.

»Wir sind gekommen, um dir zu helfen. Und wir vergeben dir, ganz und gar. Lass uns gemeinsam ein neues Kapitel aufschlagen. Ich bin sicher, dass du für dieses Kind ...«

»*Mein* Kind, nicht dieses ...«

»Dein, äh, Kind nur das Beste willst. Deshalb haben wir Mrs. Taylor Murphy von der Adoptionsagentur gebeten, sich hier mit uns zu treffen. Nur zu einer ersten Unterhaltung, ganz unverbindlich, verstehst du, damit du mehrere Möglichkeiten hast.«

»Verschwinde, verdammt! Ich gebe mein Kind nicht her.«

Diesmal übergeht er mein Fluchen (früher habe ich nie geflucht, es erstaunt mich genauso wie ihn), aber ich sehe, wie er violett anläuft, erkenne die Gewalt in seinem Blick.

»Hast du darüber nachgedacht, wie du ohne die Unterstützung deines... äh... Freundes zurechtkommen willst? Wie deine Mutter schon sagte, uns tut das alles sehr leid. Aber du hast keine Wohnung, Alice, und kein Geld. Bitte sei vernünftig. Wirf dein Leben nicht weg. Du könntest dich den Sommer über bei uns zu Hause erholen und dann im Herbst dein Studium wieder aufnehmen. Es wird sein, als wäre das alles nie passiert.«

»Schafft ihn raus!«

Niemand reagiert. Mein Vater sitzt auf seinem Stuhl und starrt mich an mit seinem roten Gesicht und den hervorquellenden Augen; meine Mutter blickt aus dem Fenster mit dem maskenhaften Ausdruck, den sie sich über die Jahre antrainiert hat. Ihr Leben ein einziges ununterbrochenes Sinnieren.

In dieses heitere Familienidyll kommt Mrs. Taylor Murphy getrippelt, angezogen wie für eine Gartenparty und mit dem passenden munteren Tonfall, der nicht einmal aufgesetzt wirkt.

»Alice, meine Liebe, was Sie alles durchgemacht haben! Ich hoffe, es stört Sie nicht, dass ich hier so hereinplatze?«

Sie gibt einen entzückten Ausruf von sich beim Anblick meines schlafenden Kindes – »Ist er nicht wunderhübsch?« – und fragt dann meine Eltern, ob sie kurz mit mir allein sprechen könne.

»Wenn es Ihnen recht ist, Alice?«

»Am besten, die kommen gar nicht wieder.«

Trotz ihres geblümten Kleids, ihres Parfüms – zu stark, zu süßlich, jetzt, da sie neben mir steht –, ihrer dunkelroten Lippen und der Lackpumps finde ich diese Frau auf Anhieb sympathisch.

Sobald meine Eltern den Raum verlassen haben, zieht sie den Vorhang um mein Bett herum zu.

»Damit wir ein bisschen Privatsphäre haben«, sagt sie.

Sie setzt sich auf den Stuhl, den mein Vater gerade geräumt hat, und betrachtet mich mit schräg gelegtem Kopf.

»Wie um alles in der Welt verkraften Sie das? Mutterschaft und Trauer, beides auf einen Schlag, Sie armes Ding.«

Ich erlaube ihr, meine Hand zu nehmen, während ich weine. »Lassen Sie nur alles heraus«, sagt sie, »das hilft. Man fühlt sich besser, nachdem man sich ordentlich ausgeweint hat.«

Danach sagt sie nichts mehr, hält einfach schweigend meine Hand. Was gäbe es auch zu sagen? Welchen Trost hätte sie mir schon zu bieten?

Nach einer Weile beginne ich, ihr mein Herz auszuschütten.

»Er hatte sich so auf das Baby gefreut«, sage ich, während Mrs. Taylor Murphy nickt und zuhört. »Wir haben abends im Bett gesessen und uns Namen überlegt. Charlie war am Ende unser Favorit, sowohl für ein Mädchen als auch für einen Jungen. Wir haben über unsere Zukunft geredet, wie wir es hinkriegen würden mit meiner Kunst und seiner Musik. Wie ich trotz Baby meinen Abschluss machen könnte. Wie ich zurechtkommen würde, wenn er auf Tournee ist. Wir hatten alles so schön geplant.«

»Ja, das glaube ich.«

»Er wollte sich nicht umbringen, das weiß ich. Er wollte nur nicht in eine Klinik. Es ist im Affekt passiert. Er wollte für mich und das Kind da sein, das hatte er noch kurz vorher zu mir gesagt.«

»Es ist eine Tragödie. Ich kann mir nicht einmal vorstellen, wie es in Ihnen aussieht.«

»Ich will Charlie nicht weggeben. Er ist alles, was ich noch habe.«

»Das verstehe ich sehr gut. Mir würde es genauso gehen. Aber ich möchte Ihnen etwas über Babys sagen, Alice. Sie saugen alles aus ihrer Umgebung auf wie ein Schwamm, und die Trauer, die Sie jetzt durchmachen, wird sich auf den Kleinen auswirken. Vielleicht können Sie für einen Augenblick aus Ihrer eigenen Situation heraustreten und sich die zwei Wahlmöglichkeiten ansehen, die es für Charlie gibt. Und dann überlegen, welche Sie für die bessere halten. Er könnte bei Ihnen, seiner natürlichen Mutter aufwachsen, die ihn von Herzen lieben und gewiss alles daransetzen würde, ihm ein gutes Leben zu ermöglichen. Es wäre allerdings schwer, sowohl für Sie als auch für ihn. Schwer, den Lebensunterhalt für beide zu verdienen. Schwer, Ihre gerade begonnene Laufbahn als Künstlerin fortzusetzen. Schwer, eine anständige Unterkunft zu finden. Sehe ich das richtig, dass Ihre Eltern die Entscheidung, das Kind zu behalten, nicht unterstützen?«

»Meine Eltern sind Arschlöcher.«

»Auf der anderen Seite«, fährt Mrs. Taylor Murphy ungerührt fort, »könnte Charlie bei einem Paar aufwachsen, das sich sehnlichst ein Kind wünscht, insbesondere einen kleinen Jungen, und genug Geld hat, um ihm die beste Schulausbildung zu ermöglichen, dazu ein schönes Haus in Yorkshire mit einem großen Grundstück, Swimmingpool und Tennisplatz.«

»Geld interessiert mich nicht. Wir reden hier über das Leben meines Kindes.«

»Eben. Sie verstehen doch, Alice, wie verschieden die Voraussetzungen für Charlie wären, oder?«

Und das Schlimme ist, das tue ich tatsächlich. Was sie sagt, ihre Argumente, das Angebot für meinen Sohn – es klingt alles so einleuchtend. Ich bin nicht sicher, ob ich es schaffe, ihn allein aufzuziehen. Wo soll ich wohnen? Wie mein Studium abschließen? Wie uns ernähren? Ich könnte vielleicht irgendeine staatliche Unterstützung für Alleinerziehende bekommen, aber würde das für Miete, Essen, Kleidung, Heizung reichen, all die Dinge, über die ich mir noch nie Gedanken zu machen brauchte? Ich bin gerade erst zwanzig Jahre alt und weiß nicht, wo ich anfangen soll.

Penny kommt herein, um Charlie zum Baden zu fahren.

»Möchtest du eine Tasse Tee, Schätzchen? Dein Besuch vielleicht auch?«

Vielleicht liegt es einfach daran, dass ich meinen Sohn in dem Moment nicht vor Augen habe. Jedenfalls murmele ich, als die Frau die Adoptionsunterlagen hervorholt, damit ich sie mir »unverbindlich« –

ständig betonen sie das – ansehen kann: »Sagen Sie mir einfach, wo ich unterschreiben soll.«

Meine Eltern sehe ich nie wieder, obwohl ich sicher bin, dass Mrs. Taylor Murphy ihnen die gute Nachricht, die bevorstehende Adoption meines Sohns, prompt mitgeteilt hat.

Kurz bevor sie geht, fragt sie mich, warum ich Rick als Kindsvater angegeben habe und nicht Jacob.

»Die Schwestern haben ihn nur bleiben lassen, weil er sagte, er wäre der Vater.«

»Wissen Sie was, Alice? Vielleicht ist das eine gute Sache. Dann wird Ihr Kind später, wenn es Kontakt zu Ihnen aufnehmen will, zwei Elternteilen begegnen können statt nur einem.«

Damit flößt sie mir eine Fantasievorstellung ein, an die ich mich klammere, die Aussicht, mein Kind wiederzusehen, wenn es groß ist.

Während der letzten gemeinsamen Tage rationieren die Schwestern in dem Wissen, dass ich ihn adoptieren lasse, meine Zeit mit Charlie.

»Pass auf, dass sie ihn nicht zu sehr lieb gewinnt«, höre ich eine von ihnen zu Penny sagen, die ihn manchmal außerhalb der Stillzeiten zu mir hereinschmuggelt. »Sonst fällt es ihr nur schwerer, sich von ihm zu verabschieden.«

Von ihm verabschieden. Wie soll das möglich sein? Jedes Mal, wenn ich daran denke, bekomme ich akute Herzschmerzen, ein Stechen, als würde ich von einem Speer durchbohrt. Beim nächtlichen Stillen, immer pünktlich um drei Uhr morgens, bin ich im Dunkeln mit ihm allein und flüstere ihm meine Geheimnisse zu, träufele Wünsche und Träume in seine kleinen Ohren, während draußen vor dem Klinikfenster die Sterne am Himmel blinken.

»Du wirst mal wie dein Vater. Groß und gut aussehend und witzig und mutig. Musikalisch. Künstlerisch begabt. Ich werde dich immer lieb haben, und wenn du achtzehn bist, finden wir uns wieder.«

An unserem letzten Tag – Mrs. Taylor Murphy soll Charlie um zehn am nächsten Morgen abholen und zu seinen Adoptiveltern bringen – kommt Rick zu Besuch.

»Tee und Kekse, Richard?«, fragt Penny, die ganz vernarrt in ihn ist und ihm immer die mit Vanillecremefüllung bringt.

»Sie sind eine Superfrau«, sagt Rick. »Meinen Sie, wir könnten ein paar Minuten ungestört sein? Ich will mich nur vergewissern, dass es Alice gut geht im Hinblick auf morgen.«

»Überlasst das ruhig mir«, sagt Penny und zieht die Vorhänge um das Bett zu.

Zuerst sehen wir uns nur an, brauchen keine Worte.

»Hack nicht auf mir herum, Rick.«

»Er sieht Jake jetzt schon so ähnlich, dabei ist er erst ein paar Tage alt. Stell dir mal vor, wie er mit zwölf, achtzehn, zwanzig sein wird. Und du wirst das nicht miterleben können. Wie willst du das aushalten?«

»Ich habe keine andere Wahl. Jedenfalls, wenn ich das Beste für ihn will. Und das will ich, ob du's glaubst oder nicht. Wo soll ich denn wohnen? In eurem besetzten Haus?«

Rick schüttelt den Kopf. Er grinst, nimmt meine Hand und küsst sie.

»Weißt du was«, sagt er, »mir ist gerade eine geniale Idee gekommen.«

HEUTE

Luke

Adoption ist eines der letzten großen Tabuthemen. Kaum jemand spricht darüber, dass Adoptivkinder bis weit ins Erwachsenenalter hinein darunter leiden, als Kind abgegeben worden zu sein. Es ist wie eine Verschwörung, als hätten alle sich auf ein und dieselbe Meinung geeinigt: Adoption ist eine gute Sache, eine großartige Sache. Wie kann man nur etwas anderes denken?

Joel Harris, *Wer bin ich? Das verborgene Trauma adoptierter Kinder*

Wenn man schon überschnappt, kann man das genauso gut in der Gesellschaft von Kate Moss und Robbie Williams tun. Ich soll als ambulanter Patient im Priory behandelt werden, dem berüchtigten Rehabilitationszentrum für ausgebrannte VIPs und Sitz einiger der besten Psychotherapeuten der Stadt.

Meine Mutter fährt mich hin, in ihrem Auto mit all seinen vertrauten Fixpunkten: der am Rückspiegel baumelnden Blume, einst ein wohlriechender Lufterfrischer, jetzt nur noch ein nutzloses Stück Pappe, der zusammengefalteten Decke auf der Rückbank, der Bonbondose unter dem Handschuhfach. Samuel schläft hinten in seinem Kindersitz, seinen schielenden alten Teddy im Arm, der mir immer noch jedes Mal einen kleinen schmerzlichen Stich versetzt.

Kurze Zweifel, als sie mich vor diesem palastartigen weißen Gebäude absetzt (Türmchen, Bogen und dorische Säulen für die Promi-Klapse). Sie bietet mir an, mit hineinzukommen, doch das würde bedeuten, auch Samuel mit hineinzunehmen, und den Gedanken kann ich irgendwie nicht ertragen.

»Viel Glück, Schatz«, ruft sie mir nach, als würde ich zu einem Bewerbungsgespräch gehen oder Abi in Physik schreiben.

Das Erste, was mir auffällt, als man mich durch die Räumlichkeiten führt – Tischtennisplatten und Instantkaffee, wie im Gemeinschaftsraum der Unterstufe –, ist die Freundlichkeit der anderen Patienten. Hinter jeder Biegung wird man gegrüßt, »Hi, hallo«, wieder ein lächelndes Gesicht, ein Infrarotlaser der Beruhigung, die einheitliche, unausgesprochene Botschaft: »Lass dir von uns über die Anfangshürden helfen.« Ein bisschen so, als würde man den Moonies beitreten, schätze ich.

Mein erster Termin des Tages ist eine Gruppentherapiesitzung; allein der Begriff hätte mir früher Übelkeit verursacht. Doch ich bin zu erschöpft, zu verloren, um noch Zynismus aufzubringen.

Die im Halbkreis auf bequemen Stühlen sitzende Gruppe aus acht Leuten wird von einer Frau namens Marion geleitet, die mich vorstellt. »Hallo zusammen, das ist Luke«, worauf ein so herzliches Echo folgt, dass es mich überwältigt. Die Freundlichkeit, die Solidarität, verbunden mit der Tatsache meines Hierseins, treiben mir die Tränen in die Augen. Ich nicke lediglich zur Begrüßung, was sie zu verstehen scheinen.

»Bevor wir anfangen«, sagt Marion, »wäre es vielleicht nützlich, Luke ein bisschen zu erzählen, was wir aus diesen Gruppensitzungen mitnehmen. Wie hilfreich es sein kann, mit anderen zu sprechen.«

Eine dunkelhaarige junge Frau etwa in meinem Alter meldet sich zu Wort. »Das Tolle an Gruppentherapie ist, dass man seinen Ängsten und Sorgen Luft machen kann und feststellt, dass es anderen ganz ähnlich geht. Dadurch wird alles weniger groß, weniger bedrohlich. Man fühlt sich weniger allein.«

Die Sitzung kommt in Gang, und ich höre mal mehr, mal weniger zu, als die anderen um mich herum mit einer Unbekümmertheit über Demütigungen und Selbstsabotage reden, mit der ich höchstens einen Einkaufstrip zu Sainsbury's plane. Nach der Hälfte gibt es eine Teepause, in der ich von neuen Freunden belagert werde. Nicht dass ich ihre Bemühungen, mich in ihren Kreis aufzunehmen, nicht zu schätzen wüsste, aber dünnhäutig, wie ich bin, ist es mir fast ein bisschen zu viel. Alle sind so gottverdammt taktvoll. Niemand fragt mich, warum ich hier bin, sie sind geübt darin, heiße Eisen zu umgehen. Die Dunkelhaarige sagt, sie hätte die gleichen Reeboks wie ich zu Hause, nur in Grau. Eine Frau namens Kate witzelt, dass der Instantkaffee hier toll dafür sei, sich die Starbucks-Sucht abzugewöhnen. »Wir werden ein Vermögen sparen, wenn wir hier rauskommen.«

Nach der Pause fragt Marion mich, ob ich bereit sei, der Gruppe etwas von mir zu erzählen.

»Kein Druck, du brauchst uns noch nicht zu sagen, weshalb du hier bist. Wir freuen uns, wenn wir einfach irgendetwas von dir erfahren.«

»Ich mag es nicht, angestarrt zu werden«, sage ich, schmorend in den heißen Scheinwerfern von acht Augenpaaren.

»Wer mag das schon«, sagt Marion. »Aber die oberste Regel bei diesen Sitzungen lautet, Unterstützung vorauszusetzen. Wenn wir dich ansehen, dann um dir den Rücken zu stärken.«

»An meinem ersten Tag«, sagt die Dunkelhaarige, die Lisa heißt, wie ich inzwischen weiß, »wollte ich die Sachen aufzählen, die ich mag. Mir fiel nur eine einzige ein, dunkle Schokolade.«

»Musik«, sage ich. »Ich arbeite in der Musikindustrie. Ich höre den ganzen Tag irgendetwas. Manchmal denke ich, dass ich mich nur durch die Musik ausdrücken kann. Als könnte ich mich nur mit Emotionen identifizieren, die andere schon vor mir hatten.«

»Das ist interessant«, sagt Marion. »Was magst du für Musik?«

»David Bowie. Die Stones. Die Doors. Die Siebziger sind meine Ära, ich weiß selbst nicht, warum. Bob Dylan. Led Zeppelin. The Who…«

Bei Pink Floyd klappe ich zusammen. Ich denke daran, wie Alice mir erzählt hat, dass sie die Band während ihrer Tour mit *The Dark Side of the Moon* erlebt hat, und plötzlich wird mir klar, dass sie mit Jacob dort gewesen sein muss. Eine Vision der beiden in Paisleyhemden und Schlaghosen, high von Bier und Gras, im Rausch ihrer jungen Liebe.

Noch etwas, das ich nicht über Gruppenarbeit wusste: Wenn man ins Wanken gerät, springt niemand auf, um einen zu trösten, niemand sagt etwas. Sie lassen dich deine Krise durchleben, und zu meiner sind wir ziemlich schnell gekommen.

»Mein Vater war Musiker«, stoße ich keuchend hervor. »Mein leiblicher Vater. Er hat sich ein paar Tage vor meiner Geburt umgebracht.«

Zu weinen, ohne Trost gespendet zu bekommen, eine neue Erfahrung für mich. Die Gruppe betrachtet mich schweigend, ohne sich einzumischen. Selbst Marion lässt sich Zeit, bevor sie etwas sagt.

»Du wünschst dir sicher, ihn gekannt zu haben.«

»Das wünsche ich mir mehr als sonst etwas. Ich ahne irgendwie, dass er mir ähnlich war und mich verstanden hätte. Ich bin nämlich adoptiert, und ich fühle mich...«

Eine Pause, während ich darum ringe auszusprechen, was mein ganzes Leben erklärt.

»Ich fühle mich, als würde ich nirgends dazugehören.«

DAMALS

Alice

Beim Stillen morgens um drei lässt man mich immer allein. Charlie ist um diese Zeit am hungrigsten und saugt eine Dreiviertelstunde lang, erst an einer Brust, dann an der anderen. Nachdem ich die Adoptionspapiere unterschrieben hatte, versuchten die Schwestern trotz meines Protests, ihn ans Fläschchen zu gewöhnen, aber er wollte es nicht nehmen.

»Hier ist Ihr kleiner Grummelbär«, sagt die Nachtschwester und legt mir den schreienden Charlie in die Arme. »Ich lasse euch dann mal allein.«

Ich höre das Mitleid in ihrer Stimme, alle wissen, dass wir uns später voneinander verabschieden müssen.

Sobald sie weg ist, hieve ich mich aus dem Bett, den saugenden Charlie mit einem Arm haltend. Bei der kleinsten Störung wird er vor Zorn brüllen und die ganze Station aufwecken. Ich bin barfuß wie geplant und habe nur mein Nachthemd an, wickele den Kleinen aber in den grünen Kaschmirschal, den Rick mir gebracht hat.

Im Dunkeln ist das Baby auf den ersten Blick nicht

zu sehen, ich bin nur eine junge Wöchnerin, die mitten in der Nacht mal aufs Klo muss. Einen Augenblick bleibe ich noch hinter dem Vorhang stehen und nehme all meine Kraft zusammen, während mein Herz gegen die Rippen hämmert und Charlie in seinem smaragdgrünen Kokon weiternuckelt.

Es gibt fünf weitere Betten in diesem Raum, alle mit zugezogenen Vorhängen, und ich zwinge mich, langsam und, wie ich hoffe, mit beruhigendem, wiegendem Gang zwischen ihnen hindurchzuschleichen. Dann durch die Schwingtür, kurz stehen bleiben, die anschwellende, Übelkeit verursachende Woge reiner Furcht aushalten. Links von mir, nur wenige Meter entfernt, ist der Empfangstresen, an dem zwei Schwestern miteinander sprechen. Sie kehren mir den Rücken zu, bräuchten sich aber nur kurz umzudrehen, um mich zu entdecken. Rechts von mir ein Flur mit Krankenzimmern zu beiden Seiten und einer Tür am Ende, die zu der Treppe führt, an der Rick auf uns wartet. Vorsichtig husche ich weiter, das Linoleum knarrt leise, das Baby saugt, meine Brust leert sich allmählich.

Ich habe es fast geschafft, als kurz vor der Gangtür eine Schwester ein Rollbettchen aus dem hintersten Zimmer schiebt.

»Wo wollen Sie hin?«

»Zur Toilette, Magenprobleme.«

Gott sei Dank gibt es gleich in der Nähe eine, in die ich mich stürze. Drinnen lehne ich mich gegen die Tür, wobei irgendwie das Baby verrutscht, das schreiend protestiert. Hastig stopfe ich ihm meine Brustwarze in den Mund und bete, dass er sich gleich wieder festsaugt. Das panische Pochen meines Herzens. Hat die Schwester ihn schreien gehört? Ich traue mich nicht hinauszuspähen. Ich warte, versuche, mich mit langen, tiefen Atemzügen zu beruhigen, aber jede Sekunde ist wie eine Ewigkeit. Wir haben nicht viel Zeit, ich muss es irgendwie hier rausschaffen. Also zähle ich bis zehn und zwinge mich dann, die Tür aufzumachen, vorsichtig, Zentimeter für Zentimeter, jedes kleine Quietschen wie ein Kreischen. Niemand da. Durch den Flur, rennend jetzt, hinaus ins Treppenhaus und zu Rick, der dort wartet, sein starres, ängstliches Gesicht ein Spiegelbild meines eigenen.

Er wischt sich über die Stirn, Erleichterung mimend, und nimmt meinen freien Arm, um mir schrittweise die Stufen hinunterzuhelfen. Wir dürfen nicht hetzen, können es nicht riskieren, das Baby erneut durchzurütteln. Drei Treppenabschnitte, wir kommen nur qualvoll langsam voran. Unten dann neue Furcht, als wir die Tür zum Erdgeschoss öffnen, ohne zu wissen, wer oder was uns dort erwartet. Doch um halb vier morgens ist das Foyer verlassen, und niemand sieht uns durch einen Nebeneingang hinaus in die Nacht entkommen. Wir bleiben unbehelligt – Rick, der sich unbefugterweise in einem Krankenhaus herumgetrieben hat, ich, eine nicht ärztlich entlassene Patientin, und das kleine Bündel in meinen Armen, auf das morgen eine Adoptivmutter wartet.

Charlie hat sich inzwischen von meiner Brust gelöst und wirkt ganz zufrieden, als ich ihn über meine Schulter lege und ihm mit kreisenden Bewegungen den Rücken massiere wie Penny es mir am ersten Tag beigebracht hat. Ich höre sein süßes Rülpsen an meinem Ohr, eine winzige Kleinigkeit nur, die mir aber die Tränen in die Augen treibt. Wenn ich bedenke, dass ich das beinahe verpasst hätte.

»Wir sind fast da, Liebste«, sagt Rick und zieht einen Schlüssel aus seiner Jeanstasche, während wir auf den Parkplatz zugehen. »Wenn Sie sich Ihren fahrbaren Untersatz ansehen möchten, Madame.«

Ein taubenblauer Morris Minor mit roten Ledersitzen und verchromten Seitenspiegeln, die in der Dunkelheit schimmern.

»Sehr schick. Wo hast du den her?«

»Robin hat mir die Kohle gegeben. Ich habe ihn heute Nachmittag gekauft.«

»Robin weiß Bescheid?«

»Nur dass wir abhauen, nicht wohin. Das weiß niemand.«

»Nicht mal Tom?«

Er schneidet eine Grimasse. »Tom schon gar nicht. Zwischen uns ist es aus. Wir haben beide den Mut verloren nach ... nach dem, was passiert ist. Sieh mich nicht so an, Tom ist jetzt unsere geringste Sorge.«

Ich klettere mit Charlie auf den Rücksitz, und sobald wir losfahren, schläft er ein. Ich drücke meine Lippen auf sein Köpfchen, ganz zart, damit er nicht aufwacht, und atme seinen Duft ein.

»Ich wusste gar nicht, dass du fahren kannst.«

»Natürlich kann ich das. Ich bin nur noch nicht dazu gekommen, den Führerschein zu machen.«

Wir sehen uns grinsend im Rückspiegel an.

»Richard Fields, ich liebe dich«, sage ich, und er wirft mir eine Kusshand zu.

»Ganz meinerseits, Alice Garland.«

Bei Sonnenaufgang kommen wir am Strand an, als hätten wir es extra so geplant, dass unser Neubeginn in Pink und Orange mit goldenen Streifen dazwischen getaucht ist. Charlie wird wach, als das Auto hält, doch statt nach Nahrung zu greinen, sieht er mit Jacobs Augen zu mir auf.

»Komm, wir setzen uns ein bisschen an den Strand«, sagt Rick, nimmt mir Charlie ab, der immer noch in den grünen Schal gewickelt ist, und gibt mir seine Jacke zum Überziehen über mein Nachthemd. Wir waren schon einmal bei Sonnenaufgang hier, Jake, ich, Rick und Tom. Die Trauer überwältigt mich, als wir hinunter zum Wasser gehen, der Sand unter meinen Füßen knirscht, die Salzluft mir ins Gesicht peitscht, und ich begreife, dass sie nie vergehen wird. Zugleich aber weiß ich, dass alles wieder in Ordnung kommt. Eines Tages. Irgendwann.

Ich nehme Ricks Hand, und so stehen wir da, wir drei, mit dem warmen Schein der Morgensonne im Gesicht.

HEUTE

Luke

Die wahre Architektin des Gehirns ist die Erfahrung. Wird ein Kind kurz nach der Geburt von der Mutter verlassen, ist die erste Lebenserfahrung ein Gefühl von Bedrohung. Die Angst vor dem Unbekannten kann sich dann bis ins Erwachsenenalter hinein manifestieren.

Joel Harris, *Wer bin ich? Das verborgene Trauma adoptierter Kinder*

Joel Harris ist zu so etwas wie einem Experten für die seelischen Traumata von Adoptierten geworden. Er hat fast dreißig Jahre lang in der Drogenberatung gearbeitet, erzählt er mir, wobei ihm irgendwann auffiel, dass Adoptivkinder in den Kliniken und anderen Anlaufstellen übermäßig stark vertreten waren.

In den folgenden Jahren seiner Forschungen, sowohl empirischer als auch theoretischer, stellte er fest, dass das Trauma der Adoption oder die »Wunde der Ablehnung«, wie er es nennt, im Körper gespeichert wird. Adoptierte, sagt er, entwickeln so von Geburt an eine traumatisierte Persönlichkeit.

»Verlustängste sind bei Adoptierten weit verbreitet, aus naheliegenden Gründen, gehen aber häufig mit einem scheinbar widersprüchlichen Hunger nach Bindung einher. Verlassen zu werden fühlt sich lebensbedrohlich an, was kein Wunder ist. Gibt es ein größeres Trauma, als von der Mutter getrennt zu werden, dem Menschen, den man zu Beginn des Lebens so sehr braucht? Ich glaube nicht.«

Ich weine rückhaltlos in diesen Einzelsitzungen, teils aus Gram, teils vor Erleichterung. Zum ersten Mal in meinem Leben begreife ich, warum ich so verkorkst bin.

Joel erklärt mir die Trias der Trauer, die meine Anfänge bestimmt hat. Meine eigene über die Trennung von Alice, Alice' über den Verlust ihres Kindes und Christinas über das Unvermögen, eigene Kinder zu bekommen.

»Menschen wie Sie beginnen ihr Leben mit einer unmöglichen Aufgabenstellung«, sagt er. »Sie müssen das Kind von Eltern sein, zu denen Sie genetisch nicht passen, und sollen deren Schmerz über ihre Kinderlosigkeit stillen. Und als Einzelkind lastet die ganze Bürde allein auf Ihnen.«

»Meine Mutter hat gestern zugegeben, dass sie es nie richtig verwunden hat, ihr Kind zu verlieren«, sage ich. »Es wurde im letzten Schwangerschaftsmonat tot geboren, und ich glaube heute, dass sie während meiner gesamten Kindheit gegen Depressionen angekämpft hat. Und das hat mir Schuldgefühle verursacht. Sie hat nie etwas gesagt, aber ich wusste auch so, dass sie um ihr totes Baby trauerte. Ich hatte das Gefühl, eine einzige Enttäuschung zu sein, weil ich nicht dieser Sohn war.«

»Glauben Sie, es wäre Ihnen anders ergangen, wenn Sie bei Alice aufgewachsen wären? Und Jacob?«

Jacob, mein unbekannter Vater. Schon die Erwähnung seines Namens bringt mich erneut zum Weinen.

»Ich weiß nicht einmal, weshalb ich weine. Jacob ist noch vor meiner Geburt gestorben.«

»Ist es möglich, um jemanden zu trauern, den man nie gekannt hat? Absolut. Sie trauern um einen Mann, von dem Sie denken, dass er ein guter Vater hätte sein können, und um eine Frau, die gerne Ihre Mutter gewesen wäre.«

»Diese ganze Traurigkeit hat mir den Boden unter den Füßen weggezogen, dabei wusste ich bis vor ein paar Monaten noch nicht einmal etwas von Alice.«

»Das ist Teil des Systems. Eine Adoption beruht auf Geheimnissen und Schweigen, niemand spricht über seine oder ihre Gefühle. Wie absurd ist es doch, die ganze Kindheit über nicht zu wissen, wer die leiblichen Eltern sind, und dabei zu spüren, dass man nicht einmal danach fragen darf. Ohne dieses Hintergrundwissen beginnt man zu glauben, dass etwas mit einem nicht stimmt, dass man irgendwie fehlerhaft ist, denn warum sonst sollten die Eltern einen weggegeben haben? Kommt Ihnen das bekannt vor?«

»Als würden Sie mir in den Kopf gucken.«

Joel lacht. »Sie würden sich wundern, wie oft ich das schon gehört habe. Das Problem ist, dass alle, die Adoptiveltern, die leiblichen Eltern, die Sozialarbeiter, sich miteinander verbünden, um die Mär aufrechtzuerhalten, dass Adoption grundsätzlich eine tolle Sache ist. ›Du hast so ein Glück gehabt, adoptiert zu werden‹, wie oft haben Sie das gehört? Ich wette, Ihre Eltern haben Ihnen erzählt, sie hätten Sie ›ausgewählt‹, stimmt's?«

»Meine Mutter sagte mal, sie seien ins Krankenhaus gegangen, in ein Zimmer voller Babys, und hätten mich wegen meiner abstehenden schwarzen Haare und meiner dunklen Augen ausgesucht.«

»Ihnen ist klar, dass das nicht sein kann, oder? So etwas gibt es nicht, ein Zimmer voller zur Adoption vorgesehener Babys, wie ein Bonbonstand im Kaufhaus. Wir reden hier nicht über einen Wurf Hundewelpen.«

»Außerdem hatte Alice es ja irgendwie geschafft, mich während der ersten Wochen bei sich zu behalten.«

»Hat sie Ihnen erzählt, wie Sie als Baby waren?«

»Glücklich, immer lächelnd. Angeblich habe ich nie geschrien.«

»Und in Ihrem neuen Zuhause, wie waren Sie da?«

»Während der ersten drei Wochen habe ich Tag und Nacht gebrüllt. Meine Mutter hielt es für Säuglingskoliken.«

»Geschichten wie Ihre höre ich jede Woche, und es wundert mich, wie dieses Komplott weiter existieren kann. Warum wollen die Leute nicht verstehen, was für ein Trauma es auslöst, verlassen zu werden? Das Leid der Trennung, das Sie als Baby durchlebten, Luke, ist immer noch da. Er ist in Ihnen eingeschlossen.«

Fast ohne es zu merken, habe ich während der letzten zehn Minuten geweint. Jetzt drücke ich mir ein Taschentuch aufs Gesicht, verberge es darin. Ein derartiger Schmerz durchdringt mich, dass mir buchstäblich das Herz wehtut.

Die Zeit ist wahrscheinlich abgelaufen, aber Joel bleibt schweigend sitzen. Er wartet, bis ich das Taschentuch wegnehme, dann sehen wir uns an, während ich versuche, etwas zu sagen.

»Wird es mir je besser gehen?«

»Ich denke, ja. Sie haben bereits angefangen, die Ursachen zu verstehen, weshalb es Ihnen schlecht geht. Das hilft schon, nicht wahr? Und mit einer Therapie können Sie Schritt für Schritt lernen, das Trauma zu bewältigen und rechtzeitig zu erkennen, wenn es sich bemerkbar macht, statt darauf zu warten, dass es Sie umhaut.«

Meistens holt meine Mutter mich vom Priory ab und wartet schon auf dem Parkplatz mit meinem Sohn und seinem zottigen Teddy hinten im Kindersitz. Samuel strahlt jedes Mal, wenn er mich sieht. Er kann jetzt schon auf seine Art winken, indem er eine Hand zur Begrüßung in die Luft wirft, begleitet von einem fröhlichen Juchzer.

Manchmal setze ich mich zu ihm nach hinten und küsse ihn, seine glatten, prallen Wangen, seine Augen mit den unglaublich langen Wimpern. Meine Mutter scheitelt ihm die Haare gern auf diese altmodische Art, und Hannah witzelt, dass er dann aussieht wie Oliver Hardy von Dick und Doof.

»Hallo, Oli«, flüstere ich, während Christina den Motor anlässt und losfährt.

Samuel klatscht lachend in die Hände, sein neuestes Kunststück, und wartet darauf, dass ich mitmache.

DAMALS

Alice

Von meinen hundert Pfund für die Gestaltung des Disciples-Album und Robins Vorschuss können Rick und ich die ersten paar Monate als junge Familie leben.

Bring's auf die Bank oder so, du brauchst es vielleicht eines Tages. Wie lange ist es her, dass Jake das zu mir gesagt hat? Als hätte er in die Zukunft geblickt und mich dort allein gesehen.

Fürs Erste genießen wir unsere Freiheit in diesem kleinen hellblauen Häuschen am Meer. Es gehört Ricks Großtante, die schon mehrmals mit einem Bein im Grab gestanden hat, aber unglaublich zäh ist mit ihren neunundachtzig Jahren. Darüber sind wir sehr froh, auch wenn die Unsicherheit bleibt. Sobald sie gestorben ist, wird das Haus verkauft und der Erlös unter ihren Nichten und Neffen aufgeteilt werden.

Noch aber haben Rick und ich es ganz für uns, zwei Zimmer unten, zwei oben, in denen wir uns in der Elternrolle üben können. Tagtäglich überrascht er mich mit seinem Talent zum Vatersein – andererseits, warum sollte er keinen guten Vater abgeben mit seiner unerschütterlichen guten Laune und seinem großen Herzen? Ihm ist es zu verdanken, dass Charlie schon mit wenigen Wochen lächelt, da bin ich sicher. Wie könnte er so viel Herzenswärme auch nicht widerspiegeln?

Ohne etwas zu sagen, bietet Rick mir genug Raum zum Trauern, wenn ich es brauche, seine treue Gesellschaft, wenn nicht. Als wir hier in Southwold ankamen, habe ich mir vorgenommen, meinen Kummer für mich zu behalten und ihn nur herauszulassen, wenn ich allein bin, nachts, wenn alles schläft, oder bei meinen einsamen Strandspaziergängen. Einerseits, weil Mrs. Taylor Murphy sagte, dass Babys schwammartig alles aus ihrer Umgebung aufsaugen würden, und ich entschlossen bin, den Lebensbeginn meines Sohns nicht mit Traurigkeit zu überschatten. Andererseits, weil ich selbst eine Atempause, einen Lichtblick brauche. Nur einen Schimmer, nur hin und wieder.

Mitternacht ist die Stunde des Weinens für mich, und ich freue mich auf die Erleichterung, die es mit sich bringt, meinem Gram und meiner Wut und meinen Schuldgefühlen nachzugeben. Ich drücke ein Hemd von Jake an mein Gesicht, atme seinen Geruch ein, der mit jedem Tag schwächer wird, und flüstere in die Dunkelheit »Es tut mir leid, es tut mir so leid«, bis ich derart erschöpft bin, dass ich einschlafen kann.

Eines Nachts heule ich wieder zusammengekauert in einer Ecke des Schlafzimmers, als die Tür aufgeht und helles Licht aus dem Flur hereinfällt.

»Alice!« Rick kniet sich neben mich. »Warum hast du mich denn nicht geweckt?«

Ich spreche den Gedanken aus, der sich immer um diese Zeit einstellt.

»Es war meine Schuld.«

»Oh, ich habe mich schon gefragt, wann das kommen würde.«

»Versuch gar nicht erst, es mir auszureden. Ich war da, ich hätte es verhindern können. Ich hätte bei ihm bleiben sollen.«

»An einem Selbstmord ist nie jemand anders schuld. Wie denn auch? Vielleicht hättest du ihn aufhalten können. Für den Moment. Aber auf längere Sicht? Jemanden, der schwer depressiv ist und schon einmal versucht hat, sich umzubringen? Da bin ich mir nicht sicher.«

»Wir hätten mehr Zeit gehabt, er hätte Charlie kennengelernt.«

»Und er wäre ein großartiger Vater gewesen. Es ist so verdammt ungerecht.«

»Wie soll ich bloß weitermachen, Rick?«

»Du musst einfach, Liebste. Weil du Charlie hast. Und Jake wird immer ein Teil von Charlie sein. Weißt du, wann ich mir richtig Sorgen gemacht habe? Als du vorhattest, ihn adoptieren zu lassen, da dachte ich, dass du dann nichts mehr hättest, für das du leben willst.«

In dieser Nacht schläft Rick mit mir in dem Doppelbett, das Baby zwischen uns, und hält meine Hand über seinen kleinen Rücken hinweg, bis ich einschlafe.

Am nächsten Morgen, als die helle Sonne durch die dünnen Vorhänge hereinfällt, der Duft von frisch gebrühtem Kaffee von unten heraufströmt und ein weiterer Tag mit meinem Kind vor mir liegt, spüre ich eine Art von Frieden.

Nach zwei Wochen schreibe ich einen Brief an meine Eltern und Mrs. Taylor Murphy, den Rick an Robin in London adressiert, um unseren Aufenthaltsort nicht preiszugeben. Darin entschuldige ich mich und erkläre ihnen, dass ich mich letztlich doch nicht von meinem Kind trennen konnte. Babys sind am glücklichsten bei ihren richtigen Eltern, schreibe ich.

Und Charlie scheint mir recht zu geben. Er hat ein überaus sonniges Gemüt. Jetzt, da er nach Bedarf gestillt wird und nicht mehr nach dem aufgezwungenen Vier-Stunden-Rhythmus – es war schrecklich für mich, ihn am anderen Ende des Gangs schreien zu hören, ich konnte ihn immer von den anderen Babys unterscheiden –, liegt er den größten Teil des Tages zufrieden in meinen Armen und blickt träumerisch zu mir auf.

Rick schenkt ihm sein erstes Spielzeug, einen altmodischen Teddybären mit bernsteinfarbenen Glasaugen, den er sofort an einem Bein packt und festhält. Der Bär kommt überall mit hin, an den Strand, zu den Kanonen auf dem Gun Hill, wo wir oft picknicken, zu unserem täglichen Ausflug in die Läden an der Hauptstraße.

Ich lerne, Kleider mit der Hand zu nähen, zuerst für Charlie, dann auch für mich. Den Stoff kaufe ich in der Kurzwarenhandlung in der High Street, wo sich die bunten Ballen nur so türmen, und nähe Latzhöschen und Shorts und Oberteile in Orange, Rot und Gelb, Sonnenfarben für meinen Jungen. Für mich mache ich eine violette Schlaghose mit Blumenaufnähern entlang der Außennaht, und als Rick sie sieht, sagt er: »Weißt du, ich glaube, die könntest du verkaufen.«

Wir fangen an zu überlegen, wie wir Geld verdienen können. Wir fahren zu einem Laden für Künstlerbedarf in Norwich und kaufen eine Staffelei, Ölfarben, Skizzenblöcke und Leinwand. Rick versucht sich gerade an Meereslandschaften, um sie den örtlichen Galerien anzubieten, und natürlich werden sie wunderschön. Doch ich merke, dass er nicht mit dem Herzen dabei ist. Ich denke lieber nicht daran, was er für mich und Charlie aufgegeben hat, seinen Studienplatz an der Slade, seine Karriere über die Robin-Armstrong-Galerie, aber im Grunde habe ich ständig ein schlechtes Gewissen.

Im Hochsommer verwandelt sich Southwold in ein Urlaubsmekka. Der Strand ist durch Windschutzzäune unterteilt, ein riesiges, buntes britisches Durcheinander, besonders von der Seebrücke aus betrachtet, auf die Charlie und ich gerne gehen. In der Mitte, zwischen den Buden, gibt es ein Spiegelkabinett, wo ich ihn zum ersten Mal lachen höre. Fast jeden Tag nehme ich ihn aus dem Kinderwagen und halte ihn vor die Zerrspiegel, in denen wir breit und untersetzt, groß und dünn mit ellenlangen Beinen oder klein wie Liliputaner aussehen. Ich lächele ihn im Spiegel an, und er lächelt stets zurück, macht bereitwillig bei dem Spaß mit, und dann, mit elf Wochen, lacht er. Habe ich richtig gehört? Ich schneide Grimassen für ihn, und er lacht wieder, lauter diesmal, halb glucksend, halb aus vollem Hals, ein glockenhelles, wunderbares Geräusch. O mein süßer Junge. In diesem Moment bin ich glücklich.

Ich erstehe eine kleine Luftmatratze in Bootform, in

die ein Baby genau hineinpasst. Als ich Charlie damit zum ersten Mal auf dem Wasser schaukeln lasse, liegt er entspannt da und blickt zu einer Reihe dahintreibender Raphael-Wolken hinauf. Ganz vertieft in sein Himmelsgucken, lächelt er, und ich sage: »Du schlägst nach deinem Vater.« Ich sehe ebenfalls hinauf, präge mir die Farben ein und denke, dass ich bald wieder fähig sein werde zu malen. Dann werde ich riesige Himmelsbilder malen, zum Andenken an meinen verlorenen Liebsten.

Abends kocht Rick für uns. Er hat die Spaghetti Vongole perfektioniert, die ich seit Florenz so gern mag, kauft Muscheln direkt von den Fischerbooten im Hafen und serviert die Pasta al dente. Manchmal trinken wir zusammen eine Flasche Wein, meistens aber setzen wir uns vor den Schwarz-Weiß-Fernseher, den wir gebraucht gekauft haben, und lachen über den schlichten Humor von Sitcoms wie *Dad's Army*, *Are you Being Served?* und *Man About the House*. Wir sitzen Händchen haltend auf dem Sofa, während unser Baby in seiner Trage schläft, und scherzen, dass wir wie ein Ehepaar sind, nur ohne den Sex.

»Wir werden immer uns haben«, sagt Rick, wenn ich mit Charlie hinauf ins Bett gehe. Das sagt er jeden Tag, beinahe stündlich, mein lieber, geliebter Freund, als könnte er meinen Kummer tilgen, indem er es nur oft genug wiederholt.

HEUTE

Luke

Meine Mutter und ich machen gerade Abendessen in der Küche, als Hannah hereinkommt und eine Bombe platzen lässt.

»Ich habe heute gekündigt.«

»Oh, Hannah, bist du sicher, dass du das willst?«, fragt meine Mutter überraschend taktvoll (sie lernt dazu, wie wir alle).

»Ich bin mir noch nie so sicher gewesen. Diese ganze Situation mit Alice hat mir bewusst gemacht, wie ich mich wirklich dabei fühle, Samuel so oft anderen zu überlassen. Ehrlich gesagt, ich hasse es. Ich will nicht mehr auf so viel Zeit mit meinem Sohn verzichten.«

»Aber du bist so gut in deinem Job«, sage ich. »Und du liebst deine Arbeit.«

»Es ist ja nicht für immer. Nur bis Samuel in die Schule kommt. Und die Zeitung hat großartig reagiert. Mark hat mir einen wöchentlichen Beitrag als freie Mitarbeiterin zugesagt, und ich behalte meinen Journalistenstatus. Ich kann meine Telefonate erledigen, während Samuel schläft, und abends schreiben.«

»Also, wenn du das so siehst, freue ich mich für dich«, sagt meine Mutter. »Ich hoffe, du wirst mir erlauben, dein Einkommen aufzustocken. Und wenn ihr einen Babysitter braucht, sagt einfach Bescheid. Samuel und ich haben uns ja inzwischen aneinander gewöhnt.«

Wir haben große Fortschritte gemacht in den letzten zwei Wochen, meine Mutter, Hannah und ich. Christina hat mir praktisch allein durch diesen beängstigenden Zusammenbruch hindurchgeholfen, hat an den schlimmsten Tagen bei mir gesessen und mich zu meinen Terminen im Priory gefahren. Ich fühle mich ihr jetzt näher als während meiner gesamten Kindheit. Und ich bin stolz darauf, wie sie für Samuel sorgt, zugleich beschämt, dass ich sie für altmodisch und hinterwäldlerisch gehalten habe.

Hannah geht zu ihr hin und umarmt sie, was noch vor Kurzem undenkbar gewesen wäre.

»Christina, du bist unsere Rettung«, sagt sie. »Wir sind so froh, dich zu haben.«

Zwei bemerkenswerte Dinge passieren in meiner ersten Woche zurück in der Firma.

Gleich am ersten Tag zitiert Michael mich in gewohnt knapper Manier zu sich – »Kannst du mal kurz kommen?« –, und wie immer betrete ich sein gläsernes Büro mit einer Mischung aus Furcht und Erwartung.

»Setz dich, Luke.« Er deutet auf einen Stuhl. »Wie geht's dir? Erzähl mir, was los war.«

»Es wurde mir alles irgendwie zu viel, schätze ich.

Ist schwer zu erklären. Verschiedene Dinge zu Hause, bei der Arbeit. Der Arzt meinte, ich wäre emotional ausgebrannt, und so hat es sich auch angefühlt.«

»Kann ich verstehen. Ich habe manchmal auch Probleme mit dem Druck. Der Therapiesessel ist mir nicht fremd.«

Er lacht über meine verblüffte Miene.

»Tja, sogar ein harter alter Knochen wie ich. Okay, du wirst dich freuen zu hören, dass ich eine ausgezeichnete Rückmeldung von Reborn bekommen habe. Sie sind so kurz davor ...« – er deutet einen winzigen Abstand mit Daumen und Zeigefinger an – »bei uns zu unterschreiben. Ich habe ihnen zugesagt, dass du ein Konzept zusammenstellst, um den Sack zuzumachen. Sieh zu, dass du diese Woche deine Ideen sortierst und ausarbeitest, dann können wir sie ihnen nächste Woche präsentieren.«

Dienstag, Mittwoch und Donnerstag gehe ich voll und ganz in meinen Recherchen auf. Ich höre Bowies Sachen aus den Siebzigern, Chic und James Brown, nehme die Kompositionen auseinander, horche auf Sounds, die auch im neuen Jahrtausend noch funktionieren könnten. *The Dark Side of the Moon* liegt ständig auf meinem Plattenteller, ebenso Dylan und die Stones. Das ist der Teil meines Jobs, den ich am meisten liebe.

Am Freitag, gerade als der Rest des Büros zum wöchentlichen Besäufnis in den Pub aufbricht, kommt ein Kurier mit einer Sendung in einer flachen, quadratischen Papphülle. So weit nichts Ungewöhnliches, wir sind eine Plattenfirma und bekommen täglich

Vinyl geschickt. Doch etwas an der Handschrift auf der Vorderseite bewirkt, dass ich erst einmal lange darauf starre. Ich kenne sie irgendwoher, und mein Herz fängt schon an zu klopfen, bevor ich den Umschlag aufgemacht und eine Karte und eine alte Platte aus den Siebzigern herausgeholt habe. Das Album heißt *Apparition*, es kletterte damals nach dem Tod meines Vaters auf Platz eins. Ich habe meine Hausaufgaben gemacht und es nachgeprüft.

Worauf ich jedoch überhaupt nicht gefasst bin, ist das Bild von meinen jungen, schönen Eltern auf dem Cover. Die Reproduktion eines Ölgemäldes, auf dem eine jugendliche Alice den Kopf ihres Liebsten im Schoß hält. Er schläft oder tut zumindest so, die Augen sind geschlossen, die Lippen leicht geöffnet, seine langen dunklen Haare fallen ihr übers Knie. Sie lehnt an einer terrakottafarbenen Wand und trägt ein tannengrünes Kleid mit Spaghettiträgern, von denen einer über die Schulter gerutscht ist. Kühne, knallige Farben, es ist ein fantastisches Cover. Vor allem von Alice kann ich den Blick kaum abwenden. Sie lächelt nicht auf diesem Porträt, sondern blickt mit einem Ausdruck absoluter Zufriedenheit vor sich hin, ihre glatten, fast noch kindlichen Züge leuchten von einer inneren Freude.

Mit zitternden Händen klappe ich Ricks Karte auf.

Es tut mir sehr leid, wie sich die Dinge zwischen dir und Alice entwickelt haben. Ich hoffe von ganzem Herzen, dass ihr euch wieder versöhnt. In der Zwischenzeit schicke ich dir diese Platte, sie gehört dir.

Vorsichtig nehme ich sie aus der Hülle. Ich gehe damit zum Plattenspieler und lege sie mit der Sorgfalt und Andacht eines Hohepriesters auf.

Dann setze ich mich auf den Boden, an die Bürowand gelehnt, das Cover mit der Vorderseite nach oben im Schoß. Ich zwinge mich, diese beiden Liebenden anzusehen und Jacobs Stimme zu lauschen, der Stimme meines Vaters, und sage mir, während mich wieder die Trauer überwältigt, dass ich ihnen das zumindest schuldig bin.

DAMALS

Alice

Jacobs Geburtstag Ende August wird für mich zur schwersten Prüfung bisher. Ich bin entschlossen, nicht vor Rick oder Charlie zu weinen, und habe das Datum auch nicht erwähnt, obwohl ich während der vergangenen Woche kaum an etwas anderes gedacht habe.

Letztes Jahr um diese Zeit waren wir in Italien. Ich bin früh aufgestanden und nach Fiesole gegangen, um frische Brioche zu kaufen. Zurück in unserem dunklen Zimmer mit den noch zugezogenen schweren Samtvorhängen, habe ich mich wieder ausgezogen und nackt auf den nackten Jake gelegt. Genau auf ihn, Geschlecht auf Geschlecht, und mich sanft hin und her bewegt, meine Brüste, die sich auf seine Brust drückten, mein Mund, der über sein Kinn, seine Wangen, seine geschlossenen Augen streifte. Kaum erwacht, war er auch schon in mir, genau, wie ich es geplant hatte. Er schlug die Augen auf und sagte: »O Gott, du bist unglaublich«, und die Erinnerung an diesen Liebesakt erfüllt mich mit einer derart heftigen, schmerzlichen Sehnsucht, dass ich aufschreie.

Als ich nach unten gehe, um das Frühstück für

Charlie zu machen, ist Rick schon auf und hat eine Kanne Kaffee auf dem Herd.

»Guten Morgen, Liebste«, sagt er, und ich erkenne sofort an seinem Ton, dass er Bescheid weiß.

Und dann weine ich doch, trotz aller guten Vorsätze, und Rick kommt und nimmt mich in die Arme.

»Oh, Alice«, sagt er, »ich ertrage es kaum deinetwegen.«

»Ich will nur, dass dieser Tag vorbeigeht.«

»Es ist trotzdem ein besonderer Tag. Wir denken uns was aus, um ihn zu begehen.«

Er ist schön und warm, dieser Augusttag, also nehmen wir einen Picknickkorb mit an den Strand und sitzen mit all den anderen Sommertouristen in der Sonne. Familien mit Sandwiches in Alufolie, Chipstüten und Saftflaschen. Neben uns isst ein kleines Mädchen ganz ernst einen Jaffa Cake, während ihr Vater ihr die Schultern mit Sonnencreme einreibt. Ein paar Meter weiter vorn baut ein Mann ein Sandauto für sein Kleinkind, ein leerer Joghurtbecher dient als Lenkrad. Jake liebte Fruchtjoghurt, er konnte zwei oder drei Becher auf einmal essen. Schnell sehe ich weg.

Charlie döst im Schatten seines Buggys, während Rick und ich unsere Sandwiches essen, und danach beginnt Rick zu skizzieren, eine Karikatur von einem älteren Paar, das dicht vorn am Wasser sitzt. Ich blicke ihm über die Schulter, beobachte, wie er die Rundlichkeit der Frau, die Eckigkeit des Mannes übertreibt, spitze Ellbogen und Schulterblätter, die einen Fleischberg knuddeln.

»Du bist gemein«, sage ich, worauf er lacht.

»Es ist ja nur für mich, nicht für sie. Warum gehst du nicht eine Runde schwimmen, solange der Kleine noch schläft?«

Ich verpasse meine Chance, weil ich neben Rick sitzen bleibe und zusehe, wie er seine Skizze beendet. Charlie macht in dem Moment die Augen auf, als ich zu ihm hinüberblicke, und lächelt mich sogleich an. Da bist du ja, heißt das.

»Na, dann komm«, sage ich und hebe ihn hoch. »Lassen wir mal dein kleines Boot zu Wasser.«

Das Wasser, das so warm ist wie noch nie in diesem Sommer, entspannt mich. Ich wate bis zur Hüfte hinein, Charlie vor mir herschiebend, der hinauf in den wolkenlosen Himmel blickt, und stelle mir vor, dass sein Vater ihn irgendwie, irgendwo sehen kann. Das Meer hat für mich etwas Magisches, es nimmt meinen Kummer auf, spült ihn fort, und bald schwimme ich mit kräftigen Beinstößen und ausgestreckten Armen, als würde ich ein Floß vor mir herschieben. Als ich zurückblicke, ist Rick nur noch ein kleiner Punkt auf einer blau-weißen Decke. Ich könnte ewig so weiterschwimmen, das Körperliche daran nimmt mich derart in Anspruch, dass ich eine Weile an nichts anderes denke; da sind nur ich und mein Kind und die regelmäßige Bewegung meiner Beine im Wasser.

Erst als Charlie zu weinen anfängt, merke ich, wie weit ich schon draußen bin. Ich drehe das kleine Boot um und schwimme zurück an den Strand, rudere so fest ich kann, doch jeder Schrei von ihm schneidet durch mich hindurch. Rick wartet schon auf uns am Ufer, in die Sonne blinzelnd.

»Um Himmels willen, Alice, du warst eine Ewigkeit weg. Wie kannst du so egoistisch sein? Du solltest ihn nicht so lange mit aufs Wasser nehmen.«

Es ist das erste Mal überhaupt, dass er mich anschreit, und ich gehe in die Luft.

»Er ist mein Kind, nicht deins«, sage ich, um ihn zu verletzen. »Und es geht ihm gut. Hier, du kannst ihn nehmen.«

Aufgeputscht von Wut und Ärger stürme ich den Strand hinauf. Ich marschiere bis zu den Kanonen oben, wo ich schon oft mit Charlie gesessen habe, und laufe im Kreis um sie herum, schluchze haltlos dabei. Ich will jemandem wehtun, vielleicht nur mir selbst. Habe Lust, mit der Faust gegen die schwarzen Eisenrohre zu schlagen, bis meine Fingerknöchel splittern und die Haut aufreißt.

»Ich kann nicht mehr!«, brülle ich die alten Kanonen an.

Von einer Bank in der Nähe ruft eine Frau, die ich nicht bemerkt hatte, mir zu: »Was ist denn los, meine Liebe?«

»Mein Freund ist tot«, antworte ich. »Er ist gestorben. Er ist tot. Und ich brauche ihn. Ich brauche ihn so sehr.«

Ich weine und weine, und diese alte Dame, deren Namen ich nie erfahren habe, lädt mich ein, mich zu ihr auf die Bank zu setzen. Sie nimmt meine Hand und sagt immer wieder: »Armes Ding. Armes, kleines Ding.« Ich solle mich ruhig ausweinen. »Tränen helfen«, sagt sie, und vielleicht hat sie recht, denn als ich endlich aufhöre, bin ich erschöpft, aber der Schmerz ist beinahe weg, ist schwächer und fern, und ich weiß, dass ich einen weiteren Tag durchstehen kann.

Als ich zurück ins Haus komme, sagt Rick: »Alice, es tut mir so leid«, kaum dass ich zur Tür herein bin.

»Nein, mir tut es leid. Ich habe es nicht so gemeint.«

»Da ist noch Tee in der Kanne.« Er deutet auf den Tisch, und keiner von uns beiden sagt etwas über meine geschwollenen Augen.

Nach dem Abendessen holt Rick eine Flasche Wein aus dem Kühlschrank. Leuchtend grünes Glas, langer Schwanenhals. Er hält mir das Etikett unter die Nase.

»Muscadet«, sage ich und denke, wie konntest du nur. Wie kannst du mich an dieses wunderbare Wochenende erinnern, du, ich, Jake und Tom, wie wir Muscheln gegessen und Karten gespielt und diesen Wein getrunken haben, als würden wir ewig leben?

»Manchmal muss man sich seinen Erinnerungen überlassen«, sagt er.

Wir packen Charlie in Pulli, Jäckchen und Mützchen und nehmen den Wein mit hinunter an den Strand. Es ist dunkel inzwischen, und wir sitzen unter dem kohlschwarzen Himmel und betrachten die Sterne, suchen nach den Konstellationen, die wir kennen. Cassiopeia erwähnen wir nicht, aber er sieht sie und ich sehe sie, und ich denke, dass er recht hatte, mich hierherzuschleifen, um den gleichen Wein zu trinken wie vor einem Jahr und die Sterne zu bewundern, vereint zumindest im Universum.

Nach einer Weile sagt er: »Weißt du, warum manche Sterne heller leuchten als andere?«

Ich schüttele den Kopf, obwohl ich es weiß, denn Jake hat es mir mal erklärt.

»Weil sie sehr viel schneller Wasserstoff verbrennen. Deshalb leben sie nur halb so lang wie die anderen. Nach dem Motto, heftig gelebt, jung gestorben. Okay, wir reden hier von Millionen im Vergleich zu Milliarden Jahren.«

»Nett gemeint. Hilft aber nicht.«

»Ich glaube, doch. Ihr habt so intensiv gelebt, ihr beiden. Ihr habt mehr Liebe und Leidenschaft erfahren als die meisten von uns ihr ganzes Leben lang.«

Ich sage nichts darauf, halte aber Ricks Hand und drücke meinem schlafenden Kind einen Kuss auf den Kopf.

»Ich kann ihn dir nicht zurückbringen, Alice. Ich wünschte so sehr, ich könnte es. Aber du wirst immer mich haben.«

HEUTE

Luke

*Meiner Erfahrung nach verläuft die Wiedervereinigung
adoptierter Kinder mit ihren biologischen Eltern
in den meisten Fällen eher enttäuschend.
Manchmal gar katastrophal.*

Joel Harris, Wer bin ich? Das verborgene Trauma
adoptierter Kinder

Meine Mutter hat sich für ihre vierte und letzte Woche Kinderbetreuung bei uns eingerichtet, und ich muss zugeben, dass sie ziemlich gut darin ist. Irgendwie hat sie Samuel dazu gebracht, nachts in seinem Gitterbett zu schlafen, und, wer hätte das gedacht, Hannah und ich sind begeistert.

»Diese Freiheit«, sagt sie und knöpft ihr Pyjamaoberteil auf, während ich vom Bett aus zusehe.

»Allerdings«, pflichte ich ihr bei, als sie sich auf mich stürzt und meinen nackten Körper mit ihrem bedeckt.

Meine Mutter hat unserem Sohn auch angewöhnt, morgens erst um sieben statt um sechs aufzuwachen, indem sie seinen Speiseplan aufgestockt hat (wie viele zerdrückte Bananen kann ein kleiner Junge verputzen?) und ihn eine Stunde später schlafen legt, was bedeutet, dass wir abends mehr Zeit mit ihm haben. Wir werden sie vermissen, wenn sie weg ist.

Heute, Freitag, nach Redaktionsschluss, soll es eine Abschiedsparty für Hannah im Le Pont de la Tour geben. Champagner und Hummer für die ganze Kulturredaktion, einschließlich Freie. Sie wird leicht betrunken und rührselig nach Hause kommen, und ich habe vor wach zu bleiben und auf sie zu warten, um sie trösten zu können, falls sie ihre Entscheidung kurzfristig bereut. Jetzt, da Reborn im Begriff sind, bei uns zu unterzeichnen – heute Vormittag ist ein großes Meeting angesetzt, um die Sache unter Dach und Fach zu bringen –, bin ich froh, dass sie ihre Stelle aufgibt und nicht ich, habe aber natürlich ein schlechtes Gewissen deswegen. Ich habe ihr angeboten, meine Stundenzahl zu reduzieren, doch das hat sie erwartungsgemäß abgelehnt. Sie versteht, wie wichtig meine Arbeit für mein Selbstwertgefühl ist. Ich definiere mich über die Musik, sie ist Teil meiner Identität, ohne sie wäre ich nicht der, der ich bin.

»Viel Glück«, sagt sie und gibt mir einen Abschiedskuss im Flur. »Du kriegst das hin, das weiß ich.«

Sie sieht unwiderstehlich aus in dem schwarzen Anzug von Joseph und ihren Stiefeletten, die wilden Locken vorübergehend gezähmt, ein ungewohnter Hauch von Lippenstift auf dem Mund.

»Hannah?«, rufe ich, worauf sie sich in der Tür noch einmal umdreht und das Morgenlicht von der Straße draußen hereinfällt.

»Du bist wunderbar«, sage ich, und sie lacht.

»Und du bist ein sentimentaler Dummkopf, aber das mag ich an dir.«

Für das Meeting mit Reborn ziehe auch ich etwas Besonderes an: meinen dunkelgrauen Kenzo-Anzug mit einem weißen T-Shirt und den Reeboks. Michael, weiß ich, wird ebenfalls einen Anzug tragen statt Jeans, seine Masche, um sowohl zu beeindrucken als auch zu entwaffnen. Meine Mutter ist mit Samuel in der Küche und kocht ihm einen Brei, während er neben ihr auf dem Boden sitzt und mit einem Holzlöffel auf einen Stieltopf einschlägt. Es ist schön zu sehen, wie ruhig und gelassen sie sich um ein Kleinkind kümmert, so kann ich mir vorstellen, wie ich in dem Alter war. Immer ist da auch dieses nagende Bedauern wegen Alice, die Erinnerung daran, wie toll sie mit unserem Sohn umgehen konnte, aber es war nun mal zu kompliziert, sage ich mir. Es ist ja auch nicht vorbei, liegt nur auf Eis, eine belastete Mutter-Sohn-Beziehung, die jederzeit erneuert werden kann. So schaffe ich es, nachts zu schlafen.

Die Bandmitglieder kommen pünktlich und haben sich ebenfalls für den Anlass schick gemacht, die Jungs tragen Hemden, die Mädels Kleider. Steve Harris, ihr Manager, hat – Gott, Geistwesen oder wem auch immer sei Dank – geschäftlich in L.A. zu tun. Es werden reihum Hände geschüttelt, keine Küsschen oder Umarmungen, was den Ernst dieses Treffens unterstreicht. Doch Michael ist nicht umsonst Chef des größten Independent-Labels der Musikbranche.

»Schön, dass Sie gekommen sind«, sagt er jovial,

eine kleine Mafiosogestalt in seinem schwarzen Anzug mit schwarzem Hemd. »Im Besprechungszimmer gibt es Frühstück, wir können gleich rübergehen, einverstanden? Und, Janice?«, fügt er hinzu, als er an der Rezeption vorbeikommt. »Absolut keine Unterbrechungen während der nächsten zwei Stunden. Notier bitte alles für uns.«

Der Tisch biegt sich vor Tellern mit Croissants, Pain au chocolat und Plunderstücken. Außerdem gibt es eine Platte voll schön angerichtetem Obst – Ananasscheiben, Pfirsichstücke, ein Vulkan aus Beeren in der Mitte. Nichts davon wird angerührt werden. Ich schenke allen Kaffee aus der großen Presskanne ein, froh, dass meine Hände nicht zittern, und dann fangen wir an.

Ich habe Michael schon oft in solchen Situationen erlebt und weiß, dass er nichts von Small Talk hält. Er hat null Toleranz für Gespräche, die sich um etwas anderes drehen als Musik.

»Ich kann Ihnen gar nicht sagen, wie sehr wir uns freuen, dass Sie eine Zusammenarbeit mit Spirit ernsthaft in Erwägung ziehen«, sagt er. »Sie wissen natürlich, wie leidenschaftlich Luke sich für Ihre Musik interessiert, aber auch die ganze Firma, vom Vertrieb bis zur Designabteilung ist von Ihrem Album begeistert. Mir ist klar, dass die Entscheidung letztlich am Finanziellen hängt, und ich möchte Ihnen versichern, dass wir in der Lage sind, Ihnen attraktive Konditionen anzubieten.«

»Ich rücke einfach gleich damit heraus«, sagt Daniel. »Wir haben eine Entscheidung getroffen.«

Das kommt unerwartet. Meine physiologischen Reaktionen – Herzklopfen, Blutandrang, Ohrensausen – machen mich fast taub, sodass ich mich anstrengen muss, richtig zu hören.

»Wir werden bei Spirit unterschreiben. Das Interesse der anderen Labels schmeichelt uns zwar, aber ihr passt einfach am besten zu uns. Wir haben allerdings ein paar Bedingungen.«

Mein Puls rast infarktverdächtig, als ich mir die Forderungen der Band anhöre, die allesamt akzeptabel sind, auch wenn ich nach der ersten nicht mehr so viel mitbekomme.

»Wir möchten, dass Luke das Album alleinverantwortlich produziert. Wir haben den Eindruck, dass er auf einer Wellenlänge mit uns ist, dass er wirklich versteht, was wir machen. Das ist, ehrlich gesagt, der Hauptgrund, weshalb wir uns für euch entschieden haben.«

Ich sehe zu Michael hin, der ein Lächeln andeutet, er war schon immer ein Meister des Understatements. Doch ich kann mich nicht länger zurückhalten, springe vom Tisch auf und umarme die Bandmitglieder, einen nach dem anderen.

»Das ist eine großartige Neuigkeit«, sage ich. »Es gibt wirklich nichts, was ich lieber tun möchte, als an eurer nächsten Platte mitzuarbeiten. Ich habe so viele Ideen.«

Während der nächsten zwei Stunden machen wir ein Brainstorming für ihr Album, und ich habe auch schon einen neuen Vorschlag. Im Besprechungsraum gibt es einen Plattenspieler, ich will ihnen etwas vorspielen. Mit widerstreitenden Gefühlen nehme ich *Apparition* aus meiner Tasche; Wehmut, sicher, aber auch Stolz ist dabei.

»Diese Band hatte mal kurze Zeit Erfolg in den Siebzigerjahren«, sage ich und zeige ihnen die Platte, die bestimmt keiner von ihnen kennt.

»Wow, tolles Cover«, sagt Bex. »Ist das ein Ölgemälde? Krass. Der Typ kommt mir bekannt vor, als hätte ich ihn schon mal irgendwo gesehen.«

»Die Disciples waren eine Rockband, spielten auch Balladen, und das Songwriting ist grandios. Es gibt da ein Stück namens ›Cassiopeia‹, man merkt die Einflüsse der Ära, es klingt sehr nach Seventies. Der Song hat aber trotzdem auch etwas ganz Eigenes, das einen aufhorchen lässt. Ich habe versucht aufzudröseln, was es ist, aber hört selbst.«

Mit einem Blick in ihre Gesichter sehe ich, dass sie gebannt sind, hingerissen, genau wie ich beim ersten Mal. Dabei führe ich ein stummes Zwiegespräch mit meinem toten Vater. Jacob, sage ich, ich glaube, wir haben's gepackt. Du und ich zusammen. Vater und Sohn.

»Gut gemacht«, sagt Michael, nachdem wir die Band hinausbegleitet und verabschiedet haben. »Das ist ganz dir und deinem Musikverständnis zu verdanken. Du bist unter anderem deshalb so gut in deinem Job, weil du dich wirklich mit dem Komponieren von Songs auskennst und mit den Musikern darüber sprechen kannst. Du würdest dich wundern, wie wenige A&R-Leute das draufhaben.«

Ich sonne mich gerade in diesem ungewohnten Lob, sauge jedes Wort in mich auf, um später Hannah davon zu berichten, als Janice vom Empfang mir etwas zuruft.

»Hey, Luke, du sollst sofort zu Hause anrufen. Deine Mum hat es schon ein paarmal versucht und Hannah auch. Es ist dringend.«

Das stürzt mich abrupt von meiner Wolke herab, und die Landung ist hart.

Ich nehme mein Handy heraus und sehe elf verpasste Anrufe, sechs von meiner Mutter, fünf von Hannah.

Hannah geht nach dem ersten Klingeln ran, was schon besorgniserregend genug ist. Warum ist sie nicht in der Redaktion?

»O Gott, endlich«, sagt sie und fängt an zu weinen.

»Herrgott, was ist passiert? Ist was mit Samuel? Ist er verletzt? Hannah?«

»Er ist ... weg.«

Das Geräusch, das sie danach macht, ist furchtbar. Kein Weinen, eher ein hoher, unheimlicher Klagelaut, das Heulen einer Mutter, die ihr Kind verloren hat.

»Weg? Was soll das heißen? Wer ist weg? Samuel?«

Meine Mutter kommt ans Telefon, ebenfalls mit tränenerstickter Stimme, und das heißt höchste Alarmstufe. Meine Mutter ist keine Frau, die leicht weint.

»Jemand hat Samuel aus seinem Bett entführt. Es ist passiert, als ich im Garten war. Ich hatte das Babyfon nicht mit, aber die Hintertür stand offen, und ich höre ihn immer, wenn er aufwacht.«

»Alice.«

»Vermutlich. Sie hat noch den Schlüssel, oder? Niemand sonst hätte hereingekonnt. Außerdem kennt er sie, deshalb hat er nicht geschrien. Es tut mir so leid ... Luke? Bist du noch da?«

Bin ich das? Nicht so ganz. Ich stehe vornübergebeugt da, die Arme um den Brustkorb gelegt, und ringe, ringe nach Luft.

Alice hat mein Kind gestohlen. Und irgendwie, tief im Innern, habe ich die ganze Zeit gewusst, dass es dazu kommen würde.

DAMALS

Alice

Im September reisen die Touristen ab, und wir haben diesen beschaulichen Küstenort wieder für uns. Das Wetter ist angenehm warm, sodass wir die meisten Tage am Strand verbringen, wo Rick seine Staffelei im Sand aufstellt und malt und Charlie und ich mit Muscheln und Kieselsteinen spielen oder unsere Füße im Meer baden.

Er lacht über das kalte Wasser, weint nie. Auch nicht, als eine Möwe dicht über ihn hinwegfliegt, während er auf seiner Decke döst. Auch nicht, als ein dicker, alter Labrador neugierig herbeikommt und einen langen Sabberfaden auf sein Gesicht triefen lässt.

Charlie ist so ein zufriedenes Baby, dass wir abends oft noch mal mit ihm hinausgehen, eingepackt in das Wolljäckchen mit den Regenbogenstreifen, das ich ihm gestrickt habe. Manchmal schlendern wir über die Seebrücke und holen uns Fish and Chips an einer Bude, werfen anschließend die Münzen, die wir die Woche über gesammelt haben, in die Glücksspielautomaten. Charlie gefällt besonders die Schiene mit den Pennys, er sieht fasziniert zu, wie sie langsam kippt, wartet darauf, dass die Münzen klappernd in das untere Fach fallen und verblüfft dann die Leute mit seinem lauten, ausgelassenen Gackern.

Es wird merklich früher dunkel, ist aber immer noch lange genug hell, dass wir unseren Lieblingsspaziergang hinüber nach Walberswick machen können, vorbei am alten Wasserturm, Southwolds berühmtem Denkmal der Hässlichkeit. Wir kehren auf ein Glas Cider im Anchor ein, und wenn wir uns reich genug fühlen, bestellen wir uns zusammen etwas zu essen.

Über Jake sprechen wir nie, weil ich es nicht kann. Im Laufe der Wochen ist es mir unmöglich geworden, auch nur seinen Namen laut zu sagen, und Rick erwähnt ihn ebenfalls nicht. Es ist, als hätte ich eine Sperre im Hals. Ich kann mit meinem Leben weitermachen, gerade so, solange ich nicht über ihn rede. Höre ich aber seinen Namen oder den fatalen Satz *Er ist gestorben*, dann breche ich zusammen.

Nur nachts allein im Dunkeln denke ich an ihn. Erinnere mich an unsere leidenschaftlichsten Momente: wie wir uns zum ersten Mal, hier in Southwold, unsere Liebe gestanden haben, das wunderbare Mittagessen in Italien, bei dem er mich bat, ihn zu heiraten, wie er so mir nichts, dir nichts in der Slade auftauchte und nach einer Studentin namens Alice fragte. Am liebsten aber erinnere ich mich an die alltäglichen Kleinigkeiten, das Kaffeetrinken in der Bar Italia, die Pizzas bei Kettner's, das rituelle Kerzenanzünden. Ich denke daran, wie wir in dem Laden gegenüber eingekauft haben, wie wir unseren Weihnachtsbaum ausgesucht haben oder abends in trauter Zweisamkeit skizziert und komponiert haben. Dahin flüchte ich mich nachts in meinem Kopf, zurück zu den Tagen, als Taxis unterm Wohnzimmerfenster vorbeirumpelten, ein Duft nach Hähnchen und Patschuli in der Luft lag und Jake noch am Leben war.

Gegen Mitte Oktober wird Rick auf einmal merkwürdig still. Anderen würde es wahrscheinlich kaum auffallen, aber ich kenne ihn und weiß, dass er sich Sorgen macht.

»Was ist los?«, frage ich eines Abends im Anchor, als wir auf unser Curry für zwei warten.

»Was soll los sein?«

»Du hast doch was. Komm schon, wir erzählen uns immer alles.«

»Wir haben nur noch hundert Pfund. Was machen wir, wenn die aufgebraucht sind?«

»Du kannst ein paar Bilder verkaufen, oder? Und ich fange an, Kleider zu nähen.«

Unsere Luftschlösser des Sommers erweisen sich als genau das: unter der heißen Augustsonne zusammenfantasierte Wunschvorstellungen.

»Ich habe vor ein paar Tagen mit Robin telefoniert, um ihn zu fragen, ob er mir ein paar von meinen Seestücken abkauft. Er war ... ziemlich schroff. Manchmal vergessen wir, dass er in erster Linie Geschäftsmann ist. ›Dein banaler Scheiß interessiert mich nicht, das weißt du‹, hat er wortwörtlich gesagt. ›Und dich interessiert er auch nicht. Willst du dir wirklich deine Karriere versauen für ein Kind, das nicht deins ist, und eine Frau, die du nicht liebst?‹ Aber ...« Mit erhobener Hand hält er mich davon ab, etwas zu sagen. »Er ist mein Kind, oder? In gewisser Weise. Und ich liebe dich sehr wohl, Alice. Ehrlich gesagt habe ich mir überlegt, dass wir doch eigentlich ...«

Ich weiß, was kommt, und beuge mich schnell über den Tisch, um ihm den Mund zuzuhalten.

»Sprich es nicht aus, du wunderbarer Mann. Das ist nicht nötig. Du tust schon genug für uns.«

Ich nehme seine Hand und küsse sie, und er lächelt.

»Na gut«, sagt er. »Aber du darfst deine Meinung ändern. Das Angebot steht.«

Wenn Rick und ich heiraten würden, würde das helfen, mein Verhältnis zu meinen Eltern zu kitten – ebenso seines zu seinen Eltern, die nicht mehr mit ihm sprechen, seit er ihnen die Liebesaffäre mit Tom gestanden hat. Außerdem bin ich immer noch altmodisch genug zu denken, dass es gut für Charlie wäre, bei Eltern aufzuwachsen, die miteinander verheiratet sind. Aber wie soll ich jemanden heiraten, der nicht Jake ist? Und wie soll ich zulassen, dass Rick auf die Chance verzichtet, mit einem Mann glücklich zu werden? Ein solches Opfer könnte ich niemals annehmen.

Am nächsten Tag bringt er drei von seinen Meeresbildern zu einer Kunstgalerie in der Stadt, wo man ihm auf der Stelle zwei für fünf Pfund das Stück abkauft. Sie nehmen fünfzig Prozent Kommission, und er kommt nach Hause und wirft einen Fünf-Pfund-Schein auf den Küchentisch.

»So viel bin ich denen hier wert«, sagt er lachend, aber ich finde das unerträglich. Rick, der Star der Slade, dessen Selbstporträt im San Lorenzo hängt, der Aussicht auf großen Erfolg bei Robin Armstrong hätte, wenn er nur seinen Abschluss machen und bei seiner innovativen Porträtmalerei bleiben würde.

Doch wir halten durch, Rick, Charlie und ich, während der Oktober vom November abgelöst wird, der ein ungewohntes Frösteln und die Aussicht auf einen kalten Winter in unserem kleinen, feuchten Cottage mit sich bringt. Auch ich fange an, mir Sorgen zu machen, als wir nur noch fünfzig Pfund haben und die Galerie sagt, dass sie nun genug Meereslandschaften hat und Rick es doch woanders versuchen soll. Als Charlie seine erste Erkältung bekommt und ihm ständig die Nase läuft, sein Husten immer schlimmer statt besser wird. Er weint kaum, lacht aber auch nicht mehr, sondern liegt nur apathisch in meinem Schoß.

Die Tüten mit Fish and Chips und die Abendessen im Pub sind Vergangenheit, denn wir müssen jetzt mit zehn Pfund die Woche auskommen und essen abwechselnd Ofenkartoffeln oder Bohnen in Tomatensoße. Nachts kauere ich mich um Charlie, um ihn warm zu halten, sein Fäustchen in meiner Hand. Ich spreche mit Jacob, tränenlos jetzt, und frage: »Was sollen wir machen? Was sollen wir nur machen?«

Und dann, eines Morgens Ende November, kommt die Antwort.

HEUTE

Luke

Hysterisch, rasend, außer sich – ich finde nicht die richtige Beschreibung für meine sonst so heitere, harmoniebedürftige Freundin. Sie ist am Boden zerstört durch das Verschwinden unseres Sohns. Sobald ich die Küche betrete, schreit sie mich an: »Scheiße, wo warst du denn?«, um sich dann weinend in die Arme meiner Mutter zu werfen.

»Die Polizei war gerade da«, sagt Christina über Hannahs Kopf hinweg. »Und Rick ist unterwegs, er will aber zuerst noch bei Alice zu Hause und ihrem Atelier vorbeifahren.«

»Die Polizei? Jetzt schon? Du lieber Gott. Was haben sie gesagt?«

»Sie nehmen es zum Glück ernst. Werten es als Kindesentführung, auch wenn Alice zur Familie gehört. Biologisch gesehen, jedenfalls.«

»Sind wir sicher, dass es Alice ist?«

»Natürlich, wer denn sonst!«, schreit Hannah. »Wer sonst hat einen Schlüssel? Wer sonst würde so etwas tun? Du hast selbst gesagt, dass sie total besessen ist von Samuel. Ich hoffe nur …«

Ihre Stimme versagt, und ich nehme sie in die Arme.
»Hannah?«
Sie blickt zu mir auf, auf den Wangen schwarze Schlieren vom Mascara.

»Das ist das Schlimmste, was passieren konnte, aber wir müssen jetzt stark sein für Samuel. Wir müssen einen klaren Kopf bewahren, damit wir ihn finden. Und wir müssen uns vor Augen halten, wie sehr Alice ihn liebt. Das ist immerhin etwas Gutes, stimmt's?«

Samuel ist überall um uns herum präsent – in den sauberen Fläschchen auf der Spüle, der blauen Babywippe, für die er jetzt zu groß ist, der selbst bemalten, ungleichmäßig mit seinen winzigen Neugeborenenfüßen bedruckten Obstschale. Wir haben so gelacht an dem Tag, als wir seine nackten Füßchen in Farbtöpfe tunkten, dieser hochmütig-angewiderte Ausdruck auf seinem Gesicht beim Kontakt mit der klebrig kalten Masse.

»Wann hast du gemerkt, dass er verschwunden ist?«
Meine Mutter legt eine Hand an die Stirn, wie um zu fühlen, ob sie Fieber hat.

»Ich lege ihn immer um halb elf für sein Vormittagsschläfchen hin und wecke ihn gegen Viertel nach elf. Ich lasse ihn nie länger als eine Dreiviertelstunde schlafen. Es war so ein schöner Tag, und ich dachte, ich könnte ein bisschen mit der Gartenarbeit weitermachen. Und als ich reingegangen bin, um ihn zu holen ... war er weg. Ich habe bei dir im Büro angerufen, aber die Sekretärin durfte dich nicht bei deiner Besprechung stören. Also habe ich Hannah verständigt und dann die Polizei.«

Ich sehe auf meine Uhr, es ist halb zwei. Demnach könnte er seit fast drei Stunden weg sein.

»Luke, sie sind inzwischen vielleicht sonst wo. In einem Flugzeug, Schiff, Zug. Wie sollen wir ihn je finden? Was sollen wir machen?«

»Ich finde ihn«, sage ich. »Vertrau mir, Hannah. Wir müssen rausgehen und sie suchen. Hast du es schon im Café probiert, auf dem Spielplatz?«

»Ich habe bei Stefano im Deli angerufen, aber er hat Alice seit Wochen nicht gesehen. Sarah und ihre Freundinnen suchen den Park und die Bücherei und die High Street ab. Was vermutlich zwecklos ist, sie werden nicht an den üblichen Orten sein.«

»Wir müssen überlegen, warum Alice das getan hat. Aus Rache? Um uns einen Schreck einzujagen? Oder glaubt sie tatsächlich, sie könnte ihn stehlen?«

»Traust du ihr das zu?«, fragt meine Mutter. »Sie kam mir eigentlich ziemlich vernünftig vor.«

»Unserem Kind komische alte Kleider anziehen, damit er aussieht wie Luke? Das ist wohl kaum vernünftig.«

»Aber auch nicht gefährlich«, sagt Christina. »Daran können wir uns festhalten.«

Es klopft an der Haustür, kurz und fordernd. Wir zucken alle drei zusammen.

»Die Polizei«, sagt meine Mutter.

»Ich gehe hin.«

Ich muss dringend ein bisschen Kontrolle über diese schlimme Situation zurückgewinnen. In Erwartung von zwei Polizisten reiße ich die Tür auf, sehe mich jedoch Rick gegenüber, der noch in seinen Malsachen steckt, Farbspritzer auch auf den Wangen, den Händen, in den Haaren.

»Herrgott, Luke, es tut mir leid.«

Wir umarmen uns, und jetzt kann ich zum ersten Mal weinen, spontane Tränen, die mir übers Gesicht laufen. Ungehemmt heule ich in den Armen dieses Mannes, den ich kurze Zeit für meinen Vater hielt und der immer noch alle Karten in der Hand hält.

»Ich habe in Alice' Wohnung und in ihrem Atelier nachgesehen«, sagt er, als wir uns loslassen, »und sie zigmal auf dem Handy angerufen. Außerdem bin ich alle Orte abgefahren, die ihr was bedeuten, vorwiegend in Soho. Die Bar Italia. Kettner's. Das French House. Niemand hat sie gesehen.«

Wir gehen in die Küche, wo Rick sich bei meiner Mutter für seinen Aufzug entschuldigt und Hannah umarmt, die wie ich in seinen Armen weint.

»Es ist eindeutig Alice, oder?«, fragt sie, und er nickt.

»Da bin ich sicher. Es ging ihr zunehmend schlechter in den letzten Monaten, und seit eurem Zerwürfnis ist sie ziemlich neben der Spur. Sie konnte nur noch über Samuel reden und dass sie sich richtig von ihm verabschieden wolle. Ich fürchte, sie durchlebt auf irgendeine verquere Art noch einmal das, was vor all den Jahren mit dir geschehen ist, Luke. Sie ist in eine Fantasiewelt abgedriftet.«

»Aber wo würde sie mit ihm hingehen? Hast du eine Ahnung?«

»Ich glaube, ja. Es ist ein Wagnis, ich könnte mich irren...«

Er zögert, bis Hannah ruft: »Sag es uns, Rick. Bitte!«

»Ich glaube, sie ist nach Southwold gefahren.«

»Southwold?«, fragen Hannah und ich wie aus einem Mund.

»Das ist doch meilenweit weg. Was um Himmels willen sollte sie dort wollen?«

Rick sieht nicht uns an, sondern meine Mutter, und sie starrt mit einem Ausdruck zurück, den ich nicht deuten kann.

»Zeit, Farbe zu bekennen, meinen Sie nicht auch, Christina?«, sagt Rick, worauf meine Mutter nickt. »Alice hat das schon einmal gemacht, versteht ihr. Nur dass du, Luke, das Baby warst, das sie entführt hat.«

DAMALS

Alice

Wir machen all das, was wir sonst auch machen, Charlie und ich. Spazieren zur Seebrücke, gehen ins Spiegelkabinett, um über uns selbst zu lachen, spindeldürr, kugelrund, es funktioniert immer. Ich habe auch ein paar Brotstückchen dabei, um die Möwen zu füttern, der neueste Spaß, die Vögel stoßen direkt neben dem Kinderwagen herab, und Charlie juchzt vor Begeisterung und feuert sie an.

Auf dem Nachhauseweg machen wir bei der Telefonzelle an der Hauptstraße halt. Ich rufe die Auskunft an, notiere die Nummer, die ich bekomme, und wähle sie sogleich, bevor ich es mir anders überlege. Als ich meinen Namen nenne, reagiert die junge Frau am anderen Ende, als wüsste sie sofort Bescheid. Sie klingt erfreut, aufgeregt und bittet mich, kurz zu warten.

»Hallo, Alice«, sagt Mrs. Taylor Murphy.

Ich bringe keinen Ton heraus.

»Das war sehr tapfer von Ihnen«, sagt sie. »Dass Sie versucht haben, es allein zu schaffen. Sie müssen Ihr Kind sehr lieben.«

Eine Vereinbarung wird getroffen. Morgen um elf. Niemand sonst. Keine Eltern, nur sie.

»Am Strand«, sage ich, weil wir dort am glücklichsten waren, ich, Charlie, Jake.

Als wir zurück ins Cottage kommen, vollendet Rick gerade eine Zeichnung von Charlie, wie er mit seiner kleinen Faust an der Wange schläft.

»Was denkst du?«, fragt er. »Also, ich denke an schwer verliebte junge Eltern mit zu viel Kohle. Meinst du, ich könnte ein paar Aufträge an Land ziehen?«

Dann sieht er mein Gesicht.

»Alice? Was ist?«

Ich antworte hölzern, nenne nur die Fakten. Anders geht es nicht.

»Die Frau von der Adoptionsagentur holt Charlie morgen Vormittag ab. Um elf.«

»Nein!«

Er wirft sich auf den Boden, drückt das Gesicht in den Teppich, eine melodramatische Reaktion. Doch sie ist echt, seine Verzweiflung so groß wie meine.

»Er ist auch mein Kind, das sagst du selbst dauernd!«

»Du hast mir diese Monate mit ihm ermöglicht, Rick, sie werden mir immer bleiben. Und eines Tages wird er uns wiederfinden, und dann wird er genauso zu dir gehören wie zu mir.«

Rick hockt sich auf die Knie, sieht mich aber nicht an.

»Bist du dir sicher?«

»Ja. Du musst zurück an die Slade und der Künstler werden, der du sein sollst. Und Charlie braucht Stabilität, Sicherheit, Dinge, die wir ihm nicht bieten können. Dieses Haus hier kann jederzeit verkauft werden, und wo sollen wir dann wohnen? In deiner Hausbesetzer-WG? So ein Leben will ich nicht für ihn.«

»Wie sollen wir das aushalten?«

»Eine Minute nach der anderen, wie wir es die ganze Zeit gemacht haben.«

Ich schlafe nicht viel, kauere mich ein letztes Mal an mein Baby, flüstere mit ihm im Dunkeln.

»Du wirst einen großen Garten haben zum Spielen und ein Pony zum Reiten und ein nagelneues Fahrrad. Du wirst geliebt werden und glücklich sein. Und ich werde auf dich warten.«

Am Morgen wache ich vom Geschrei der Möwen draußen auf und fühle mich seltsam ruhig. Während Charlie weiterschläft – er ist zum weltbesten Schläfer geworden –, packe ich seine Kleider, Windeln, Fläschchen zusammen und behalte ein paar von meinen Lieblingsstücken. Die kleinen orangefarbenen Shorts, ein gelb-braun gestreiftes Oberteil, seine Latzhose.

Als es Zeit ist zu gehen, reiche ich ihn Rick und sage, dass ich draußen vor dem Cottage warte. Ich will nicht dabeistehen und seinem Abschied von Charlie zusehen. Ich habe mich die ganze Nacht lang verabschiedet, seine kleine Hand in meiner gehalten. Auf Wiedersehen, mein Liebling. Auf Wiedersehen.

Auf dem Weg zum Strand hinunter, das Kind im Arm, eine Plastiktüte mit Kleidern in der Hand, will ich ein paar Grimassen ziehen, um Charlie noch einmal lachen zu hören, aber es fällt mir zu schwer, meine Gesichtsmuskeln gehorchen mir nicht. Und offenbar stimmt es, was Mrs. Taylor Murphy gesagt hat, denn mein glückliches, zufriedenes Baby ist heute still und ernst, als hätte sich meine Stimmung auf es übertragen.

Sie wartet schon und winkt, wieder in einem geblümten Kleid, aber mit flachen Schuhen diesmal und selbst recht verhalten.

Ich gebe ihr die Plastiktüte. »Das sind seine Sachen.«

Plötzlich fällt es mir ein. Sein Teddy sitzt noch auf dem Küchentisch.

»Ich habe seinen Teddybären vergessen. Den braucht er.« Ich klinge hektisch, mein Blick ist tränenverschleiert.

Mrs. Taylor Murphy legt mir eine Hand auf die Schulter.

»Ich verspreche Ihnen, dass ich ihm genau den gleichen kaufe. Sie brauchen ihn mehr als er, scheint mir.« Sie sieht mir ins Gesicht. »Sie wollen sich bestimmt noch in Ruhe verabschieden«, doch ich schüttele den Kopf, kann nichts sagen, kann nichts sehen, und wenn wir das hier auch nur noch eine Sekunde hinauszögern, bringe ich es nicht über mich.

Ich übergebe ihr Charlie, der sich an mir festklammern will, eine Haarsträhne zu fassen bekommt.

»Ich weiß, dass Sie ihn wiedersehen werden, Alice«, sagt Mrs. Taylor Murphy, während Charlie zu schreien anfängt. Sie legt eine Hand auf ihr Herz. »Das spüre ich.«

Ich sehe ihnen nach, das Blumenkleid wird kleiner und kleiner, die Plastiktüte ist nur noch ein weißer

Punkt daneben. Und durch das Kreischen der Möwen hindurch höre ich mein Kind, auf das mein Gehör genauestens eingestellt ist, wie es den ganzen Weg den Strand entlang weint.

HEUTE

Luke

*Schuldgefühle wegen der Aufgabe eines Kindes sind
unausweichlich und können sich verheerend auswirken.
Die biologische Mutter zeigt normalerweise eine
von zwei Reaktionen: Entweder verdrängt sie
ihre Trauer und stumpft innerlich ab.
Oder sie wird fortwährend davon gequält.*

Joel Harris, *Wer bin ich? Das verborgene Trauma
adoptierter Kinder*

Die Fahrt nach Southwold dauert weniger als drei Stunden, dank Ricks silberfarbenem Alfa Romeo und seines riskanten Fahrstils.

Unterwegs erzählt er mir, wie er damals mit Alice und mir aus dem Krankenhaus geflohen ist, in einem alten Morris Minor mit roten Ledersitzen.

»Ihr habt auf der ganzen Strecke hinten geschlafen, und du bist in dem Moment aufgewacht, als wir am Strand ankamen und die Sonne aufging. Trotz allen Unglücks erschien es uns wie ein Neuanfang. Als hätten wir eine zweite Chance bekommen.«

Ich erfahre, dass Rick eine kurze Zeit lang praktisch wirklich mein Vater war. Er, Alice und ich, ein Dreierteam.

»Wir beide waren oft zusammen in den ersten paar Wochen. Ich wollte Alice Zeit lassen, um zu trauern, also habe ich dich in einen Schal gewickelt wie in ein Tragetuch und bin mit dir rausgegangen. Wir sind stundenlang am Strand entlangspaziert, und wenn wir zurückkamen, war Alice rot vom Weinen, aber sie hatte immer ein Lächeln für dich. Nicht ein einziges Mal hat sie vor dir geweint, du solltest nur Liebe und Glück kennen, meinte sie. Ich weiß nicht, wie sie das geschafft hat.«

»Arme Alice.«

»Sie ist nie darüber hinweggekommen. So eine Liebe wie die zwischen ihr und Jake ist selten. Sie waren nicht nur ein Liebespaar, sondern auf einer tieferen Ebene miteinander verbunden, Seelenverwandte. Unter anderem hatten sie beide Misshandlungen in der Kindheit überlebt und konnten sich gegenseitig stützen. Zusammen waren sie stark, aber ohne Jake kam Alice nicht mehr zurecht. Einmal habe ich sie gebeten, mich zu heiraten, ich dachte, das wäre die Lösung nach seinem Tod. Aber sie wollte nichts davon wissen. Sie hat nie jemand anderen geliebt als Jake. Und wird es auch nie mehr, denke ich.«

»Musstet ihr mich wirklich weggeben?«

Ich sehe, wie Rick das Lenkrad fester packt, und verstehe, dass die Frage ihn genauso quält wie mich.

»Vielleicht nicht. Vielleicht hätten wir trotz allem einen Weg finden können. Diese Entscheidung hat ihr

Leben zerstört. Noch mehr als der Verlust von Jake, denke ich. Sie hat sich verschlossen, hat ihre Persönlichkeit verloren, ist zu einem anderen Menschen geworden. Ich glaubte lange, sie würde sich davon erholen, aber dazu kam es nicht.«

Danach schweigen wir lange.

Hannah und meine Mutter warten zu Hause auf Nachricht von der Polizei, und wir alle klammern uns an Ricks Überzeugung, dass es nur einen Ort gibt, den Alice mit Samuel aufsuchen würde. Ich habe Hannah ungern zurückgelassen, konnte aber auch nicht untätig herumsitzen. Es hilft, in diesem Auto zu sein, in einem Höllentempo Richtung Küste zu heizen und darauf zu bauen, dass jeder Kilometer mich meinem Sohn näher bringt.

»Du bist Jake so ähnlich, die gleiche Stimme, die gleichen Angewohnheiten, alles. Es ist manchmal kaum auszuhalten, selbst für mich.«

»Du meinst, ich erinnere Alice zu sehr an ihn?«

»Ja, natürlich. Sie hat mir erzählt, dass sie sich nach eurem ersten Treffen abends in den Schlaf geweint hat. So überglücklich, dich gefunden zu haben, und wieder so niedergeschmettert, weil sie ihn damals verloren hat.«

»Warum hat sie sich derart auf Samuel fixiert?«

»Na, weil er aussieht wie du. Es war für mich auch ein Schock, als ich Samuel zum ersten Mal gesehen habe, weißt du nicht mehr? Als hätten wir unser Baby wieder. Alice geht es schon seit ein paar Jahren nicht gut – das ist ziemlich offensichtlich, oder? Dann das Wiedersehen mit dir ... Ich vermute, dass sie sich in eine Fantasiewelt geflüchtet hat, wenn sie mit Samuel zusammen war. In ihrer Vorstellung ist Samuel zu dir geworden, ihrem verlorenen Kind. Sie hat es nicht böse gemeint, es war eher so etwas wie ein rettender Ausweg für eine ziemlich traurige, gebrochene Frau. Als Hannah und du ihr dann verboten habt, ihn zu sehen, ging es schnell mit ihr bergab. Sie hat nur noch von Southwold geredet, von unserer Zeit dort und was wir alles gemacht haben. Ich wünschte bloß, ich hätte rechtzeitig erkannt, worauf das Ganze hinausläuft. Ihre Gedanken kreisten ständig darum, sich von dem Baby zu verabschieden.«

»Und hat sie ihn Samuel genannt?«

Rick sieht mich kurz an.

»Nein.«

»Ich habe es kommen sehen, aber niemand hat mir geglaubt. Irgendwann habe ich angefangen, Alice in den Park zu folgen, beinahe jeden Tag, und mir ist klar, wie sich das anhört. Aber ich wusste, dass etwas nicht stimmt, etwas, das ich nicht richtig benennen konnte.«

»Wie gesagt, ihre psychische Verfassung ist schon länger labil. Das Wiedersehen mit dir, nach dem sie sich so sehr gesehnt hatte, hat ihr den Rest gegeben. Es war, als wäre Jake wieder in ihr Leben getreten. Was natürlich eine Illusion war. Sich ganz auf Samuel zu konzentrieren war leichter, als sich erneut dem Schmerz über den Verlust von Jake auszusetzen.«

»Ich wünschte, wir hätten darüber gesprochen, bevor es zu spät war.«

»Es ist nicht zu spät. Wir sprechen jetzt darüber.«

»Du denkst doch nicht...« Meine Furcht, das Unaussprechliche, verschlägt mir die Sprache. Doch Rick versteht mich auch so.

»Sie liebt ihn. Sie würde ihm kein Härchen krümmen.«

Wir kommen in Southwold an, es ist noch hell, die Sonne noch warm. Ich war noch nie hier und hätte nicht erwartet, dass hier alles so schick ist. Farblich aufeinander abgestimmte pastellfarbene Architektur, Haustüren in Farrow&Ball-Tönen. Delikatessengeschäfte und Antiquariate und hip aussehende Cafés, die sich wahrscheinlich auf Chai Lattes und Mandelmilch-Frappuccinos spezialisiert haben.

»Notting Hill an der Küste«, bemerke ich.

»Zu unserer Zeit noch nicht. Damals war es total unhip und deshalb umso schöner. Fish and Chips auf der Seebrücke, Zuckerwatte, eine Spielhalle mit Automaten. Einen dieser Automaten mochtest du besonders, er hatte so ein Fach mit Pennys, das sich bewegte, und wenn die Münzen herunterkippten, hast du dich kaputtgelacht.« Er klingt wehmütig, und auch mich macht es traurig, mir die beiden vorzustellen, Rick und Alice, zwei junge Kunststudenten mit ihrem Baby.

»Rick?«

Er dreht sich kurz zu mir um, Tränen in den Augen, wie ich es mir gedacht habe.

»Vielleicht kann doch noch alles gut zwischen uns werden.«

»Bestimmt, Luke. Da bin ich sicher.«

Er biegt in eine Seitenstraße ab, und jetzt liegt das

Meer vor uns, eine silbrige Haut, schimmernd unter einem wolkenlosen Himmel. Wir fahren mit dem auffälligen Flitzer auf einen kleinen Parkplatz, von dem man auf eine Reihe bonbonfarbener Strandhütten blickt: Pink, Gelb, Blau und Grün. Hoffnung und Furcht zugleich durchfluten mich.

»Das ist unser Strand. Als wir zum ersten Mal hier waren, Alice, Jake, Tom und ich, sind wir die Nacht durchgefahren und bei Sonnenaufgang angekommen. Die gleiche Fahrt haben wir dann in der Nacht gemacht, als wir mit dir getürmt sind. Dieser Flecken hier bedeutet Alice unheimlich viel, hier war sie zum letzten Mal mit dir, bevor sie dich abgegeben hat.«

Mir kommt ein Gedanke.

»Kann ich allein gehen?«

Rick sieht mich an. »Bist du sicher?«

»Ja, ich glaube, das ist wichtig. Nur sie und er und ich. Ich will alles richtig machen.«

Er nickt. »Verstehe. Ich warte hier.«

Ich steige aus und gehe auf den Strand zu, vorbei an einer Familie, die gerade zu einem orangefarbenen Camper mit verblichenen Baumwollvorhängen an den Fenstern zurückkehrt. Die Art von Bus, wie ihn Alice und Jake damals gehabt haben könnten. Mutter, Vater und zwei kleine Mädchen, nasse Haare, die ihnen am Kopf kleben, alle in Badetücher gewickelt. Eins der Mädchen hält einen abgenutzten Pandabär in der Hand, und das wirkt wie ein Elektroschock. Ich muss Samuel finden, ich muss ihn sofort finden.

Ein abschüssiger, asphaltierter Weg führt zum Strand hinunter, und ich fange an zu laufen, suche die freien

Stellen zwischen den Windschutzplanen ab. Abendliche Picknicker, Hundeausführer und ein junges Pärchen Hand in Hand, aber keine Frau mit einem kleinen Kind. Eine grimmige, vorwurfsvolle Verzweiflung überfällt mich. Verdammter Rick, dass er mich zu diesem sinnlosen Unterfangen überredet hat, denke ich, als ich die weite Sandfläche erneut mit dem Blick absuche, systematischer diesmal. Er schien so sicher, dass sie hier sind. Und ich habe ihm geglaubt.

Die rote Fahne weht unten an der Strandlinie, und zwei Polizisten stehen daneben und schauen hinaus aufs Meer. Ich weiß, was sie mir gleich sagen werden. Keine Alice, kein Samuel.

Es kribbelt in meinen Adern, mir wird eng um die Brust, und alles verschwimmt vor mir, sodass ich einen Moment innehalte, den Geruch nach Salz und Tang einatme, vertraut und berauschend, aber nicht heute. Ich halte die Luft an, zähle, atme tief aus. Das wiederhole ich ein paarmal, bis ich wieder klarsehe und mein Herzschlag sich verlangsamt.

Ganz ruhig, sage ich mir und verschränke fest die Hände, reiße mich zusammen. Sie könnten auf der Seebrücke sein, bei den Spielautomaten, die mich damals zum Lachen brachten. Gleich werde ich zurück zum Auto gehen und Rick holen, er wird wissen, wo wir suchen müssen. Wir werden jeden Winkel in diesem Postkartenidyll abgrasen.

Ich nehme mein Handy heraus und lese eine Nachricht von Hannah.

Nichts Neues hier. Ruf mich an, sobald ihr in Southwold seid.

Kurz überlege ich, mich bei ihr zu melden, nur um ihre Stimme zu hören, aber ich will ihr solange wie möglich die Hoffnung lassen. Aus demselben Grund bleibe ich wie angewurzelt stehen und gestatte mir einen minutenlangen Aufschub, bevor ich auf die Polizisten zugehe.

»Entschuldigen Sie?«

Die beiden drehen sich überrascht zu mir um.

»Ich bin Luke, der Vater des vermissten Jungen.«

»Ein vermisster Junge?«

Sie sehen sich fragend an. Der größere, etwa in meinem Alter, aber mit vorzeitiger Halbglatze, zuckt die Achseln.

»Davon wurde uns nichts gesagt.«

»Sind Sie sicher? Er ist vor einigen Stunden in London verschwunden, aber wir glauben, dass er hier in Southwold sein könnte. Die Polizei sucht auch schon nach ihm.«

Der Kahle schüttelt den Kopf. »Es hat heute Nachmittag einen Unfall am Strand gegeben, deshalb sind wir hier. Sehen Sie die rote Fahne?«

Er deutete mit dem Kinn auf die Wasserlinie, und zum ersten Mal nehme ich die Schaumkronen auf den Wellen wahr.

»Jemand ist ertrunken. Vor ungefähr einer Stunde. Eine Frau und ihr Baby sind in eine Strömung geraten und wurden hinausgezogen. Furchtbar tragisch. Sir? Alles in Ordnung mit Ihnen? Sir?«

Wenn für einen die Welt zusammenbricht, stellt man fest, dass alle Klischees zutreffen. Es wird einem schwindelig, und Bilder schießen unkontrollierbar vor den Augen vorbei wie im Zeitraffer. Die Knie geben nach, man sinkt in den Sand, die Hand aufs Herz gepresst, während oben am Himmel die Möwen kreisen und ihre Klagerufe kreischen.

EPILOG

Unsere Wallfahrt nach Southwold Ende August fällt mit dem Ende der Sommerferien zusammen. Wir halten uns nicht genau an den Tag, sondern nehmen den Samstag darauf und übernachten immer im Swan Hotel, das die Kinder lieben. Jedes Jahr buchen wir das Familienzimmer, und das Personal weiß, warum wir kommen.

Rick ist mit von der Partie und fährt mit seinem feuerroten Ferrari vor, den er einzig und allein gekauft hat, vermuten wir, weil unser Sohn ihn so toll findet.

Inzwischen gedenken wir Alice nicht mehr trauernd, sondern mit Blumen und Musik und einem Picknick, selbst wenn es wie heute regnet. Wir setzen uns zusammen auf eine Decke, halten Schirme über unsere Eiersandwiches und stoßen mit Cola und Champagner auf die Großeltern der Kinder an.

Dann besprühen wir uns mit Acqua di Parma aus dem knallblauen Flakon, und Rick erklärt uns, dass der Geruchssinn am direktesten mit dem Erinnerungsvermögen verbunden ist. Wir atmen den Duft ein, der so köstlich und mir inzwischen schmerzlich vertraut ist: Zitrone und Zeder und Waldflora. Der Duft von Alice und Jake.

Rick spielt *Apparition* auf seinem iPod mit den

schicken neuen Bluetooth-Lautsprechern ab, und als »Cassiopeia« läuft, erzählt er vom Sternegucken an diesem Strand vor langer Zeit.

»Alice und Jake waren so glücklich in dieser Nacht. Sie hatte Jake zum ersten Mal gesagt, dass sie ihn liebt. Wir legten uns in den Sand und blickten in den Himmel, während Jake die Sternbilder für uns benannte. Wusstet ihr, dass Cassiopeia eine Königin war, die sich für die schönste Frau der Welt hielt?«

Rick zaubert jedes Mal eine neue Anekdote aus seinem Erinnerungsschatz hervor wie ein Geschenk. Manchmal geht es um Jakes Kochkünste, seine Vorliebe für italienisches Essen, Spaghetti Vongole, was er mit komisch übertriebenem Akzent ausspricht, um die Kinder zum Lachen zu bringen. Oder um die Songs, die er geschrieben hat. Meistens aber um die Liebesgeschichte von Jake und Alice.

»Sie haben sich gegenseitig Kraft gegeben«, sagt er, »so wie es Paare im besten Fall tun.«

Manchmal frage ich mich, wie es für unsere Kinder wohl ist, mit diesen unbekannten Persönlichkeiten aufzuwachsen, die Rick jeden August zum Leben erweckt. Dabei ist es für mich im Grunde nicht viel anders. Schließlich habe auch ich Jacob nicht gekannt und Alice nicht richtig. Und zu viel über die Alice nachzugrübeln, die ich hätte kennenlernen können, die Alice, die ich missverstanden, gefürchtet und verloren habe, führt nur zu selbstquälerischer Reue.

Samuel hat auch eine Geschichte beizutragen, die er gern ausschmückt.

»Alice ist mit mir für einen Tag ans Meer gefahren«,

sagt er, und mittlerweile lächeln wir und lassen ihn die Wahrheit ein wenig zurechtbiegen. »Und da war eine Familie am Strand mit so einer kleinen Luftmatratze, ein bisschen wie die, auf die Alice Dad gelegt hat, als er noch ein Baby war, um mit ihm zu schwimmen. Die hat sie sich ausgeliehen.«

»Sie ist damit gepaddelt, oder?«, fragt seine Schwester Iris, die sich immer an der Geschichte beteiligen will, wenigstens ein bisschen.

Samuel nickt ernst.

»Aber es war windig, und die Luftmatratze wurde von einer Strömung erfasst, und wir wurden hinaus aufs Meer getrieben. Alice hat versucht zurückzuschwimmen, aber sie war nicht stark genug. Ein Mann ist vom Strand ins Wasser gerannt, um uns zu helfen, obwohl seine Frau geschrien hat, dass er dableiben soll. Und als er bei uns war, hat Alice ihm gesagt, er soll mich retten.«

Dieser Mann, Thomas heißt er mit Vornamen, wird für den Rest seines Lebens gezeichnet sein von dieser Entscheidung, die er innerhalb weniger Sekunden treffen musste: die Frau retten oder das Kind.

»Ich dachte, ich könnte danach auch sie holen«, sagte er später zu mir im Krankenhaus, bleich und erschüttert, Alice' letzte Momente unauslöschlich in sein Gedächtnis geprägt. Ich sagte nicht, was ich im Stillen dachte: Alice wollte nicht gerettet werden.

Manchmal weint Rick, manchmal weine ich, aber mit den Jahren, während die Kinder heranwachsen und unsere seltsame Familie mit ihrer Überzahl an Großeltern – lebenden wie toten – gedeiht, glauben wir, hoffen wir immer mehr, dass Jacob und Alice sich dieses Ende gewünscht hätten.

DANKSAGUNG

Als Allererstes ein großes Dankeschön an Frances Ronaldson, die viel Verständnis für dieses Buch hatte und mir erlaubte, ihre freudige Wiedervereinigung mit ihrem Sohn John für meine niederen Romanabsichten auszubeuten. Die wahre Geschichte ist eine ausgesprochen glückliche.

Großen Dank schulde ich meiner wunderbaren Agentin Felicity Blunt. Ich schätze mich glücklich, sie an meiner Seite zu haben. Dank auch an Lucy Morris, ein Fels in der Brandung während des stürmischen Veröffentlichungsprozesses.

Danke auch an Francesca Pathak, meiner Lektorin bei Orion, dafür, dass sie sich so sehr für dieses Buch eingesetzt und mir geholfen hat, es ungeheuer zu verbessern. Mit ihr ist die Lektoratsphase eine wahre Freude.

Vielen Dank an das ganze Team bei Orion, besonders an Leanne Oliver für ihre engagierte Arbeit an *Zweimal im Leben*. Dank an Lucy Frederick, die so unermüdlich an diesem Manuskript hier gearbeitet hat. An Jane Selby für das genaue und einfühlsame Redigieren. An Emily Burns für ihre Hingabe und Professionalität und für die nette, angenehme Zusammenarbeit.

Großen Dank Kishan Rajani, der wieder einen so fantastischen Umschlag gestaltet hat!

Bei den Recherchen zu *Eines Tages für immer* hatte ich jede Menge Unterstützung. Besonders danke ich dem Psychotherapeuten und Suchtberater Paul Sunderland für seine aufschlussreichen Erkenntnisse über das verdeckte seelische Trauma von Adoptivkindern, die er so großzügig an mich weitergegeben hat. Ich danke der Gruppe erwachsener Adoptivkinder, die mir erlaubt hat, an ihrem Pferdetherapie-Workshop teilzunehmen und diese emotionalen, unvergesslichen Tage mit ihnen zu erleben.

Weiterhin danke ich:

Clauda Navaneti für Einblicke in die psychologischen Aspekte der Adoption und Dr. James Stallard für die Beantwortung endloser psychiatrischer Fragen.

Professor Andrew Stahl für seine Erinnerungen an die Slade School of Fine Art Anfang der Siebziger, die ich sehr spannend fand. Ebenso an Jo Volley.

Den Künstlern Brian Rice und Jacy Wall dafür, dass sie mir vom Leben und der Kunstszene in den Siebzigerjahren erzählt haben. Ich habe unseren gemeinsamen Tag sehr genossen.

Dem Porträtmaler Saied Dai dafür, dass ich bei seinem Kurs im Aktzeichnen dabei sein durfte und er mir unschätzbare Einsichten über das Malen und Zeichnen vermittelt hat. Ich hätte ihm den ganzen Tag lang zuhören können.

Dave Meneer, meinem wunderbaren Freund, für sein Elefantengedächtnis, was das Studentenleben Anfang der Siebziger angeht. Wer sonst würde noch wissen, was ein Pint Bitter 1972 im Coach gekostet hat? (10 Pence.)

Caroline Boucher für ihre Erinnerungen an die Siebziger, aber auch für ihre großherzige, unablässige Unterstützung.

Anna und Pete Banks, in deren schönem Haus in Southwold ich *Eines Tages für immer* zu schreiben begann. Dafür, dass sie es mir zur Verfügung gestellt und mich mit dieser tollen Stadt bekannt gemacht haben. Anna insbesondere auch für unsere langjährige Freundschaft, die mir viel bedeutet.

Billy Jones, der mich mit einem Zufluchtsort zum Schreiben beschenkt hat, als ich ihn am dringendsten brauchte, und dazu mit unerschütterlicher Freundschaft. Victoria Upson, der loyalsten und witzigsten Person, die ich kenne, dafür, dass sie mir gezeigt hat, was wahre Freundschaft ist.

Susy Pelly und Chloe Fox, meinen Schreibschwestern, dafür, dass sie tagtäglich Freud und Leid mit mir geteilt haben. Harriet Edwards und Lucinda Horton für ihren Humor, ihre Genialität und dass sie alles immer noch besser machen. Hattie Slim, meiner Geheimwaffe, ich bin so froh, dass ich dich gefunden habe.

Ich danke den Leser*innen, Blogger*innen und Autor*innen, denen *Zweimal im Leben* gefallen hat und die es mir mitgeteilt haben, das hat mich sehr ermutigt.

Dank an Jane und Anna, die mir stets beistehen. Ich bin glücklich, euch auf meiner Seite zu haben.

Jake, Maya und Felix, ich danke euch dafür, dass

ihr eure zerstreute Mutter erträgt und so freundliche, lustige, spleenige, wunderbar individuelle Menschen seid. Auf euch werde ich immer am meisten stolz sein.

Dank an die inspirierende Diana Empson, die sehr vermisst wird.

Zu guter Letzt an Lucinda Martin und John Empson. Das ist nicht eure Geschichte, aber euer Buch, das ich euch in Liebe widme.

Leseprobe

CLARE EMPSON

Zweimal im Leben

**Erschienen im März 2020
im Blanvalet Verlag.**

Es begann alles damit, dass sie ihn traf – ihn, die Liebe ihres Lebens. Als Catherine damals als Studentin Lucian zum ersten Mal sah, war ihr gleich klar: Das ist für immer. Er ist ihr Seelenverwandter, nichts wird sie auseinanderbringen. Doch dann geschah etwas, das alles änderte. Catherine verließ Lucian, heiratete jemand anderen, gründete eine Familie. Und trotzdem kann sie Lucian nicht vergessen. Als sie ihn 15 Jahre später wiedertrifft, ist alles wieder da, die Vertrautheit von damals, das Gefühl, endlich wieder ganz zu sein, sich selbst in dem anderen wiedergefunden zu haben. Aber manchmal kann man nicht mehr anfangen, wo man aufgehört hat. Und manchmal holt einen die Vergangenheit mit solcher Macht ein, dass sie droht die Gegenwart zu zerstören und damit alles, was man liebt ...

Jetzt

Meine Lieblingspflegerin ist bei mir. Sie bürstet mir die Haare immer so behutsam, dass es nicht wehtut. Mein Gesicht tupft sie sachte mit einem warmen Waschlappen ab, schrubbt nicht wie die anderen. Ich könnte reagieren. Doch ich tue es nie.

Die Pflegerin spricht zu mir, während sie meine Oberlippe anhebt und mit kleinen kreisenden Bewegungen meine Zähne putzt. Dann hält sie mir ein Glas Wasser an den Mund und sagt: »Nehmen Sie jetzt einen großen Schluck, Liebes, und spülen Sie damit aus.«

Sie nennt mich immer »Liebes« oder »meine Schöne«, niemals Catherine. Manchmal kann ich mich ein Weilchen auf ihre Worte konzentrieren, bevor meine Träume mich wieder zurückzerren zu dir.

»Später kommt Ihre Familie zu Besuch«, sagt die Pflegerin.

Mein kleines Mädchen wird mit seinen weichen Händchen mein Gesicht streicheln, mein Junge wird stumm neben meinem Stuhl stehen und mich wie immer mit ernsthaftem Blick betrachten. Mein Mann wird zu mir sprechen und mir von seinem Tag erzählen, dabei aber angespannt wirken. Das ist nur allzu verständlich. Es muss ein seltsames Gefühl sein, Tag für Tag auf eine Wand einzureden.

»Hallo, Catherine«, wird mein Mann sagen. Er spricht mich jetzt nur noch mit meinem Namen an.

Liebes. Catherine. Begriffe ohne Bedeutung. Ich bin das, was ich für sie sein soll. Meist sitze ich reglos da, während die Worte um mich herumwirbeln wie goldene Stäubchen im Sonnenlicht.

»Genesung« – dieses Wort wird häufig ausgesprochen. Von Sam, der dabei unterschwellig aggressiv klingt. Von dem Psychiater, der sich dabei so lässig anhört, als wolle er sagen: Kommt doch nicht auf ein paar Tage an. Aber Sam kommt es sehr wohl auf ein paar Tage an. Er will genau wissen, wie lange er noch warten muss: eine Woche, einen Monat, den Rest seines Lebens? Wie lange noch, bevor er seine Frau zurückbekommt?

Und ich treibe, treibe durch die Zeit. Bin wieder jung, neunzehn Jahre alt, an der Schwelle zu zwanzig. Werde geliebt, ganz und gar, mit einer Leidenschaft, die meine Knochen, mein Blut, mein Gehirn durchflutet. Nur das spüre ich: diese intensive Wärme, das Licht, das hell leuchtende Glück. Und es fühlt sich so gut an, darin zu verweilen, solange ich es festhalten kann, solange ich den Moment bewahren kann.

»Ich werde dich nie verlassen«, sage ich, und du hältst mich ganz fest, so schlummern wir ein, ineinander verschlungen, und ich schlafe die ganze Nacht durch. Doch dann wache ich auf, die Welt verschiebt sich, gerät ins Wanken, und alles ist anders.

Die Pflegerin kommt wieder herein. Sie hat irgendeinen Akzent, aber ich konnte mich noch nicht lange genug konzentrieren, um herauszuhören, woher sie stammt.

»Sie sind da, Liebes. Ihre Familie. Heute sind Sie ganz in Ihren Träumen versunken, nicht wahr, meine Schöne? Reden Sie ruhig mit ihr, sie kann alles hören.«

Daisy kniet sich neben meinen Stuhl und bettet ihren Kopf auf meinen Schoß. Ich spüre, wie Sam meine Hände ergreift, erst eine, dann die andere, und sie auf Daisys kurze dunkle Locken legt. Und ich merke, dass Joe wie immer rechts neben meinem Stuhl steht. Joe spricht nicht mehr zu mir.

Zu Anfang sagte er noch »Hallo, Mum«, mehr nicht, und in diesen beiden Worten hörte ich seine ohnmächtige Wut. Aber ich kann ihm nicht helfen. Ich kann niemandem helfen.

Sam steht am Fenster und verdeckt mit seinem großen schlanken Körper den Blick auf meinen Baum. Ich möchte, dass Sam beiseitetritt. Zwei Schritte würden schon ausreichen.

»Sprich mit uns, Catherine. Bitte. Zeig uns, dass du es kannst.«

Ich höre die Verzweiflung in seiner Stimme und, ja, auch die Frustration. Sam ist ein lieber und fürsorglicher Mann, jeden Tag kommt er zu mir, obwohl es keinerlei Anzeichen gibt, dass ich zurückkehren werde, obwohl ihm kein Termin genannt wird, an dem ich meinen einsamen Baum zurücklassen, durch die Flure der Klinik gehen und hinaustreten werde in das düstere Parkhaus. Doch ich höre in Sams Stimme auch die

Worte, die er nicht ausspricht, den heimlichen Vorwurf von Eigensinn und Selbstsucht.

»Sie könnte also sprechen, wenn sie nur wollte?«, fragt er Greg, den Psychiater mit den New-Balance-Sneakers und dem akkuraten Seitenscheitel.

»So kann man das nicht sagen«, antwortet Greg. »Physisch wäre es möglich, aber Ihre Frau hat die Sprachfähigkeit verloren. Das lässt sich nicht durch bloßen Willen rückgängig machen. Wir müssen herausfinden, warum sie aufgehört hat zu sprechen. Meist ist der Grund eine unbewusste Vermeidungsstrategie. Auf diese Weise wird etwas ausgeblendet, das unerträglich wäre. Catherine ist verstummt, weil sie die Ereignisse von Shute Park an jenem Tag nicht verarbeiten kann. Sie kann sich dem Trauma nicht stellen und unterdrückt stattdessen die Erinnerung daran. Nicht zu sprechen ist ihre Form von Abwehr.«

Greg blendet Sam mit Fachsprache, beschreibt die dissoziative Störung, an der ich offenbar leide, und bezieht sich sogar auf Freud.

»Im neunzehnten Jahrhundert kam diese Störung weitaus häufiger vor, vor allem bei Frauen. Von Hysterie haben Sie bestimmt schon mal gehört?«, sagt Greg so munter und beiläufig wie bei Party-Small Talk. Ich spüre Sams Ablehnung, obwohl ich ihn nicht ansehe. »Dabei kam es des Öfteren zu Anfällen von Stupor oder Amnesie. In Catherines Fall ist es so, dass sie nicht sprechen kann. Für sie fühlt es sich wohl so an, als seien ihre Stimmbänder eingefroren. Wir bezeichnen das als Mutismus.«

Später geht Greg neben mir auf die Knie, ich höre seine Gelenke knacken. Er bringt mich auf eine Idee, die es mir ermöglicht, mehr Zeit mit dir zu verbringen.

»Ich kann mir denken, wo Sie in Gedanken sind«, sagt er, und ich fühle die Intensität seines Blicks, obwohl ich nach draußen auf meinen Baum starre. »Sie stecken immer noch dort fest, nicht wahr? Am Ende. Vielleicht würde es Ihnen helfen, ganz zum Anfang zurückzukehren, um alles zu ordnen. Ich weiß, dass das schwer für Sie ist, Catherine. Aber ich glaube, Sie müssen es tun, um in Ihren Gedanken Ordnung zu schaffen.

Sie könnten sich das Geschehene als Geschichte vorstellen«, sagt er mit leiser, beruhigender Stimme, so wie ich immer zu den Kindern gesprochen habe, wenn sie Albträume hatten. »Denken Sie sich jemanden aus, dem Sie die Geschichte erzählen können.«

Und das fällt mir wirklich leicht.

Es ist schließlich unsere Geschichte, deine und meine. Deshalb werde ich sie natürlich dir erzählen.

Vor fünfzehn Jahren

Wollen wir beginnen mit »Es war einmal«, mein Liebster? Soll das unser Anfang sein? Es war einmal eine junge Frau, die nichts ahnte von Liebe, Lust oder dem wundersamen Freiheitsgefühl, das du ihr schenken würdest. Sie traf an ihrem Studienort ein, mit ihrem nagelneuen Samsonite-Koffer und ihrer geblümten Bettwäsche, ein geliebtes, gehätscheltes Einzelkind, das seine ersten achtzehn Jahre in einer behüteten Welt verbracht hatte. An der Uni schloss sie Freundschaften und lernte auch ihren künftigen Ehemann kennen. Alles ergab sich mühelos: eine Kommilitonin, die auch englische Literatur studierte und sofort zur besten Freundin wurde; Mitarbeit an der Studentenzeitung; Noten, die so gut waren, dass Prüfungen wegfielen. Sechs Wochen nach Beginn des zweiten Semesters, als das Laub der Bäume goldgelb und purpurrot zu leuchten begann, kam ein junger Mann ins Seminar gestürmt und brachte die Welt ins Wanken. Dieser junge Mann warst du.

Wir waren zu fünft oder zu sechst an diesem Tag, saßen in abgewetzten alten Sesseln und lauschten Professor Hardman, der gerade Miltons Darstellung von Satan als Kriegsheld erläuterte. Die Stimme des Professors war flach und monoton, seine Haut leichenbleich, und er sprach mit geschlossenen Augen, eine Hand auf der linken Brustseite, als erwarte er jeden Augenblick einen Herzinfarkt.

Die Tür flog auf, und du kamst hereingestürzt, in knittrigen Kleidern vom Vortag, mit wirren Haaren, doch all das konnte deiner Schönheit nichts anhaben. Alle außer mir kannten deinen Namen.

»Ah, Mr. Wilkes. Wie schön, dass Sie uns beehren. Setzen Sie sich doch zu Miss Elliot.« Der Professor deutete auf den leeren Sessel neben mir. »Und dann können Sie uns auch gleich vorlesen.«

Deine Stimme war dunkel und faszinierend, und du hast mit dieser umwerfenden Selbstsicherheit vorgelesen. Bei der Schilderung von Satan schloss Professor Hardman erneut die Augen, und erst nach fünf Minuten hob er die Hand und sagte: »Wundervoll gelesen, vielen Dank. Nun, was erfahren wir aus diesen ersten Versen über Satan?«

Ich glaube, alle wünschten sich, du würdest vage Plattitüden stammeln, wie die anderen Studierenden sie unter Druck hervorgebracht hätten. Doch stattdessen sagtest du, Miltons Darstellung des Satans als Held könne dich nicht überzeugen. Dann hast du auf die Schwächen in Buch vier und fünf von *Paradise Lost* hingewiesen, worauf klar war, dass du im Gegensatz zu uns anderen das gesamte Werk gelesen hattest. Dann trat Stille ein, und ich ahnte, dass dich jetzt alle hassten: wegen deines Aussehens, deines Selbstvertrauens, deines angeblichen Reichtums und nun auch noch für diese Demonstration von Souveränität und

Intelligenz. Ich dagegen spürte schon damals, ganz am Anfang, einen Anflug von Bewunderung.

Als wir nach der Stunde auf die Straße traten, sahen wir, wie eine Streifenpolizistin gerade einen Strafzettel für den hellblauen Austin-Healey schrieb, von dem bekannt war, dass er dir gehörte.

»Ach Mist«, hast du gesagt und mich beim Arm genommen. »Kannst du einen Moment warten, während ich das kläre? Bitte? Ich möchte dich etwas fragen.«

Der Blick aus deinen hellen jadegrünen Augen ging mir durch Mark und Bein.

Ich konnte nicht hören, worüber ihr spracht. Aber als du zu mir zurückkamst, zerriss die Polizistin lächelnd den Strafzettel.

»Nächstes Mal bin ich nicht so gnädig!«, rief sie dir nach. Du hobst dankend die Hand, ohne den Blick von mir zu wenden.

»Kriegst du immer, was du willst?«, fragte ich.

»Ich versuch's jedenfalls. Du darfst gespannt sein.«

»Tut mir leid, ich hab keine Zeit.«

Ich wollte mich abwenden, wurde aber wieder am Arm genommen.

»Was ist los? Weshalb bist so ... abweisend?« Du sahst so erstaunt aus, dass ich grinsen musste. Es kam wohl nicht oft vor, dass Frauen dich zurückwiesen.

»Hab Termine und muss lernen. Das Übliche.«

»Ach, komm schon, du hast doch bestimmt zwei Stunden Zeit für 'ne Mittagspause, oder nicht?«

»Es ist einfach so, dass ich gerade eine neue Beziehung angefangen habe.«

Ich kam mir ziemlich blöd vor, als ich das sagte, und lief rot an, was dich zum Lachen brachte.

»Weiß ja nicht, was du dir vorgestellt hast, aber ich dachte wirklich nur an Lunch. Fisch und vielleicht ein Glas Wein. Da ist doch nichts dabei.«

Hin- und hergerissen stand ich da. Ich wollte mitgehen, wusste aber, dass ich es lieber lassen sollte. Ich dachte an Sam, wollte aber mit dir zusammen sein. Mit dir, meiner Zukunft. Aber das konnte ich damals natürlich noch nicht wissen.

»Heute nicht«, sagte ich dann, als weise ich einen Staubsaugervertreter an der Haustür ab.

Du hast gespürt, was in mir vorging, das sah ich an deinem Lächeln.

»Dann probieren wir's morgen noch mal«, war deine Antwort.

Vor vier Monaten: Catherine

Unser erster Sommer auf dem Land war heiß und trocken. Der Himmel war gnadenlos blau und die Erde so durstig, dass man ihr Leiden förmlich spürte. Sam sagt, wir hätten die perfekte Zeit gewählt. So könnten wir in den langen Sommerferien die Berge, Strände und Wälder unserer neuen Wohngegend erkunden.

»Wir haben uns und die Kinder und jetzt auch noch dieses wundervolle halb verfallene Haus. Das ist doch toll«, sagt er, als ich mir Sorgen mache, wir könnten das alles nicht stemmen. »Im September trete ich meine neue Stelle an, und bis dahin können wir auf dein Geld zurückgreifen.«

Mein Geld – eine Entschädigung, weil ich vor vierzehn Jahren meine Mutter durch Brustkrebs verloren habe und meinen Vater an eine neue Frau in New York. Wie wir lebt er das *Dolce Vita*, in seinem Fall allerdings mit Sushi, Kunstgalerien und einer Gattin, die Seidendessous trägt.

Nur sechs Wochen nachdem Sam seine sichere Stelle als Grundschullehrer gekündigt hatte, verließen wir London, und die Umzugslaster hielten vor dem alten Hexenhaus in Somerset.

»Ich finde es zauberhaft«, hatte ich gesagt, als ich das kleine Haus zum ersten Mal sah. Violette Glyzinien rankten sich um das rostige Gartentor, und vor dem Haus blühte eine Fülle roter, rosafarbener und weißer Rosen.

Mit seinen ungleichen Dächern – eines strohgedeckt, zwei mit Ziegeln –, den verschieden großen Fenstern, der Tür mit der abblätternden Farbe und dem wild rankenden Efeu erinnerte mich das Haus an eine Kinderzeichnung. Wir machten sofort ein Angebot, und als der Gutachter schrieb, die Wände seien feucht, und das Haus sei schlecht isoliert, kauften wir es trotzdem.

»Wir fahren nach Frome, Farbe kaufen«, sagt Sam jetzt, küsst mich und scheucht die Kinder Richtung Auto. »Ich bring aus der Bäckerei den Kuchen mit, den du so magst.«

Ich weiß natürlich, was er bezweckt. Er will mir Zeit und Raum geben, damit ich herumtrödeln und in Ruhe darum trauern kann, dass wir jetzt nicht mehr in London leben, meiner Heimatstadt seit vierunddreißig Jahren, dem Ort, an dem meine Mutter lebte und starb, was mir noch immer zu schaffen macht.

Sobald die Tür hinter meiner Familie zufällt, eile ich nach oben ins Schlafzimmer, öffne den Kleiderschrank und hole einen Schuhkarton heraus, der ganz hinten unter einem Kleiderstapel versteckt ist. Der Karton enthält Briefe, Fotos und Zeitungsausschnitte und ist mein Geheimarchiv über dich. Heute nehme ich ein liniertes DIN-A4-Blatt heraus, beschrieben mit blauem Kuli in deiner unverkennbaren Handschrift. Diesen Brief kenne ich auswendig. Ich weiß, wo Kommas und Gedankenstriche sitzen, an welcher Stelle ein Punkt fehlt und wo deine T zwei Striche haben. Das alles habe ich mir genau eingeprägt.

Du kommst nicht mehr zu mir zurück, oder? Eine Weile habe ich mir noch eingeredet, du würdest wiederkommen. Aber nun sind schon mehr Wochen vergangen, als wir überhaupt zusammen waren, und alles erscheint mir fast wie ein Traum. Gibt es dich wirklich? Ich suche dich auf der Straße, in Pubs, in der Bibliothek, in dem kleinen portugiesischen Café, in dem wir Vanilletörtchen aßen und die alte Dame dich Audrey Hepburn nannte (sie hatte recht, wegen deiner Augen). Nirgendwo sehe ich dich, spüre dich aber noch immer. Wie dein Haar über mein Gesicht weht, wie deine Hand sich in meine fügt. Nachts wache ich auf und höre dich leise neben mir atmen.
Du bist nicht mehr bei mir, aber dennoch immer da.

Diesen ersten Brief – es gibt fünf – mag ich am liebsten. Wenn ich ihn lese, kann ich mir vorstellen, dass wir noch immer diese junge Frau und dieser junge Mann sind, die an einem strahlenden Tag wie diesem in einem leeren Café in Bristol sitzen. Einziger Gast außer uns war eine Frau, die am Tisch rechts neben uns in ihren Tee starrte. Du hast ihr eines unserer Törtchen angeboten.

»Möchten Sie eins? Wir haben zu viele bestellt.«

Was nicht stimmte, wir hatten nur zwei, aber die hatten wir noch nicht angerührt, weil wir uns an den Händen hielten und nicht loslassen wollten.

»Das ist sehr nett von Ihnen«, sagte die Frau, und als

sie uns ihr Gesicht zuwandte, sahen wir, dass sie sehr alt und runzlig war.

»Sie ist Audrey Hepburn, nicht wahr, Ihre Liebste?«, sagte die alte Frau, und wir lachten.

»Ja, ist sie«, hast du gesagt. Wir konnten nicht einschätzen, ob die Greisin das wirklich so empfand oder ob sie vielleicht verwirrt war.

Wenn ich diesen ersten Brief lese, kann ich mich hemmungslos meinen Erinnerungen hingeben, mit dir in diesem Café oder am Strand sein, ohne das endlose Echo von Entschuldigungen, die in meinen Träumen widerhallen. Kann unseren rosaroten Anfang noch einmal durchleben, ohne an das Ende denken zu müssen.

Die Haustür fällt ins Schloss und beendet meine Träumerei, der Schuhkarton wird hastig wieder versteckt. Ich höre Daisy im Flur rennen, sie ruft von unten: »Mami! Wir sind wieder da!«, als hätte ich an ihrer Rückkehr gezweifelt. Ich gehe runter in die Küche, die Sam und ich frisch gestrichen haben. Die Nachmittagssonne funkelt auf dem makellosen Weiß rundum. Daisy nimmt einen Kuchen aus einer Pappschachtel und legt ihn auf eine geblümte Platte aus meinem Elternhaus. Joe holt Becher aus dem Schrank, und Sam füllt den Wasserkessel, schaut zu mir herüber und sagt: »Alles okay?« Ich nicke. Es stimmt sogar zum Teil.

»Morgen gehen wir an den Strand«, sagt er. »In Lulworth Cove steht eine kleine Holzjolle zum Verkauf. Ich dachte, die schauen wir uns mal an.«

Während ich Tee eingieße und Sam den Kuchen aufschneidet und verteilt, redet er darüber, wo wir hinsegeln könnten, wenn wir das Boot kaufen, und in welcher Farbe wir es streichen würden. Er ist Spezialist für Neugestaltung, mein Mann.

Als später Liv anruft, gießt Sam mir ein Glas Weißwein ein.

»Setz dich doch ins Wohnzimmer«, sagt er. »Wir gehen zum Bach. Lass dir ruhig Zeit.«

Sam hofft wohl, dass diese Telefonate mit Drinkservice mich dafür entschädigen, dass ich nicht mehr um die Ecke von meiner engsten Freundin wohne, die ich damals am ersten Studientag kennengelernt habe und mit der ich seither fast jeden Tag spreche. Neuerdings fragt Liv mich bei jedem Anruf, was ich so mache. Sie scheint darauf zu warten, dass unser Landleben noch irgendwie spannender wird.

»Wir haben gerade Tee getrunken und Kuchen gegessen«, berichte ich. »Sam ist jetzt mit den Kindern am Bach.«

»Klingt traumhaft«, sagt Liv, hört sich aber gelangweilt an. Ich denke an die vielen Taxis vor ihrem Haus, die roten Busse, die nachmittags Pendler, Touristen und erschöpfte Eltern mit Kindern ausspucken. Das fehlt mir furchtbar, und ich horche angestrengt, damit ich ein bisschen London durch die Leitung mitkriege.

»Kann ich vielleicht am übernächsten Wochenende bei euch übernachten?«, fragt Liv. »Hab gerade eine Einladung von Lucian bekommen, zu seiner alljährlichen großen Sommerparty, du weißt ja.«

Als dein Name fällt, verlangsamt sich wie immer die Welt, die Luft wirkt kühler, und einen Moment lang verliere ich jedes Gefühl für Wörter und ihre Bedeutung. Und vielleicht beginnt in diesem Moment unsere Geschichte aufs Neue, nach fünfzehn Jahren. Als dein Name auftaucht und die Entfernung zwischen uns überbrückt.

»Catherine?«

»Ja klar, du kannst immer bei uns übernachten, das weißt du doch.«

»Und macht es dir auch nichts aus? Wenn ich ihn sehe, meine ich?«

Wenn Liv dich trifft, fragt sie das immer, als solle ich ihr sagen, was sie ohnehin schon weiß. Und ob es mir etwas ausmacht, Liv. Es schmerzt in jeder Zelle meines Körpers. Es schmerzt höllisch, dass du ihn sehen kannst und ich nicht. Und es ist schlimm für mich, dass du all diese Jahre die Freundschaft mit ihm aufrechterhalten hast, obwohl du weißt, wie sehr mir das wehtut.

Bleibe ich stumm, legt Liv immer Infos nach: »Er hat eine Ausstellung in Bruton.« Oder: »Er hat eine Wohnung in Oxford Gardens gekauft.« Einiges erfahre ich auch aus der Presse, die immer noch gerne über dich und deinen Freundeskreis berichtet. Unter »Vermischtes« sieht man dich dann vor einem Club rauchen, Champagnerglas in einer Hand, die andere an der Taille einer attraktiven Blondine. Und du blickst mit dieser Mischung aus Trotz und Verächtlichkeit in die Kamera, die sich in all den Jahren nicht verändert hat.

Du lächelst nie auf diesen Fotos. Die Blondinen auch nicht.

Ich könnte Liv erzählen, dass ich wieder deine Briefe gelesen und über unser Ende nachgegrübelt habe. Dass ich mir so sehr wünsche, ich könnte es verändern, beschönigen, zurück- oder vorspulen.

Am Abend deiner Party werde ich irgendwas Giftiges nehmen, damit ich schlafen kann, und am nächsten Morgen auf Livs zensierten Bericht warten.

»Er war hinreißend«, wird sie sagen. »Er hat nach dir gefragt«, und dann bleibt mir wieder das Herz stehen.

Ich frage sie nie, was sie dir geantwortet hat, denn das weiß ich ohnehin. Dass es mir gut geht, dass die Kinder groß geworden sind. Vielleicht auch, dass wir ins West Country gezogen sind, in ein Dorf, das nur dreißig Kilometer von deinem entfernt ist. Zumindest lebe ich jetzt in deinem County, wenn wir auch sonst keinen Kontakt mehr haben.

Liv erzählt mir nie von Jack, vor dem mir graut, und auch nie von Rachel, auf die ich, obwohl ich Eifersucht verachte, rasend eifersüchtig bin. Ich wäre froh, wenn alle so einfühlsam mit mir umgingen wie Liv. Aber die anderen – sogar Sam – erwähnen Jack gnadenlos.

»Schau mal, da ist dieses Arschloch von der Uni«, hat Sam manchmal gesagt und mir in der Zeitung ein Foto von deinem Freund mit dem Zahnpastalächeln gezeigt.

»Catherine?«

Livs vorsichtiger Tonfall verrät mir, was sie als Nächstes sagen wird.

»Du weißt, dass du mit mir über alles reden kannst, oder?«

Meine Freundin hat nie von der Vorstellung abgelassen, dass wir ein Paar hätten bleiben sollen, du und ich. Was wohl daran liegt, dass ich ihr den Grund für die Trennung nie verraten habe. Noch am Morgen meiner Hochzeit mit Sam versuchte Liv, mich umzustimmen.

»Es ist zu spät«, sagte ich damals und bat sie, mich allein zu lassen.

Dann versuchte ich angestrengt, mir Sam frisch rasiert und im Cutaway vorzustellen, sah aber immer nur dich vor mir. Damals hattest du schon Shute Park geerbt, dein prachtvolles Anwesen. Ich sah dich mit einer Flasche Whisky am See sitzen, versunken in Erinnerungen an unsere Anfänge – jenen kalten Wintertag am Strand, unser erstes gemeinsames Essen. Aber da habe ich mir wohl was vorgemacht. Wahrscheinlich hast du noch geschlafen, an eine deiner Pin-up-Blondinen geschmiegt. Doch meine Träume konnte mir niemand nehmen.

Vor vier Monaten: Lucian

Ich erfahre vom Tod meiner Mutter während einer unserer exzessiven Freitagspartys. Es gibt keinen guten Zeitpunkt, so was zu hören. Aber um ein Uhr morgens und besoffen ist ganz besonders unglücklich. Ich habe Champagner, Wodka Tonic und drei große Tequila-Shots intus und bin einigermaßen betäubt. Weshalb ich auch kaum reagieren kann auf die Nachricht, die meine Schwester mir überbringt.

»Lucian?«

»Ja?«

»Hier ist Emma.«

Allein ihren Namen zu hören gibt mir das Gefühl, unter einer Gewitterwolke zu stehen, die gerade abregnet.

»Mami ist heute Nachmittag gestorben, ganz plötzlich. Ein Herzinfarkt. Sie war sofort tot.«

Diese kindische Vokabel »Mami« von einer Vierzigjährigen. Das und andere unpassende Gedanken schießen mir durch den Kopf, bis ich das Schweigen am anderen Ende nicht mehr ignorieren kann.

»Großer Gott«, bringe ich lediglich hervor.

»Die Bestattung ist in London. Kommst du?«

Trotz Tequilanebel kapiere ich, dass die Frage rhetorisch ist.

»Ja, natürlich komme ich.«

»Lucian?«

»Ja?«

»Ich weiß, wir hatten jahrelang keinen Kontakt mehr, aber ich wollte dir sagen...«

Wieder Schweigen, aber es fühlt sich anders an. Ich merke, dass meine Schwester weint.

»Du wirst immer zur Familie gehören.«

Emma beendet das Gespräch, und ich stehe reglos da, das Handy ans Ohr gepresst, obwohl ich nur noch das Freizeichen höre. Tod meiner Mutter, Versöhnung mit meiner Schwester ... das ist so überwältigend, dass ich es kaum begreifen kann.

Für heute Abend hatte ich alle zusammengetrommelt, damit wir Harrys frischgebackene Ehefrau in die Runde aufnehmen können. Zumindest war das die Absicht. Obwohl es tatsächlich nur wenigen jemals gelungen ist, sich in diese kleine verschworene Clique von Freunden zu integrieren, die ich als meine Familie erachte. (Wenn man eine Herkunftsfamilie wie meine hat, muss man sich Alternativen suchen.)

Da ist zum einen Jack, den ich schon fast mein Leben lang kenne. Als Achtjährige waren wir zusammen auf der Grundschule, Harry stieß dazu, als wir dreizehn waren, danach kamen die Oberschule und die Uni, und wir haben gemeinsam unsere Zwanziger durchgemacht, eine einzige Drogen- und Sexorgie. Seit der Uni sind auch Rachel und Alexa dabei.

Als ich in die Bibliothek zurückkomme, sitzen meine Freunde ziemlich steif auf den betagten Chesterfield-Sofas. Meine Lippen fühlen sich taub an, als ich die Nachricht verkünde, und die Freunde starren mich mit aufgerissenen Augen an.

»Meine Mutter ist heute Nachmittag gestorben. Offenbar ein Herzinfarkt.«

Jack und Rachel stürzen sich auf mich und drücken mich fürchterlich. Rachels blonde, nach Mandarinen duftende Mähne fegt über mein Gesicht wie ein Pferdeschweif. Das geht zu weit. Ich weiche den beiden aus.

»Bitte, Leute. Ihr wisst doch, dass wir uns nicht verstanden haben. Ich bin nur ein bisschen benommen, weiter nichts.«

Wir lassen uns auf den Sofas nieder, Rachel schnappt sich die halb volle Tequilaflasche, hält sie hoch und füllt dann die leeren Shotgläser. Alexa geht zur Stereoanlage; kurz darauf hören wir die schwebenden, schwermütigen Klänge von Sigur Rós. Ich denke oft, dass Alexa im falschen Metier ist, denn sie schafft es immer, genau die richtige Musik zu finden. Alexa ist Schriftstellerin und recht erfolgreich, aber wir hätten sie vermutlich irgendwo in Ibiza verkuppeln sollen. Harry kippt sich den Tequila ohne Salz oder Zitrone prollmäßig hinter die Binde, und seine kleine zarte Frau Ling, die heute zum ersten Mal dabei ist, sitzt neben ihm und wirkt jetzt genauso starr und maskenhaft wie vor der Nachricht vom Tod meiner Mutter.

»Ding Dong, die Hex ist tot«, sagt Jack und prostet mir zu. Seine eisblauen Augen blinzeln.

Meine Mutter, die Hexe. Schön und kaltherzig,

quälte sie für ihr Leben gern Männer; bei meinem Vater führte das zum Tod. In meiner Kindheit benahm sie sich zwar einigermaßen mütterlich, aber damals war mein Vater wichtiger für mich. Wenn er auf der Farm Zäune ausbesserte, Bäume fällte und mit der Flinte Kaninchen schoss, heftete ich mich immer an seine Fersen.

»Fahren wir zur Bestattung?«

»Ich denke schon. Wird aber nicht angenehm werden. Ich hab meine Mutter und meine Schwestern zum letzten Mal vor dreizehn Jahren gesehen, bei der Beerdigung meines Onkels.«

»Die auch alles andere als angenehm war.«

Jack habe ich bislang in meinem Leben nur ein einziges Mal verstört erlebt, und zwar als meine Mutter inmitten einer angetrunkenen Trauergemeinde herumgiftete, weil mein Onkel mich als Alleinerben eingesetzt hatte. Ich glaube, es fiel mehr als einmal das Wort »Arschloch«. Meine Familie ist von der etwas anderen Sorte.

Ich blicke zu Ling, zart und kindhaft in ihrem farbenfrohen Outfit, und merke, dass wir den eigentlichen Anlass des Abends vergessen haben. Ling schaut immer wieder zu Harry, vielleicht weil sie unsicher ist oder weil sie das alles nicht glauben kann. Wahrscheinlich muss sie sich sowieso immer wieder kneifen, dieses ehemalige Barmädchen aus Thailand, das jetzt mit einem der reichsten Männer Englands verheiratet ist.

Es ist nach vier, als sich die Runde auflöst. Harry ist betrunken, chauffiert aber seine junge Braut dennoch zu seinem monumentalen Anwesen. Alexa verzieht sich nach oben in ihr Lieblingszimmer, und Jack schwingt sich auf sein neues Klapprad, das ihm seine Frau Celia verordnet hat, damit er nicht zu häufig über Nacht bei mir bleibt.

Nur Rachel und ich sitzen noch vor der Glut am riesigen Kamin, dessen Verschalung ein wuchtiger Balken mit rostigen Haken und Nägeln abschließt. Er stammt aus einem alten Handelsschiff. Einen Nagel, der weit herausragt, nennen wir »Teufelsfinger«. Alexa hat eine blinkende violette Lichterkette drangehängt. Zuerst ging sie mir auf die Nerven, aber inzwischen mag ich sie.

»Einen letzten Schlummertrunk?«, fragt Rachel, was zwischen uns etwas anderes bedeutet.

Sie sieht bezaubernd aus mit ihrem smaragdgrünen Kleid, den glänzenden Haaren und dem perfekten Make-up. Es wäre wahrhaftig nicht das erste Mal, dass wir zusammen im Bett landen. Aber heute Nacht fühlt mein Herz sich trostlos an.

»Muss allein sein, Rachel«, sage ich. »Das blaue Zimmer ist für dich hergerichtet, wie immer.«

»Verstehe«, sagt sie mit einem traurigen kleinen Lächeln, das mich beinahe umstimmt. Wir haben unsere eigenen Regeln, meine Freunde und ich, folgen nicht den bürgerlichen. Aber wir kümmern uns umeinander.

Mit einem großen Glas Brandy gehe ich in mein Schlafzimmer. Es ist fast fünf, und das erste Morgenlicht dringt durch einen Spalt in den Samtvorhängen.

Mary, meine Haushälterin, hat mein Bett aufgedeckt und eine Karaffe Wasser mitsamt Glas auf den Tisch gestellt. Diese kleinen liebevollen Gesten finde ich tröstlich. Wäre meine Mutter eher wie Mary gewesen ... wer weiß, wie mein Leben dann geraten wäre.

Ich setze mich ans Bettende und sehe mich in dem Zimmer um, in dem früher mein Onkel gelebt hat. Es hat sich seit damals kaum verändert. Die Möbel sind alt, wuchtig, maskulin, obwohl mein Onkel eher maniert wirkte. Er war der ältere Bruder meines Vaters und seit seinem achtzehnten Lebensjahr offen schwul und stolz darauf, was in den Siebzigern noch nicht häufig vorkam. Ich glaube, es wurde davon geredet, ihn zu enterben, aber dazu kam es dann nicht. Als mein Onkel hier lebte, wurde das Anwesen zum Synonym für Ausschweifungen, mit Partys, die manchmal eine ganze Woche dauerten. Was mir heute das Leben mit den Dorfbewohnern erleichtert: Ich brauche bloß zu erwähnen, wie es damals in Shute Park zuging, dann schert sich keiner mehr um meinen Lebensstil.

Den gigantischen Mahagonischrank meines Onkels habe ich angefüllt mit meinen Hemden: weiße und schwarze vorne, blaue, grüne, rosa und gelbe dahinter. In den Regalen stehen meine Bücher, an den Wänden hängen zwei meiner Gemälde. Eines habe ich auf dem Hügel an der Grenze meines Grundstücks gemalt; ich habe hundert Versionen davon, aber dieses hier – nur in verschiedenen Blauschattierungen (vergeblicher Versuch, Picasso zu imitieren) – ist mein Lieblingsbild von diesem Ausblick. Das zweite Bild im Raum ist ein

Porträt meines Vaters, das ich mit neunzehn nach einem Foto von ihm gemalt habe. Damals war er schon zehn Jahre tot, aber er fehlte mir noch immer schrecklich, und ich wollte ihn in meinen Träumen wiederbeleben, mit seinem löchrigen Kaschmirpulli und dem blau getupften Seidentuch, wie er einen Karton frischer Eier auf den Tisch stellte und sagte: »Und jetzt machen wir Omelett, mein Kleiner.«

Zwei Elternteile, zwei Gefühle, Liebe und Hass; mein Heranwachsen war geprägt von krassen Gegensätzen.

An Schlaf ist nicht zu denken. Ich könnte mich hinlegen und Erzählungen von Raymond Carver lesen, die Alexa mir zum Geburtstag geschenkt hat; oder auf meinem Skizzenblock etwas zeichnen, um mich von den Gedanken an meine Mutter abzulenken. Am meisten bedrückt mich, dass nun jede Chance für Versöhnung dahin ist, dass wir einander nie mehr um Verzeihung bitten können. Als ich sechzehn war, hatten wir uns in einem großen Krach komplett überworfen und seit damals kaum miteinander gesprochen. Grund für das Zerwürfnis war die Tatsache, dass mein Onkel alles mir vererbt hatte – nicht nur das große Anwesen, das meine Mutter schon vom ersten Tag ihrer Ehe an glühend begehrt hatte, sondern auch noch das gesamte Geld. Ich wäre großzügiger mit meiner Mutter gewesen, wenn ich sie nicht so sehr gehasst und ihr nicht die Schuld am Tod meines Vaters gegeben hätte; eine kindische Reaktion, deren Gründe ich erst jetzt zu begreifen beginne. Reue lastet schwer auf mir.

Schließlich tue ich das, was unter Garantie immer die Dämonen vertreibt und mich ins Licht zurückbefördert: Ich nehme aus der obersten Schublade des Kleiderschranks eine Bleistiftzeichnung von dem Mädchen heraus, das ich so sehr geliebt habe. Viel Zeit verging, bis ich mir diese Zeichnung wieder ansehen konnte; sie ist sehr schnell entstanden, enthält aber diese einmalige Mischung aus Unbeschwertheit und Liebesrausch, die jene viel zu kurzen Monate damals geprägt hat. Die Beziehung endete katastrophal mit einer kalten, gefühllosen Trennung, die mir das Herz zerriss und schlimmer war als alles, was ich wegen meiner Mutter durchlitten hatte. Ich kann bis heute nicht verstehen, wie eine Person, die so bezaubernd und liebenswert war wie Catherine – und ich weiß ganz genau, dass ich mich nicht irre –, mich auf so achtlose Weise verlassen konnte. Nach der Trennung habe ich monatelang gegrübelt, was ich wohl falsch gemacht hatte. War ich zu reich, zu arrogant oder einfach zu begriffsstutzig? Aber das ergab alles keinen Sinn, weil wir einander so nahegekommen waren, mit Haut, Herz und Seele. Deshalb entschied ich mich schließlich für die einzig plausible Erklärung: Sie liebte den anderen Mann mehr als mich.

Inzwischen kann ich diese Zeichnung beinahe nüchtern betrachten. Die Augen sind mir damals gut gelungen. Deshalb mag ich dieses Bild wohl so sehr. Diese unergründlichen Augen einer Filmgöttin; eine klassische, nahezu unirdische Schönheit, die Menschen dazu veranlasst, stehen zu bleiben und ungläubig zu glotzen. Ich frage mich, wo Catherine jetzt ist, ob sie sanft atmend schläft, an ihren Mann geschmiegt, die Füße in seine gefügt. Trägt sie die Haare kürzer, wirkt sie älter, gibt es Fältchen in dem schönen Gesicht? Immer mal wieder habe ich im Internet nach ihr gesucht, aber es gibt nirgendwo Bilder, weder bei Facebook oder Instagram noch bei Alumnitreffen an der Uni. Ihre Freundin Liv sehe ich gelegentlich, und sie hat Verständnis dafür, dass ich etwas über meine große Liebe wissen will. Liv erzählt bereitwillig, meist über die Kinder, einen Jungen und ein Mädchen. Über den Mann spricht sie nie, diesen Mann, für den Catherine mich verlassen hat. Aber obwohl sein Name unerwähnt bleibt, ist er doch präsent.

Jetzt lege ich mich endlich ins Bett, lehne die Zeichnung an die Carver-Erzählungen und fühle mich getröstet von Catherines ernsthaftem Blick, bis mir endlich die Augen zufallen.

*Wenn Sie wissen möchten,
wie es weitergeht, lesen Sie*

Clare Empson
Zweimal im Leben

ISBN 978-3-7341-0802-0/
ISBN 978-3-641-22950-4 (E-Book)
Blanvalet Verlag

WeLove
blanvalet

www.blanvalet.de

facebook.com/blanvalet

twitter.com/BlanvaletVerlag